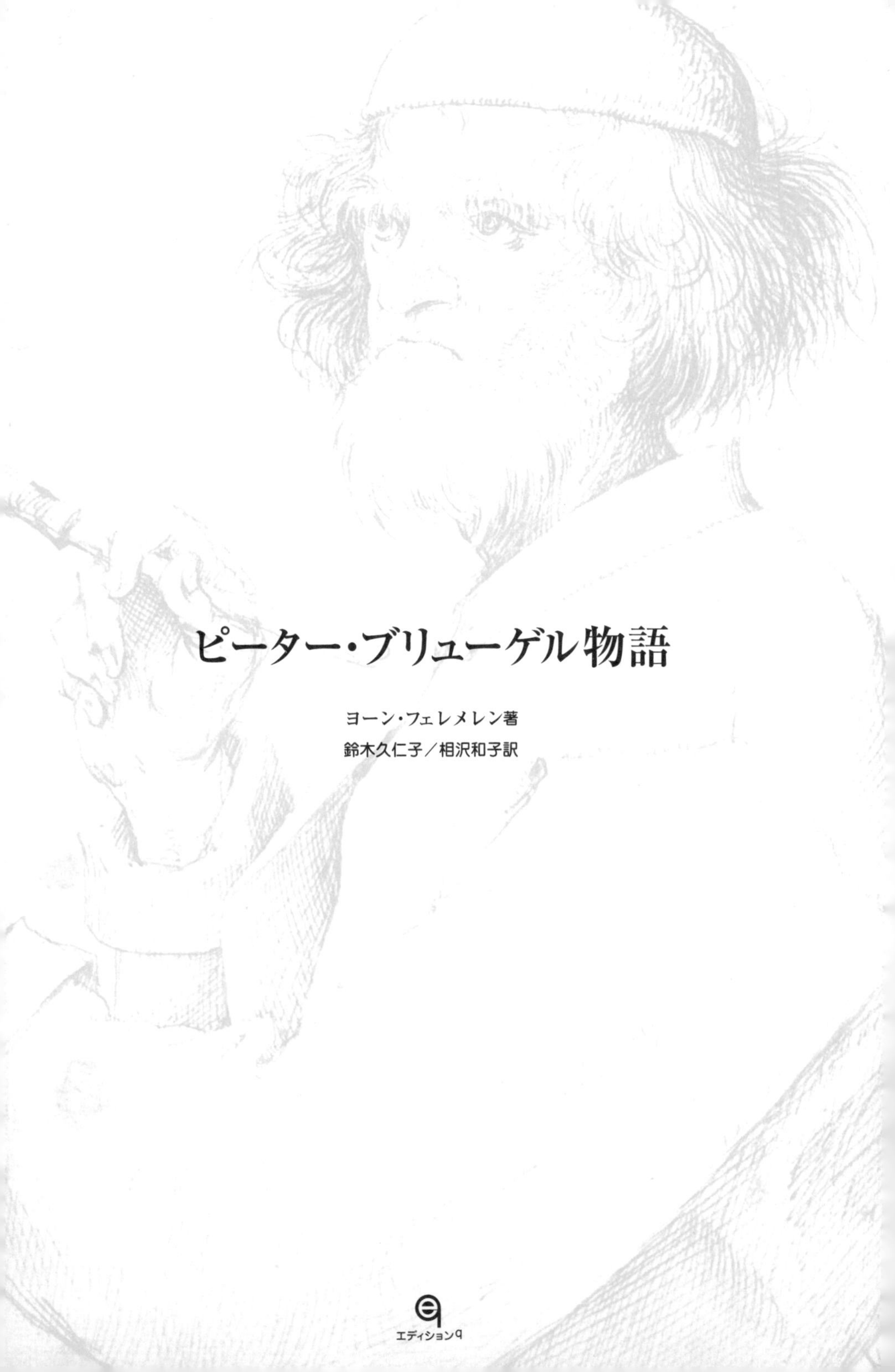

ピーター・ブリューゲル物語

ヨーン・フェレメレン著

鈴木久仁子／相沢和子訳

エディションq

ピーター・ブリューゲル物語 絞首台の上のカササギ

目次

自然は、ブラバンドの片田舎に生まれた農民の中から
才気にあふれ、ユーモアに富んだピーター・ブリューゲルを
選び出し、農民を描く画家として育てあげた。そして彼は
ネーデルランドに不朽の栄光をもたらしたのである。

ピーター・ファン・マンダー著

「画家列伝」（一六〇四年）より

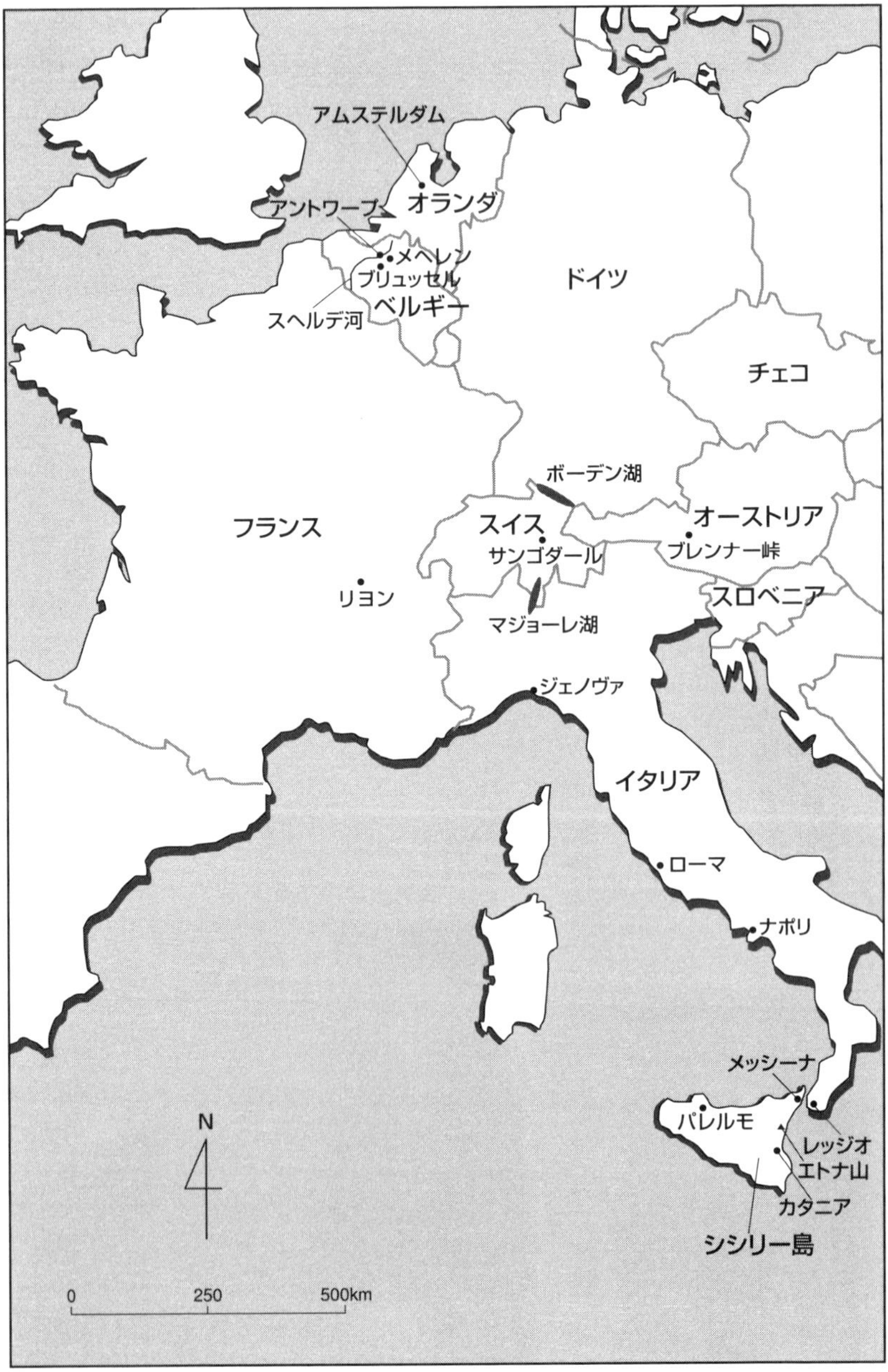
アムステルダム
オランダ
アントワープ
メヘレン
ブリュッセル
ベルギー
スヘルデ河
ドイツ
チェコ
ボーデン湖
フランス
スイス
オーストリア
サンゴダール
ブレンナー峠
リヨン
スロベニア
マジョーレ湖
ジェノヴァ
イタリア
ローマ
ナポリ
メッシーナ
パレルモ
レッジオ
エトナ山
カタニア
シシリー島
N
0
250
500km

第一章　絞首台の上のカササギ

目の前の邪魔な葦の葉を、少年は手でそっとどけた。先ほどから、沼の中をはいつくばって、野鴨の巣に近づこうと奮闘していた。鳥がよろよろっと立ち上がった拍子に巣の中の卵が目に入った。息を止めて親鳥が落着くのを待っていると、鳥は体を左右にゆすり、ネズミやカモメにさらわれないように卵をすっぽり包み、用心深くまた座り込んだ。

葦の茂みをわたる涼風がアイリスをさやさやとゆらしている。少年は父親が買ってくれたきれいな青い紙と鉛筆をとりだすと、巣ごもりしている野鴨の姿を巧みな手つきで描きはじめた。

大雨でスヘルデ河の水はあふれ、白波を立てながら堀割を通り、少年が身をひそめている沼に流れこんできた。だが彼は、ズボンや上着がぐっしょり濡れて肌にへばりつき、春の日差しがうなじを焦がし、耳のまわりを虫がひっきりなしにブンブン飛び回るのも気にならないらしい。

と、とつぜん野鴨が巣の中で騒ぎ出し、少年は思わず描く手をとめた。鳥は首を伸ばし、自分の力をためすように翼を力強くバタバタさせると宙に舞い上がり、怒ったような鳴き声をあげながら川の真中に向かって飛んでいった。

静けさを破る物音に、少年はようやく気がついた。それはどうやら土手の向こうからあがったらしい。馬のひずめの音、武器がぶつかり合う音、人の叫び声……

恐さと好奇心で少年の心臓はドキドキしている。あたふたと絵の道具をしまうと、身をかがめて泥沼を走り抜け、よつんばいになって土手をよじのぼった。そして芽を出したばかりの草むらにはいつくばると、まだ葉をつけていないキイチゴの茂み越しに砂利道の方をうかがった。

町の方角から二十人ばかり、スペイン人の騎兵がやって来た。前後を馬にはさまれるようにしてふたりの男と、女がひとり、長いロープにつながれて、むりやり歩かされている。囚人たちは馬の早い歩みに追いつけずに、前のめりになってよろけているが、転べば、ロープにつながれたまま地面の上を引きずられてしまう。

その五十メートルほど後ろを、老若男女の一団がついてきていた。おおかたは農民で、何か口々に叫んでいるが、それは兵士にむかってではなく、囚人にあびせかけているようだ。子供たちははしゃいで、大人たちの間を走りまわり、つつきあったり、埃だらけの道の真中で輪になって踊ったりしていたが、しまいには大人たちから道の端につまみだされてしまった。

少年はこの一団が通り過ぎるのを待ってから、行列のあとを追った。

囚人はたぶん異端の宗教を信じる者たちなのだろうと、少年は思った。兄のディノスの話だと、人前で自分たちの国はスペインに支配されていると言ったり、カトリック教会を批判したりすれば、たちまちスパイか異端者扱い。そうなればすぐに牢獄入りで待っているのは絞首刑や火あぶりだが、これを当然の報いと考える市民もいるらしい。

父親からは、面白半分に騒ぎに加わったり死刑を見物したりしないようにといつも注意されていたのだが、誘惑には勝てなかったのだろう、少年はこの一団の後を追った。騎兵たちはまもなく道からはずれると、木々の茂みに分け入り、ゆるい坂を下って、林の中の空地にむかって行った。少し先には農家が一軒あって、水車がまわっているのが見え、遠くにそびえる城は青空に暗い輪郭をくっきりと浮かび上がらせていた。

空地中央の大きな岩の上に絞首台がそびえるように立ち、その周りを墓が囲んでいる。絞首台はずいぶん前からそこに立っているとみえ、風雨にさらされかなり傷んでいた。絞首台のてっぺんにカササギが二羽止まっていたが、兵士が近づくと一羽が飛び立って、少し先の大きな石の上に止まった。もう一羽はじっとしたまま、下で起きている出来事を面白そうに高みの見物ときめこんでいる。

兵士たちが馬を下り、ひとりが三本のロープを絞首台の上に投げ上げると、カササギは鳴き声をあげながら空高く飛び上がったものの、すぐまたお気に入りの場所に戻って羽を休めた。

ついてきた農民たちは大きな輪を作って兵士たちを取り囲むようにして立っているが、中には酔っ払っているのか、大声でがなりたてたり、踊ったりする者もいる。少し離れたところでは二、三人ずつが小さなかたまりを作り、黙ったまま胸のところで十字を切ってじっと事の成り行きを見守っていた。

少年は一切の様子が一目で見渡せる砂山の上に這い上がって、腰を下ろすと、スケッチ帖と筆をとりだし、木々、遠くに見える城、踊っている農民、木の十字架とまわりに散らばっている墓石、そして絞首台をすばやく正確なタッチで描き始めた。

兵士たちが三人の囚人を絞首台の下まで引きずって行き、首にロープをかけると、まわりからいっせいに歓喜の声があがった。僧が危なっかしい足取りで岩の上にのぼり、囚人に祝福を与えようとしたとたん、囚人女が軽蔑したように彼にむかって唾を吐きかけた。僧は彼女を打ちすえようと杖を振りかぶったが、兵士たちがあわてて僧を押さえて、絞首台からやんわりと引き戻した。

馬に乗った兵士が三人、ロープをひっぱった。囚人は首が折れないようにゆっくり吊り上げられ、じわじわと窒息死させられるのだ。

目の前の出来事にショックを受けた少年は、思わず描く手を止め、哀れな人間をじっと見つめた。囚人は、喚声をあげている見物人の前で痙攣を起こし、手足をバタバタさせている。少年はまるで氷のように冷たい死神の手ではらわたをぎゅっとつかまれたような気分に襲われ、スケッチ帖をあやうく手から落とすところだった。その小さな動きに驚いたのか、カササギが飛び立ち、罵り声をあげるように鳴きながら木立の中に消えた。少年の目は、もうピクリとも動かなくなって絞首台にぶら下がっている囚人に引き戻された。その男の顔はグロテスクにゆがんでひきつり、舌は口から飛び出し、動きをとめた目は自分の方に向けられている。思わずたじろいで、絞首台を描くなど、してはならないことだったと罪の意識に襲われた。今すぐにここから逃げないと地獄に落とされるのではないかと不安にかられ、あわてて回れ右をしたとたん、誰かにぶつかった。そのずんぐりした男を見て少年はハッとした。

「案の定、こんなところに」この父親の声音では、大きな雷が落ちるのは覚悟しなければなるまい。「ここには来ちゃいけないって、言っただろうが」

「わざとじゃないんだよ。あの人たちが通りかかったから、ちょっとついて来て、そしたら……」

父親がまるで上の空なのに気がついて、少年は言い訳するのを止めた。父親は息子の肩越しに、絞首台から死体を下ろしているスペイン兵の方を見て、こう口の中でつぶやいた。

「あのスペイン野郎！　ローマ法王の汚らわしい悪魔の使いめが！　足元の地面にぽっかり穴があいて、地獄に落ちりゃいいんだ！」

少年はギクリとした。誰か聞き耳を立てていなかっただろうかと心配になってあたりを見回すと、数メートル先に僧の姿があった。僧は腕を組んだまま身じろぎもせず死刑執行の様子を見ていたのだが、今度はこの父子の様子に興味を持ったのか、こちらにゆっくりと近づいてくる。自分に視線が当てられているのがわかると、少年の体は震えた。

父親も僧に気がついたらしい。息子を守るように背中の後ろに隠し、相手をにらむようにしながら、強気な調子で尋ねた。

「何か？」

「おまえじゃない」視線は相変わらずおびえている少年に向けられている。「この子が何を描いていたのか見たいだけだ」そう言いながら、命令するように手をのばした。

「こいつときたら何でもかでも手当たり次第に描くんですよ。ほかのことは何だって放り出して、四六時中、絵を描いてばかりで」

「それは面白い。おまえの息子は立派な絵描きに生まれついているのかもしれんな。だがきっと……」僧は探るような視線を息子から父親の方に移しながら言葉を続けた。「教会やお上の悪口を言うようなものも描くんだろう？　誰かにけしかけられているのかもしれんが」

きっと聞き耳をたてていたに違いない、少年はそう思いながら、恐ろしさで体がガタガタ震えた。何もかも聞こえてしまったんだ、だから自分も父さんも異端者のように首を吊られるか、火あぶりにされる！

「さあ、それをこっちによこすのだ。芸術だか、子供のいたずら描きだか知らんが、描いたものを見せなさい」

「言われた通りにしろよ、ぼうず。おとなしくお見せするんだ、何も隠すことはないのだから。悪いことは何もしていないのだしな」

「早くしなさい。わしにはのんびり待っている暇なんかないんだぞ」僧はイライラしてこう言うと、子供の手からスケッチ帖をひったくり、一枚一枚めくって、モジャモジャの眉毛のあいだにしわを寄せながら丹念に調べ始めた。

「牛か、ほう、これは種を播く百姓だな、スヘルデ河の洪水に干潮、葦の茂みにいる漁師、これは網をうっているところか、お次は小船をつないでいる……」

「それは漁師のヨッベです。ときどき漁につれてってもらうんです……」

「おまえの息子の腕はなかなかのものだな」

「神さまからの贈物でして」

僧は眉をよせながら調べ続けている。

「息子はまだほんの子供で、何もわかっていないんです」

「おっと、これは何だ？」僧は詳しく見ようとするのか、一枚をとりあげた。

「絞首台じゃないか！」彼は勝ち誇ったように叫んだ。「兵隊はどこだ、それに囚人は、え？」

「息子はほとんど景色しか描かないもので」

「ほう、自然か。人間は大事じゃないというわけだな。おまえの息子が良からぬ考えは持っていない証拠と言える。そうとも、人間は大事じゃない。魂は別だが。肉体は魂の入れ物にすぎん」

「申し訳ありません、わたしら学がないもんで、そういう難しい話は……」

「それもそうだ」僧は口をとがらせながら、手に持った絵をもう一度丹念に見ると、軽蔑したような態度で、スケッチ帖を乱暴に返してこう言った。

「息子の才能を正しく育てるのが何より肝心だ。絵の勉強をする手助けは教会がしてくれるだろう」

「でも、その費用を払うのが難儀でして。何しろわたしは貧乏な百姓ですから」

「貧乏だと？」僧は愛想笑いをしながら言葉を続けた。「おまえは神さまが与えてくださった豊かな畑のおかげで生活しているのじゃないのか？」

「北のブレダからここに移ってまだ日が浅いんです。家と土地を借りましたんで、蓄えがすっかり底をついてしまって。まあ、なんとか家族のものが飢えないですむだけでもありがたいことで」

「だが、息子に高価な紙を買い与える金はあるようじゃないか」

「そのかわりベーコンを買うのは諦めてますから」父親は憮然として答えた。

「ブレダを出てきたのはどういうわけなんだ？」

「ここのほうがましな暮らしができるとか……」

「なるほど、アントワープという町はこれまでに大勢の罪作りな人間を誘惑してきているからな」

「かりに望んだって、その誘惑とやらに使えるような余分な金は、これっぽっちもありません」

カトリック教会もスペインの支配者も、うなるほど金を持っているのだが、父親のこのあてつけは、どうやら僧には通じないらしい。

「さあ、家に戻って、おとなしくしているんだ。ここにいても、もうおまえの息子に役立つようなことは何も起こらんからな」そう言ってから少年の方を向いた。

「ところで、おまえの名前は？」

「ピーター・ブリューゲル」少年は僧の刺すような眼差しにまた不安を覚えながら答えた。

「ピーター・ブリューゲルか、そうか」僧は少年をちょっと考え深げに見守りながら、やれやれというように肩をすくめた。

「善しにつけ悪しきにつけ、何かおまえについて耳にするときのために、この名前はしっかり覚えておくぞ」そう言うと、きびすを返して行ってしまった。囚人を埋めたあとに立っている十字架や絞首台のあたりで相変わらず騒いでいる人間の間に、彼の姿は消えた。

「一番の悪党は誰なのか、教会か、それともスペインの支配者か、父さんにはわからん。だがひとつだけあの坊主が言ったことにも正しいことがある。ここは子供がくるところじゃないってことだ。さあ、家に戻るとするか」

死体が片づけられ、僧もいなくなると、ピーターの不安も消えた。父親の話はほとんど耳に入っていなかった。その目は手に持った絞首台のスケッチにくぎづけになっている。何かが欠けている、何か大事なものが、死刑囚よりもまず自分を引きつけたもの。そうだ、絞首台にとまっていたカササギを描き忘れているじゃないか、そう気がついた少年は家で絵を仕上げるために、細かいところまでしっかり頭にたたき込んだ。

第二章　農民の婚宴

祝いの宴が開かれている大きな納屋の中は、おしゃべりと笑いの渦に包まれ、ふたりのバグパイプ吹きの陽気な音楽もかき消され気味だ。客たちは長いすに並んで腰掛け、荒仕上げの木のテーブルについていた。地元アントワープ産のビールが大きなジョッキになみなみと注がれている。

集まった客たちの真中に座っているのがピーターの兄ディノスと花嫁クレメンティーネ。彼女は町の南に住む裕福な農家のひとり娘だ。二十歳の花嫁の目はトロンとしていて、体は、隣で米粥を夢中で口に運んでいる器量の悪い母親の倍はあろうか。ディノスはピーターよりも現実的な人間で、いつも頭にあるのは、どうしたら少しでも楽のできる身分になれるかということだった。この結婚はその目的に一歩近づくものと考えて、決めたのだろう。花嫁はおせじにも美人とはいえないが、そのかわり信心深く、素直なたちだ。つい最近二十歳になったばかりのピーターは、同じ年頃の農家の息子たちとひと塊になって、納屋の入口近くに陣取っている。宴が始まったころは、こんな結婚なんかと言いたげな仏頂面をしていたが、ビールのジョッキをつぎつぎ空にするにつれて、気分は盛り上がってきたようだ。この三十分ばかり、しゃべり通しで、ぞっとする話をしたかと思えば、次には冗談。どうやら十六歳になるグレタの気をひきたいらしい。

納屋の入口からは沈みかけた太陽の光が射し込み、その中で埃と虫が踊っているのが見える。と、突然、降ってわいたように戸口のところに腰の曲がった老婆が現れた。木の杖をつき、頭には赤いスカーフをかぶっている。町の東の城壁前にテントを張っているジプシーだ。しばらく戸口に立ったまま客をひとわたり見まわしていたが、ピーターのところでピタリと視線を止めた。

まるで魔女だ、ピーターは杖にすがりながら自分に向かって歩いてくる老婆を見て一瞬そう思ったが、魔女ならこんな年になるまで火あぶりにならずにすむはずがない。まわりの者は急に話をやめてしまった。

ようやく老婆が口を開いた。「自分の将来を知りたいかね、お若いの?」

「どうしてほかの人じゃなくて、おれなのさ?」ピーターはまわりを見まわした。

老婆は真剣な顔つきを崩さない。「運命というやつは誰にでも網をかける。あたしゃその網の糸をたぐることができるのさ」

「占ってもらったって、払う金は一銭もないよ」

「パンを少しくれりゃ、それでじゅうぶん。ちょっと手を見せな、親方」

「何言ってんだい、おれは親方なんかじゃないよ」ピーターはきまり悪げに友だちの方を見たが、誰も笑っていない。みな魔法にかかってしまったのだろうか。ジプシーは、ピーターが恐る恐る差し出した手を取ったが、目は相変わらず彼の顔にピタリと当てられている。ブルブル震える親指で手のひらの線をそっとなぞると、静かにこう言った。「あんたの中にはそんじょそこらにはないきれいなものと醜いものが同居している、若い衆。ほれぼれするところと、ぞっとするところがあるんだよ。生命線は短い、えらく短い……」

手のひらをなでていた親指の震えがとまって、顔には同情するような表情がちらりと浮かんだ。聞こえるか聞こえないような小さな声でもう一度言った。「とても短い……」それから少しはっきりと言った。「三人の女と三人の子供……」ここで言葉を切ると、ピーターの手をぎゅっと握り、考えをまとめようとするのか、目を閉じた。

やがて目を開けるとピーターをじっと見ながら、握っていた手をほどき、また手相を見始めた。「未来がすっかりわかったわけじゃないが……あんたの運命の糸にはすばらしい創造の力がからみついている……」ジプシーの視線はそれまでにぎやかに騒いでいたのが嘘のように静まり返っている客たちの上をさまよっている。「もうすぐあんたは全部のものに別れを告げる……」そこまで言うと突然自分だけに聞こえた何かに驚いたのだろうか、つと頭を上げるとピーターの手を離した。

「さあ、もう行かないと！」そう言ったかと思うと、夕日に飲まれるように姿を消した。

「おめでとう、親方！」誰かがピーターを突っつきながらこうからかうと、皆が声をたてて笑った。ピーターはどぎまぎし、このおかしな出来事を振り払おうとするように、きちんと座りなおした。それから目の前のビールをぐいっと飲み干すと、下男にもう一杯持ってくるように合図した。

「本当に楽しい結婚の宴じゃないか。嫁さんは幸せいっぱいで、まるで宙を舞っているみたいな目つきしてるぜ」そう言ってピーターはプッと吹き出した。なみなみと注がれたビールを一息に飲んで、今度はベルトにぶら下げた巾着からいつものスケッチ帖を取り出すと、喜びいっぱいのクレメンティーネの姿を描き始めた。

突然ピーターは長いすの一角が空になっているのを見つけると、まわりを見渡しながら、誰にともなく聞いた。

「あれ、グレタのやつどこに行った？」

「表に出てったぜ。すぐ戻ってくるさ」

ピーターは絵の道具を机の上に放り出すと立ち上がって、うきうきした調子で言った。「ちょっと様子を見てくるとするか」

うまく抜け出そうとしたとたん、父親に腕をつかまれてしまった。

「わしがおまえだったら、もうちょっとおとなしくして、無駄口はたたかないぞ」

「ただの冗談だよ」

「ディノスには気をつけろ、ピーター。あいつがどういう人間かわかっているだろう？」

「兄さんなんかくそくらえだ！　悪魔にでもさらわれてしまえばいいんだ」こう言いながらピーターの目はグレタを探していた。

「ピーター！　よっぱらっているな。酒はほどほどにしろよ！」

「もう飲んでないさ。行ってもいいだろう？」庭の方を指差しながら言った。

「天気が変わらないうちに畑の干草を頼むぞ。明日はだらだら寝てる暇なんかないからな」父親はつかんでいたピーターの腕を離しながら、こう釘をさした。

父親はもの静かな人間だったが、こと重要な問題となれば農民のかがみというべきか、決して信念をまげるようなことはしない。兄のディノスはいつもまっこうから父親に食ってかかっていたが、ピーターはどちらかと言えば相手の顔色をうかがうほうだ。父と兄との口論はたいていが政治か宗教をめぐってだったが、ピーターはそういうことにはとんと関心がなかった。

ピーターは小麦畑の端にいるグレタを見つけた。スカートを膝の上までたくしあげ、草の上に座って、足を太陽にさらしている。

「遅かったじゃない！」

ピーターは彼女の脇にひざまずいた。「おれのこと待っていてくれたなんて知らなかったよ」

「あたしを描いてちょうだい、ねえ」そう言いながらグレタはスカートをさらにまくりあげたので、白い太ももが目に飛び込んできた。

「絵の道具は置いてきちゃったんだ」ピーターはそわそわしながら後ろを振り返った。

「今すぐ描いてくれなくていいんだから。じっくり見とけば、あとで思い出せるんじゃない？　見たくないの？」挑発するように笑い、真っ白な歯を見せた。

「もちろん見たいさ。誰にも邪魔されない場所があるんだ」ピーターはあわてて答えた。

「どうして隠れなきゃいけないのよ？　見られるといけないことがあるわけ？」

「え？　おれが思ったのは……」拍子抜けしながらピーターが答えると、グレタは声を立てて笑った。

「こら、からかいやがったな」

「本当におばかさん！　ねえ、邪魔されないとこってどこよ」グレタは立ち上がりながら聞いた。

「おれの部屋さ、みんなが騒いでいる間は誰も入って来ないよ」

「自分の部屋があるの？　驚いた！」

「うん、まあね」多分父の農場は彼女のところより広いはずだと考えながら、またからかわれているような気もした。だが、彼女の白い太ももがまぶたに浮かぶと、そんなことはどうでもよくなった。


「わあ、すごい絵！」誰にも見とがめられずにピーターの部屋に入ると、グレタが叫んだ。この驚きは演技ではなさそうだ。好奇心をむきだしにして壁にかかっているたくさんのスケッチに見とれている。

「すてき！」細かいところまでていねいに描かれたアザミの絵を見て大きな声で言った。

「ほんのいたずら描きさ。おやじにはいつも時間の無駄だって言われるんだ」ピーターはまんざらでもない様子で答えた。

「いたずら描き？　これぜったい市場に持っていきなさいよ、お金になるから。あたし保証する。あらやだ、これ絞首台じゃない？　薄気味悪い！」

「五年も前に描いたのさ」ピーターは気乗りしない口調でこう答えながら、彼女の肩越しに絞首台とカササギを描いたスケッチを見た。前景には僧がいて、こちらに敵意を持った視線を向けている。この僧は消した方がいいな、顔が絵のバランスを崩しているし、それに大して重要じゃない、絵の印象を薄くするだけだ。

「おれ、その場にいたのさ。奴らは三人の人間を絞首台にかけたんだ。男ふたりに女がひとり」あのあと何週間も毎夜のようにその男が夢に現れ、こちらを見ていた視線にうなされ続けた。「スペイン人が縛り首にしたんだ。どうしてあんなことしたのか、気晴らしのつもりなんだろうか……止めだ、止めだ、もっと楽しい話をしようぜ！」ピーターはグレタの体に腕を回し、服の上から胸に手をはわせると、彼女はそれに自分の手を重ねた。

「あたしをどんなふうに描くつもり？」

「まだわからないよ。おれの頭のなかにどんな情景が残るかによるさ」ピーターの息遣いはだんだん荒くなってくる。

「もっとあたしのこと見たい？」

「ああ、全部を見たいよ」押し殺したような声でそう言いながらスカートの下に手を入れ、まだなまなましく目に焼きついている真っ白な太ももをつかんだ。

そのとき突然農場の方からひづめの音と、とどろくような響きが上がった。ピーターはびくっとして身を縮めた。

「何なの？」グレタはすねたように聞いた。

「兵隊だよ、スペイン兵だ！」グレタから身を離すと、ピーターは窓際に駆け寄った。気づかれないようにそっと下をのぞくと、スペイン人の大尉と兵隊たちが納屋の前で馬から下りたところだ。ピーターの心臓は早鐘をつくように打っている。婚宴は佳境に入っているようだ。兵隊はふたりばかりその場に残り、あとは小銃を構えながら納屋に入って行った。中にいた客たちの声がパッタリ止んで、フランス語とスペイン語でがなりたてる声が聞こえてきたが、何を言っているのかは分からない。

「あいつら、ここで何を探そうっていうんだ。祝いの邪魔をする権利があるのか！」ピーターは悔しがってこぶしをぎゅっと握った。

「強い者の権利じゃないの？」彼の後ろに立って、一緒に外をうかがっていたグレタがこう言った。「そんなことより、さっきの続き、ねえ、いいでしょ？　どっちみちあたしたち何もかえられないんだもの」

「続き？　いったい何考えてんだ。中で何が起こってるか知れたもんじゃないだろう！」

「じゃ、行って見てくれれば。英雄ごっこでもして、鎖につながれればいいでしょ！」

だが、ピーターが本当に下に降りて行ってしまうと、グレタは腹立ちまぎれにベッドを蹴飛ばした。

ピーターは家に沿って忍び足で行くと、見張り兵の目が届かない納屋の軒下に走りこんだ。壁の中央、三メートルほどの高さのところに梁が出っ張っていて、そこに麦わらの束をつりあげるためのロープが下がっている。それをつかむと、ピーターは壁をよじ登りはじめた。恐ろしさで冷や汗が吹き出してきたが、中で起こっていることを確かめないではいられない。さほど苦労しないで干草置場にたどり着いた。収穫前なので中はガラクタが少し置いてあるだけで、からっぽ同然である。腹ばいになると、用心しながら床板の隙間から下をのぞいた。

客たちは納屋の隅に追いたてられ、兵隊が銃を構えて動きを押さえている。客はすっかり出来あがっていて、何が起きているのか訳も分からず、ただおかしそうに笑っている。

兵士が何人かテーブルに座り、残っている祝いの料理やビールをくつろいだ様子で飲み食いしていた。大尉はピーターの席に腰を下ろしている。見ると、テーブルの上に置いてきたスケッチを広げて点検中だ。ピーターはくちびるをかんだ。大尉は一枚一枚順々に明かりにかざし、まるで隠れている秘密を探そうとでもしているようだ。

その横に立っている男も同じようにスケッチをのぞきこんでいる。よく見ればそれは兄のディノスではないか。花嫁は親と一緒に納屋の隅に押しやられていた。

大尉は絵をかき集めると、兵士のひとりに渡した。「裏切りと神を冒涜するものだ」大尉はひどい巻舌のあやしげなフラマン語でこう言った。「スペイン国王カルロス陛下の御命令にそむいているだけじゃない。これはどうだ」こう言いながら軽蔑したような身振りで、兵士たちにスケッチを見せた。

「ごかんべんください、旦那。おれたちちっとも知らなかったもんで、婚礼の祝いの席には二十人以上集まっちゃいけないなんてこと」

「町中にちらしが貼ってあるだろうが。少しは字の読める人間もこの中にはいるのだろう？」

「でも旦那、おれたち、そうめったに町には行かないし」

「そういう決まりが新しくできたんだ。祝いのためにとことん蓄えを食べきって、そのあげくに食べるものがなくなってやれ飢え死にだ、強盗だ、なんていうのははた迷惑というものだ」

「そんなことまるで知りませんで」

「たぶんその言葉に嘘はないのだろう。おまえたちは本当に愚か者らしいな。まあ、それは大目に見ることもできるだろうが、しかしこれは」といいながら大尉はスケッチの束をまた指さした。「これは目こぼしできん。厳しい処罰が必要だ」

大尉がそう言うのを聞くとピーターの髪は逆立った。

「おれはいつも弟のやつに口をすっぱくして言ってやってるんですよ、おまえのいたずら描きは度が過ぎるってね。ところが馬の耳に念仏で」

大尉は疑い深そうにディノスを見上げた。「おまえは、自分がローマ教会とスペイン王に忠実で、神を恐れ、あがめている人間だと言うんだな」

「ええ、もちろんですとも」

「それじゃ、どうして自分の弟にそれを教えてやらないんだ？　それが義務ってものだろう」

「おれはいつだって弟を正しい道に引き戻してやりたいと思ってるんですよ、旦那」

「そうなのか？　だが成功しなかったというわけだな？　その異端者はいったいどこにいる？」

ピーターの父親は一歩前に踏み出したが、たちまち小銃で胸をこづかれ、よろめきながら後ずさりした。「息子はほんの冗談で描いただけで、悪気はないんです」懇願するような調子である。大尉はあざけるように笑った。

「おまえの息子がまだ赤ん坊ならともかく、歳は二十と聞けば、そりゃにわかには信じられんな。その異端者はいったいどこに隠れているんだ？」

　ディノスはくちびるを舐めた。「女の子と出ていきましたよ。どこか、干草の中か家の中、ひょっとすると自分の部屋かも」

「おまえはなんて奴だ！」父親が叫んだ。

「あいつのせいで、祝いはすっかりめちゃめちゃにされたんだ。おれの結婚祝いの日だっていうのに」ディノスが声を張り上げた。

「しずかにしろ！」大尉はいらいらして怒鳴りつけ、父親を指差しながら言った。「これじゃおまえは自分の息子を、絞首台にかけるためにわざわざ育てたということになるな」それから両手を腰に当て、隅に押しやった客たちの前に立ちはだかった。「二十人までというのに、ここにはゆうに四十人はいるじゃないか。余分な人間を今すぐ絞首刑にしなければならんかな？」

　数人の兵士がビールのジョッキをかかげて高笑いした。たぶんスペイン人の兵士たちに、ここで話されている内容は一言もわからなかったろうが、哀れな農民たちの動揺した顔を見て、ピンときたのだ。

「だが、一番大事なのは……」大尉はこう言って何事かスペイン語で兵士たちを怒鳴りつけると、半数の兵隊が外に飛び出して行った。

　彼らが自分を探しに出て行ったのだと分かったとたん、ピーターはパニックになった。逃げ出すにはもう遅すぎ、ここに隠れているよりほかない。この干草置場に誰もやってこないことを願うしかなかった。

　ガラクタが積み上げてある部屋の隅までそっと忍んで行き、その下に身を隠した。たとえ兵隊たちが上がってきても、ここはざっと見るだけで終わるだろう。チャンスはあるはずだ。

　そのときグレタが兵士ふたりに引きずられるようにして大尉の前に連れてこられた。彼女は恐ろしい叫び声をあげたが、スペイン人たちは笑うばかりである。

大尉は長椅子のところに戻って、ビールをつがせた。右手にジョッキを持ち、だらしなくテーブルによりかかっている。「これが話の尻軽女か」そう言いながらグレタの頭のてっぺんから足の先までじろじろ眺めている。「身をもちくずすにしちゃ、少し早過ぎるな」ジョッキを口のところに持ってゆくと、おいしそうにゴクゴクと飲み、あごひげを手の甲でなでながら尋ねた。「おい、おまえの恋人はどこだ？」

「あたし恋人なんかいません」

彼女の物怖じしない声を聞いてピーターは息を止めた。

大尉はびっくりしたようにグレタを見つめている。「そうか、まだおまえの恋人じゃないって言うのだな。ということはおまえは簡単に誰にでも抱かれるってことか？　それは男にとっちゃうれしいことだ」彼はみだらな表情で笑った。と、突然ジョッキをテーブルの上に放り出し、ガバっと立ちあがると、グレタの胸に手を入れ、上着をつかんで乱暴に腰のところまで引きずり下ろした。大尉はグレタの剥き出しになった乳房を舐めまわすように見てから、顔に視線を移し、気味悪いほどやさしい声音でこうたずねた。「弟の方のブリューゲルはどこかね？」

グレタはふたりの兵士につかまれている腕を振りほどこうとあがいている。

「行っちゃったわよ」すすり泣きながらグレタは答えた。「逃げちゃった、どこだか知らないけど。あんたたちがここに入ってくるのを見たとたん走って行っちゃった。怖かったのよ、きっと」

「そうかもしれん。嘘言ってるんじゃないだろうな」大尉は彼女のあごをぐっとつかみ、目をのぞき込んだ。「本当なんだな？」

「嘘をついたら神さまの罰を受けるもの」

「黙れ、汚らわしい女が、神さまなんて言葉を軽々しく口にするな！」

グレタの言っていることは本当だ、ピーターはそう叫びたいところだった。おれが外に飛び出して行ったことしか知らないのだから。ピーターは指を噛みながら、グレタが自分のせいで殺されたりしないようにと祈っていた。

「じゃ、いったいどこにいるって言うのだ？」

「分からない。だってあの人のことほとんど知らないんだもん」

「そうだったな、あいつはおまえの恋人じゃなかったな」またビールをゴクリと飲んで、ゲップをした。「おれの部下たちを慰めてくれたら、おまえを殺さないし、自由にしてやるぞ。ビールというやつはおれをやさしい気持ちにしてくれる」そう言いながら大尉が合図を送ると、兵士たちは嫌がるグレタをニヤニヤしながら外に引きずって行った。

間もなくピーターの耳に彼女の悲鳴が届いた。隠れていることしかできない臆病な自分が悔しく、無力感で気が変になりそうだった。

客たちを見張っている兵士たちが、物ほしそうな目つきであたりを見まわしていたが、やがて自分の持ち場をしっかり守るように大尉が命じるのが見えた。外に出て行ったスペイン兵はピーターを探すのは諦めて、グレタの暴行に加わっているのかもしれない。

ピーターは窓ににじり寄り、そっと表を見た。太陽が沈みかけている。間もなく夕闇が迫ってくるはずだ。見渡すことができる庭先に人気はない。恐らく誰の目にもとまらずに反対側に行けるだろう。

ピーターはロープをつかむと、それをつたってスルスルと降り、音を立てないように走って逃げた。

皆を見捨てた自分は卑怯者だと思ったが、そうかといって命をかけて英雄を気取るのも馬鹿げている。死んだ英雄よりも生きている卑怯者の方がましではないか。こう考えながら、農場から、そして惨めさから逃げることを正当化しようとしたが、いくらそう思ったところで何の慰めにもならなかった。

第三章　大きな魚は小さな魚を食う

馬に乗ったパトロール中のスペイン兵たちを見かけ、ピーターはあわてて道端の藪に飛び込んだ。誰かをさがしているわけではなく、どうやら日が暮れないうちに町に戻ろうと急いでいるようだ。

夜になると空には三日月がかかり、星が美しくまたたき、道を探すには困らなかった。ピーターはきびきびした足取りで歩き続け、漁師のヨッベが住むあばら家まで来てみたものの、中は真っ暗だった。ヨッベは夜が明けるか明けないうちに仕事に出かけるので、いつものように早寝をしたのだろう。

あたりはシーンとしていて、自分の心臓の鼓動も聞こえるほどだった。戸口の前に立ってしばらく考えていたが、やがてヨッベの小船がつないである入江に向かって、ぬかった道を下って行った。

船の中にあったロープと網を寝床がわりにすることに決めた。もちろん快適というには程遠いが、じかに硬い船底に寝るよりはましだろう。それにここなら誰かに見つかる心配もない。

夜がふけると冷え込み、足も冷たくなってきたが、苦になるほどではなかった。仰向けになって、夜空の星を見ていると、今日のできごとが生々しく、それからそれへと思い出された。納屋の干草置場で味わった不安と無力感、自分だけではない、両親の命の心配、それもこれも自分が描いたつまらない絵のせいなのだ。それに兵士たちの慰みものにされてしまったかわいそうなグレタ。夜が明けたら洗いざらいヨッベに話そう。考えの深い人間だ、良い知恵を貸してくれるかもしれない。

だが、なかなか寝つけず、時々うつらうつらしても、葦の葉のカサコソいう音や、怖い夢を見てハッとして目が覚めた。岸辺に兜と胴鎧をつけた人の影が動いたような気がして、船底に出来る限りピタリと体をつけ、全身を耳にしてみる。気のせいだったのだろう、あたりはシーンとしたままだ。

夜が明け、水平線に太陽が昇り始めたころにようやく眠りについた。だがいくらもしないうちに小船が激しく揺れ、思わず飛び起きると、船の前に立って自分を見下ろしている姿を、ピーターは恐怖の目でしばらく見つめた。

「ヨッペか!」ほっと安心したとたん、めまいを覚えた。

「今日はずいぶんと早いな。おい、一晩中こんなところにいたのか?」ヨッペは身をかがめながら、あきれたような顔でこう言った。

「スペイン兵がおれを探しているんだよ」やっとのことで答え、そろそろと体を起こしたが、背中が痛む。まるで百歳の老人にでもなった気分だ。のどが渇いて痛いし、舌がヒリヒリする。昨日のビールのせいだろう。それと察したヨッペが黙って水の入った瓶を差し出した。

「スペイン兵だって?」ヨッペの声は、深くしわが刻まれた顔と無骨な姿に似合わず、おだやかでやさしい。

ピーターは瓶からゴクゴクと冷たい水を飲んだ。

「そうなんだ。奴らは昨日祝いの席にやってきて、客の数が多すぎるって文句をつけた」

「じゃ二十人以上いたってわけなんだな?」

ピーターはうなずきながら、もう一口飲んでから瓶を返した。

「それがいけないことだとは、皆知らなかったんだよ」

「それで奴らはどうした?」

「わからない、おれ、逃げ出したから……父さんや母さんがどんな目にあったか知らないんだ。それにグレタも、奴らはあの娘を……ああ、神さま！」ピーターは罪の意識にかられて、思わず天を仰いだ。「きっとみんな殺されてしまったよ」そう言うと船底にひっくり返り、両手で顔を覆った。

「こう言ったって慰めにもなりゃしないだろうが、それは近頃どこにでもあるありふれた話だな」ヨッぺはそう言いながら小船に乗り込んだ。「引き潮にならないうちに船を出さんと。一緒にくるか？」

ピーターは相手の顔を見ずにうなずいた。

ヨッぺはロープを解くとオールを握り、スヘルデ河に静かに漕ぎ出した。

「何もかもおれの絵のせいなんだ。あの大尉はこう言ったんだよ、神さまとお上を侮辱している絵だって」ピーターは曇った顔でヨッぺを見上げた。

「それで、そのとおりなのかい？」そう尋ねながらヨッぺはおだやかに笑って自分で答えた。「もちろんそうなんだろうな。おまえのことだから」

「ディノスはあの絵をわざと見せたんだと思う」

「おまえの兄貴がか？」

「ディノスは自分の得になると思えば、相手が誰だってお構いなし、そいつとくっつく奴なんだ。金のために自分の家族を裏切るユダだよ」

「それは言い過ぎというものだぞ」漁師はおだやかにたしなめた。船を河の流れにのせ、ときどきオールを動かしてはコースを直す。スヘルデ河は静かに流れ、風もなく水面はおだやかだ。岸辺の葦と藪のあいだには霧がたちこめている。

「前にも何度か注意したろう。あんな風刺画を描けば、いまにやけどするって。スペイン人と教会はどこでだって目を光らせ、耳をそばだてているんだからな」

「教会の力も地に落ちたって、この間、言ってたじゃないか」

「信仰が薄くなったって、教会のお偉方の権力が弱くなったわけじゃないさ。それどころかますます厳しくなって、おれたち子羊たちを手なずけようとしている。ジャン・カルヴァンの一派が南からやってきて、聖書でおれたちにピンタを食らわしたところで事情は少しもよくはならないさ」

「カルヴァンって?」

「聖書に書いてあることを忠実に守らなきゃいけない、それから、教会は聖書の言葉を自分に都合のよいように解釈する権利はないって言っている男だよ。金で罪を許してもらうとか、魂を救ってもらおうとするなんて、とんでもない話だってさ。信者一人ひとりの良い行いが神さまの帳面に書いてあるなんてこともないそうだ。天国に行けるか行けないかは神さまのご意志次第らしい。修道士マルティン・ルターの言っていることに近いな。大勢の人間がそうだ、そうだって言ってるようだがね。で、パウロ法王はカトリック教徒たちが自分の財産を教会に寄付する必要はないと考えはしまいかと前から心配していた。だから去年、ほらあの神聖ローマ帝国皇帝カール五世に後押ししてもらって公会議を召集したわけなのさ」

ヨッベはピーターの物問いたげな顔に気がついて説明し始めた。

「公会議ってのはな、教会のお偉方が集まって、どうやったら世界を自分たちの思うようにできるかって策を練るところさ」

「そういうこと、どこで聞いたんだい?」

「わしは釣った魚を、旅したり勉強している人たちにも売っているからな。その方面からちょくちょく話を聞くんだよ」ヨッベはオールを船の中に入れ、石をつけたロープを水中に下ろすと、船を留めた。この仕事はいつもならピーターにまかせるところだが、今日のピーターはどうも頼りない。

「それにわしはこれでも字が読めるしな。印刷屋のプランテンに教えてもらったのさ。金よりも何か物で払ってくれる人間もけっこういてな、あいつはたまに本を持ってきてくれるんだ。こんなふうに教会がゴタゴタしていりゃ、皆、目の前の大事なことに気がつかなくなるかもしれん。たとえば、わしたちがスペイン人の国王に支配されているとか、暴動が起こっているとか……」

ヨッベは巻いてある流し網を持ち上げて、船べりにかけた。この網でサケを捕り、町の金持ちたちに売るのだが、金持ちはこれを自分で食べるわけではなく、安い魚は使用人用だ。

「どうしてスペイン人はいつもおれたちをいじめるんだろう？　おれたちがやつらに何かしたことがあったか？」

「それが自然の摂理ってものなのさ。大きな魚は小魚を追いかけ、食ってしまう。そいつらだって、いずれはもっと大きな魚に食われてしまうんだ」

「じゃ、スペイン人を追い払っても、もっとひどい暴君が現れるってことかい？」

「わしに分かることは、あいつらが永久にここにいすわるわけじゃないってことだけだよ。このあたりの国じゃ、よそから来た支配者は、自分たちが抑えつけた者か、さもなきゃ、もっと強い支配者に追い出されるってことを繰り返しているのさ」

「そんなこと、何の慰めにもならないよ」

ヨッベは肩をすくめた。「慰めってのはな、人の手じゃ絶対壊されないものの中にあるんだ。スヘルデ河の満ち干とか、太陽が昇ったり沈んだりすることとか、春夏秋冬、それに死とかな」

ピーターは考え深げに、かがみこんで網の端を船べりの係柱に結わえつけている漁師をながめた。

「ヨッベ……神さまを信じているかい？」

漁師はちょっと考えている。「信仰がなきゃ、物はどうして存在するのかっていう問題に答えられないだろう？　そうなると、わしたちが生きていることの意味が全然なくなっちまうじゃないか」

「それじゃおれの質問の答えになってないよ」

「神さまを信じようとしているってとこかな。まあ、神さまのご意志を皆に伝えて、それを実行するんだ、なんて言ってやがる連中のおかげで、それも難しくなっているがな。まったくご大層なこと言っている奴らだよ」

「それって異端者が言っていることと同じじゃないのか？」

「神さまの存在を信じている人間は、ぜったい異端者なんかじゃないよ、ピーター。人間を火あぶりにして殺しておいて、神さまに仕えるなんてほうが……」ヨッペは網の始末を終えたらしい。疲れたのだろう、船底にひっくり返った。ヨッペも歳取ったな、とピーターは思った。

「ヨッペ、おれ、どこかに旅に出ようと思う。ここと は別の景色を見たいし、別の空気を吸いたくなったんだよ」

「旅は金がかかるし、空気だけじゃ生きていけないだろう？」

「多分絵を描いて、それを売るよ」こう口にすると、絵を売ったらどう、と言ったグレタのことがいやでも思い出された。あわててそれを振り払うようにして言葉を続けた。「ヨッペが魚を売るようにさ」

「絵は食えないからな……でもおまえの言うことが正しいんだろう。金持ちはますます金持ちになっているご時世だから、おまえの絵なんかにも金を出そうっていう人間がいるかもしれんな。今度、プランテンに引き合わせようか？　あの男はたくさんの絵描きとつきあいがあるようだし、仕事をくれるかもしれないぞ」

「そりゃ、ありがたい！」ピーターは顔を輝かせたが、スペイン人のことを思い出して、感激はしぼんでしまった。「だけどスペイン兵がおれを探しているから、町に出て行くわけにはいかないよ」

「二、三週間もすればやつら、おまえの顔なんかすっかり忘れちまうさ。あんまりたくさんの人間を追っかけてるから、全員つかまえるなんて無理な話だと思うだろう？」

「そうだったらいいけど」ピーターは元気がない。彼の目は静かな水をじっと見ている。遠くの方にそよ風に乗った波が現れた。自分の生活も昨日の朝までは静かで平和だったのに……

下を向いたままヨッペが言った。「とりあえずおれの所に来い。土間の上だって眠れるだろう？　食べる魚な

じゃないのか？」

「行くとこなんかないよ。何したって絞首台行きだ。だけどおれを泊めたら、今度はヨッペが危険な目に会うんじゃないのか？」

「余計な心配しなさんな。町に知り合いがいる。多分おまえの親父さんとお袋さんがどうなったか、何か聞き出せると思うよ。そら、網に何かかかったらしいぞ」

多分自分は漁師になるだろう、午後遅く、岸に向かって船をこぎながらピーターはそう思っていた。籠の中は青く光るサケでいっぱいだ。こうした生活もいつも楽しいわけではないだろう、特に冬場や天気の悪い日は。でも漁師なら自由な人生が送れる。それが今の自分には大事なことなのだ。水の上で過ごしたこの平和な一日は、ピーターの気持ちを少し落ち着かせてくれた。

船は入江に入り、係留する場所にゆっくりと向かっていた。気がつくと、ヨッペがあたりを用心深く見まわしている。

「何か変じゃないか？　まるで嵐が来る前のように静かだ」そわそわした様子でそう言うと、雲一つない空を見上げ、それから、もやい綱を水から引き上げようと身をかがめた。ピーターもこの不自然な静けさが気になった。まるで入江に鉛のおもりがかかったようではないか。冷たい触手を持った生き物に不意に後ろから飛びつかれたように、昨夜の不安がまたピーターを襲った。「ヨッペ……おれ心配だよ」押し殺した声で言った。

「不安に耐える勇気のある人間は、臆病者にはならん」ヨッペはこう答えながら、励ますように片手をピーターの腕に置いた。「もうすぐ我が家だ。そうすれば食事だぞ」

ヨッペがこう言うか言い終わらないうちに、スペイン兵が岸辺の葦の間から飛び出してきた。小銃を船に向けている。ピーターはその中にあの大尉がいるのに気がついた。彼はスペインなまりのフラマン語で叫んだ。「すぐ陸にあがれ！　言われたとおりにしないと撃つぞ」

第四章　聖と俗

外は夏らしい天気だというのに、ここアントワープ、ステーン城塞の地下牢はひんやりしている上に湿っぽく、かび臭いすえた臭いがする。手の届かない壁の上に格子がはまった小さな窓があって、光はそこからしか入ってこない。臭いの発生元は、部屋の隅に積んだ藁の山で、これが寝床だ。

ピーターは独房の鉄の扉に寄りかかっていた。扉は彼の背後で力任せに閉められたので、まだその勢いで揺れている。くたくたに疲れていたが、腰掛ける椅子はなく、そうかといって汚らしい床石の上に座るのはごめんだ。「ああ、ヨッベ！」涙があふれた。まだ生きているだろうか。スペイン兵たちはヨッベがぐったり動かなくなるまで小銃の底尾でなぐりつけ、そして船を焼き払った。ピーターが、ヨッベは何も悪いことをしていないと、いくら言っても大尉は耳を貸そうとしなかった。スペイン人の支配者をあからさまに軽蔑し、神を冒涜する人間と思われた者の言うことには、聞く耳をもたないのだろうか？　おれは疫病神なんだと、ピーターは自分を責め続けながら、ほとんど絶望的な気持ちになっていた。

牢の扉はこの日それから一度も開かなかった。やれることといえば身に起こったことを思い返し、暗い気分で自分を責めることしかない。食べるものは何ももらえず、喉の渇きは、天井からロープでつるされているバケツの水で癒すよりないらしい。

夕方、小窓から光も入らなくなると、牢の中は真っ暗闇になった。ピーターは綿のように疲れていた。ながいこと立ち通しだったので脚が痛んだが、牢の隅に積んである藁に寝る気にだけはどうしてもなれない。あちこちでカサコソいう音がし、脚の上を何かが這っている。人の気配といえば、ただ一つ、聞こえてくる鎖のガチャガチャいう音だけだ。少なくとも連中は自分を鎖につなぐことだけはしなかった。だがそれが良い印なのか、それとも悪い印なのかは分からない。どんな運命が待っているのかまるで想像がつかないが、火あぶりだけはごめんだ。

一晩中、立ったままでいるなど無理なのは分かっている。いつ倒れてしまうだろうか。おまけに牢の中が身の毛もよだつような化け物でいっぱいのような気がした。

ピーターはよろめきながら、手でバケツをさぐってみたが、この暗闇の中では見つけられなくて当然だから、一度で当てたのは運がよいといえば言える。バケツをひっくり返さないよう細心の注意を払ったつもりだったが、少し力をかけたとたん、ロープが天井から鉤ごと落ちた。派手な音をあげながらバケツもろともピーターは床にひっくり返った。もう起き上がる気力もなく、隅の方に転がって行き、体を縮めた。あまりの理不尽さに思わず涙がこぼれ、寒さに震えながら、その姿勢で硬い床に身を横たえたままゝんじりともせず一晩を過ごした。

にぶい朝の光は、夜通し頭の中に巣くっていた恐ろしい怪物を追払ってくれたが、少しも気分は楽にならず、硬直した体が痛んだ。空腹は感じなかったが、喉はカラカラだ。だが床のバケツに水は一滴も残っていなかった。

牢の中は薄日が射し込んでくるだけだ。一日中こんなふうにどんよりしたままなのだろうか。足で床の大きなごみをどけると、あぐらをかいて座ってみたが、最初ただ痛いだけだった足が、終いには感覚がなくなってしまった。そのうち体全体がしびれたようになり、ものを考えることさえ出来ない。どのくらいたったろうか、ドアの小窓が開いた音でハッと我に返った。かび臭いパンがひとつ、足元に転がっている。だがピーターは手を出さなかった。

けたたましい音を立てながら、牢の扉が開き、監視がふたり入ってきた。今いったい何時なのだろう。監視はピーターを無理やり立たせたが、ひとりでは歩けないとみると、牢の外に引きずり出した。

連れて行かれたのは、暇を持て余しているような面持ちのスペイン人将校の前である。その男が片言のフラマン語で二言三言命令すると、驚いたことにピーターは着替えさせられた。似合うとはお世辞にも言えないが、少なくともこざっぱりしたと思っていると、こんどは表に連れ出され、馬車に押し込まれた。馬車は待っていたように走り出したが、御者のほかには兵士がひとり横に付き添っているだけである。

「おれは突然スペイン王にとって危険な人物でなくなったってことかい？」

兵士はいぶかしげにちょっとピーターの顔を見たが、肩をすくめるとスペイン語でそっけなく何か言った。「分からない」とでも言ったらしい。

「こりゃいいや、おまえのことを豚野郎と言っても分からないようだし」ピーターは機嫌良く兵士に笑いかけた。ピーターはこれまでスペイン人に逆らう気はさらさらなかったのだ。教会に対してもである。関心もなかったし、二つとも生活の一部になっていた。ただ単純にその中に組み込まれていたのである。風刺画にしてもただのお遊びのつもりだった。だが今は彼らを心底憎み、嫌悪していた。恨んでいると言ってもよい。

馬車は大きな音をたてて飛ばし、ブリュッセルへの道をとっている。御者がものすごい勢いで走らせるので、ぶつけられそうになってあわててよける他の馬車からは、悪態や罵声が飛んでくる。

このアントワープは活気のある商業の町で、そこへ通じる街道はどれもこれも商いには大事なものだった。一日中農夫や、生地屋、石鹸作り、ビール作りが自分の売り物を持って町を出たり入ったりしている。ドイツ人も大勢いたし、ポルトガルの船は香辛料をアントワープ港で下ろすと、今度は銅製品を積みこみ、イギリス人は布地を運んできて、最盛をきわめている武器作りのために鉛を持って帰る。

ピーターは馬車の小窓から町の賑わいを眺めて、あの商人たちはさぞかしたっぷり金を稼いでいるのだろうと考えていた。

「おまえたちみたいな間抜け野郎よりも金をもうけているんだ」ピーターは相手の顔を見ずに隣の兵士にそう言

った。「おまえらなんか、ふるさとを何千キロ離れたって、お涙金しかもらえないんだからな。あ、そうか、でもおれたちを拷問にかけたり、殺したりするお楽しみはあるんだっけ」

兵士は不審そうな顔をして何か言ったが、どうやらまた「分かりません」と言ったようだ。

ブリュッセルは始めてだったので、ピーターは町に着いても自分が一体どこにいるのか皆目見当がつかなかった。馬車がギイギイと音をたてながら止まって兵士がドアを開けると、何と目の前は宮殿で、入口の大きな門の両脇には守衛が大勢立っているではないか。ピーターは目をまるくした。

一緒に来た兵士が、ピーターに馬車から降りるように促し、それから先に立って入口を入って行く。連れて行かれたところは、天井の高い大きな部屋で、四方の壁には大小さまざまな絵がかかっている。一瞬彼は自分の置かれた立場を忘れ、信じられないほど豊かな形と色で描かれた絵に釘づけになった。誰が描いた絵なのか知りたくて、サインを読もうとしたが、無理だった。母親は読み書きを教えたがったのだが、ピーターは自分の名前を書くのが関の山で、それさえ間違える始末。頭が悪いというのではない、とにかく字には興味がわかなかったのである。

絵は別の世界をのぞくことができる窓のようなものだ、千の言葉で書くよりも一枚の絵の方がずっとたくさんのことが表現できるではないか、そう感じた。「デューラー、グリューネヴァルド、クインテン・マシウス、ティティアン、ボス、メムリンク……この巨匠たちも紙や、壁にいたずら描きすることから始まったのだよ」

その声に驚いて振りかえると、目の前に立っているのは豪奢な服に身を包んだ、背の低いでっぷりした中年の男である。口ひげもあごひげも生やしておらず、頭はすっかり禿げ上がっていた。ピーターを頭のてっぺんから足の先まで、深い青い目でじっと観察している。その視線は意地が悪いとか、反感を持っているようには見えないが、そうかといって好意的でもない。

「わたしはリシュー司教。アントワーヌ・ペレノー・フォン・グランヴェル枢機卿の総代理をつとめている。まあそんなことはおまえにはどうでもいいことだろうが」そう言うと、ピーターに付き添ってきた兵士にめくばせし、退出させた。

「さてと、異端者にしてスパイ、向こうみずなピーター・ブリューゲルのお相手をつとめるとするかな」

外で、自分を運んできた馬車が出て行く音がする。

「わたしは異端者でもないいし、スパイでもありません。絵の描き方が少しばかり軽率で、失礼だったという程度だと思います」ピーターはできるだけおだやかな声で反論した。

「少し軽率で、失礼だった？」そう言いながらリシューはプッと吹き出した。「おまえは無邪気な農家の息子か、それともわたしを煙に巻こうとでもいうのかね？」あきれたというように禿げた頭を振った。「グランヴェル枢機卿さまは芸術に造詣が深く、お気に入りの人間が多少勇み足をしてもお目こぼししてくださる。ありがたいと思わなくてはな」ここでまた笑ったが、こんどは多少刺がある。

お気に入り？　ピーターは相手の顔を、驚いた、信じられないというように見つめた。突然自分は、まだ会ったことのない人間のお気に入りになったというのか？　もちろんグランヴェル枢機卿の名前は耳にしたことがある。彼がスペイン王の代弁者のような外交使節で、火あぶりの刑を一度ならず命令したことはよく知っていた。そんな枢機卿自らが自分のように取るに足りない若造をどうこうしようというのか。「誰かを侮辱しようなんて考えたこともありません」そう言うのがやっとだった。

「おまえの言うことを信じる気になってきたよ。枢機卿さまは、わたしの忠告にはたいてい耳を貸してくださる……適切なときにそれを言えばの話だがね」ちょっと体を伸ばしながら続けた。「さあ、行こうか、おまえに会ってみたいと言っておられる。しゃべりすぎてはいかんぞ。へりくだった態度が大事だ」彼はクルリと向きを変えると、ピーターの先に立ち、鉛ガラスがはまった大きな観音開きの扉に向かった。

そこは板張りの大きな部屋で、ここにも同じように壁にたくさんの絵が掛かっている。部屋はどっしりとした長いテーブルに占領されていて、そのまわりには高い背もたれの椅子が二十脚あまり並べてあった。

テーブルの端には祭服に身を包んだ、痩せて暗い顔つきの男が座っている。肌に色艶がなく、頬骨が高く飛び出し、目は窪んでいる。テーブルには食事の残りがのっていた。リシュー司教とピーターがそばに近づくと、ハッとしたように読んでいた資料から目を上げ、ふたりが誰だか分かると、顔に興味深げな表情が浮かんだ。

「ほう、おまえが例のピーター・ブリューゲルか？」椅子の背にもたれると、しばらくは一言も発せず、ピーターの顔を穴のあくほど見つめている。

ピーターは何か答えなければいけないのだろうかと迷った。枢機卿はようやく視線をはずすと、手を伸ばして机の上の美しい飾りがついた木箱を引き寄せた。卓上時計である。こういうものがあることはピーターも耳にしていたが、じかに目にするのは始めてで、このドイツ製の機械は、ほんの一握りの人間しか手に入れることができない高価なものらしい。枢機卿はその時計にちょっと目をやるとすぐ元に戻し、食器の横に置いてあった革表紙の紙挟みを手にとって開いた。出てきたのは自分が描いたスケッチではないか。ピーターは観念するしかなかった。枢機卿は絵を取り出し、丁寧に並べるとじっくり吟味し始めた。リシュー司教は椅子を引寄せ腰を下ろしたが、ピーターに座れと言ってくれる様子はない。ときどき枢機卿はスケッチから目を上げて、絵とそれを描いた人間の一致点を探そうとでもいうのか、チラッとピーターの顔を見る。

ピーターは枢機卿が残した食事のほうをながめていたが、突然激しい空腹と喉の渇きを覚えた。最後に何か腹の中にいれてからずいぶん時間がたつ。

枢機卿がこちらを見ずに言った。「何か食べるものをすぐに用意させよう」

ようやく枢機卿が立ちあがり、スケッチを整理して紙挟みに戻し始めたが、まるで高価な品でも扱うように慎重だ。

「才能があって、無思慮だ、まぎれもなく芸術家の特徴といえる」ほっそりした右手の指先で一点の曇りもなく磨かれたテーブルをコツコツと叩いた。「二つのことを常に心にとめておくのだ。ひとつは、専門的な能力を高めること、二つ目は、無分別さを引っ込め、教会と皇帝に対する尊敬と畏敬を表に出すことだ。わたしはおまえの進歩を見守っているぞ。このどちらかでも、ないがしろにすれば、火あぶりの刑が待っていることをよく覚えておくのだ。それではすぐピーター・クックの教えを受けるのに必要な準備をするように」最後の言葉はリシュー司教に向かって言われたものである。「さあ、この男を台所に連れて行きなさい」そういうと枢機卿はふたりのことはもう眼中にないというように、書類の上にかがみこんだ。

台所でピーターは召使から山のような量の冷肉と果物をサービスされた。リシューがじっと見ている前でがつがつと食べ始めたが、いくらもたたないうちに満腹になってしまった。興奮が先にたってしまったせいだろう。

ピーターが残念そうな表情で皿をわきにどけるのを見とどけてから、リシューが声をかけた。「おまえも自分の守り神さまに心底感謝しなければなるまい。枢機卿さまは芸術に大きな関心を持っておられる方だし、そもそもスペイン人の大尉も馬鹿ではなく、おまえのなぐりがきをすぐ捨ててしまわなかったのだから」

ピーターはどぎまぎしながら言った。「何がなんだかすっかりわからなくなってしまいました。枢機卿さまがいわれたピーター・クックというのはどういう人ですか?」

「とっくに知っていると思ったがね。クックは天分豊かな画家だ。おまえに銅板画と油絵の奥義を教えてくれることになる。いずれおまえは金持ちのために絵を描けるようになるということだよ。新しい石造りの家を美しい絵で飾るためには金を惜しまない人間のためにな。ついでだから教えてやると、このネーデルランドを支配するのは神とスペイン王の次が、あのグランヴェル枢機卿さまだ。あの方に気に入ってもらえるようにしなさい。そうすればかならず良いことがあるから。逆に、睨まれでもしたら大変だよ、待っているのは死だ。わたしは、おまえを不安に陥れるつもりは、毛頭ない。これはよかれと思って言っているのだ」こう言ったときのリシューの目は真剣で、ピーターは背中に冷たい水を浴びせられたような気がした。

「さてワインでも飲むかね？」リシューはピーターの答えを待たず、大きな瓶から赤ワインをグラスに注いで渡した。

「安心しなさい」励ますようにピーターの肩にそっと手を置き、言葉を続けた。「わたしを信じていれば間違いない。何もかもうまく行く」

ピーターはリシューの女っぽい触り方に少し戸惑いながら甘口のワインをあおると、ずっと喉にひっかかっていた質問をおそるおそる口にした。

「わたしの家族は……皆がどうなったか分かりますか？」

リシューはちょっと迷ってから答えた。「その方面はわたしの管轄外なのだよ。枢機卿さまなら間違いなく分かるだろうが、こういうことをお尋ねするのは失礼だからね」

「そしてヨッベ、漁師のヨッベは？」

「知らんな。それもわたしの管轄外だよ」

「皆がどうなったか、今どこにいるのか、どうすればわかるでしょう？」

「スペイン軍のやったことについて知るのは難しいことが多い。勝手な行動をするんでな。それよりもまず自分のことを心配したほうがいい」

ピーターはこれ以上突っ込むのは止めた。自分に矛先が向けられるのが心配だったからだ。無罪放免になったらすぐにも家に戻って、この目でスペイン人がどんな災いを引き起こしたか確かめてやろうと、心に決めた。そして兄貴に責任をとってもらおう。

「また、へぼ絵描きですか？」ピーター・クックは高貴な訪問者とその横に立っている若者を見た。歓迎ムードではない。「わたしはどうやら暇人と思われているようですな」

「枢機卿さまのお指図だ」リシュー司教は軽くいなした。

「どういう素性の人間で？」

「アントワープの北から出てきた、農家の息子だよ」クックをじろっと睨みながらリシューは続けた。「自分が描いた絵のせいでこいつは牢屋に入れられてな」

「そうなんですか」クックはちょっと興味を持った様子だったが、すぐにそんなことはどうでもよいというように肩をすくめた。「今日この頃、牢屋に入るのに苦労はいりませんからね」そう言って彼はピーターを探るように見た。「それでおまえの絵はどこにあるのだね？」

「それは枢機卿さまがお持ちだ」ピーターに代わってリシューが答えた。

「芸術的な価値があるからですか、それとも罪を証明するための材料ですか？」クックは皮肉をこめて尋ねた。

「その両方だろう」

「枢機卿さまは確かに絵にとてもお詳しい。それはわたしも認めますよ」そう言うと、少し離れた所で、何も耳に入らないようなふりをしながらちょうど木枠にカンバスを張っていた若い弟子に命じた。「おい、この新入りの巨匠のために紙と鉛筆を持ってきてくれ」

そして次にリシューに向かって言った。「グランヴェル枢機卿のご指図でも何でも、この若い衆に才能がなかったら直ぐブリュッセルに連れて帰っていただきましょう」

「能力を試してもらえるなら、うれしいよ」リシューは落ち着き払って答えた。

紙と鉛筆を持ってきた弟子はクック親方とリシュー司教の顔を、おどおどした様子でかわるがわるに見ていたが、親方にせかされて自分の仕事に戻って行った。

「さてわたしを納得させるチャンスをやろうか」親方はピーターに紙を渡しながら言葉を続けた。「何か描いてみなさい。なにも美しい必要はない、出来がよければそれでよろしい」

ピーターはおずおずと道具を手に取った。なんだかいつもと気分が違う。クック親方は手入れの行き届いた服装と風貌で、態度は自信に満ちている。どういうふうな予想をしていたのかと言われても困るのだが、ピーターはなにか勝手が違う感じがした。工房で仕事をしている弟子たちはこちらの方をときどきチラチラと盗み見をし、お互い目くばせしている。これも何か気に食わない。父親の畑であくせく働くより絵を描くことの方が、自分にはずっと多くのことが約束されていることはわかっている。それはそうなのだが、だからといって、絵を描くコツをつかむために、人生の一時期をここで過ごさなければならないということが、どうもしっくりこないのだ。あたりを見まわして紙を置けそうな所を探し、ようやく、がらくたがいっぱい乗ったテーブルの上に隙間を見つけた。チラッとリシュー司教を見てから、紙の上にゆっくりと斜めに線を引く。始め、手が少し震えたが、そのうち徐々に落ち着いてきて、いつもの調子のしっかりした線でリズムに乗って描けた。できあがると、司教には見せないようにして親方にスケッチを渡した。司教も無理に見ようとする気はないらしい。画架に乗っている半分仕上がった静物画の方に興味があったのと、ピーターがこの試験に合格するものと決めてかかっていたふうでもある。

クック親方はスケッチを丹念に見ている。最初は眉間にしわを寄せていたが、そのうちニヤニヤし始めた。「悪くない、うん、確かに悪くはない」司教がのぞこうとすると、あわてて畳んでしまった。「ごらんにならない方がよろしいですよ」あいかわらずニヤニヤしている。「たぶんこの若者をまた牢屋行きにするでしょうよ。それもまた、ひどい話ですからな」

リシュー司教も無理に見ようとはしなかった。それはどうでもいいことなのだ。

「ということは、この若者を引き受けてくれるということだね？」

「能力と同じぐらい勤勉かどうか見極めるために、ためしに預かってみましょう」

「そうしてくれ」司教はそう言うと、ピーターをうれしそうに見た。「馬車のところまで見送ってくれるかね？」

強い風が吹いている。リシューは、風にあおられ乱れそうになる服を女っぽいしぐさで抑えた。「さてと……」リシューは妙に親しげな態度でピーターの肩をしっかりつかみ、目をのぞき込んだ。「おまえに目をかけてやれと、枢機卿さまがわたしにお頼みになったのもむべなるかな、だ。これからもお互い、ちょくちょく顔を合わせることになるだろうね」

「ええ？」ピーターはリシューの思いがけないくだけた態度にどう応えてよいやら分からなかった。リシューがもっと厳格で高慢な方が気は楽だ。服を通して伝わってくるリシューの手のぬくもりが気持ち悪い。

「わたしは、そんなにしていただけるような人間ではありません、司教さま」

「いずれ、それにふさわしくなるだろう」リシューはピーターの肩に置いた手を離し、太った体を馬車の中に入れようと、扉の握りをつかんだ。腰を下ろしたのを見届け、ほっとしながらピーターが扉を閉めると、二頭の馬は神経質そうに荒い鼻息を立てた。

ピーターは複雑な気持ちで走り去って行く馬車を見送った。親方が、リシュー司教が出て行ってから部屋に入ってきた妻のマリケと一緒に家の中から自分をじっと観察していることには気がつかなかった。

「気に入らんな。あいつにすばらしい才能があるにしろ、だ」そう言いながらクックはピーターが描いたばかりの絵を妻に見せた。

見るなりマリケは笑い出した。「おでぶの司教が小さな智天使だなんて！　ぴったりだこと」

「風刺画とはな。ちょっとしたトリックというわけか」クックは外でふたりが別れを告げている様子をニヤニヤしながら眺めていた。「ちょっと見てごらん、司教の親しげな様子をさ！」

「あなた、国王のスパイがあちこちにうようよしているのをご存知でしょう？　言葉には少し気をつけてくださいよ」

「だけどちょっと見てごらんよ」クックは外を指差している。

マリケは窓越しに司教が馬車に乗り込むところを見た。「ときどきあの方たちのことが気の毒になるわ。女の人とのおつき合いは禁じられていて、若い男性ですませなければならないんですもの……」

「しっ、腕の良い新入りが戻ってきたよ。本当に出来がよいといいんだが……」

「農家の息子にしては痩せてるわね」

「おまえ、自分がマイケンの母親だということを忘れてもらっちゃ困るよ」この夫婦の間には母親似の娘、二歳になるマイケンがいた。

「ふたりぐらい面倒見られますよ」

クックは黙ってうなずいた。妻以上に息子を欲しがったが、世の中そううまくはいかない。

クックはこのところ日を追うごとに疲れがひどくなっていた。夜になると幾晩も寝ていないような気がするのだが、ベッドに入ってみても、寝つけない。そのことにイライラして神経が高ぶってしまうのだが、といって、それに抵抗するだけの力もわいてこない。だから新しい弟子も手放しでは歓迎できないのだ。短期間のうちに銅版画の仕事を助けてくれるまでになれば話は別だが……

第五章　決意

その夜、ピーターは頭に巣くっている親や兄弟、グレタ、漁師ヨッベと似た怪物と闘って、狭くて硬い板張りの寝床の上でしきりと寝返りを打っていた。グランヴェル枢機卿の姿も一度ならず現れ、枢機卿が杖で怪物を追い払ってピーターとふたりだけになると、今度は枢機卿が途方もなく大きな、身の毛もよだつような妖怪に姿を変えた。ピーターは恐怖にかられて跳ね起き、暗闇を見つめながらようやく今自分がどこにいるのか気がついてほっと胸をなでおろした。だがそれもつかの間、今度は悲しみと無力感に襲われる。家族がどうなったのか分からないのが、耐えがたい。

この日、ピーターは寝床に入るまで五人の弟子と一緒に働いた。自分と同じ農家の息子で、年頃も同じ、コロコロ太ったディトマーは気さくで、彼とだけは少し言葉をかわすことができたが、ほかの弟子はピーターが農家の生まれだということで小ばかにしてだろうか、鼻もひっかけてくれなかった。

一番鶏が鳴き、夢にうなされ汗びっしょりで目が覚めてみると、寝室にあるただひとつの窓を通して、わずかに光が差し込んでいた。部屋の中は絵具と油の刺すようなにおいがし、それがグランヴェル枢機卿の館で見た美しい絵を思い出させてくれた。あんな絵が描けたら……そう思うとしばらくは苦しみも薄らぐようだった。

こんなに早い時間だと言うのに石畳の表通りからガラガラいう荷車の音や、馬のひずめのリズミカルな音が聞こえてくる。市場に向かう商人か、町の外にでかける人間だろう。

ズボンと上着を手探りでつかむと、音をたてないようにそっと身支度をすませ、暗い寝室を出て、家をあとにした。薄暗い道路にはまだ人気がない。道の角に金品を奪い取ろうと強盗が刃物を持って待ち伏せしていたり、一言の説明もなしにいきなり発砲してくるスペインのスパイがいたとしても、何の不思議もないご時世だが、無事に町を出ることができた。町の出入り口を守る門番もまだ寝ぼけまなこで、ピーターなど目に入らないらしい。

灰色の空が少しずつ明るくなると、冷たい北西の風が吹き、それが雨を呼ぶ。ピーターは首を縮めながらスヘルデ河の堤防に沿って、砂利道を小走りに歩いていた。寒さと雨は好都合だ。この天気ならばスペイン兵のパトロール隊も出動する気にはならないだろうし、強盗たちも、金を持った商人や旅人などおよそ通りそうにない、こんな小道には興味がないはずだ。

まだ刈入れが済んでいない、海のように大きく波打っているライ麦畑の中にやっと我家が見えてきたときにも、太陽は厚い雲の後ろに隠れたままなので、いったい今は朝なのか、昼なのか皆目見当がつかなかった。この瞬間まで家が無事に立っているのかどうかも分からなかった。言うことを聞かない住民の家をスペイン兵が焼き払うことなど当たり前のことだったからである。

しばらく立ちどまって不安な気持ちであたりを見渡したあと、意を決して残りの道を一目散に走り出したものの、家のすぐそばまで来たあたりで、何やら胸騒ぎがしてまた足を止めた。家は三日前と同じように見えたが、どことははっきり分からないのだが、何かがちょっと違う。直感だった。家の角のところまで、あたりに気を配りながら忍んで行くと、人影は見えないが、洗濯物が干してある。見覚えのない下着だ。遠くの方で羊が鳴いているが、父親は、臭いが嫌だといって羊は飼っていないはずなのだが……どういうことなのだろう。あちこち渡り歩いている羊飼いが、断りなしに農場に入り込み、見つかったとなるといきなり家人を殺してしまうことがあると、耳にしたことがある。

音を立てないようにして家の入口をめがけて走った。かんぬきはかかっておらず、押してみると扉はギーッと音をたてて開いた。ピーターは後先考えず家の中に飛び込んだ。

大きな台所に立ったピーターは思わず自分の目を疑った。ここは一日の仕事が済むと、一家が集まる場所だ。母親はきれい好きで、いつもきちんとかたづいていたのだが、それがどうだろう、今はまるでガラクタ市さながら。テーブルといい食器棚といい、配膳台、それに床の上まで道具やごみでいっぱいではないか。部屋の中は鼻が曲がるほど臭い。まるで羊小屋になってしまったようだ。

頭に一発お見舞いされたような気分でピーターは自分の部屋に向かった。ドアが細く開いている。誰かいたらどうしようと、恐る恐る開けてみる。だが部屋はほとんどいじられていないようだ。スケッチは一枚残らず前と同じ場所に掛かっている。床は汚れていたが、ピーターの宝物は侵入者には興味がないらしい。ほかの絵はどうでもよい、ただ「絞首台の上のカササギ」の絵を壁からはがすと、クルッと巻いて上着の下に入れ、それから何着か着るものを取ると、巻いて肩にしょえるようにした。

部屋を出ようとしてふと思いつき、衣服棚のところに戻ると爪先立ちになって棚の上に置いた短刀を手探りで探した。これは十八になったときに父親からプレゼントされたのだが、母親に見つからないように隠しておけと言われていたものだった。ごく普通の鞘に入ったどこにでもある代物だが、石で丹念に研いでよく切れるようにしてある。この短刀も上着の下に隠し、部屋を出ようとすると、突然人の声がした。

足音が聞こえた窓の外をそっとのぞくと、家の中に入ろうとしている汚らしい身なりの男たちが目に飛び込んできた。見つからないうちに急いで窓から逃げ出そうと思ったが、ふと考えが変わった。両親がどうなったか、まだ分からなかったし、それにここは自分の家で、あの男たちの方が侵入者なのだから。ピーターはもともとはそうカッとなるタイプではないのだが、今は考えるより先に体の中に怒りが吹き上がってきた。

グルグル巻きにした服を肩に背負うと、台所に入って行った。そこには羊飼いが五人いて、ひとりがちょうどテーブルの上にパンとナイフを置いたところだった。男たちはドアのところに立っているピーターにすぐ気がつき、一番若い男はハッとして一歩後ずさりしたが、他の連中はただ仏頂面をしてピーターを見つめているだけだ。

「おい、おまえ、一体ここで何探していやがるんだ？」パンをテーブルの上に置いた男が聞いた。ピーターはちらっとそのパンに視線を走らせた。ずいぶん長いこと何も口に入れてない。「おれはこの家の人間だ」

「へえ、そりゃいいや」猫背の男が、目をギョロつかせ、黄色い歯をむき出して笑った。「ということは、つまりおれたちはおまえさんの客というわけだな？　じゃ、何か飲み物を持って来い！」そう言って大声で笑うと、他の連中はニヤニヤしている。

「おれはここの息子だ。親はスペイン兵につかまって牢屋にいるのかもしれない……」

別の男が同情するような声を出した。「変な宗教を信じてたのか？　それとも、なんかお縄になるようなことをしたのか？　だけどおまえはどうしてこんなところでフラフラしているんだよ？」

「皆が逃がしてくれたんだ」

「逃がしてくれた、だ？　そりゃお誂えむきじゃねえか。おまえをスペイン人につき出しゃ、おれたち金がかせげるってもんだ」

「お願いだ、あなたたち、おれ、死にそうに疲れているんだよ。何も食べていないし、また行かなきゃならないし……」

「あなたたち？　あなたたち、だってか？」そう言って男は高笑いをした。

ピーターはため息をついて、ドアのところに行きかけると、ピタッと笑い声が止んだ。

「おい、待て。盗んだものを持ってどこに行きやがる！」

ピーターは立ちどまった。「町に戻るんだよ」そう言いながらドアまでの距離を目で測り、この連中より早く走れるかどうか考えた。「それに、これはおれのものだからな」

羊飼いは立ち上がるとテーブルの上のナイフをつかんだ。「今ここに住んでいるのはおれたちだ。そのおれたちの許しなしで、何か持ち出してもらっちゃ困るんだよ！」

ピーターは顔から血の気が引くのが分かった。一瞬、上着の下に隠した短刀のことを思い出したが、鞘をはずす前に五人の男たちに組み伏せられてしまうのが落ちだろう。肩にしょった衣服を床に放り出すと、両手を挙げた。「何もしないから、行かせてくれ」

男は手に握ったナイフをギラギラする目つきで見てから、仲間とピーターの方に視線を移した。「邪魔はしないぜ。だけど早く走れたらの話だ。五つ数えてから追いかけるからな。ひとーつ、ふたーつ……」そう言いながらピーターにつめよった。

ピーターはあわてて飛び出した。すぐ後ろから連中がおたけびをあげながら、追ってくる。捕まったら殺されかねない。偶然道を歩いていた人間が、羊飼いの一味によっておもしろ半分に追い掛け回されたあげくに殺されたという恐ろしい話は、よく聞かされていた。

ピーターはスヘルデ河の方向に向かって走りに走った。見渡す限り人っ子ひとり見えない。ただひとつ、どこか葦の茂みに隠れればなんとかなるだろうという、はかない望みはあった。

最初はピーターの方が早く、振り向く余裕はなかったが、距離が次第に離れていくのが分かった。だが、それもつかの間、息が切れて思うように走れなくなってきた。足はもつれ、心臓が早鐘を打つようにドキドキし、息をするのが苦しい。おまけにとがった石を踏み、足に鋭い痛みが走る。後ろに足音と叫び声が迫ってきた。

ピーターは口を大きく開け、ゼーゼー息をした。喉がカラカラで、痛い。肉体はこの競争を止めたがっているのだが、不安がピーターを前へ前へと駆り立てる。体がカッカしてきて服で締めつけられるようだ。もう限界だった。足をひきずるようにして、腕で空をかきながらようようのことで小道の角を曲がった。追跡者の目をくらませようと道端の茂みに駆け込み、溝の泥水の中に隠れた。息をしようとあお向けになり、あえぎながら空を眺めると、ひとりが走り過ぎるのが聞こえた。そしてふたり目。残りの三人はどうやら諦めたらしい。

ここで一息つきたかったが、不安でじっとしていられない。うめき声を上げながら溝から這いあがると、木の茂みとシダの間を腹ばいになって進んで行った。ときどき羊飼いの叫び声が高く、低く聞こえる。

逃げきれたのだろうか、スヘルデ河の岸辺もすぐそこだ、と思った瞬間、ウサギの穴に足をとられてしまった。左足が穴にはまったまま、ひっくり返った。くるぶしに痛みが走り、走ろうにも足が言うことを聞かない。びっこをひきひき歩いてみたものの、またひっくり返った。寝返りを打って仰向けになると、ガタガタ震えながら追手を待ち構えた。

羊飼いはまた一団になっていた。明るい太陽のもとでみると、台所にいたときよりずっと汚らしく、凶悪な感じだ。

「こいつびくついてやがる、意気地なし野郎！　さあ、どう料理してやろうか？」ひとりがこぶしで鼻水をぬぐい、くちびるを舐めた。

「気をつけろ！　破れかぶれになりゃ、何するかわかったもんじゃねえ」

「一緒にとっつかまえるんだ！」羊飼いたちはピーターがブルブル震えながら握っている短刀から目を離さずに、そろそろと取り囲むように近づいて来た。こんな連中に殺されるくらいならば、短刀を自分の心臓に刺したほうがましだとピーターが思ったそのとき、突然羊飼いたちはまるで石にでもなったようにその場に氷りつき、目はピーターの後ろの一点に釘づけになってしまった。まだ顔には殺気立った表情が残っていたが、恐怖と不安が忍び寄っていた。三人は思わず後ずさりしたが、一番若い男はまるで幽霊でも見たようにただポカンと口を開けている。それから慌てて十字を切ると、飛び退いた。ピーターは膝をついてようやく体を支えると、後ろを振り返った。目に入ったものの異様さに驚き、体はこわばり、一瞬痛みも恐れも吹き飛んだ。

五歩ほど後ろ、砂丘の上に突然降ってわいたように恐ろしげな人間が姿を現したのだ。ボロボロの色あせただぶだぶのコートをはおり、左手に杖を持っている。額から血を流し、長い髪が血のりでべったり固まっている。顔はどす黒く、コートの胸のあたりにも血のしみが見える。目は澄んだ青。挨拶するように右手を挙げたが、そこにも血を噴いた傷が見える。

「隣人を殺してはならん。この掟はおまえたちも守らなければいかんだろう？　神のこの言葉はとても大事なものだ」男は鋭い声でこう言うと、今度は杖でピーターを指した。「その手から、短刀を離すのだ！」

ピーターはいっそう身を縮めて、短刀を放りなげた。

「それからおまえたちだ、わしが魔法をかけないうちに消えうせろ！」そう言いながら杖を羊飼いに向かって振った。

羊飼いたちは一瞬男をみつめたかと思うと、クルッと向きを変え、脱兎のごとく逃げ出した。

「神の摂理は本当にあるのだろうか」男は地面に杖を突き立てると、うめき声をあげながら座りこんだ。傷が痛むのだろう。

「おお、なんてこった、骨の一本一本が痛む……」彼の青い目がピーターに当てられる。「スペイン兵が三日前にわしを痛めつけなければ、今どきここで薬草なんか探してないのだが。それにこんな芝居をする必要もなかったろうよ。神の道は奥が深いな、それにきつい……」男は苦笑いした。

「ヨッベ！　ヨッベなんだね。おれはてっきり……」

「てっきり、キリストさまがおまえを窮地から救い出すために、姿をお見せになったとでも？　おまえはそんなことをしてもらえるほど立派な人間かい？」

ピーターは二、三回深呼吸をしてからやっと口を開いた。

「それは分からないよ。さっきヨッベが言ったように、神の道は奥が深いんだから。おれのせいでいろんなことが起こってしまった」

「それはどれもこれも神さまのご意志なんだよ。わしたちのやったことの責任を引き受けてくれる誰かがいるなんてすばらしいじゃないか！」

「そんなこと言って。皮肉なのか、それともまじめなのかわからなくなるよ」

「ところでその足はどうした？」

「やっちゃったんだ、ウサギの穴につっこんじゃってさ」ピーターは顔をゆがめながら、くるぶしをさすった。

ヨッベが杖にすがって立ち上がった。「わしは足だけは無事だったが。さあ、杖を貸してやるから、一緒に来い。家で一緒に傷を舐め合おうじゃないか」

ピーターも立ち上がったが、挫いた足がたまらなく痛い。杖の助けを借りてびっこを引き引きどうにか歩いた。

ヨッベと並んでスヘルデ河の方に向かいながらため息をついて言った。「いつかお返しができるといいけど」

「船は壊されちまったし、小屋もご同様。ボロボロにされた体で残りの人生を送らなきゃならん。要するに、いまさら嘆いたって始まらないってわけさ」

「家族は消えちまったし、家の中はあの浮浪者のせいでメチャメチャだ……」

「問題は次から次へ起こるものさ。何はさておき自分たちの心配をしようや。その足じゃ歩くのは無理だな」

「これ以上迷惑はかけられないよ」ピーターはクック親方のことが頭に浮かんだ。新しい弟子が早々と姿を消してしまったことをリシュー司教にもう伝えているだろう。

「そのうちいい知恵も浮かぶさ」ヨッベは静かに言った。


ピーターがどうにか歩けるようになるまで十日かかったが、その間誰にも邪魔されず、ずっとヨッベのところにいた。二週間ほどたってふたりはそろって町に出かけた。ピーターは自分ひとりで行きたかったのだが、ヨッベはついて行くといってきかない。船がなくては稼ぐこともできず、町に行けば何か仕事にありつけるのではないかと言うのだ。

突然ピーターが姿を現したので、クック親方は心底驚いたようだ。戻ってくるとは考えていなかったのだろう。最初の驚きが消えると、親方はピーターを叱ったが、一緒に工房までやってきたヨッベがあわててとりなした。

「この若い奴が悪いんじゃありません。いなくなってしまった親兄弟を探そうと思っただけです。ただひとつ非難できる点があるとすれば、それは若者の無分別でしょう」

クックはいぶかしそうにヨッベを見ながら尋ねた。「ところで、あんたは誰だね」

「知り合いの漁師、ヨッベです。おれの命を救ってくれました」ピーターが代わって答えた。

「そうか、それがよかったかどうか、まずはっきりさせなきゃいかんな」

「それはよいにきまってますさ。ピーターが殺されでもしていたら、それだって確かめられやしません」ヨッベが答えた。

「なるほど、それももっともだな。そこらの漁師にしてはなかなか筋の通った話をするじゃないか」

「たまにはわしみたいな者にも言葉をかけてくれる学のある方たちがいますので。ありがたいことにいろいろ学ばせてもらってます」

それから程なくしてヨッベが帰ると、クックはピーターに言った。「一度ゆっくり話し合わんといけないな」

「あなた、ミルクをあたためてきましたよ」タイミングを計ったようにクックの妻マリケが姿を見せた。

「ここじゃなく、上の部屋に運んでもらおうか」クックはそう言うと、先に立って工房の上にある居間に上っていった。

「下で話すと、すぐ誰かの耳に入るからな。さあ、説明してもらおうか。それがおまえの義務というものだぞ」

クックはまるで老人のようによろよろしながら椅子に腰かけた。

ピーターはこの二週間の間に起こった恐ろしいことを洗いざらい話した。マリケは温かいミルクを持ってくるとふたりの横に座って話に耳を傾けていたが、ピーターは自分の家にいるような安らぎを感じはじめていた。この夫婦はふたりともピーターを安心させるような暖かさを持っている。

「絵を習いたいんです。枢機卿の宮殿で見たような、あんな美しい絵を描いてみたいんです」ピーターはいきなりそう言った。目は、前の壁にかかっている木炭で描いたクック親方の自画像に向けられていたが、頭の中では残酷なシーンがごちゃごちゃ入り乱れ、駆け巡っていた。杖をつき砂山に立っているヨッペ、兄の結婚の宴で踊っている農夫、スペイン兵に連れ出されたグレタ、ロープにつながれ馬に引きずられている囚人、ぞっとするような目つきでピーターを見ていた絞首台の上の女、生かすか殺すかを決めようと羽ペンを握って大きなテーブルの前に座っているグランヴェル枢機卿、メラメラと燃えている漁船、見栄っ張りなおしゃべりを象徴する絞首台の上のカササギ、ステーン城塞の牢獄での出来事……ピーターは絶間なく自分を襲うこうしたシーンを線と色でつなぎとめ、人々に不安を呼び起こすような絵を描きたかった。それをしなければ、こうした光景が死ぬまで幻影、悪夢となって自分を追いまわし続けるような気がした。たぶん絵を描くことが、怪物を遠ざけ、自分が内部から破壊されるような気持ちから自由になれる突破口になるはずだ。

「習いたいんです」クック親方に言ったこの言葉は、頼みというより、命令のように響いた。

クックは真剣な若者の顔をしばらく考え深げに見たあと、ゆっくりうなずいた。「それにはわしに身を預けてもらわなければな。まちがいない、おまえは絵を描くようになる。神かけて、このピーター・クックが保証する」

「あのゲントの祭壇画を描いたヤン・ファン・アイクが、油彩画の技法を完成させたことに感謝しろよ。テンペラだったら水面をそんなに平らに描けないぜ、もっとでこぼこになる」脇でディトマーが批評家のようなことを言う。ピーターはすばやい筆さばきで、炎に包まれた水辺の町にあがる火の粉や煙を描いていた。画架に乗っている絵は小さくて、せいぜい手のひら大といったところだが、描かれている場面は強烈で、カンバスの小ささなど忘れさせる。

「ニカワだろうが卵だろうが油だろうが、つなぎの材料なんかおれにはどうでもいいんだ、絵具さえあればね。材料が悪ければそれだけうまく描けたときのうれしさも大きくなるというもんだろう？」

「テンペラっていうのはあっという間に乾いちまうからなあ」

「そうだ、とてもこんな悠長に描いちゃいられない」ピーターはくちびるを舐めながら、前景にある帆船の見張台に筆を入れた。

「この町はいったいどこなんだい、ピーター？」

「そんなことどうだっていいじゃないか。どこかこの世にこういう町があるのさ。頭の中で見た町だよ。ヨッベがいつだか言ってたけど、人間ってものは、今現実に存在しないもの、過去に存在しなかったもの、将来存在しないものは想像できないんだってさ」

「なるほどな、その考えは気に入った。ところで、この絵には人の姿が見当たらないじゃないか」ディトマーはごく並の出来の弟子だが、ライバル意識がときどき顔を出す。

「ここと、ここ……」ピーターは筆の柄で、そんなことどうでもいいじゃないかという風に指した。

「まるでアリだな。親方がいつも言ってるだろう、人間が描いてない絵じゃ売れないって」

ピーターは肩をすくめた。「おれには風景が大事なんだ」

「どうもそのようだな。ピーター・ブリューゲル殿はわしがいつも口を酸っぱくして言っていることが聞けんらしい」いつの間にか工房に入ってきたクック親方が言った。

「すみません、親方、でも自分が信じられないことを描くなんて、できないんです」

「わしたちは信じるために描くんじゃない、パン代を稼ぐためなんだぞ！　ちょっと脇にどいてみなさい……」クックはそう命じると、二、三歩下がってしばらくこの小さな絵を睨んでいたが、やがて先ほどよりやさしい声で言った。「おまえはたしかに才能がある、ピーター……」それから体を少し斜めにしながら、もう一度仔細に点検している。「細かい部分には多少難があるが、なかなか写実的だし、それに浮世離れしたところがあっておもしろい。空想画とでも言おうか。しっかり修行を続けるんだな、大聖堂や宮殿の壁を飾れるのはまだまだ先の話だ」

「宮殿に大聖堂か、こりゃ、たまげた！」そのときちょうど仕事ぶりを偵察に来た弟子のフロリスが声をあげた。ピーターの存在は彼にとっては目の上のたんこぶらしい。「こりゃ農夫が描いたへっぽこ絵だ、いつまでたっても進歩がないなあ！　牛小屋に掛けるにゃ、もってこいだが」

当のピーターは知らん顔をしていたが、ディトマーは黙っていない。「おまえなんかより牛の方がよっぽどいい趣味してるさ」それを聞いたフロリスは怒ってディトマーの背中をこづいた。彼はふいをつかれてヨロヨロと前にのめったが、すぐにこぶしを丸めてフロリスに詰め寄った。

「よせ！　よせと言ってるだろうが！」親方は叱りつけたが、ふたりの耳には入らなかったようだ。ディトマーが体当たりをくらわせると、ふたりは物がゴチャゴチャと乗っているテーブルにぶつかり、はずみで上のものが派手な音を立てて床に落ちた。こんどは床の上で取っ組み合いだ。

「この野郎、叩きのめしてやる！」身をふりほどくとフロリスはこう叫んでディトマーの体を乱暴に踏みつけ、それからこぶしで顔に一発お見舞いした。

「後生だから、もうよしてくれ！」親方は拝み倒さんばかりだ。

そこへマリケが飛び込んできて、手にしたほうきで喧嘩早いふたりを力任せに叩いた。やっとふたりは体を離したが、ディトマーはカンカンになったマリケに部屋の隅にまで追いたてられ、そこで座りこむと身を縮め、これ以上叩かれてはたまらないとばかり腕で顔をかばっている。フロリスの方は工房から追い出された。

「何て乱暴者なの、まったく。これじゃまるで野蛮人でしょ、美しい絵を習おうっていう人間がすること？」マリケはゼーゼー息をきらしながらこう言うと、ほうきを落として椅子にへたりこみ、今度は夫に非難の矛先をむける。

「あなた、どうにかしてくださらなきゃ」

「なんたって、言うことなど聞かんのだから。わしの力も落ちたもんだよ」親方はしょげかえって、椅子にぐったりと座りこんだ。背にもたれると、天井を仰ぎ、聞きとりにくい小さな声でつぶやいた。「どうも体が本調子じゃない……」

マリケは立ちあがると夫の額に手を当て、心配そうに言った。「だいぶ前から加減が悪いんじゃありませんか？　いつお医者さまに見ていただくつもり？」

「もう行ったさ。聖カタリナの聖油をもらったよ。間違いなく本物だというんで、大枚をはたいたのだが、わしには効かないのかなあ」

「ヨッベなら何とかできると思います」ピーターが筆とパレットを置きながら口をはさんだ。「薬草のことをよく知っているし、こういうことには詳しいんです。おれが足を怪我したときにも……」

「一ヶ月前には確かにびっこをひいていたな。だがこれだけ時間がたちゃ、放っておいたって治ったろう。それならわしだって誰か治してみせるさ」

「でもあなたの場合は、自然に治るっていうようなものじゃないでしょう?」マリケが言った。

ディトマーが部屋の隅からのこのこ立ちあがって、そっと工房を抜け出そうとしている。

「ちょっと、ちょっと、どこへ行くつもり?」マリケが大声で呼び止めた。

「鼻血が出たんで、おれ……」

「勝手は許しませんよ。上に行って、水で頭を冷やしなさい。どういうお仕置きをするか決めるまで、上にいるんです、いいわね」

ディトマーは何か口の中でぶつぶつ言っていたが、ふてくされながら階段を昇って行った。

「どうしてこのわしが体の調子が悪くなるのか、さっぱりわからん。規則正しく生活しているし、酒だって一滴も飲まん。普通の人間に比べたら、ずいぶん頻繁に体も洗っているというのに……これが神さまの正義というものなのだろうか?」

「まあ、落着いてくださいな。気分がよくなるまでしばらくここにじっとしていて下さい。ハチミツを入れたミルクでも持ってきましょうか?」

クックには妻の言うことが耳に入らないらしい。「やらなきゃならんことが山ほどあるんだ」

「それはいつものことじゃありませんか」

「ところが、前よりずっと忙しくなってしまったのだよ。フェリペ二世の入城準備をしてくれと頼まれてしまってな」

「まあ、そんな話、初耳ですよ」

「つい最近言われたばかりなんだ」

「フェリペ二世ですって？　そんな仕事、スペイン人が自分たちでやりゃいいじゃありませんか。あの卑劣な男はおれたちのフラマン語が話せないってことですよ」こう言ったピーターの口調には軽蔑したようなところがあった。

「しっ！」クックは急にしゃきっとし、工房の中を見まわした。「何てこと言うんだ、用心しろ、壁に耳ありだ！」

「彼は卑劣な暴君にきまってます」ピーターは動ぜずに続けた。

「黙りなさい、おまえはわしたち皆を絞首台につける気か！」

「そんなことといったら、あの連中はアントワープの住人の半分は絞首刑にしなけりゃならなくなります。大勢の人間があの圧制者には反発しているんですから」

「おまえの言うとおりかもしれん。必要と思えばそのくらいのこと、やりかねん連中だ」

「もうよしてください。ごたごたはもうたくさん！」マリケはたしなめながら、階段を見上げた。「そこで一体何してるの？」声がとがっている。

「めまいがして……」誰も気づかなかったが、ディトマーが階段の一番上のところに座りこんでいた。

ピーターは筆とパレットをまた手にとりながら言った。「おれは馬鹿なスペイン人には絶対拍手喝采なんか送りませんから。それだけははっきりしています」


その二日後、何の前触れもなく突然リシュー司教がやってきた。彼がクックの工房に姿を見せたとき、家にいたのはピーターとマリケ、それに彼女の小さな娘だけで、親方は弟子と一緒に町でフェリペ二世を迎える準備をしていた。最後にリシュー司教に会ってから、かれこれ一年がたつ。

工房の前に馬車が止まり、きらびやかな衣装に身を包んだ、でっぷりした男が大儀そうに馬車から降りた。ピーターは司教のことはきれいさっぱり忘れていたので、その場にたたずみ、威嚇するようにあたりを見渡している人物がリシュー司教だと分かると、すっかりあわててしまった。

「まったく冗談じゃないですよ！」ピーターは馬車が止まった音で下に降りてきたマリケに向かって言った。「あの男は、フェリペ二世が通る道を舐めてきれいにするつもりかもしれません」

「ここを訪ねてみえたようだわ。ああ、どうしましょう、よりにもよって主人が留守のときに！」

「おれを訪ねて来たんですよ。少しは進歩したかどうか、グランヴェル枢機卿に確かめてくるように言われたのでしょう」。あわてふためいているのをマリケに悟られまいと、ピーターは一生懸命冷静な声で答えた。

司教に従ってきたスペイン兵がそそくさと工房のドアを開け、リシューが戸口に姿を見せた。

「どうしているかな、ピーター・ブリューゲル！」司教は右手を差し出し、ピーターがその手に接吻するのを待っていたが、彼がそ知らぬ顔をしているので、ばつが悪そうに腕を下ろすと今度は部屋の中を興味深そうに見まわし始めた。マリケのことは空気かなにかのように思っているのか、まるで眼中にないらしい。

「皆出払っているのかね？」

「親方と仲間の弟子たちは町で仕事をしています。フェリペ二世の入城準備のためです」

「それで、おまえは手伝わなくていいのか？」

「片づけなくてはいけない仕事もありますから、ひとりぐらいここに残っていないと」

司教は画架に乗ったままの、燃え盛っている町と帆船を描いた絵に目を留めて近寄っていった。

「悪くない」絵を間近で見ようと、前かがみになった。「署名はないようだが、おまえが描いたのか？」無表情な顔で立っているピーターの方に向き直って、司教が尋ねた。

ピーターはうなずき、ぞんざいな態度で少し離れた壁に立てかけてあるもう少し大きな絵を指差した。「これと同じものです。わたしが時間を無駄にしていないことが、分かっていただけると思いますが」

「そのようだな」今度はそちらに足を運ぶ。「下すぎて良く見えん、悪いが画架に乗せてくれないか？」

ピーターは言われたようにしながら、絵に視線を走らせたが、前には気がつかなかった欠点があれこれと目についた。

「これはまだ稽古の段階で……親方からはもっと修行しなければいけないと言われています」

「そうか……どう直すともっとよくなるのかね？」司教はまた最初の絵の方を見ている。「ほとんど同じに見えるが。帆船はこっちの方が小さい、それと燃えた町が、のどかな村になっているようだな」

「同じ夢が下敷きになっているんです」ピーターは口ごもりながらこう言ったが、司教の耳には届かなかったらしい。

「前景の左に見えるのは何だろう？　そうか、羊が何頭かと、漁師たちに話しかけている羊飼い……キリストさまだろうな？」

「ええ、ゲネサレト湖畔で漁師たちの前に姿を見せられたところです」

司教は細部をていねいに調べている。「なるほど。それにしてもずいぶん俗っぽい描き方だが」

「それはどういう意味でしょうか？」

「畏敬の念が欠けている、こう言えば分かるだろう。どうしてキリストの姿がこんなに小さいのだ？　風景の中に完全に紛れてしまっているではないか」

そのときマリケがあわてて口をはさんだ。「このピーターは風景に特別関心を持っておりまして。人間によって風景の大きさが強調されるわけです」

「ほう、人間は大事ではないということか。だがこれはキリストだぞ」司教の声には少しいらだちが感じられた。

「漁師よりは四倍も大きく描いていますが」

「わたしをからかっているのか？」こう言って、ピーターをキッと睨みつけた。

「ただ夢に出てきた風景や、感じを描こうと思っただけです。たぶんキリストは、ご自分が創造なさった物の偉大さを強調するように描かれることを望んでいると思うのです」弁解するようにピーターが答えた。

「おまえはただの無邪気な農家の息子ではないようだな。とんだ思い違いをしていた」

司教は何か疑っているのだろうか。ヨッベの口真似をしていてはどうもまずいらしい。それで今度はへりくだった調子で尋ねた。「わたしたちは自分の行動をおさえなければならないのでしょうか？」

「それはとても思慮深い質問だが、おまえと議論するようなたぐいのものでもない。さて、枢機卿さまのところへはこの二枚の絵も持って行こう。関心を示されるはずだからな。これをご覧になれば、当面のやっかいごとからしばらく開放されて、気晴らしになるだろう」

「わたしも枢機卿さまの所へ、行くのでしょうか？」ピーターは不安げに尋ねた。

「おまえに会いたがっておられる。お怒りを買わないか、少々心配だが」

「それはどういうわけですか？　キリストを小さく描き過ぎているということでしょうか？」

司教はピーターを厳しい顔つきで見た。「口数が多すぎるぞ。少しは口をつつしむのだ」

「いつ戻って来られるでしょうか？」

「それを決めるのはわたしではない」

「この子がどんな悪いことをしたというのでしょう？」マリケは気が気でないらしい。

「誰がそんなことを言った？」司教はドアのところに控えていた兵士を手招きした。「この二枚の絵を馬車に運んでくれ。くれぐれも慎重に」

マリケがまるで母親のようにピーターを抱きしめながら、さとした。「本当に注意してちょうだい。口には気をつけないと。司教さまのおっしゃる通りですよ」一生懸命司教のご機嫌をとっている。

「枢機卿さまのところで、もしかしたら両親のこと、何か分かるかもしれません」ピーターの声がはずんだ。
「そうね、誰か知っているかも……」ピーターひとりを枢機卿の館にやるのは心配だが、そうすることがピーターの仕事にも修行にも大事なことなのだと考えれば、マリケの気も多少休まる。グランヴェル枢機卿が絵画に対して並々ならぬ関心の持ち主であることは良く知られていた。

馬車が視界から消えるまでマリケはじっと窓の外を見ていた。神経の細やかな、この農家の息子のことをマリケは最近好もしく思い始めていた。ピーターに画家魂が備わっているというだけの理由ではない。夫の健康が思わしくないことが、生活の土台を揺るがしており、夫にもしものことがあれば、自分がこの家を切り盛りしなくてはならない。自分ひとりでもこの先、弟子を育てたり、水彩画を描いたりできなくはないのだが、主人がいないとなれば、弱い立場につけこむ人間が出てくるのは目に見えている。ピーターならここに残ってくれるかもしれない。だいぶ大人になったことだし、二、三年たてば工房を引き継げるのではないだろうか。

馬車はガラガラとにぎやかな音を響かせながら跳ね橋をわたり、城に入っていく。ピーターは目を皿のようにして外を眺めていた。はじめてグランヴェル枢機卿に会ったあのブリュッセルの大きな城より、どういうわけかこのアントワープの館の方が圧倒されるが、たぶんこの建物の外観のせいだろう。敵の進入を許さない建て方で、それが枢機卿の居城におどろおどろした印象を与えているのかもしれない。
この館はグランヴェル枢機卿にぴったりだと感じたのは、彼の前に連れていかれ、その一段と暗い、意地が悪いとも言える表情をした顔を見たときである。思わず、枢機卿の手の届かないところに逃げたいという思いにかられながら、見るともなく小机の方に視線を移すと、そこに座っているのは我家に押入ってきたあのスペイン人の大尉ではないか。ピーターは恐れと怒りでめまいを覚え、その場に倒れこんでしまいそうだった。

「おまえにはもっと感謝してもらってもいいはずだ！」

ピーターは大尉に気を取られ、グランヴェル枢機卿が自分に話しかけているのだと気がつくのが遅れた。大尉の方はピーターなど一度も会ったことがないというような態度で、大きな本をパラパラとめくっていて、こちらを見ようともしない。

「それはどういうことでしょうか？」ピーターは不審そうに尋ねてから、リシュー司教の顔を盗み見ると、彼はいい気味だといいたげな目つきでこちらを眺めている。

「おまえが、人をそそのかすような話をした件だ。フェリペ二世はこの国の言葉を一言も話せない、ろくでなしだとかなんとか声高に言っているそうだな、違うか？」枢機卿の怒鳴りつけんばかりの勢いに、ピーターの体は凍りついた。クック親方が言った通り、グランヴェル枢機卿につげ口した人間がいる。工房の中に裏切り者？

そう気がつくと怒りのあまり一瞬怖さを忘れた。

「そういうことを世間の人に言ったことはありません、枢機卿さま。他の人をあおろうとしたこともありません。包み隠さず申しますが、仲間内でおもわず口が滑っただけです。わたしは政治にはまるで興味のない人間ですから」

「餌を持った手に噛みつくような犬はどうなるか、分かっておるのか？」枢機卿はピーターの前に立ちはだかり、怒鳴り声をあげた。「殺されるのだぞ！　わたしはおまえが火あぶりにならないようにかばってやった。それに対してどう感謝する？」

ランランと燃えている相手の目に出会い、思わず身がすくんだ。枢機卿はピーターより頭半分背が高く、それがいっそう威圧感を増す。

「お許し下さい、枢機卿さま、馬鹿なことを言いました。軽はずみでした」消え入るような声でそう答えたが、恐ろしさが先に立ったとはいえ、卑屈になっている自分に嫌悪を覚えた。

スペイン人の大尉は見ていた本を脇にどけて、リシュー司教の指図で運びこまれた二枚の絵をじっと眺めている。大尉がルーペを手にしているのに気がつき、ピーターはまたギクリとした。

「枢機卿さま、恐れ入りますが、この絵に描かれたキリストの姿を見ていただけないでしょうか？」ピーターの方をじろっと見ながら、ルーペを枢機卿に渡す。

「おまえが描いたのか？」枢機卿にこう尋ねられて、ピーターは黙ってうなずいた。

「それで、少なくとも信仰を深めるようなものだろうな……」

「個人的な感想をいわせていただけば、なかなかの出来栄えではないでしょうか」司教がこう言った。この司教のことは、一体どう考えたらよいのだろう、自分の肩を持ってくれるかと思えば、とつぜん胸に刃物をつきつけるようなことをする。

枢機卿は、何一つ見逃すまいとするように、絵に近づいたり、離れたりしながら念入りに絵を見ている。部屋の中は気味が悪いほどシーンとしていて、それが永久に続くかと思われた。ピーターの目は枢機卿が左手に持ったルーペに吸い寄せられている。

ようやく枢機卿が口を開いたが、冷静な声だ。「二枚ともここに置いておくように。専門家の意見を聞いてみたいのでな。署名がないのは好都合だ」

「キリストのお姿についてはどうでしょうか、枢機卿さま」大尉が尋ねた。

「キリストのお姿？　それがどうした？」枢機卿の言い方は、どうでもいいではないか、という風に響く。

「小さいですな、言い方をかえれば、ないがしろにされていると……」リシュー司教がくちばしを挟むと、大尉が異議を唱えた。

「そうは思いません。筆遣いは見事です。細かい部分を驚くほど正確に、ていねいに描いています」

それを聞くと、枢機卿はあらためてルーペで観察し始めた。「なるほど、大したものだ。それで、大尉？」

「恐れ入ります、枢機卿さま。この男が誰だかご存知ないことを、うっかり失念しておりました。こういう顔をした漁師のところにこのピーター・ブリューゲルはかくまわれていたのでございます」そう言いながら、絵を指した。

「これを見てその男だとすぐおまえには分かったのだな？　ということは、ピーター・ブリューゲルの才能のすばらしさを証明することになりはせんか？」それからピーターの顔を見て言った。「どうしておまえは、裏切り者を絵に描くのだ？　これでは異端者と言われても無理なかろう？」

「人はわたしのことをいつだって、裏切り者だの異端者だのと言いますが、それでも絵を描きたいのです」

「それでは質問の答えになっておらん！」

「ヨッペ、というのはこの漁師のことですが、ヨッペは異端者でもなければ、スパイでもありません。わたしは彼の顔を描きました。友だちだからです。それが間違ったことだとは思えません。それではお尋ねしますが、キリストがどういうお姿をしているのか、どうやったら知ることができるのですか？　わたしは一度も見たことがないのです」ピーターは枢機卿を懇願するような目つきで見上げた。大尉もリシュー司教もあっけにとられて枢機卿を見つめている。だが枢機卿は動じることなく、静かな声でこう答えた。

「おまえの奇抜な発言は、知恵が足りないか、さもなくば芸術に携わる人間独特の無分別さからくるものだと、わたしは考えたい。もう一度だけおまえを信じよう、だが注意しておく。今日この頃、キリストのことをあれこれ言うのはとても危険なことだ、それだけは頭に叩きこんでおくように。では下がってよろしい」

ピーターとリシュー司教が退出すると、グランヴェル枢機卿は大尉に尋ねた。「ところで、この漁師がどうしたというのだ？」

「最近アントワープで見かけましたが、物乞いをしたり、くだらないお説教をしたりしております。わたしが耳にしたところによりますと、あちこちで、ピーター・ブリューゲルの家族のことを聞いてまわっているようです」

枢機卿は分かったというふうにうなずくと、大尉に命じた。「その男を逮捕するのだ」

クック親方のもとに帰るピーターに、リシュー司教は馬車のところまでついてきた。

「これから先、枢機卿さまは定期的にこの館に滞在なさる。ということは、おまえの近くにいるということだ。今後おまえから目を離さないだろう。これで二回目だな、枢機卿さまが何の処罰もなさらないで放免してくださったのは。それもこれもおまえの才能のおかげだ。だからこそ、わたしはあの二枚の絵を持って行ったのだよ。あれが枢機卿さまの心をなごませることは分かっていたのでね」

「ありがとうございます。ところで誰なのでしょう？」

「何のことだ？」

「わたしのことを枢機卿に告げ口した卑怯者のことです」

「それは政治的な事柄だ、そういうことはわたしの預かり知らぬことだ」

「もうひとつ聞いていいですか？……」ピーターはふっとため息をついた。分かっているのだ、答えを教えてもらえないことぐらい……

「両親はどうなったのでしょうか？」

司教は馬車を指差した「さあ、工房に戻りなさい。仕事に関係のないことはきれいさっぱり頭から追い払うことだ。これがおまえにしてやれる、一番の忠告だ」

第七章　スパイ

「何度言ったらわかるんだ！　火遊びはいいかげんにしろ！　おまえのせいで苦労がたえん。こんなことを続けていたら、そのうち絞首台行きだぞ。一つ間違えば、うちの家族も巻き添えを食うんだ！」親方にこんな激しい剣幕で怒られたのは初めてのことだ。

「おれの家族はとっくに殺されてしまったんです。それなのに黙っていろなんて、おれにはできません」

「余計なことしゃべるんじゃない！　いつでも、どこでも口は閉じてろ、この家の中でもだ！　このネーデルラントはスペイン王家の一部になったところなんだから、今は何たって相手に調子を合わせなきゃいかんのだ」

ピーターは抗議したいところだったが、ぐっと我慢した。怖いからこそクック親方はこんなことを言うのだ、それはピーターにもよく分かっている。誰も彼も不安を感じていた。表面きっては姿を見せない南の国から来たふたりの暴君、つまりスペインからやって来た政治の弾圧者と、ローマから来た信仰の弾圧者におびえていたのである。国民が抵抗を強めれば強めるほど、この圧制者たちはなおのこと残酷に、そして狂信的になるのだった。漁師のヨッベに言わせれば、どんな恐怖政治にも終わりがあるそうだが……

「枢機卿の庇護を受けていることで、おまえがどんなに特別扱いされてきたか、わかっているのだろう？　もう二度も命びろいしているじゃないか！」

「ええ、スペイン兵に、さんざんもてあそばれたあとに！」

「ピーター、お願いだから約束してくれ、これからはうまく調子をあわせると、な」クックは必死だ。

「努力してみますけど」ピーターの返事はなんとも心もとない。

ベッドの中でクックは妻に言った。「あの若造をどう扱ったらいいものやら、途方にくれるよ。才能が花開くまであいつは無事に生きていられるだろうか？　考えるとぞっとする」

「まだまだ若いんですから。そのうちなんとかうまくやっていきますよ」

「若いだって？　そんなこと大目に見てくれる連中かね？　子供だって火あぶりにされているのだぞ！」

「ピーターには怖いものなしの味方がついているじゃありませんか」

ピーターはベッドの中で悶々としていた。スペイン人の大尉に会ったことで、一年が経って少し色あせかけていた思い出がよみがえってきたのだ。大尉の姿が目に浮かび、頭の中に次々と復讐の方法が湧いてくる。やっつけてやるのは大尉だけではない、グランヴェル枢機卿もだ。

ピーターは起き上がってベッドに腰掛けると、ローソクに火を点し、わき目も振らず風刺画を描き始めた。枢機卿が豪奢な衣装をめくりあげて尻を丸出しにし、その上にフェリペ二世が覆い被さっている。そして司教と大尉が自分の番が来るのを待っているという具合。

ピーターは体をそらすようにして、出来上がった絵をしばらく眺めてから丸めてローソク立ての脇におき、灯りを消すとベッドにもぐりこんだ。

突然、横でカサッと音がし、ピーターは思わず身を硬くした。窓から入る光で、黒い人影が見分けられた。その男は先ほどピーターが丸めた紙をつかむと、またそっと部屋を出て行こうとしている。

フロリスだ！　こんどこそ首根っこを抑えてやる……

電光石火のごとくピーターは飛び起きると、相手に組みついた。彼がぎょっとして悲鳴をあげたところで、ピーターは肋骨に肘鉄砲を食らわせた。やっとのことで相手を押さえ込み、のど輪攻めにすると、さしもの相手もぐったりした。部屋のあちこちから弟子たちの声が上がる。火が点されたローソクの揺らめく光が寝室を照らし出し、ピーターは手を離した。

「ディトマー！　お、おまえなのか？　おれはてっきり……」

「気でも狂ったのか、ピーター？　冗談じゃないよ、もう少しで殺されるところだったじゃないか！」顔をゆがめながらディトマーが締めつけられた首をさすった。

ピーターはディトマーがまだ手の中に握っている丸めた紙に目をやった。「いったい、それをどうしようっていうんだ？」

「何を描いたか見たかっただけじゃないか。おまえの絵を見るのが好きなこと、知っているくせに！」

「おい、見せてみろよ！」別の弟子がそばに寄ってきて言った。

「いやだね。さあ、返してくれ、ディトマー」

他の弟子たちもいることだし、もう安心と思ったのかディトマーはニヤニヤするばかりだ。丸めた紙をゆっくりと広げ始めたのを見て、ピーターはまた相手に飛びかかり、その手から紙をひったくった。

そのとき部屋のドアがパッと開いた。「おいおい、一体何事だ？」クック親方だった。ランプを掲げ持ち、ディトマーとピーターを取り囲んでいる弟子たちを睨みつけた。

「ディトマーがピーターのスケッチを盗もうとしたんです、親方。ふたりが喧嘩をはじめたんで、皆、目がさめちゃって」弟子のひとりが言った。

親方は探るようにピーターを見つめた。「本当か？　それで一体そのスケッチはどこにあるんだ？」

「あしたの朝ではだめですか？」どうやら親方の言うことを聞きたくないらしい。

「おまえにはそれなりの理由があるんだろうな。ところでディトマー、こんな夜中にピーターのスケッチを盗もうとするのは、いったいどういうことなんだ？」

「おれはただ……あっ、何するんですか？」親方はディトマーのベッドの方に体を向け、かがみこんで、置いてあった衣服の間に手を入れてガサゴソ探していたかと思うと、財布を見つけて引っ張り出した。

「止めてください！」ディトマーは親方のそばに走り寄ろうとしたが、ピーターが抑えた。

「いったい何を心配しているんだ？　何か見られちゃまずいことでもあるのかい？」

ディトマーの顔が怒りでみるみる赤くなった。

クック親方は財布の紐をほどいて中身を手の上にあけた。弟子たちは耳慣れない金貨のチャリンチャリンいう音を聞くと、口をつぐみ、親方の顔を緊張した面持ちで見守っている。親方はまたゆっくりとその金貨を財布にもどし、紐を結ぶとディトマーの足元に放り投げた。

「裏切り行為で金貨を稼ぐなど、利口な振るまいとはいえんな。いったい何をしゃべってこれをもらったんだ？」

ピーターは偉そうな態度で見つめているフロリスの方に向き直ると、白状した。「こういうことをしているのは、てっきりおまえだと思っていたよ」

「考えるということがおまえの得意でないことが、これでまた証明されたわけだな。もうベッドに戻ってもいいでしょうか、親方？」

「いや、まだすんでいない。それで、どうするディトマー？」

ディトマーは肩をすくめて言った。

「おれに何かすれば、高い身分の人たちの怒りを買うことになりますよ」

「おまえをどうこうする気はないさ。この腕がむずむずしていてもな。だがこの家の中でこれ以上おまえの顔を見るなんぞ、むしずが走る。日が昇ったら、すぐここから出て行け」

「ディトマー、どうしてこんなことしたんだ？」ピーターは尋ねた。

「神さまとお上のためだよ。おまえには理解できないだろうけどね」

「友だちだと思っていたのに」

「さあ、もういいだろう？」クック親方はふたりの話を止めさせると、弟子のひとりに向かって言った。「仕事場からロープを持ってきてくれ。この裏切り者をベッドにしっかりくくりつけておくほうが皆安心だろうからな」

ディトマーが抗議しようとすると、親方が怒鳴りつけた。「黙れ、さもないと、こんなことじゃすまんぞ」

ディトマーは自分の運命に従ったように見えた。少なくとも手足を縛られたときには抵抗はしなかったが、皆がそれぞれのベッドにまたもぐりこんで、ローソクが消されると、口を開いた。「おれは偉い人たちを知っているんだ。このお礼は必ずしてやるから覚えてろよ」


翌日、皆がフェリペ二世を祝う準備のために出かけたあと、ピーターはマリケに自分も町に行かせて欲しいと頼んだ。理由は皆とは別のところにある。マリケが渋っているので、こう言い足した。

「ヨッペにずっと会っていないんです。きっとおやじとお袋のこと何か分かったんじゃないかと思って。これがはっきりしないと、おれ病気になってしまいそうなんです」

マリケは腕に幼い娘マイケンを抱いている。ブロンドの巻毛で黒い目をしたかわいい子だ。「どうしてヨッペが知っていると思うの？」

「大勢の人間と知り合いだから」

「何か分かったら、ここに来るんじゃない？」

「ヨッペの安全のためにそれは断ったんです」

「町に行かせるのはねえ、どうかしら。主人は反対するはずよ」

「もし奥さんがおれの母親だとしたら、おれが奥さんのことを忘れてしまうようなこと、願いますか？」

「そう、そうよね……それで何時間ぐらい留守にするの？」

「用が済んだらすぐ帰ってきますから」ピーターはもうドアに手をかけている。

「さあ、ピーターにいってらっしゃいをして、上に行きなさい」マリケは娘を腕から下ろし階段を昇って行く姿を目で追った。「こんな世の中だと、いつまでも子供でいられればいいのにね……」

「いいえ、生まれて来ないほうがいいのかもしれないですよ」


町は活気づいていた。いつものように商売で賑わっているのに加えて、フェリペ二世の行列が通ることになっている大通りでは、せっせと準備が進められている。家々の目につくところには手が入り、旗や飾りがとりつけられ、道の敷石は修理が終わり、馬糞はきれいに片づけられている。

だがピーターはそういうことには目もくれず、マルクト広場の方に向かって急いでいた。途中で、昨晩描いたスケッチを上着の下から取り出すと、細かくちぎって空に向かって飛ばした。ありがたいことに、クック親方からは絵の件について何も尋ねられずにすんだ。

ヨッベはいつもの陽だまりに、家の壁に寄りかかるようにして座っていた。このすぐ近くには職人組合の仲間たちが寄合いを開く居酒屋があって、ときどきヨッベにビールやワインを持ってきてくれるらしく、どうやら、それがここを居場所と決めた一番の理由のようだ。彼を取り囲むようにして、何人かが座っている。ほとんどがこの漁師のご託宣に耳を傾けることぐらいしか、ほかにやることがない老人か子供だ。足元には見料を入れる木の箱が置いてある。説教をしている間、ヨッベはじっと前方をみつめていた。片手はまっすぐに地面に立てた杖を握っている。

ピーターは近づいて行きながら、たぶんおなじみの話をしているのだろうと見当をつけた。永遠の叡智、神の創造の意味、そして物の存在理由の説明。ヨッベがいままで人前でぼろを出さないで済んでいるのは何とも不思議だ。たぶん、危害を加えない変人ぐらいに思われているのだろう。

ピーターが目の前に立っても、ヨッベはしばらく何の反応も示さなかった。一種の神がかり状態にあるのだと大事なお客に信じこませるには、気がつかないふりをしなくてはと計算してのことだろう。とにかくこの漁師には芝居がかったところがある。

「ようこそ、若き友よ！　姿を現すころだと思っていたぞ」

「本当？」

「そうとも、昨日夢の中におまえが現れてな。おまえの絵にほれぼれ見取れている偉い方々に囲まれていたぞ。ところが頭の上には何やら不吉な黒い雲が漂っていた。おまえって奴は、何かやっかいごとに巻きこまれると、わしの前に姿を見せるようだが……」

「おどろいたなあ、図星だよ」

「驚くのは、わしの言ったことが外れたときにしてくれ。もう一つ読めたぞ。おれとふたりきりで話したいと、その顔に書いてある」

「そうしてくれるかい？」

「さあ、みな、聞くんだ、こどもたちの未来は暗い、だからおまえたちも早く死んだ方が利口だし、こどもの数を増やしちゃいかん。おまえたちがカトリックを信じていようが、カルヴァン派だろうが、ルター派だろうが、神さまはひとりしかいないんだから、皆の言うことなんかいちいち聞いちゃいられないってことを考えるんだ！おまえたちの心配するよりも、他にやることがおありなんだよ。神さまはわしたちの物なんか何にも必要じゃないんだから、教会にささげ物を持っていってもしょうがないぞ。そう、おまえたちが稼いだ小銭は、わしにくれたほうがよっぽど役に立つ。だが十戒はしっかり守るんだ。今だって生活はひどいが、これ以上悪くならないようにな。教会のお偉いさんたちも十戒を守ってくれれば、この世の中だって、もうちっと暮らしよくなるんだが、アーメン」そう言うと、手を振って客たちにそこを立ち去るように合図した。

ふたりきりになると、ピーターは気がかりな様子で言った。「ヨッペの話しかた、ますます過激になったみたいで心配だよ」

「退屈していると何もかにも無頓着になってしまうのさ」

ヨッペは木箱を持ち上げて中の小銭を数え出した。「今日はあんまり盗まれなかったな。いい説教だったとみえる」

「乞食なんかしているのを見るのは辛いよ。それもこれもおれのせいなんだから」

「良心っていうのは、教会が作ったわずらわしいもののひとつだな。そんなに気にするなよ。ときどき退屈になることを抜かしゃ、この生活も捨てたもんじゃないんだから。魚を釣って、それをまた町まで売りに行くって仕事も、この歳になるときついもんだ」今度は破れ目の目立つ上着の下から巾着を取りだして、小銭をしっかりとその中にしまいこみ、それからピーターを見上げて尋ねた。「ところでおまえ、どうしてた？」

「昨日、おれの夢をみたんじゃなかったっけ？」

「まさか」

「じゃ、人をだましていることになるじゃないか、ヨッペの言うことを信じている人間をさ」

「人間ってのは、だまされたがるものなんだよ。これはキリストが生まれたときから始まっていることさ」ピーターが呆れ顔でみつめていると、ヨッペが続けた。「わしのことは心配しないでいい。これでもなかなか信心深い方だから、面倒なことにはならないさ。いつか神さまの前に出ることがあれば、本当の信心深さと、見せかけとはちゃんと区別してくださるよ。さあ、乞食と一緒のところを見られて恥ずかしくないなら、横に座れ」そう言いながら手で自分の横の地面を叩いた。ピーターはすなおに腰を下ろすと、相手を見ずに言った。「キリストを描いたんだ。顔はヨッベでね……」

「わしの顔が永遠に残るってわけか！　そんな名誉にあずかれるとはな」

「そのことにスペイン人の大尉が気づいて、グランヴェル枢機卿にも分かってしまったんだ」

「わしと分かったって？　そりゃおまえにとっちゃうれしいことだろう？」

「そんなこと言っている場合じゃないよ」

「こんなくたびれた体はもうとっくにご用済みだよ。何心配することがあるかね？　だがおまえは……、まず自分のことを心配しろよ。まだまだ先があることだから。小耳にはさんだところじゃ、あいかわらず悪さをしているらしいな」

ピーターはびっくりしてヨッベを見た。「どうして知っているのさ？　ああ、そうか……みなお互いを見張っているんだったな」肩をすくめ、宙を睨みながらそう言うと、今度はディトマーの一件を話し始めた。全部聞き終わったところでヨッベが口を開いた。「工房にスパイがいないと聞かされたほうがびっくりするご時世さ。なんたって、そこいらにスパイがうじゃうじゃしている世の中なんだから。ディトマーを追い出したって、一件落着とはいかないよ。ちゃんとお代わりが入りこんでくる」

「そんなものかなあ……」

「おまえは金貨の魅力を知らないとみえる。なかなかご立派な性格だが、それじゃ絶対に金持ちにはなれんな。貧乏は自慢にはならんぞ」

「でも貧乏のおかげで、ヨッベの心はきれいなんだと思うけど」

「そんなこと言ったら、天国は乞食だらけになってしまうじゃないか」

それを聞いてピーターは腹の底から笑った。「ところで、親父とお袋のこと何か耳にしてないかい？」

「ここで日向ぼっこをするようになってからこっち、知り合いにゃ会えなくなっちまった」

ピーターの顔に怒りの表情が浮かんだ。「誰もおれの質問にまともに答えようとしてくれないんだから」

「質問をかわす方が本当のことをしゃべるより、人のためになることも多いのさ」

「何も言ってくれないのは、おれをいたわってやろうってことかい？　馬鹿馬鹿しい！」ピーターは怒りをあらわにして、すっと立ち上がると、漁師を見下ろして強い口調で言った。「親父やお袋はいったいどこなんだ？」

「悪いが……」

「畜生！」こう悪態をつくとピーターは、あきらめたのか、クルリと向きを変え、怒りをいっぱいにしながら立ち去った。

ヨッベは重苦しい気持ちで見送った。「助けないということが、一番よい助けということもあるのだ」こう大声で言ってから、壁に寄りかかり、太陽の方を見上げて目を閉じ、頭の中からつらい思いをすべて追い払おうとした。

足早に立ち去ったピーターだったが、漁師の目の届かないあたりまで来ると歩調をゆるめた。自分のことを心にかけていてくれることはよく分かっている。

ピーターは町を所在なげに歩きながら、親方のところに寄って、様子を見てみようかとふと思った。とても仕事をする気分ではなく、まっすぐ工房に戻りたくなかったのだ。町の中心をはずれた小さな通りには、ほとんど人気がなく、まるでアントワープ中の人間がフェリペ二世を迎える準備にかかっているようだ。ピーターは最前から男が三人、自分の後をつけてきているのに気がついた。最初自分の思い違いかと思い、何回かわざと角を曲がってみたのだが、いつまでもしつこくついてくる。急に不安にかられた。短刀を持ってはいるが、頑強な男三人に本気でかかってこられれば、とても太刀打ちできはしない。早いとこ、ここから逃げ出し、捕まる前に町の人ごみの中に逃げ込むのが一番だ。ピーターは駆け出すと、まるで暴走する馬のように角から角へと走った。追手の足音が家と家の間にこだまし、なんとも不気味だ。この町にはまだなじみが薄かったし、恐怖から方向感覚を失っていた。自分が今どこにいるのか、どちらの方向に向かって走っているのか、皆目見当がつかなかった。追手は本気で捕まえる気がないのか、いつまでたっても一定の距離を保って追いかけてくる。たぶん走り疲れて降参するのを待っているのだろう。ピーターはやけくそになってとにかく走りに走り、とある路地に逃げ込んだ。だが前方には高い壁が立ちはだかっているではないか。

パニックに襲われたピーターは路地の両側に立ち並んだ家に飛び込もうとしたが、両こぶしでドンドン叩こうが、中に入れてくれと懇願しようが、どの家のドアも固く閉じたままだ。

ピーターはゆっくりと迫ってくる男たちの方を振りかえった。三人は横並びになっている。見れば、彼らは目のところだけに穴のあいた頭巾をすっぽり被り、ふたりは腰のところに短剣をさしている。荒い息をあげながらピーターは自分の短剣に手をかけたが、はっとしてそこで思いとどまった。思い出したのだ、いつだったか、決して自分より強いものに武器を抜いてはならないとヨッペから言われたことを。そんなことをすればますます相手を怒らせるだけだ。

一番小柄な男の体つきと身のこなしに何か見覚えがある。「ディトマー、おまえか？」そう聞いたピーターの声はかすれている。

答えはなく、男たちは腕を組んで前に立ちはだかった。ピーターは奇妙な頭巾の間からこちらをじっと見ているギラギラした目を見て、恐ろしさに身がすくんだ。

「さあ、やっちまえ！　その手をへし折ってやろうか。そうすりゃ、飯の種のいたずら描きやら下手な絵とは縁が切れるぞ」一番大柄な男が怒鳴った。

「おまえはほかの奴を裏切っても、自分さえよけりゃそれでいいって卑怯者だ。のしてやれ！　こんな奴どうなったってかまうことない！」ディトマーに似た男が叫んだとたん、ピーターは顔に一発食らい、地面にながながとのびてしまった。

　ヨッベはふと我に返った。最初に日差しの暖かさに気がつき、それから背中に痛みを感じた。喉はカラカラに渇いている。杖を握ると、それにすがって立ちあがり、居酒屋の方をうかがったが、何か恵んでくれそうな客は店の表には見当たらない。顔にかかった長い脂じみた髪の毛を払いのけながら広場の方に視線を移すと、こちらに向かって来るスペイン兵の一団が目に飛び込んで来た。

「とうとうおいでなすったか」ヨッベは大きな声でこう言った。不安はない。いずれこの口が災いして捕まることは分かっていた。そもそも今まで無事でいられたことの方が不思議と言ってよい。十分に楽しんだ、苦労のしがいもあった。死んで神の御前に出る覚悟はずっと前からできている。

　前に立ちはだかりスペイン語で「おまえの名前は？」と聞いてきた将校に向かって、ヨッベはニヤッとした。「わしの名は……」とスペイン語で答えかけて思いとどまった。何もこのやくざ者に楽をさせてやることもないし、相手だって乞食ごときに、たとえ一言でもスペイン語で話せなどと要求するはずもなかろう。

「わしの名など先刻承知だろうが！」自分の国の言葉でこう答えたが、将校はそんなヨッベの反応などお構いなしに部下に何事か命令した。するとふたりの兵士にいきなり腕をつかまれ、別のふたりが銃をつきつけ強引に引っ張って行かれた。

　死を怖がらずに済むのはありがたい、こんなことを思いながら、ヨッベは青空を仰ぎ見た。この慰めのない町やここに暮らしている人々とは反対に、空はきれいに澄み切っている。

　よりにもよって自分の最大の敵が、すばらしいあの世に行くのに手を貸してくれるとは、何という皮肉だろう。神さまは本当にユーモアにあふれたお方だ。

第八章　新しい出会い

ピーターは意識を取り戻した。

見覚えのない部屋に、見覚えのないベッド。どうやってここに連れてこられたのだろうと考えながら、そろそろと身を起こし、薄暗い部屋の中を見まわした。体を動かすと、頭がズキズキし、節々が痛いが、記憶の方は問題ないらしい。どんなふうに叩きのめされたかはっきり思い出せる。確かに半殺しの目にあったが、中の誰かが手加減してくれたのは間違いない。

ここは小さな部屋で、窓にはどっしりしたカーテンがかかっており、ベッドは新しく作りかえたばかりなのだろう、詰め物はよい匂いがする。

ピーターはベッドの端にいったん座り、それから立ちあがろうとしたが、目の前に灰色の点がちらつき、頭がくらくらした。しかたなくまた横になり、めまいが収まるのを待った。

いったいここはどこで、だれの家にいるのだろうか。しばらくあたりの物音に耳を澄ましてみたが、まるで見当がつかなかった。

いつの間にか、またうとうとしてしまったらしい。部屋のドアが突然開き、まぶしい光がさしこんできて、ピーターははっとして目を開けた。

「気がついたかね？」太い声でこう言った男は、青いビロードの服に身を包み、ベッドの横からピーターを見下ろしている。

「アブラハム・オルテリウスだ。きみはピーター・ブリューゲルだろう？」

「前に会ったことがありますか？」口をきくのが大儀で、ピーターはやっとのことでこう尋ねた。

「と思うがね、一度だけだが。きみは画家だから物を見分けるのはお得意だろう？」男がベッドの反対側にまわったので、顔に光が当たった。自分よりせいぜい五歳上といったところだろうか。

「ああ、オルテリウスさん、地図作りの！　すみません、お見それしてしまって」そういえばクック親方の工房に一度、地図を見せに訪ねてきたことがあった。「裏切り者を見破ったせいで、殴られてしまったんです」そしてディトマーの一件を説明した。

「きみはずいぶんと危ない橋を渡っているようだね」

「皆からそう言われてしまうんです。自分では何も悪いことはしていないと思っているのに」

「口は災いの元ということを学ぶ必要ありだな。ところで気分はどう？　お茶でもどうかな？」オルテリウスはピーターの返事は待たなかった。「アンケ、お茶を頼むよ、わたしにもね」

そのときピーターははじめて、オルテリウスがひとりで部屋に入ってきたのではないことに気がついた。ドアの方をみると、ちょうど若い女性が扉の陰に消えるところだった。

「兄貴の娘だよ。兄貴はステーン牢獄に入れられててね。それでわたしが面倒をみてるわけだが、本当はこっちが世話されているようなものだ。何しろひとり暮らしだから、家のことをやってもらう女手が必要でね。兄貴はあの娘の母親を、離縁してしまってね」

「あの、あなたがここに運んできてくれたんですか？」

「二、三時間前に家の入口のところに倒れているのをみつけたんだよ。きみはついていたんじゃないかな。たまたま通りかかった強盗が、服や短刀に目をつけて、きみの体をブスリとやることだって考えられたのだから」

「なんとお礼を言えばいいのか……」

「それはクック親方と相談しよう。わたしのために小さい絵を描いてもらうとか、なんとかね」

「親方はきっと今ごろ、おれがどこにいってしまったか心配しているはずです」

「そうだな、誰か知らせにやろう。さあ、さあ、お茶がきたぞ！」

娘が湯気をあげているカップを運んできて、一つをオルテリウスに手渡すと、こんどはピーターをベッドから助け起こし、それからカップを渡した。ピーターとそう歳は変わらないようだ。かわいらしい顔で、肌は抜けるように白く、ブロンドの髪を長くのばしている。

「ありがとう……アンケ」彼女は微笑むと急いで部屋を出て行ってしまった。オルテリウスは彼女の後ろ姿を目で追ったあと、ピーターの方に向き直って口を開いた。「きみの絵をいくつかじっくり見たことがあるが、細いところまでずいぶん忠実に描くんだなと思ったよ。とてもていねいな仕事をするんだね」

「ええ、それが主義なんです」ピーターはカップを口のところに持っていった。甘く、良い香りがする。

「クック親方のところで絨毯のデザインなんかしているのは、才能の無駄遣いだと思うが。どうだろう、ここで、もっと有益な仕事をする気はないかね？」

ピーターはカップを下に置くと、びっくりしたように相手を見た。

「このおれが、地図を描くんですか？」

「その言い方はどうも見くびられているように聞こえるな」

「とんでもない」ピーターはあわてて答えた。「話の内容に驚いてしまったんです、おれが地図を描くっていう」

「わたしの海図は、こう言ってはなんだが引く手あまたでね、世界的に知れ渡っている。決して誇張じゃないよ。わたしは大きな船主や船長たちのために地図をつくり、彼らも航海した世界中の海から見たこと、聞いたこと、新しい情報をここに持ってきてくれるんだ。それをもとに、自分の作った地図を手直しして少しでも完全なものにしようと努めているわけでね。面白い仕事だと思わないかい？」

「確かにそうですね」そう答えたものの、ピーターは冒険や夢といったことには縁遠い人間である。

「それじゃわたしの仕事を手伝ってくれるね。ひとりじゃとても無理なんだよ。そうかと言って、絵の上手な人間を見つけるのもなかなか骨でね」

「とても魅力的な仕事ですけど、でも自分の勝手はできないんです。絵を勉強するためにグランヴェル枢機卿の命令でクック親方のところにお世話になっているものですから。枢機卿の許しがなければ、ほかのことに手をだすわけにはいかなくて」

「わたしも、つてがあるから、その方面から許可をいただけるように話してもらうことはできるがね」

「枢機卿は、おれがあくまで絵の勉強を続けることを主張するでしょう」

「そうだな、その公算大か」オルテリウスの声の響きにはいささか軽蔑的なところがある。「絵はたくさん金を運んでくるからな、特に教会が間に立って売ってくれるときには。そしてその金の大部分は仲介役をつとめる教会に渡るって仕組みになっているが」

「その通りなんでしょうね。でもさっき言ったように自分の勝手に動くことはできないんです、残念ですけど」最後の言葉はピーターの本音だった。オルテリウスには好意を持った。彼の手伝いをする、それもアンケと一緒に、そういう光景を思い描いてみた。

ピーターはお茶を飲みながら、アンケが空のカップを片づけに来るのを今か、今かと待っていた。数分後に本当に彼女が入ってくると、その動きをさりげなく観察しようとするのだが、オルテリウスの目はごまかせなかった。

「近頃、間ぢかで女の子を見ていないと見える」

ピーターの顔はみるみる真っ赤になって、オルテリウスの方をきまり悪げに見ると、彼は人がよさそうに笑っている。

「クック親方はめったに外出させてくれなくて」

「今日のようなことが起きると思えば、それも不当とは言えないな」オルテリウスはにやりと笑った。アンケが部屋を出て行くのを待ってから、声をひそめて言葉を続けた。「アンケは確かに魅力的な娘だが、ちょっと問題もあるんだ……恐ろしく知りたがり屋でね、年がら年中、聞き耳を立てているんだよ。それに……喧嘩っ早くて」

「ヨッベならこう言うでしょうね、好奇心旺盛でない人間は、何も知ることができないって」

「そのヨッベというのは？」

「古い友だちです」

「ところで、きみのことを知らせるためにアンケをクック親方のところに行かせよう」

「ご親切にありがとうございます」そう言ったものの、アンケにこの家に残ってもらって、オルテリウスが行ってくれたらいいのにと、虫のよいことを考えていた。

「お兄さんはいったい何をして捕まったんですか？」

「不当もいいとこだ、ひどい話でね。技術家のギルベルト・ファン・ショーンベークのことを一度は聞いたことがあるだろう？」

「ええ、名前は。たしかビールの醸造に関係した人ですよね？」

「その通り。ビールの醸造に水を使う水圧システムを考えた人間だ。役所はそれを使うように命令を出した、衛生上の理由からね。そうなるとこういった装置に金をかけられない小さな醸造所はあがったりなんだよ」

「思い出しました、その話。でも大きな醸造所だって立派な設備を入れたところで、相変わらず不衛生なままでしょう？　それを役所に言ってやる人間はいないんですか？」

「それをしたのが兄貴なんだ」

「で、牢屋に入れられてしまったというわけですね？」

「理由はそれだけじゃない、兄貴ときたら暴徒の一団を指揮するなんて馬鹿なまねをしたものだから。その連中というのは仕事にあぶれた醸造業者たちで、大きい醸造所の装置を壊すつもりだったんだ。で、お縄だよ。お上や教会に楯突くなんて愚の骨頂だ。彼らはわたしたちをまるでネズミを駆除するみたいに簡単に殺し、いとも簡単にそのことを忘れてしまうんだ」

「ときどきこの国とおさらばして、ずっと遠くに行ったらどうだろうって考えるんですよ」ピーターがつぶやくようにこう言うと、オルテリウスは肩をすくめた。「そんなことしたってしょうがないよ。アメリカに渡ったところで事態はかわらない、スペイン王室が武力で治めているところはどこだって同じことだから。やって意味があるとすれば、身分を高めることだろうな。市民階級に身分を上げることだ。きみの才能をもってすれば、不可能じゃないよ」

「おれは農家生まれの単純な人間ですから」

「でも片足は画家組合につっこんでいるようなものだろう？　それにこの国の最高権力者の庇護を受けているし。変な遠慮はなんの手柄にもならないのだよ、ピーター」

「自分がそんなに恵まれているとはとても思えませんけど。現に今日だって道端に転がされていたのですからね」

「だが神さまがきみに悪気を抱いていたら、とっくに殺されていただろうよ」

「確かにそうかもしれない……」ピーターはまたアンケのことを考えていた。今日の事件のおかげで彼女と知り合えたわけだ。

めまいを起こさずにしっかりと歩けるようになるまで、数日かかってしまった。その間にアントワープのお祭り騒ぎは終わり、町は再び元の状態に戻っていた。

ピーターはまっすぐ工房に帰らず、まずヨッペを探すためにマルクト広場に向かった。彼にそっけない態度をとってしまったことが心にひっかかっていたのである。親方のところに戻る前に埋め合わせをしたい、そう思った。

いつもヨッベがいた場所に人は見えない。居酒屋でいろいろ尋ねてみたが無駄だった。この数日彼の姿は見かけないという。がっかりしながらマルクト広場に戻ると、年配の男に呼び止められた。居酒屋からピーターの後を追ってきたらしい。男はピーターをぎゅっと捕まえながら言った。「スペイン人だよ、ヨッベを捕まえて、連れて行ってしまったのは」

「スペイン人？　何が起こったんだい？」

男は落ち着かない様子で居酒屋の方をチラチラと見ている。「四日前にあいつら来たんだ」

「ああ、なんてこと！　それで、ヨッベはどうなった？」

「もちろん牢屋行きだよ。ほかに考えられるかい？」

「ありがとう、教えてくれて」

ピーターはクック親方のことも工房のことも忘れ、七、八百メートル離れたステーン監獄へと急いだ。だが入口に立っているスペイン人の守衛はフラマン語を一言もしゃべらないし、ピーターを中に入れてもくれず、しかたなく引き返すよりほかなかった。

ピーターはスヘルデ河の岸辺に向かってすごすごと歩いて行った。木の桟橋に腰をおろすと、水をじっと眺めた。上げ潮で、晴れわたった空のもと、青く輝く水が内陸の方に向かって勢いよく流れている。ステーン牢獄前の波止場にはスペインの大帆船が二隻係留されているだけで、いつもよりひっそりしている。ほとんどの船はこの数日強まってきた南東風を利用して海に出て行ってしまったのだ。河の中ほどで小さな船に乗った漁師が何人か漁をしている。ヨッベが長年していたのと同じように、彼らはアントワープの貧乏人のためには鮭をつり、金持ちのためにはエビをとっているのだ。

「そこで何している？」突然背後から無愛想な声で尋ねられ、ピーターはビクっとして立ちあがった。中年の神父が意地悪そうな表情でこちらを見ている。「何も。ただ水を見ているだけです」

「何もしていない？　怠惰はすべての悪徳の始まりだ。そう学校で習わなかったか？」

「おれは学校に行ったことはありません」ピーターはむっとしながら答えた。

「勉強もしない、働きもしない、一体どうやって生活しているんだ？　おおかた物を盗んだり、人をだましたりしてるんだろう、違うか？」

「おれは絵描きです。ピーター・クック・ファン・アールスト親方のところで修行中です」それからあわててこう付け加えた。「自分の修行の刺激になればと思い、スヘルデ河のここの雰囲気をつかみたくて、じっと河を見ていたんです」

「そうなのか？　どう見ても画家という雰囲気ではないな」神父はピーターを馬鹿にしたような目つきで上から下までジロジロと観察している。「どちらかと言えば田舎に置いておくほうが、似合っている」

「ええ、田舎から来たんです。農家の出ですから。神父さんは鋭いですね」このお世辞は効いたらしい。神父の話し方に刺がなくなった。「わたしにはおまえの言っていることを確かめている余裕はない。こんなところでうろうろしていないで、さっさと行きなさい」そう言うと、きびすを返して行ってしまった。

ピーターは、僧服の袖に手を突っ込み、下を向いて歩いて行く神父の姿を見送っていたが、この出会いでずっと前の不愉快な出来事が呼び覚まされた。どこかにまだ絞首台とカササギを描いたスケッチがあるはずだ。それを油絵にしてみたいという衝動が湧き上がってきた。

第九章　アンケ

十月の終わりに初雪が降り、十一月の半ばになるとスヘルデ河に厚い氷が張って、船の航行は止まった。内陸のこのアントワープまで完全に氷結して、河を歩いて渡れるようになると、向こう岸に住んでいる盗賊や犯罪者がやってくるかもしれず、住民はびくびくして暮らしていた。夜間は特に力を入れてパトロールするのだが、この無頼の徒に立ち向かうのはしょせん無理なことである。

アントワープの近郊ではもうずっと前から薪は手に入りにくくなっていた。まだ残っている森はその持主がしっかりと見張り、犬を使ったり、わなをしかけたりして薪泥棒が近づかないように目を光らせていた。困った農民たちが穀物蔵を壊してそれを薪にしたり、屋根にふいてある葦をはがして、腹をすかせた牛の餌にするような始末だった。

北のある港町に船が漂着したが、乗組員は全員寒さで凍死していた。沿岸の住民はすぐに船を壊して何日間かこれを燃やして寒さをしのいだという話も伝わってきた。火がなければ、飲むことも食べることもかなわない。パンさえも棚の上でコチンコチンに凍り、多くの家庭では家族全員が布団を重ねてその中にもぐりこみ、天候の回復を祈りながら生き延びようとしていた。

その一方でゆとりのある市民は薪などに頼る必要はなく、石造りの家には新式の暖炉があって、石炭で暖を取っていた。だが風の吹かない日は、この石炭暖炉から出る息のつまるような煙がまるで釣鐘のように町をすっぽり覆い、寒さ、湿気、それにこのひどい煙のせいで死んで行く人間の数が、結核患者を上回るほどだった。住民はあまり気にかけていないようだが、死者を葬る仕事は、地面が石のように固く凍っていては至難の業で、町ではしかたなく定期的に薪をうず高く積み上げ、死体を焼いていた。

こんな厳冬でも楽しいことがないわけではない。たとえば、スヘルデ河ではスケート遊びができ、スペイン人は始めてみるこの光景に目を丸くしていた。町の塁壁に沿って氷の上には屋台が並び、砂糖菓子や暖かいスープを売っていた。冬が長く続けば続くほど、屋台の数は増え、終いには正真正銘の市場が出来あがり、食べ物だけでなく、ありとあらゆるもの、ウールの膝当てから、はてはアメリカインディアンのお守りまで手に入ったが、売り子の女たちは何しろこの寒さだ、椅子に座って、脚の間に火鉢をはさみ、スカートの下から体を温めながら、商売に励んでいた。

町の中では子供たちが大きな雪だるまを作り、それに自分たちが嫌いな人間の名前をつけては、賑やかな声を上げながら壊れるまで雪のボールを投げつけて遊んでいる。だがスペイン兵のパトロール隊が姿を見せると、子供たちは蜘蛛の子を散らすように、さっと家の中に消えてしまう。大人たちが「スペイン兵はおまえたちを切り刻んで、食べてしまうんだぞ」と言っているせいだ。遠くから武器のガシャガシャふれあう音が聞こえて来れば、通りに出ようとする子供などいない。

冬の間、ピーターはいつにも増して強いホームシックにかかっていた。畑仕事もない冬場は、家族全員が暖炉のそばに座って、楽しい話、ハラハラする話、身の毛のよだつ話をしながら時間を過ごしたものだ。あのくつろぎ、乾燥豆のスープ、燻製した肉、スグリジャムを塗ったパン、甘いリンゴ、塩漬け豚の煮こみ、どれもこれも懐かしかった。

冬も過ぎ、雪解けと洪水も終わって幹線道路がまた通行できるようになったところで、クック親方は二つ目の工房を作るためにブリュッセルに行くことになった。留守はかなり長い期間になるようで、その間は妻のマリケがアントワープに残って工房を取り仕切り、ブリュッセルに連れて行かない弟子や助手を仕込むことになっている。

発つ前、親方はピーターを呼んだ。

「おまえはわたしの一番弟子だ。いままで大勢育ててきたが、その中で一番優秀だろう。すばらしい才能を持っているし、めきめき腕を上げている」ここで言葉を切ると、ピーターがちょうど描いていた絵を見るともなく見始めた。それは前景に鋤おこしをしている農夫、羊飼い、そして羊、背景に帆船が見える湾という、広がりのある風景画である。絵には、あの有名なギリシャ神話、蝋の翼をもらって得意になり、太陽に向かって飛んで行った少年イカロスが天から墜落したところが描かれていたが、イカロス自体は全体の構図の中で重要な扱いを受けているわけではなく、ほんのついでと言った感じで描き加えられていた。主役は例によって風景である。

クックは絵から視線をはずすと続けた。「妻はひとりでもうまくやってゆくだろうが、おまえにぜひ側にいてもらいたい。おまえには多少気まぐれなところや、無鉄砲なところもあるが、わたしは全面的に信頼しているんだよ。どうかこの信頼を裏切らないと約束してくれ」

「一生懸命やってみますけど……」ピーターは自信なげに答えたが、親方とは仕事以外のことを話題にすることはなかったので、こういう話は苦手だった。

「多くを期待するのは無理だろうな」ため息まじりにこう言った親方の顔には深い皺が刻まれている。

「親方、行かないで下さい」親方の顔を見るのはこれが最後のような予感がした。

「人間は自分の運命には逆らえないのだよ。自尊心と誇りを最後の最後まで失わないこと、大事なのはそれだ。おまえの才能は天からの贈物だ、大切にするのだぞ。決して枯らしちゃならん、自分自身、そして世界に喜びをもたらすために、いっそう磨きをかけ、豊かなものにすることだ。画家組合に話をつけておいたから、そう遠くないうちにおまえも親方の資格を取れるはずだ」

「仕度はすみました？　迎えの馬車がきましたよ」娘のマイケンを抱いた妻のマリケが二階から降りてきて声をかけた。クックが娘を抱き取ると、子供は歓声をあげた。

「母さんの言うことを聞いて、いい子にするんだよ。泣いたりしちゃだめだぞ」クックは娘を床に下ろしてそのお尻をポンとたたき、妻から旅行カバンを受け取ると、御者がイライラしながら待っている外に向かった。

夫を見送ったあと、マリケはしみじみと言った。「どうしてあの人が、ああもブリュッセルに行きたがるのか分からないわ。自分が病気だということ知っているのに……」

「隅っこに座って、悲しみに沈んでいるなんて親方らしくないですよ」

子供の手を引いて二階へ上がって行くマリケを目で追いながら、ピーターはふっとため息をつくと、あまり気乗りしない様子でパレットと筆をとりあげた。絵を描くことに集中しようとしたが、クック親方との別れは彼の心を鉛のように重くし、結局また道具を机に置き、ぼんやりと宙をみつめた。


春めいてくると、ピーターはマイケンと一緒に散歩をするようになった。母親が仕事に時間をとられているので、幼い子供の面倒をみるのがピーターの役回りとなったのである。

ふたりがその騒ぎに出くわしたのは、町の中を散歩しているときのことだった。日頃から物騒な場所には近づかないようにしていたが、それは比較的安全と思われている地区での出来事である。

マイケンを抱いてそこを通りかかると、少し先で男女の一団が、石の建物を建築中の職人に襲いかかるのが目に入った。彼らは金きり声を上げながら職人たちをさんざん踏みつけ、殴りつけると、次には大声で騒ぎながら大分高くまで積み上げられた壁を壊し始めた。

背後で荒々しい蹄の音がしたのは、ピーターがちょうどあわててその場を立ち去ろうとしたときだった。マイケンを抱いて道の端に寄った瞬間、横を十人ほどのスペイン人騎兵の一団が猛烈な勢いで駆け抜けて行った。そして建築現場の前で横並びになると、指揮官の命令でいっせいに矛槍を高く挙げ騒ぎの中に突進していったのである。

武器を持っていない人間に兵隊たちが襲いかかった。女だからといって容赦はない。血の海の中でけが人たちが死の恐怖に悲鳴をあげ、馬は荒い鼻息をたて、荒々しい蹄の音が人々の不安と恐怖をあおる。

憑かれたように馬に拍車をかけているスペイン兵に追いかけられて、何人もの人間が脇道に逃げ込もうとして、マイケンをしっかりと抱いてピーターが身をひそめている戸口の前を走り抜けて行った。自分の方に向かって走ってくる一団の中にピーターは突然見覚えのある顔を見つけ、思わず一歩踏み出すと、声を限りに叫んだ。「アンケ！」

この騒動の中では声が届くはずはなかったが、アンケはピーターの方を見て、すぐに彼と気づいたらしい。向きを変えると、こちらの方に走って来た。

「ピーター！」アンケが急に抱きついてきたので、ピーターは思わずよろけ、辛うじて家のドアで身を支えた。泥だらけで髪の毛はくしゃくしゃだが、怪我はしていないようだ。マイケンは怖くなったのか、泣き出した。

「殺されちゃう！　あいつら、わたしたちを殺そうっていうのよ！」

そう叫ぶアンケの肩越しにピーターが向こうを見ると、逃げきれなかった人間が死体となって、あるいは怪我をして、地面に転がっている。いたるところから低く、高く泣く声が聞こえてくる。職人たちもスペイン兵の餌食になり、容赦ない攻撃の犠牲になっていた。

「一段落したらしい。この間に逃げ出そう」ピーターがこう言い終わるか終わらないうちに、また馬の蹄の音が聞こえ、横道から指揮官が兵士をふたり従えてこちらに向かって来た。ピーターは身を縮めて隠れようとしたが、遅かった。指揮官はゆっくりと家の戸口に近づき、腰からピストルを抜きながら馬を下りてフラマン語で命じた。

「おい、出て来い！」

ピーターは不承不承命令に従ったが、マイケンを腕に抱いている上に、アンケもまだ彼にしがみついていたので、その重さでおもわずよろめいた。

指揮官ははじめスペイン語で何やら尋ねたが、反応がないとみるとフラマン語で怒鳴りつけた。「まったくばか者が！　きさま、なんて名前だ、そこで何している！」

「ピーター・ブリューゲルです」そう言いながら、しゃべりにくいので首にしがみついているマイケンの手をどけようとした。「画家で、ピーター・クック親方のところで働いています。これは家内と娘で、偶然ここを通りかかったもので、巻きこまれたら大変と思って隠れていました」

自分の嘘にどう反応するかと不安にかられながらピーターは指揮官の次の言葉を待っていた。

「おまえがピーター・ブリューゲルか？　ほほう……」指揮官は眉毛をピクリとさせるとピストルを腰に収めた。「結婚しているとは知らなかったぞ。顔を見せてみろ、女！」

「さあ、言うとおりにして」ピーターはアンケの耳元でささやいた。ピーターに抱きついたままアンケは顔をゆっくりと指揮官の方に向けた。「こんな大きな子供があるにしては若すぎるのと違うか？　顔といい、着ている物といい、どうしてそんなに汚れているんだ？」

「主人の言うこと聞かずに、逃げ出して、それでつまずいて転んだので……」

「名前は？」

「アンケ・オルテリウス」

「あの海図家アブラハム・オルテリウスの身内のものか？」

「叔父です」

ああ、こんなことを言って！　父親が牢屋に入っていることがすぐばれてしまうじゃないか、ピーターはそう考えて絶望的になった。指揮官はしばらく疑い深そうな目つきでアンケを眺めていたが、くるりと向きを変えると、自分の馬に戻った。「少なくともおまえたちの話の半分は嘘だということは分かっている。だが暴徒の一団には加わってはいないのだろう。さあ、さっさと行け！　これからは出かける方向をもっとよく考えるんだ！」

馬上からそう言うとふたりの兵士とともに行ってしまった。

「あの男はおれの名前を知っていたよ」ピーターは驚いたように言った。

「何のんきなこと言ってるの。もしわたしがオルテリウスの名を言わなかったら、間違いなく捕まっているか、でなければもっとひどい目に会っていたはずよ」

「殺されたかもしれないのか……」ピーターは身震いしながら建築現場の血の海に視線を走らせた。事件に巻きこまれた者たちはようやくよろよろと立ちあがり、ある者は這いつくばりながら逃げ出そうとしていた。「助けてやらないといけないんじゃないかい？」

「何もできやしないわ。早くどこかもっと安全なところに逃げましょう。ここは子供のいるところじゃないもの」

アンケはそう言ってピーターの腕を引っ張った。

「確かにそうだ、マイケンによくないな。さあ、叔父さんのところまで送って行こう」

「助けてくれてありがとう。一瞬だけど、旦那さまと娘を持つこともできて楽しかったし……」

「自然に思いついたのさ」結婚して子供があっても別におかしくないだろう、ピーターはそう思いながら横からアンケを見たが、疲れた様子もなく相変わらず魅力的だ。

「あのごろつきたちと一緒に何をしようとしてたんだい？」

「まあ、ごろつきですって？　軽々しくそんなふうに言わないでちょうだい！」

「ごめん、ごめん」

「わたしたちのことをごろつきって呼ぶのはどういうわけ？」

「もうあやまったろう？　思わず口が滑っただけだよ。それはそうとおれが親方になれるのもそう遠い話じゃないらしい」ピーターはさりげなくこう言った。

「あら、おめでとう」アンケはびっくりした風でもない。

「金と名声が手に入るということさ」

「オルテリウス叔父さんと一緒に仕事するつもり？」

「クック親方がおれを離さないよ」ピーターはそれを別に残念とは思わなかった。オルテリウスとは気持ち良くつきあえたが、何としても地図を描くというのは自分の性に合わない。このところ大きな風景画を描くようになっていたし、親方の奥さんを見捨てることなどできない相談だ。

「まださっきの質問に答えてもらってないな、さあ、あそこで何していたんだい？」

アンケの顔は曇った。「あの場所に大きなビール業者が建物を新築する計画なの。小さな醸造家には仕事のチャンスがなくなって、下劣な連中にはお金が山ほど入ってくることになるのよ。父は納得のいかない、おかしな点を暴いたのだけれど、それが裏目に出て、まだ牢に入ったまま。世の中何もかも不公平だらけだわ」

「大きな魚は小魚を食うか……」

「えっ？」

「ちょっとそう思っただけだよ。そうだ、おれグランヴェル枢機卿といい関係にあるんだ。枢機卿が指をパチンと鳴らせば、それできみのお父さんは自由になるさ。枢機卿に話してみようか？」

アンケは立ち止まってピーターを大きな目で見つめた。「本当にそんなことできるの？」

「うん、そのはずだよ」たとえ枢機卿の住む館の門までたどり着いたところで、そこをくぐる前に追い帰されてしまうのではないかという思いが頭をかすめないわけではなかったが、ピーターはアンケから尊敬の目で見られて得意な気分だった。

「まあ、ピーター、あなたってすばらしい人！」アンケはいきなり彼の首に抱きつくと、頬にキスした。ピーターは馬鹿なこと言ってしまったと悔やみ始めていた。だが、いずれにしてもアンケは好意を抱いてくれているのだ。こちらの思いが見破られるまで何週間か、よい目をみることができるはずだし、うまくゆけばキスだけで終わりということもないだろう。


その一週間後、ピーターはオルテリウスの家を訪れた。彼はあいにく留守だったが、アンケはこの突然の訪問を意外なこととは思っていないようだった。

「グランヴェル枢機卿にもう父のことや、小さなビール業者のこと話してくれたの？」

「手紙を送って、謁見を頼んであるけど、返事はまだこない。こういうことは時間がかかるんだ、わかるだろう？」

たしかにピーターは手紙を出したのだが、枢機卿にではなくて、リシュー司教にあててだった。司教はたぶん何もできないか、でなければ枢機卿の怒りを買うことを恐れてこの件には係わりたくないと思っているかもしれないが、何かはわかるはずだ。ピーターはアンケの父親の心配をしたわけではなく、ただ彼女の気をひきたかったのである。そこでピーターは恥を忍んで、フロリスに代筆を頼んだのだった。

「耐えるっていうのは大事な美徳だよ」ピーターは言った。

「わたしも同じこと言ったら？」

「なんのことさ？」

「いらっしゃい、ピーター、分かってるのよ、わたしとベッドに行きたいんでしょ？」

「それだけで来たんじゃないよ」ピーターは顔を赤らめながら答えた。「きみは特別な人だ。二六時中きみのことが頭から離れないんだ。一緒にいたいんだよ、ずっとね」

ちょっと間があってからアンケが尋ねた。「それって結婚の申し込み？　わたし結婚には興味ないの、少なくとも今はね」

「誰かほかに好きな人がいるのかい？」

「いないわよ、今は」

「ということは、前にはいたってこと？」

「あら、わたしの魅力にまいったのは自分だけとでも思っているの？」

「そんなこと考えてないさ」

アンケが側に寄ってきてピーターの肩に腕をかけ、彼の目をじっとのぞきこみながら、やさしい声で言った。

「今結婚するつもりはないけど、だからってあなたに特別な感情を持っていないってことじゃないのよ」そして体をピーターにすりよせてきた。ピーターの欲望はたちまち火を吹き、しなだれかかってきたアンケのかぐわしい体をしゃにむに抱きよせると、彼女の背から太ももへと手を這わせ、激しくキスを浴びせかけた。

第十章　イカロスの墜落のある風景

それから一週間ほどたったころ、ピーターのところに枢機卿の居城に出向くようにとの使いが来た。

「きっとおれの修行がどの程度進んでいるか知りたいんでしょう」ピーターはマリケにそう言ったが、アンケとのことや、リシュー司教に手紙を書いたことを打ち明ける勇気はなかった。マリケもピーターに女友だちがいるらしいと薄々感じてはいたが、どの程度真剣なのかはわからないでいた。

「この間仕上げた銅版画を持って行く?」こう尋ねたマリケの声は緊張しているようにみえたが、グランヴェル枢機卿の影がつきまとう事柄になると、いつもこうだ。

「いいえ、必要があればそう言ってくるはずですよ。あの人たち、おれの作品を見たいのなら、いつでもできるでしょう。なにしろ枢機卿の館はここから目と鼻の先ですからね」

グランヴェル枢機卿がちょくちょく自分の近くに滞在するというのは、ありがたくない話である。

「くれぐれも慎重にね。口は慎んでちょうだい」出がけにマリケはこう釘をさした。

リシュー司教の下僕が、ピーターを運んできた御者にそのまま中庭で待つように命じている。ということは、ここに長くとどめ置かれることはないと考えてよいのだろう。そう思ってピーターはほっと胸をなでおろした。

祈祷台、二本のローソク、壁の大きなキリストの十字架像、それだけしかない小さな殺風景な部屋で延々と待たされ、ピーターはいらいらしていた。こうやっておじけづかせようという腹なのだろうか。いささか気分が悪くなってきたころ、ようやく案内の召使が姿をみせた。

リシュー司教が迎えてくれるものときめつけていたのだが、驚いたことにいきなりグランヴェル枢機卿のもとに通された。枢機卿の部屋も質素で、ガランとしており、物音ひとつひとつが反響し、音は十倍も大きく響く。部屋が薄暗いせいで、だいぶたってから他にも客人がいることに気がついた。髪の毛が黒っぽく、肌は浅黒いところをみると、どうやら南の方の生まれらしい。

グランヴェル枢機卿は両手を背中で組み、小さな窓の側に立って外を眺めていたが、召使が出て行くと、待っていたようにそのままの姿勢で話しだした。「これがピーター・ブリューゲル、大鎌と穀ざおを、パレットと筆に持ち代えた農家のせがれだよ、ドリツィ」こう言ってから向き直り、ピーターをじっと見た。逆光のせいで表情はうかがえない。「クラウデ・ドリツィは画商だ」

その言葉につられてピーターが部屋の隅のスツールに座っている男を見ると、彼も好奇心をあらわにしていた。

「きみの絵をいくつか見せてもらったよ。数は多くはないが才能を判断するには十分だ……」

待ちきれぬ様子でグランヴェル枢機卿が口をはさんだ。「ドリツィはおまえに寓意画を三枚ほど描いてほしいそうだ」

「ぐうい、ですか？　すみません、枢機卿さま、それはどう言う意味でしょうか？」

「知的方面の進歩は大いに問題ありだな。能力と才能はどうやら生まれ持ったもののようだ」

「その才能は、神さまのお恵みによるものでしょう」ドリツィはこう言いながらピーターにやさしく微笑みかけた。「白状すると、きみの評判を聞かされても素直には信じられなかったのだよ。ところが『燃えている町』と『ゲネザレト湖』を見てからはね……」そこで相好をくずすと、指で机をトントンと叩いた。「寓意画というのは、たとえば虚栄とか強欲、信心深さなどといったことをほのめかして描くことだよ。聖書の中にはそういう例がたくさんみつかる、そうですな、枢機卿さま？」

「聖書には一切の例が述べられている」

「やっと分かりました。クック親方がシンボリックとか言っていることですね。親方の話だとわたしには特にその方面に才能があるらしいです」

「その通り。だからきみに描いてもらいたいのだよ。寓意画は今特に人気があってね。そのうちきみの絵を欲しがる人間がゴマンと出てくるだろう」

「ありがとうございます」ピーターはそう答えながら、枢機卿の方を見た。彼は、一生懸命行儀よくしようとしているピーターの努力を楽しんでいるのか、口元に皮肉な表情を浮かべている。

ドリツィは、ピーターには気がつかない合図を受け取ったように、突然立ちあがった。「わたしの願いを聞いてくれたと受け取ってよいのだね？」

「ええ、もちろんです」それ以外の選択がないことを意識しながら、ピーターは答えた。

「よかった。それでは枢機卿さま、近いうちにまたお目にかからせていただきます」そう挨拶して枢機卿の前にひざまずき、手に接吻すると、今度はピーターの方を向いてうなずきながら部屋を出て行った。

ドリツィの姿が消えるとグランヴェル枢機卿が口を開いた。「ドリツィは顔も広いし、影響力もある男だ。さて、それはそれとして、オルテリウスの娘とのことだが……」

ピーターは突然冷たい水を浴びせられたように身がすくんだ。枢機卿が探るようにこちらを見ていたが、ピーターも視線をはずさないように懸命に努力した。

「どの程度真剣なのかね？」

「何を答えればよいのでしょうか？」ピーターは質問をはぐらかすように尋ねた。

「本当のことをだ！」

「わたしたちは一緒に暮らしたい……」ピーターは慌てて言いなおした。「結婚したいと思っています」

「禁欲的な生活を送っている芸術家など、まずおらんだろう、そのくらいは分かっている。だが修行が終わる前に結婚することは許さんぞ」

「クック親方の話だと、間もなくわたしも親方になれるということでした」

「それには少なくてもあと一年はかかる。それも順調にいっての話だ」

ピーターは反発したいところをぐっと我慢し、従順そうに頭を垂れた。「もちろん修行が優先です」

そんな言葉は信用できないというつもりか、枢機卿はもう一度きっぱり言った。「わたしが許可するまで、結婚などという考えは頭からさっぱり追い出すのだ」

「はい、わかりました」ピーターは従順に答えたが、心の中は反発する気持ちと不安とがないまぜになっていた。

枢機卿はしばらく探るようにピーターを見つめたあと、また窓辺に寄り、外の景色を眺めながら言った。「用件はこれで終わりだ。もう帰ってよろしい」

待っていた馬車のところに戻ってから、ピーターは枢機卿が例の手紙のことにはまったく触れなかったことに気がついた。手紙にはアンケのことは一言も書かなかったので、枢機卿がああいうことを口にしたのはスパイを通して事情を知ったからなのだ。十中八九、枢機卿はあの手紙を見ていないとみて間違いない。

ピーターは立ち止まって、不安そうにあたりを見まわした。出来るだけ早くここを離れた方がよいのか、それともリシュー司教と話をするべきなのか？　父親の件でアンケに伝えるものが何もなければ、あんなに偉そうなことを言ってしまったのだ、すっかり馬鹿にされてしまうだろう。ピーターは中庭で豪華な壁掛けの埃をたたいたり、ブラシをかけたりしている召使たちのところに近づき、どこに行けばリシュー司教に会えるか尋ねてみた。するど、司教は現在外国にでかけていて、数週間は留守だという答えが返ってきた。

馬車が跳ね橋を渡って町への道をたどっているあいだ中、ピーターは両親の行方についてグランヴェル枢機卿に尋ねなければいけなかったのに、臆病者の自分は枢機卿を前にしてわが身を守ることに精一杯で、他のことを考えている余裕がなかったと悔やんでいた。

しかし一方、画商のドリツィがあそこにいたということは、自分の仕事が金になると認められてきたあかしではないか。教会が関心を持っているのは、異端信仰者の一掃を別にすれば、あとは金儲けだけ、となれば金の卵を生むめん鶏であるこのおれを殺すことなどないはずだ。それに気がついていれば下手な取り越し苦労などせずにすんだのだ。自分は意気地なしの上に、なんて馬鹿なのだろう。自分自身のことさえうまくできないのに、人のことなど……　アンケにはどう向き合ったらよいのだろうか。

「どうだった？」ピーターが戻るとマリケが待ちかねたようにこう尋ねた。「そんな顔していったいどうしたの？　まるで今にも死にそうに見えるわ。何か悪いことでも起こったの？」

「いいえ、その反対ですよ」ピーターは少しはしゃいだ声で答えた。「えーと、ぐう……、ぐうい画を三枚頼まれました」そしてドリツィのことを話した。

「クラウデ・ドリツィですって？　すごいじゃないの。それがどういうことか、ピーター、分かっている？」マリケは彼を抱きしめて、うれしさを表した。

「金でしょ？　その大部分は教会のものなんですよね」そっけない態度でそう言って、椅子に腰を下ろした。

「ありがたいことじゃない。どうしてそう不機嫌そうにしているの？」

「グランヴェル枢機卿はおれの両親がどこにいるか知っているただひとりの人間だっていうのに、聞いてみる勇気がなくて。漁師のヨッベもどうなったか……死刑になっていないことだけは確かですけど」

マリケはため息をついた。「あなたの両親ね。一年といえばずいぶん長いわね……」

「おれは臆病者なんです」

「そんなことないわ！　グランヴェル枢機卿のような人を相手にすれば誰だって怖気づいて当たり前。まばたき一つで人の生き死にを決められるような人間の前では、冷静ではいられないわよ」

ピーターはアンケに会いたいのをじっと我慢していたが、そうかといって仕事をする気も湧かず、無理に筆を手にとってみてもなかなか集中できなかった。アンケを描いてみようと二度ほどやってみたが、それもうまくいかない。彼女の外見や表情がほんの少ししか思い出せないことに、我ながら驚いたり、がっかりしたりだった。どんな目の色をしていたのだろう？　覚えているのはあたたかい唇だけだ。

ようやく「イカロスの墜落のある風景」が仕上がった。完全には満足できる出来映えではなかったが、必要ならまた後から手を加えればいいと考えて画商ドリツィに渡すことに決めた。枢機卿はこれを「うぬぼれは人間を破滅させる」ということの寓意画と受け取るだろう。

ピーターは「絞首台の上のカササギ」のスケッチを、少し大きな絵に描きかえることも始めていたが、これもあまりうまくいかず、放りだしてしまった。聞くところによると、カササギは「噂話と無駄口」の象徴らしい。

工房を抜け出しては、なにをするというわけでなく町をぶらついてみたり、ときどきは幼いマイケンを連れて出て、独り言を言うよりはましだろうと思いながら、自分のことを語って聞かせてみたりしていたが、マリケはそんなピーターをそっとしておいた。聞かなくてもアンケとのことが原因なのは察しがついたし、マリケも自分のことで手いっぱいだったのだ。クック親方が折々よこす手紙によると、ブリュッセルでの仕事は忙しく、当分アントワープに帰るのは無理のようだ。健康状態については一言も触れてなかったが、具合は悪くなるばかりで、時には立っていられないほど弱っているらしいと、風のたよりに伝わってきた。

ある日の昼近く、マリケは馬車を雇うと、後のことはピーターに一切まかせ、マイケンとともにブリュッセルに発った。

「のびのびするなあ」フロリスはマリケの留守を喜んでいる。彼はピーターとともに、アントワープの工房に残った数少ない助手で、親方が手をつけたが時間がなくて仕上げられなかった木版画のシリーズを完成することを任されていた。フロリスはどちらかと言えば絵よりも木版の仕事が向いているらしく、「木ってやつは一筋縄じゃいかないからな、そこがいい」とよく言っていた。

付き合いが長くなるにつれて、フロリスが傲慢に見えるのは表面だけのことだと分かり、今はその実力に一目おいていた。フロリスは人をあてこすっては、相手がかっとなるのを見て喜んでいる。

「何がのびのびだ！　奥さんが留守の間中、おれはここにしばりつけられているんだから！」ピーターはぼやいた。

「おまえみたいな農家の息子が立派な紳士とおつきあいできるなんて名誉なことだと思えよ」

「客でもくるのかい？」

「このあいだ下絵画家のヤン・フェルメイエンが近いうちにまた寄ってみると言ってきたな」

「奥さんはそのこと忘れていたわけか」

「じゃなくて、来られては困るから今日出発したんだと思うよ」

「フェルメイエンはそんなに面倒な人間なのかい？」

「何にだって口出しするし、けちをつけるからな。装飾作品について知っているのは世界広しといえども我ひとりと思っている御仁さ」

「だけどたまにはよいアイディアも出すんだろう？」

「どういうわけか、今おれたちが使っているのもそうだけど、作ってくれる下絵がどれもこれも同じなんだなあ。前景には満艦飾の船とスケッチをしている画家、背景には港、その全部が、飛んでいるカモメから見た景色というわけでね」

「その鳥瞰図というのも悪くないと思うけど」

「おまえに良し悪しの判断ができるのか？　いつも頭の中はアンケのことでいっぱいのくせして。ところでご両人の将来はどうなんだい？　まだ一緒に住むおつもりで？」

「彼女はどうも、もうおれに会いたくないらしい」

「おお、そりゃそりゃ」

「おまえは何も分かっていないんだ」ピーターの声には力がない。

「ここで分別があるのはおれだけってことをお忘れなく。おまえは自分じゃ高邁な目標を持っているなんて思っているんだろうが、実のところはあの娘をベッドに誘い込むことしか考えていないんだろう？　一緒に住むだの、結婚するだのって義務はさらさらないんだぜ。一日中彼女といちゃいちゃしているわけにもいかないだろう？　ベッドの外じゃ邪魔になるだけさ、いらいらさせられたり、金がかかったり、ろくなことない」

「でもアンケが好きなんだ」

「おいおい、頭を冷やせよ！　表に出て冷たい空気にでもあたったらどうなんだい？」ふくれっ面をして階段を昇って行くピーターの背中に向かって、フロリスが声をかけた。

　ピーターは怒りに任せて自分の部屋の扉を力いっぱい閉めた。


　ピーターはパンをちぎると、ラードをたっぷり塗って上に塩を振りかけた。それをかじりながら、フロリスの言うことは当たっているだろうか、自分はたださかりのついた雄牛にすぎないのかと考えていた。妙に口が渇き、パンがのどを通らない。表で輪回しをしている子供の賑やかな声を聞きながら、マルクト広場にいた漁師のヨッベの姿を思い出していた。あのときの彼は、以前金持ちの町人に魚を売るため漁をしていたときより、ずっと幸せそうに見えた。子供のようになって、もう将来のことをくよくよと考えるのをやめてしまったせいかもしれない。

「あなたは幸せ者なのよ。埃まみれ、泥まみれになってパン代を稼ぐ必要がないのだから。そのこと分かってるの？」いつだったか、浮かぬ顔をしていたとき、マリケにそうたしなめられたことがある。だがそう言われても別に救いにもならなかったし、幸せになれたわけでもない。アンケと一緒なら幸せになれる、彼女さえ側にいてくれればほかのことはどうでもよい、とピーターは思っていた。

階下で入口の戸が開き、また閉まる音がした。それから人声がしたと思うと、フロリスが階段を上がってきた。ピーターがドアを開けると、フロリスがニヤニヤしている。「おまえにお客さんだよ。おまえここで必死に神さまにお願いしてたんじゃないのか？」

「アンケ！」ピーターはうれしさで心臓が飛び出しそうだった。

「王女さま、自らおでましだよ」

「彼女、おれがここにいること知っているのかい？」

「あたりまえだろう、それともおまえ、あこがれの女性の前から逃げ出そうっていうのか？」

「何を言ったらいいんだ？」

「お目にかかれてうれしゅうございます。一緒にベッドに行くのはいかがでしょうか、とか何とか言えばいいんじゃないか？」

「おい、おれを怒らせたいのか？」

「ピーター？　そこにいるの？」階段の下から聞こえてきたアンケの声にピーターは思わず身を硬くした。

「上がってきてもらうよ、落ち着いて、落ち着いて！」そう言いおいてフロリスは降りて行った。

ピーターは部屋の中をぐるりと見渡し、自分が暮らしている所を初めて見たアンケが気を悪くするような物がないか、急いで調べた。食べかけのパン、ラードの入った壺、それに使いかけのナイフをあわてて戸棚にしまい、手で髪の毛をなでつけ、身づくろいをしたが、服についた絵具と油のしみは、いまいましいが諦めるよりしかたがない。

アンケが階段を昇ってきた。彼女が一歩一歩近づいてくるにつれて、心臓の鼓動が激しくなる。平静を装おうとするのだが、かえってぎこちなくなってしまいそうだ。

「ピーター、いったいどこに隠れていたの？」アンケは部屋に入ってくると、中をチラッと見渡し、それからピーターの真ん前に立って、じっと彼を見つめた。「いったい何て人なんでしょう、わたしにお礼を言わせるチャンスをちっともくれないじゃない！」

「お礼？」ピーターは自分の耳を疑った。

アンケはピーターの首に抱きついた。「ピーター、あなたって本当におかしな人ね。父が家に戻ってきたのよ。今度はあのビールの醸造に水を使うことを考えたファン・ショーンベークが牢屋に入る番。でもどこかに雲隠れしちゃったけど」そう言うとアンケはピーターの口に熱いキスをした。

「まあ、できるだけのことは……したんだけどね」ピーターはこれが自分の手紙のせいだとは考えられなかった。また天の助けだろうか？

「大きな醸造業者が使っている水も、きれいじゃないってことが分かったのよ。ファン・ショーンベークはいかさま師だってこと」

「それだけ言うためにここに来たのかい？」

「二階はピーターひとりなの？」アンケはピーターを悪戯っぽく見た。

「悪いな、お楽しみ中のところ、ピーター君。下にヤン・フェルメイエン親方が見えているんだ。きみと個人的に話がしたいそうだよ」フロリスがベッドの横に立って声をかけた。

「畜生！　どうしてノックしないんだ！」ピーターはこう叫ぶと、毛布をかぶった。

「もちろんそうしたさ。まあドンドン叩いたわけじゃないがね」フロリスは体を隠そうともしないアンケを無遠慮に見ている。

「すぐ行くから、早く出て行ってくれ！」

もう一度アンケを眺めると、フロリスは腰をかがめてもったいぶったお辞儀をし、ニヤニヤしながら姿を消した。

「あの人、さっきからいたわよ」アンケは悦びに満ちた表情でゆったりと手足を伸ばし、あわてて服を着ているピーターを眺めている。

「じゃ、どうして教えてくれなかったんだよ？」

「あの人の目、点になってておもしろかったんですもの」

「きみって女は！　堕落しているのか、まじめなのか分からなくなる」


「なんていう出迎え方なんだ、ええ？」階段を下りて行くとフェルメイエンはそう言って、ピーターを頭のてっぺんから足のつま先まで軽蔑したように観察している。「鬼のいぬ間に命の洗濯かね？」

「すみません、親方、すぐに手が離せない仕事をしていたもので」そう言い訳しながらピーターは何食わぬ顔をして立っているフロリスの方をちらっと盗み見た。

「マリケと約束してあったのだが、今聞くと、ブリュッセルに出かけたって？」

「そうなんです。急に呼び出しがあったものですから」ピーターはこの口うるさいフェルメイエンのお相手は苦手だ。フェルメイエンはおそらく自分の訪問より大事なものが世の中にあるのかとでも思っているのだろう。「ふん、そうか。彼女のために、口はばったい言い方かもしれないが、特別な主題で新しい下絵を用意するつもりでいるんだ。このところいいアイディアが次々と湧いてくるんでね」そう言うとテーブルの上に乗せてあった大きなスケッチを広げはじめた。「こっちへ来て、目の保養をしたらどうだ」

「前景に船と画家、背景には港、それを上から見ているわけですね。いつもいつも同じ独創性をお示しになるとはすばらしい」フロリスが寄ってきてこう言った。

「どうして助手ふぜいの感想を聞かなきゃならんのだ！」フェルメイエンは鼻に皺を寄せながら、フロリスを探るような目つきで見ている。

「いつもながらとてもすばらしい出来ですね。よろしかったら奥さんがブリュッセルから戻り次第見せますが……」スケッチをまた丸め始めているフェルメイエンを見ながら、ピーターがご機嫌をとった。


「おまえって奴は本当に偽善者だな、ピーター！　あのうぬぼれ屋で、ほら吹きの後押しがなきゃ、おまえは親方になれないとでも心配しているのか？」

「そんなことないさ、さっきも言ったろう、おれは鳥瞰図が好きなのさ。自分でも一度描いてみたいと思っているんだから」こう言ってピーターは二階に戻ろうとした。

「おい、待て待て、もうひとりお客だぞ！」

フロリスの声でピーターが窓の外を見ると、リシュー司教の馬車が見えた。「なんてこった。留守だと言ってくれ！」

「司教は、おまえのご立派な友だちのフェルメイエンと話をしているぞ。これじゃあのでぶちゃんに居留守を使うのは無理だな」

司教が馬車から降り、フェルメイエンと挨拶をかわしているところが目に入った。今日の司教はさっぱりした僧服姿だ。もちろん上等な真っ白な布で仕立ててあり、ゆたかな腹部を深紅色の絹の帯が飾っている。

「元気にしていたかね、ピーター・ブリューゲル」リシュー司教は従者が家のドアを開けると、元気良くこう言って大きな指輪をはめた手をピーターに差し出した。

「おまえの成功を心から期待しているよ。まだ親方の資格がないのに、早々とクラウデ・ドリツィのような専門家から立派な注文があるとはさぞかし鼻が高いことだろう。まあ、枢機卿さまの口添えがあってのこととは思うが」

「大変光栄です、ありがとうございます」ピーターはそう答え、フロリスの皮肉な目つきには気がつかないふりをした。

「今日来たのは、それとは別の用件だが……邪魔が入らないでふたりで話せる場所はないかね」リシューは工房の中を見まわしてから階段を指差した。「二階はどうだ？」

「だめなんです！　人がいますので……」

リシューは驚いたのか、眉毛をピクリとさせた。「クック親方夫婦が町にいないのに、そんなに次々と客があるのかね」

「いえ友人が……」どうして自分は嘘をつかなければならないのだ？　女の子と一緒だって一向にかまわないではないか。ところが、教会のお偉方がいるところでは、いつものことながら何か自分が悪いことをしているような気がしてしまう。

「そうか」司教は少し機嫌をそこねたような調子でこう言うと、懐に手を入れ手紙を取り出してピーターに渡した。「忠告しておくが、このような手紙での頼みごとは、これから先、絶対してはいかん」

ピーターはちらっと階段の上に目をやったが、ドアが少し開いている。

「おまえはいつでもわしのところに来て、直接話すことができるのだ。手紙は危険だよ。書かれた言葉は否定することもできなければ、内容を曲げることもできないのだから」

「でもわたしには変な考えはありません、ただ人助けをしたかっただけです」

司教はそういう問題ではないのだというように手を振った。「おまえが悪いことをたくらんでいないことぐらい、先刻承知している。ファン・ショーンベークがペテン師ということは確かだが、だからと言っておまえにはこういうことに白黒つける資格はない。万一この手紙が悪意を持った人間の手に渡るようなことがあれば、とんでもなく高いものにつく」こう言いながら司教は手紙を細かくちぎった。「分かったな？　ところでおまえに手紙が書けるとは知らなかった」

「その……友だちに書いてもらいましたので」

リシューは首を縮めているフロリスの方にチラッと視線を走らせた。「良い友というものはめったにいるものじゃない。だから友だちを危険なことに引っ張り込まないのが利口というものだ。ところで今はどういう仕事をしているのかね」司教は興味津々の様子で工房の中を見まわした。

「ドリツィさんに渡す絵を仕上げたところです」ほっとしながら、ピーターは絵具を乾かすために画架に乗せたままになっている絵の方に歩み寄った。

「ほう、なかなか熱心だな」リシューは目を細めて眺めている。「ところで題は？」

「『イカロスの墜落』です」

「イカロス？　どこに……ああ、ここか。おまえはいつも肝心の主題を小さく描くものだから、大きな風景の中に埋もれてしまっているではないか」

「神さまの創造の大きさにどうしても関心が行ってしまうもので……」

「人間は神さまの似姿だということを忘れてはいけないぞ！」

「自然な状態のなかですべてのものを見るように心がけています」

　司教は納得したようには見えなかったが、さりとてつっこんで聞くこともしなかった。「うぬぼれは人間を破滅させる、という意味の絵だな、ドリツィの考えに合う寓意画かどうか疑問だが。次の作品は何だね？」

「『大きな魚は小さな魚を食う』です」ピーターはそんなことは考えていなかったのだが、思わず口をついて出たことに自分でもびっくりしていた。

「『大きな魚は小さな魚を食う』か」司教は意味をはっきりさせようとするのか、一語一語力をこめて言った。ピーターは司教にあまりじっくり考えこまれても困るので、あわててつけ加えた。「もし何かあったら相談して良いとおっしゃいましたが。それで思い出したのですが、漁師のヨッペのことなんです。スペイン兵につかまってしまって、それから誰に聞いても今どうしているかわからなくて」

「異端者だな、今判決がでるのを待っているところだ」

「会うことはできるでしょうか？」

「とんでもない！」

「でも……」

「枢機卿さまの命令だ」

「牢屋に入れられているのですか？」

「その浮浪者についてはこれ以上話すことはない！　絵を枢機卿さまのところに持って行ってよいな？」

「何とおっしゃいましたか？」ピーターは突然、話の向きが変わったのでどぎまぎしてしまった。「ああ……でもまだ充分乾いていませんので、無理だと思います」

「そうだな、取り返しのつかないことになったら大変だ。ドリツィ殿の金は大事だからな」司教の言葉には刺がある。「いずれにせよ、おまえに寄せられている期待に叶うような立派な仕事ぶりを目にして、わたしは満足した」そう言うと、最後に不審そうな目つきで階段の上のドアを見上げた。

「それではピーター・ブリューゲル、また近いうちに」

「ありがとうございました。またお目にかからせていただきます、司教さま」ピーターは深々とお辞儀をした。

「ああ、気分わるい」馬車が行ってしまうとフロリスが吐き出すように言った。「何が、ありがとうございました、またお目にかからせていただきます、司教さま、だ」

「風になびく樹は、めったなことでは倒れない、だよ」ピーターはヨッベが言った言葉を思い出していた。

「おまえにはもっと男らしさを期待していたんだがな！」

「それはほかのことのためにとっておくさ」ピーターはにんまりしながらそう言うと、アンケの待つ二階に上がって行った。

第十一章　転機

「名前は？」

「ヨッペ」

裁判官の横に座り厚い帳簿に羽ペンで書きこむ書記を、ヨッペは見るともなく見ていた。

「歳は？」

「もう年寄りです、かなりの歳で……」自分がいくつなのか考えたこともなかったが、ずいぶん長いこと生きてきたことだけは間違いない。

「正確に答えるんだ！　五十か？　六十か？」裁判官はいらいらして、せきこむように聞いた。かたづけなければならない事件が目白押しで、のんびりやってはいられないのだ。

「あなたの方がわしなんかよりよく知っているでしょうが」

「五五歳ということにしよう」裁判官がそう決めると、書記の羽ペンが紙の上を走った。

死んでも悔いはない、人並み以上に長生きしたのだから、ヨッベはそう思った。

「おまえの罪状は重大なものだ。異端信仰、扇動、若者に悪影響、怠惰……」裁判官の声にはもううんざりだという調子が混じっている。

「怠惰が犯罪というなら、スペイン軍の兵士は全員牢に入らなければいけないのでは？」

青空の元で行われているこの裁判を見守っていた大勢の見物人の間から笑い声が上がり、裁判官と書記は群衆を睨みつけた。このふたりが座っている壇の所だけは小屋根がかかっていたが、雨が落ちてくればほかの人間はびしょぬれだ。

　雨にはならないだろう、ヨッべは残念そうに空に浮かぶ羊雲を見上げた。ザッと一雨欲しい。牢屋にいる間、ずっと体を洗うことができなかったのだから、自分では分からなくても嫌な臭いがしているはずだ。人前に出るからにはこざっぱりしていなければ……

　ヨッべがこんなことを考え、にんまりしていると、裁判官が言った。「今のこの状況も、おまえにはそれほど苦にならないとみえるな」

「とんでもない、自分が犯した罪の結果がどうなるのか、心の中は不安でいっぱいです。心は絶えず他の場所に逃げようとしているのに、残念ながら体の方がそれについていけませんので」

「自分の罪を認めるのだな？」

「もちろんです。待っているのは拷問となれば、否定などいたしません」

「おまえの無実が証明されれば、無罪放免になるのだぞ」

「わたしはあの人殺しのバラバとおなじように有罪です。でもここには、彼に代って十字架を担いでくれたキリストのようなお方がいないわけで」

「罪を認めたからには、絞首台行きだ。刑は木曜日、十四日に執行。では次！」

　ステーン監獄に連れ戻すため、ふたりの看守がヨッべを壇から引き下ろし、それから見物人の中を横切って、待機していた馬車に連れて行った。通りすぎるヨッべの肩を励ますように叩いたり、微笑みかけたり、あるいは罵倒したり、中にはヨッべを蹴飛ばす者もいたが、看守は自分の仕事の邪魔にならないかぎりはそ知らぬ顔をしている。

この世のすべての悲惨さは、人間に物を考える力があるせいだ、ヨッベは護送馬車がデコボコした石畳の上を走っている間そう思っていた。他人をどうやって苦しめようかと考えるお偉方、わしたちはその苦しい状態を思い浮かべることができるから千倍も余計に苦しまなければならないのだ。こんなことは神のご意志ではないはず、誰かが恐ろしい間違いをしでかしたに決まっている。

ピーターはどうしているだろう？　自分が突然姿を消してしまったので心配しているに違いない。あいつは衝動的に何かしかねない奴だが、こんな世の中では無分別な行動が一番危険だ。

「考えるのはよくないこと、そして、考えないのは危険なこと」ヨッベは、気の抜けた様子でぼんやり前方を見ているほかの囚人たちに向かってそう言ったが、誰も彼も押し黙ったままだった。

ピーターはドアを開けたのがアンケではなく、中年の男だったのでハッとした。「オルテリウスさんですか？」ピーターは恐る恐る尋ねた。

「ああ、そうだが。何か用かね？」

オルテリウスはピーターをいぶかしげに見ている。弟の地図作りアブラハム・オルテリウスよりかなり年上だが、よく似ている。

「ピーター・ブリューゲルです。アンケの……あの……友だちで」

オルテリウスの不審そうな顔つきが驚きに変わった。「ああ、娘が言っていたわしを牢から出してくれた……」

「ええ、そういうわけです……」アンケがどこまで父親に話しているのかはっきりしないので、どう答えたものかピーターは迷った。

「ほほう。というと、きみは間違いなく有名人だね？」オルテリウスの皮肉な調子はアンケそっくりだ。「まあ、有名かどうかは……アンケはいますか？」

「まだ仕事だ。本当の友だちならそんなこと先刻承知だろう？　ところで娘にどういう用かね？」

「アンケがいるときに出直した方がいいようですね。かまわなければの話ですが」あとの言葉はあわててつけ加えた。

「まあまあ、そんなに急いで帰らなくてもいいじゃないか」今度は愛想がよい。「弟からきみのことは色々聞いているよ。もっと近づきになろうじゃないか。さあ、入って」

「ありがとうございます」そう答えたものの、逃げ出したい気分だった。とっくに知っている家の中だが、父親がいると漂う雰囲気がまるで違っている。

　オルテリウスはピーターに台所の大きなテーブルに座るように促した。

「ビールは？」

「いただきます」何だか喉がカラカラだ。荷物を置くと椅子にかしこまって座った。

「わしがつくったものだよ。おかげでまた仕事ができるようになったからね……」オルテリウスは渋い笑いを浮かべながら、ジョッキにビールを注いだ。

「とんだことでしたね」ピーターはていねいに応じた。

「あのいまいましいファン・ショーンベークに脅しをかけてやりたいもんだ！　さあ、乾杯！」

「乾杯！」ピーターは一口、口に含んでみたが、おいしい。

「連中は公衆浴場を一軒残らず閉鎖してしまった。衛生上の理由からだそうだが」オルテリウスはビールを飲み干した。「もう一杯どうだ？」

「はい」

「衛生上の理由！　間違いなく教会が後ろに控えているのさ。風呂屋に行けば、着ている物を脱がなきゃならん。そこが問題というわけだ。わしたちを、神さまがどうお創りになったか他人様に見せるなんていうのは、恐ろしい罪だからな」

見かけはまるで似ていないのだが、しゃべり方はヨッベそっくりだ。オルテリウスは二杯目も空にし、また新しく注ぐと、ピーターの方に向き直った。「娘ときみの間は本当のところどうなっているのかね？　あの子のやこしい話にはついていけん」

ピーターは始めどうにかして話題を変えようとしていたが、追い出されるのも覚悟の上で正直にしゃべろうと決めた。

「結婚してくれるかどうか尋ねたことがあるんです」オルテリウスは何も答えず、ただピーターがその先をしゃべるのを促すように、みつめている。「でも枢機卿から修行を終えるまで結婚してはならないと言われて……それで……考えているんです……その……」

「つまり婚姻証明書なしで一緒に暮らしたいというわけかね？」

「アンケの話だと、あなたは賛成してくださるだろうと……」

「わしの時代には、相手の両親に結婚の許しを求めたものだ」

「牢に入っていらしたので……すみません」ピーターはしどろもどろになりながら言い訳した。

「ほほう、だからわしを牢から出してやろうって思ったわけか」オルテリウスはからかうように笑った。「さあ、もう一杯どうだ？」

「はい、いただきます」ピーターはますます喉がかわいてきた。

「枢機卿が結婚するのは駄目と言ったたって？　坊主が他人の人生に余計な口出しをするやりかたには腹が立つよ」

「強いものには巻かれろ、です」

オルテリウスはジョッキ越しにピーターを見ながら眉毛をピクリとあげた。「将来ある芸術家はものに逆らうことができんというわけか？」

「賢い友人が注意してくれたことがあるんです、権威にはずる賢く立ち向かわなければいけないって。教会が結婚を許さなくても、恋人と一緒に暮らすことはできますから」

オルテリウスはほっとした表情を浮かべてピーターを見たが、すぐにカラカラと笑った。「弟の言うとおり、きみは大した男だ、さあさあ、もっと飲め。ビールはいくらでもあるのだから」

「これはどういうビールですか？」

「これこそ、ビールの中のビールだ。めったに売らない。真の男のためのビールだよ。わしはな、三杯ひっかけたぐらいで、もう足元が怪しくなるようなだらしない男には娘はやらんぞ！」

おれをへべれけにさせて、二本の足で立っていられなくなったら、さっさと追い出そうという魂胆か、ピーターはそう考えながら、ジョッキの縁から溢れ出しているビールの泡を焦点の定まらない目でぼんやりと眺めていた。


テーブルにうつ伏せになったまま眠ってしまったらしく、目を覚ましてみると、テーブルの真中にはビールがこぼれて、たまっている。唸り声をあげながら、自分を激しくゆすっている誰かの手を一生懸命払いのけようとした。

「立ってちょうだい、よっぱらいさん！」アンケの命じる声だ。「お父さん、どうしてこんな無茶させるの、程ってものがあるでしょ？」

「飲めない男はわしの商売には向かんな。もうちょっとましな男はいないのか？」

「ベッドに連れて行くのを手伝ってちょうだい！」

ピーターは乱暴に摑まれ、むりやり立ち上がらせられたのを感じたが、自分の力で立とうとにも足がまるでいうことをきかない。アンケと父親が引きずるようにしてピーターに階段を昇らせ、ベッドに運び込んだ。

「こいつ、今後絶対ビールは口にしないと宣言してたぞ」こう言うオルテリウスの声が遠くの方から聞こえる。言葉は聞こえたのだが、意味がつかめない。ベッドがまるで荒れた海に漂うボートのような具合で、しがみついているのも大仕事だった。

「さあ、下に行くぞ。おまえがこの意気地なしとどんな約束をしているのかとっくり聞かせてもらおうか」


「やっと起きる気になった？　冷たい水を用意してあるから。顔を洗ったらすっきりするわ。いま卵とベーコンを焼いているところ」

アンケは母親を思い出させる、そう考えながら、ピーターは起きあがって、少しフラフラしながらベッドの端に座った。気分はだいぶ良くなったようだ。

「お父さんはどこ？」ピーターは尋ねた。

「醸造所に決まっているじゃない。まともな人間ならパンを買うために働くものよ。わたしもすぐに出かけなきゃいけないの、だから急いでちょうだい」アンケはこう言うと、食事を用意するために台所に姿を消した。冷たい水を水差しから鉢にあけ、それを頭にかけながら、ピーターはまた母親のことを思い出していた。

テーブルにつくとピーターは尋ねた。「お父さんの反応はどうだった？」

「ええ、上々よ。どう扱ったらいいか分かれば相手するのは簡単なんだから。あら、ベーコンは好きじゃない？」

「食欲がないんだ」ピーターは気がなさそうに皿の上をつついている。

「卵がいくらしたか知っているの？」

「残さず食べるから、ちょっと待ってくれよ」

「のんだくれ！　ふたりとも飲むことばかり考えているのね」

「きみのお父さんをがっかりさせたくなかったのさ。だから一緒に飲んだだけのことだよ」

「言い訳はちゃんと用意しているんだから」

ピーターはベーコンを一切れ切って、ナイフの先に差して口に運んだ。塩気の強い味が口に合う。「きみのお父さんが言っていたことが今一つよくわからないのだけれど、おれはここにいてもいいんだろうか？」

「父は気に入った人間としか一緒に飲まないわ。ねえ、もう親方の奥さんにはわたしたちのこと話してあるの？」

「ブリュッセルに行ったままで、いつ戻ってくるか分からないんだ」

「さあ、わたし仕事に行かなくちゃ」アンケはピーターの口にキスをしてから、残念そうに言った。


「奥さん戻ってきたぞ」ピーターが工房に戻るとフロリスがこう言って天井を指差した。「二階だよ。紳士を連れてきているぞ」

「おれがどこに行ったか、話した？」

「それどころじゃない雰囲気だぜ。顔色も悪かったし。ところで、愛の一夜はどうだった？」

「よかったさ」こうは答えたが、ピーターは半分上の空だ。二階で起こっていることを見ようとでもするように、天井を睨んだ。「一晩中、宙に舞っていたよ」

「顔から察するに、舞った後ひどく地面にたたきつけられたらしいな」

「アンケの父親の作るビールは強いんだよ……二階に行ってもいいかな？」

そのとき上でドアが開き、マリケが姿を見せた。「ピーター、そこにいるの？　ちょっと上がってきてちょうだい！」

マリケの前に立つと、確かに調子が良くないことが分かった。よく眠っていないのか、目は泣きはらしたように赤く、口のまわりには皺が目立つ。

「これがお話をしたピーター・ブリューゲルです」ピーターが部屋に入って行くと、テーブルから立ちあがった男に向かってマリケが紹介した。痩せた小柄な人物である。

「ピーター、こちらはメヘレンの製靴組合の責任者をおつとめのジルベスター・モレトス親方。おまえにピーター・バルテンス親方と一緒に聖ロンバウト大聖堂の祭壇画を描いて欲しいそうよ」

「バルテンス親方と一緒にですか！　なんて名誉なことだろう！」ピーターは天にも昇る気分だった。

「その気持ちを忘れないでちょうだい」

「バルテンス親方自身がきみと一緒に仕事をしたいということでね。クラウデ・ドリツィはきみをべた誉めだったそうだ。わたしもこの目で仕事をいくつか見せてもらって、それを納得したよ」モレトスは勇気づけるようにピーターに笑顔を向けた。「わたしたちの組合はきみがこの仕事にうってつけの人物だという結論に達してね」そう言うと風邪気味なのか鼻をこすった。「わたしはアントワープ画家組合の何人かの親方と親しいんで、少し口ぞえすれば、きみの組合入りも簡単になるはずだ。期待に応えてくれれば、手を貸してあげよう」

ピーターはしばらく口がきけなかった。「どうお礼を言ったらよいのか……」助けを求めるようにマリケの方を見た。

「あなたに寄せられた信頼を裏切らないようにがんばらなきゃね」

「主人の具合がとても悪いの。せいぜいこの先二、三週間しかもたないのではないかと思うのよ」モレトス親方が帰るとマリケはお茶を用意してからピーターにこう打ち明けた。マリケは両手を下ろしてじっと前方を見つめている。もう涙も涸れてしまったようだ。ピーターにも彼女の苦しみが伝わってきて、そばにいるとクック親方に死なれるよりつらいくらいだが、うまい慰めの言葉が見つからない。沈黙が耐えがたくなって、ピーターは尋ねた。「マイケンはどこですか？」

「姉のところに預けたわ。子どもの前では落着いていようと思っても無理でね」マリケは片手をピーターに重ね、すがるような目でピーターを見た。「あなたに恋人がいるのは分かっているわ。でも……しばらくわたしのそばにいてもらえないかしら？」

「ええ、ずっとここにいますよ、仕事をしなければなりませんし」

いままで知っているマリケは強く、弟子を厳しく監督する女性だった。早く元の彼女に戻ってほしいとピーターは思った。

マリケは励ますようにピーターの肩をポンと叩いたが、それで自分も元気が出たようだ。「さあ、がんばるわ」

それから三日後、クック親方は亡くなった。

マリケは葬儀を内々で済ませたかったのだが、親方が亡くなったことはたちまち知れ渡り、死者に最後の礼を尽くそうと大勢の知人やかつての弟子、美術愛好家、町の名士が集まった。

棺を埋めようとしたちょうどそのとき、騒がしいひずめの音が聞こえ、間もなく六人の武装した兵士を従えて二頭立ての黒い馬車が現れ、参列者の間を走り抜けて、掘られたばかりの墓穴の前にのりつけた。もっと手前で止まるのが礼儀だろうと、慌てて飛びのいた人々が抗議するのも無視して、御者は御者台から飛び降りると馬車の扉を開けた。黒と紫の衣装をまとった人物が姿を見せると、人々の間に畏敬に満ちたざわめきが起こった。「グランヴェル枢機卿じゃないか！」

頭をさげながら道を空けている人々のことはまるで眼中にないように、枢機卿はひとり墓に近づいた。クックの棺のところに寄り祝福を与えた後、マリケに悔やみの言葉を言い、それからピーターをじっと見つめた。

「話したいことがある、馬車まできなさい」そう言い放つとくるりと向きをかえ、待っている兵士の方に戻って行った。

マリケはピーターの肩に手を置いた。「さあ、行きなさい、待たせてはだめ」小声でこう言うと、ピーターを軽く押し出すようにした。

ピーターは枢機卿の後を追ったが、不安で心臓が激しく鼓動している。枢機卿はさっさと馬車に乗りこみ、高い位置からピーターを見下ろして言った。

「この悲しい出来事を通して、未来は不確かなものだということを実感しているだろう、そうじゃないか？」

ピーターはちょっと咳払いをしてから答えた。「枢機卿さま、お言葉に逆らうようですが、この先は親方の奥さんが教えてくれるそうです」

「いったい何を教えるというのだ、おまえを水彩画家にでもしようというのか？」

「彼女は一流の画家です」ピーターは思いきって言った。

「わたしもあの婦人が限られた能力の中でがんばっていることは認めておる。だがおまえはその程度で終わる人間ではないはずだ……」

いささか機嫌を損ねた枢機卿の目に、あごひげをたくわえた奇妙な服装の男が飛び込んできた。男は近づくと、ピーターの横に立ち、大きな羽を挿した帽子を取って頭を下げた。「枢機卿さま、ご機嫌うるわしゅうございます。わたしをお忘れでございましょうか」

「ヒエロニムス・コックではないか」枢機卿は至るところに刺繍がしてある服を、小馬鹿にしたようにジロジロと眺めまわした。

「イタリアから持ち帰ったものでございます、もっと正確に言うならローマからですが」

「実り多い旅だったろうな？」

「はい、大変有意義な旅でした。わたしはまじめな芸術家にはイタリアへ修行に出ることを勧めます。この若い友人に対してもですが」そう言うとコックは片手を親しげにピーターの肩に置いた。

ピーターはコックに何度か工房で会っていたが、この有名な銅版画家は自分にあまり注意を払ってくれるふうではなく、それを思うと彼の狙いが何なのか皆目見当がつかなかった。

「クック親方が亡くなったことで、この若者の今後の修行が難しくなるのではないかと思いまして」

「今ちょうどそのことを話していたところだ」枢機卿は無愛想に答えた。

「それでなのですが、もしお許しがいただけるようでしたら、ピーター・ブリューゲルをわたしのところで働かせたいと……」

「それは奇特なことだ」枢機卿の禁欲的な顔には皮肉な表情が浮かんでいたが、彼も同じことを考えていたのではないかとピーターは思った。

「わたしも自分の利益を考えてのことです。この若者の特別な才能がわたしの仕事にとって大変役に立つものだと良く分かっております。それで、銅版画の繊細な美しさを、教えようと思いまして」コックは落着いた態度で正直に言った。

「金銭的援助をしてやってイタリアに修行に出すことも考えているのかね?」

「たしかにイタリア旅行は偉大な風景についてインスピレーションを与えるでしょう。ご承知のとおり、風景画はわたしの得意の分野でございます」

「ピーター・ブリューゲルは目下クラウデ・ドリッツィの仕事をしている。まずそれを片づけなければならないだろう」

「わたしは大抵のことは大目に見られますが、宙ぶらりんの状態に置かれることだけはご勘弁ください」

グランヴェル枢機卿は紫色の絹が張ってある腰掛けによりかかると、落着いて言った。「この件についてはよく考えておこう。それではまたの機会に!」

御者は扉を閉めると、御者台にのぼり、馬にむちをあてた。馬車は来たときと同じ猛スピードで戻って行った。

「何て横柄な態度だ。葬儀の場だというのに！」コックは軽蔑したようにこう言うと、ピーターの方を見て言った。「まずきみにわたしの所で働く気があるかどうか尋ねなければいけなかったな」

「最初にクック親方の奥さんに話していただかないと」ピーターはこの一見きざな男と馬が合うかどうかわからなかった。

コックは大様に微笑んでいる。「その通りだ、どうもわたしはせっかちでいけない。わたしの悪いところだ」彼はクック親方の墓の脇に立っている人々の背中に目をやった。「マリケが苦しみから解放されたら、すぐにもこの件について相談することにしよう。それではまた会えるのを楽しみにしているよ」

ピーターは差し出された、白い手袋に包まれた手を握った。「それではまた、コック親方」

待たせてあった馬車の方に歩いて行くこの銅版画家で出版屋の親方を、ピーターはぼんやりと見送りながら、自分の人生にまた一つの区切りがついたのだと思っていた。

第十二章　死刑執行

門がギイギイと音をたて、監房の扉は風にあおられている。看守がひとり房に入ってきた。もうひとりは入口に立ちはだかっている。

ヨッベは板のベッドを覆っているかび臭い藁の上に丸くなって寝ていたが、入口から光が射し込むと、こわばった関節が痛むのを我慢しながら伸ばし、のろのろと体を起こした。

「さあさあ、今日は良い日になるぞ、おまえたち臭い六人ばかりにな。ロープにつながってちょっとばかり外の空気を吸うのも悪くなかろう？」看守は大声で明るくこう言って、わざとらしく鼻をつまんだ。

「絞首刑の日か？」ヨッベはフラフラと立ちあがった。「それにしてもずいぶんぐずぐずしていたな。どうしてもっと早くやってくれないのか、気にかかっていたよ。これでおまえたちのひどい面をこの先見ないですむってわけだ」

看守はニヤリと笑って、もっともだというようにうなずいた。「そりゃ、うれしいこと言ってくれる。おれも、メソメソしているやつばかり年がら年中相手にしているんじゃかなわないからな」

「死ぬってのも、こんなひどい世の中に生まれてくることに比べりゃそう悪くない。生まれた赤ん坊が泣くのも無理ない話だよ」

ヨッベはほかの五人の囚人と一緒に表に出されると、跳ね橋の上に引っ張って行かれた。

「慈悲深い国王フェリペ二世の新しいご命令だ」尋ねられないのに看守が説明した。「死刑の判決を受けた者は、刑が執行される前に自由な世界に出してもらえることになった」

「へえ、自由な世界、なるほど。わしの考えじゃ絞首刑になった方がずっと自由になれると思うがね」

少し雨が降っている。ヨッベは灰色の空に顔を向けた。ひんやりした雨粒が肌に当たり心地よい。釣り日和だ。風はなく、細かな雨が降っている。落ちてくる雨粒を餌と思ってサケが群れをなして寄ってくるはずだ。空と同じようにどんよりしたスヘルデ河に目をやると、漁をしている小船が目に入った。

「たっぷり自由が味わえただろう？　さあ、戻るんだ！」看守が命じた。

「すばらしい我家へな！」

ヨッベと四人の囚人は文句も言わずおとなしく房に向かったが、残るひとりはむせび泣きながらひざまずき、天を振り仰いで慈悲を嘆願し始めた。無理やり立ちあがらされると、小突かれたり、叩かれたりしながら房へと追いたてられた。

「おれはめそめそする奴は嫌いだと言っただろうが！」ヨッベを牢から出した看守が男を怒鳴りつけた。

狭い中庭には絞首台が立ち、ロープが六本ぶら下がっている。その真下にはハッチがあり、そこから死体が直接スヘルデ河に落とされるようなしかけになっているらしい。異端者と魔女は墓に埋める価値はないというわけだ。その上、誰にも気づかれずに遺体を始末できるので好都合である。

そのとき片手にロザリオ、もう片方に聖書を持った司祭が姿を見せた。

「神さまと話がしたいと思ったときには他人の助けはいりませんよ。あなたはわしの言葉を捻じ曲げて伝えるでしょうからね」ヨッベがこう言った。

「神さまがおまえの罪を許してくださるように」司祭は静かに言った。

「この世であんたがたがやってくれたすばらしい仕事について、神さまにお話すると約束しますよ。出来る限り大勢の人間を産ませ、そして出来る限り大勢の人間を殺すことにご熱心だということをね」

司祭はヨッべを睨みつけると、十字を切り、先ほどからずっと目を閉じて口の中で祈りを唱えている囚人の方に体を向けた。

高い壁で囲まれたこの狭い中庭を見まわしてみると、絞首刑など別に珍しくもないといった風情の看守たち、絞首台、そしてスヘルデ河につながる大きなハッチがヨッベの目に入った。別に死ぬことに不安はなかったが、他人の手で自分の人生が決められてしまうことにいらだち、何か落着かなかった。人生には誇り高く別れを告げたいものだ。ゼイゼイ息をしながら惨めに絞首台にぶらさがるようなことは勘弁してほしい。

司祭が仕事を終えると、看守は囚人たちを絞首台の下にある木のハッチの上に並ばせた。そして突然湧いて出たように現れた死刑執行人が、囚人たちの首に輪をかけた。

さあ、いよいよだ。これで終わりか？　ヨッべは目を閉じ、気持ちを集中させ、痛みと断末魔の苦しみが出来る限り早く過ぎ去ることを祈った。死刑執行人がハッチの差し錠をはずし始めた音がする。間もなく自分たち六人はこのポッカリ口を開けた穴、灰色の冷たいスヘルデ河の水の上にぶらさがるのだ。

右側のハッチがあき、三人の囚人が宙で手足をバタバタさせた。ヨッべのすぐ横にいるのは先ほど泣きながらひざまずいていた男だ。彼の祈りはいまのところ効き目があるようだ。と、急に体が動き、たちまち首が折れた。断末魔の苦しみは二、三秒とは続かず、すぐピクリともしなくなった。その間に他のふたりは最後の人間らしい尊厳を失いかけていた。激しく体がひっぱられたため、腱と筋肉が切れ、顔はグロテスクに歪んでいる。

生まれたときと同じだ、自分の汚物の中でバタバタしている。死刑執行人が二つ目のハッチの差し錠をハンマーで叩いたとき、ヨッべは靴の中で指が引きつるのを感じた。

「神さま、お慈悲を！」足元の支えがなくなったとき、ヨッべはこう叫んだ。顎の下が強く擦られるのを感じた。ザラザラしたマニラ麻のロープが皮膚を破き、そのとたんに後ろにひっくり返って足から冷たい水の中に落ちた。

平らな水底にヨッベは立ちあがった。水は胸までしかない。足かせが邪魔になってもう少しで滑って転ぶところだったが、なんとか両足でふんばった。

あわてて上を仰ぐと、囚人の姿、それに穴の縁からこちらをのぞきこみ、口々に何か言いあっている看守たちの姿が目に入った。と、そのとたん小銃が撃ちこまれ、すぐ横で水しぶきが高く上がった。無我夢中で水に潜ると、五十メートルほど先に明るく見えるトンネルの出口を目指して進んで行った。

潜水は得意ではなかったが、うまい具合にトンネルの天井と水面の間はかなり距離があり、頭を水面に出すことができた。背後からはまだ銃の音と叫び声がしていたが、やがて静かになった。

どうしてロープが締まらずに、首からスルリと抜けてしまったのか、その理由はわからなかったが、たぶん神さまは別の死に方を用意してくれているのだろう。たとえば、トンネルを出たとたん、鉄砲の弾にあたるとか、ここにじっとしたまま飢えと渇きで死ぬとか……

この水は塩を含んでいてとても飲めないのだ。看守がロープを下ろして追ってくるのではないかと心配になったが、どうやらその気配はない。たぶん自分がトンネルから出てくるまで待っているのだろう、そうすれば難なく撃ち殺すことができるのだから。

しかし、水面が上昇すればここにはいられない。今は干潮なのだろうか、それとも満潮なのだろうか、さきほど中庭で見た船がどんな状態だったか思い出せればはっきりするのだが。

「あいつ等、何てど素人なんだ！　人をきちんと首吊りしたことがないのか！」ヨッベは悪態をついた。

水かさは増してこない。考えてみれば当たり前だ。死体をステーン牢獄から流すためには、干潮になって、引いて行く水に死体が運ばれていかなければならないのだから。

自分はどう死ぬのだろうか、空腹、それとも喉の渇き、寒さ、弾にあたって、それとも溺れて？　絞首刑を逃れたというのに、惨めな気分に襲われたが、その絶望の中から一つの考えが浮かんだ。

看守長は大声で部下に命令を下した。彼らは大急ぎでスヘルデ河の岸辺に走って行き、監獄の下を走るトンネルの河への出口に銃を構えて立ったが、引き潮の流れが早く、死刑者の死体はとっくに流されてしまったらしい。看守長は看守を四人その場に残すと、ふたりを従えて町の城壁まで河沿いに走った。このあたりはスヘルデ河が西に大きくカーブしているところである。死体はどこにも見あたらない。おそらくずっと先に流されてしまったのだろう。死体のことはどうでもよかった。それよりも、このあたりを泳いでいるか、疲れて葦の中にでも隠れようとしているはずの、あの漁師の頭が見えてもいいはずなのだが。

監獄に戻ると、看守長はハッチを開け、トンネルの中を徹底的に調べさせたが、何一つ発見できなかった。ヨッベは溺れ死んだとしか考えようがなかったし、片づけなければならないことが山ほどあり、これ以上老漁師のことにかまってはいられなかった。

看守長は日誌に、六人の異端信仰者を命令通り絞首刑にし、体をスヘルデ河に投じたと記した。

彼は意識して「体」と書き、「遺体」とはしなかった。

第十三章　死の勝利

「カール五世が退位したときには飛び上がって喜んだもんだ。フェリペ国王になれば、何もかももっと良くなると考えたんだが、今思えば脳天気なことだったよ。国王がこのアントワープに来たときには歓呼の声をあげたりしてな」アンケの父親はこう言うと軽蔑したように暖炉の横に置いた銅の壺の中に痰を吐いた。「国王は権力欲以外持ち合わせていない男だ」

「ますます悪くなるばかりだわ」アンケは珍しく父親と意見があった。

「いま国王が何をしているか知っているかね？　教会をさしおいて、自分で司教たちを任命しているんだぞ」

「司教たちをですか？」ピーターは気がかりな様子でオルテリウスの顔を見た。

オルテリウスはうなずいて、続けた。「わしが耳にしたところだと、きみの良き友グランヴェル枢機卿は国王からメヘレンの大司教に任命され、国務顧問会議に招き入れられるようだな。あっという間にネーデルランド全土の独裁者だ。フェリペ国王にゴマをすった坊さんたちは金持ちの司教区を一つ残らず手中にしてしまったし。異端審問がまたまた黄金の時代を迎えるぞ」

「王家のなかで多少とも国民のことを考えてくれるのは国王の腹違いの姉さんパルマ公女だけど、ひとりで何ができるでしょうね？」

「暴動が起きるわ、起きて当然よ。皆食べる物もなくて困っているというのに、教会の中じゃ、宝石をはめこんだ金の聖櫃が輝いているんですもの」

「止めるんだ、アンケ！　ぶつくさ文句を言うのは、もうこれ以上失うものもないわしたち頑固じいさんにまかせなさい！」

「アントワープの女は、独立心が旺盛なことと、大人だっていうことで通っているんですからね。その評判を落としてなるもんですか」

「おまえのはただ小生意気っていうだけだよ。ピーター、おまえにはこの娘をおとなしくさせることができるかい？」

　ピーターはアンケの方を向いて言った。「どうしてそういきりたつのさ？　多分おれ、今年中に画家組合に親方として登録されるはずだし、そうすれば仕事にあぶれることもなくなるよ。金の心配をしないですむんだ」

「わたしは困らないでしょうけど、ほかの人たちは死ぬかもしれないじゃない、それでいいの？」

「アンケ、大勢の人間が苦労しているのは確かに気の毒さ。でもおれだって、ただで何かもらっているわけじゃないぜ。生きてゆくためには一生懸命働かなきゃ。ぶつぶつ文句を言って金持ちになった人間なんか、いたためしがない」

「きみはこれまで他の人より運がよかっただけの話だ。手柄でもなんでもないぞ」オルテリウスが横槍を入れた。

「たしかにその通りね」アンケがニヤッとしながら父親の肩を持った。

「でもな、ぶつくさ言ったところで金持ちになれないっていうのは当たっている。おまえたちはもう少ししっかりものを考えなきゃいかんぞ。自分の考えにいつまでもしがみついていちゃ駄目だ。こんなこといまさら言っても始まらんか、若いおまえたちの方がよく分かっているだろう。ああ、何もかも思うようにはならんなあ」オルテリウスはそう言うとジョッキをつかんだ。「ビールはどうだい、ピーター？」

「すみません、今はけっこうです」ピーターは慌てて答えた。「あしたは頭をすっきりさせておきたいので」

「ほほう、それはまたどうして？」

「画商のドリッツィに頼まれた三枚の絵ができあがって、それを枢機卿の居城に持って行かなければならないんですよ」ここでちょっと顔をしかめた。「次はバルテンス親方と一緒に聖ロンバウト大聖堂の仕事をすることになっているんです。親方は首を長くして待っていてくれて……」

その仕事が終われば多分ヒエロニムス・コックの工房に入って、イタリアに行くことになるだろう。この旅行のことをまだアンケに話していないのは、女性の前で軽々しく何かしゃべってはめんどうなことになる、というピーターの持論からだ。その話を聞けば、アンケは行かないでくれというに決まっているが、ピーターは広い世界を見てみたかったのである。

「芸術家というものは自分の視野を広げなければいかん」そうコック親方に言われていた。「でないと、いつまでたっても自分の限界を越えられないぞ。ほかの国、ほかの風景、ほかの人間、ほかの芸術家を見ないとな。世界広しといえどもイタリア人ほど色彩と形で遊ぶことに長けた人間はおらん。ローマの泉が美しい音をたてるのを聞き、偉大な芸術家が歩いた場所におまえの足が触れないうちは、決して成熟することは望めんよ」

コック親方が目指すのは何をさしおいても風景画である。彼が印刷し、販売している銅版風景画はヨーロッパの至るところで引く手あまた、新作の注文はうなぎ登りに増えていた。

ピーターがこうしてあれこれ思いを巡らせていると、アンケが心配そうに言った。「ピーターが枢機卿のところに行くの、わたし心配だわ」

「そう言われても……」

「おまえの内縁の旦那が危険にさらされる心配なんかご無用。こいつは金づるになる、と思われている限りは大丈夫さ」オルテリウスは娘を慰めた。

内縁の旦那か、そこが問題の点だ、ピーターはそう思った。アンケと一緒に暮らすことについては相変わらず答えを出せずにいたが、枢機卿がこの件について何も知らないとはとうてい考えられない。ピーターの心は落着かない。「先に上に行っててくれないか？　ちょっとお父さんと男同士の話があるんだ。ドアのところで盗み聞きなんかするなよ」ピーターは半ばまじめに、釘をさした。

「自分の家の中では自分のしたいようにしていいはずでしょ！」そう言い残すとアンケは部屋を出て、わざとらしくバタバタ足音をたてて二階の寝室に上がって行った。

「何を聞きたいのか分かっているよ」オルテリウスが言った。

「ええ。それでどんな具合でしょう？」ピーターがじっと見ると、オルテリウスは肩をすくめた。

「あちこちで尋ねてみたが、何もわからん。きみの両親の消息は誰も知らんようだ。漁師のヨッベは一時期ステーン牢獄にいたことは確かだが、そこまでだ。絞首刑になったはずだというものもおれば、人によっちゃ脱獄したというんだが。まあ、それはちょっとまゆつばものだと思うがね」

「でも彼がまだ生きているような気がするんです。死ねばそう感じられるはずですから」

「そんなこと言うなんて冗談じゃないぞ。妖術も死刑ものなんだからな」

「何をやっても死刑じゃありませんか。この世にまだ人間がいるってことの方が不思議なくらいですよ」

「ところが人間は増える一方だ。最近の調べだと、このアントワープの人口は百万を超えたそうじゃないか。もっともその半分はよそ者らしいが。おい、本当にビールはいらないのかね？」

ピーターはオルテリウスの手にしているジョッキに目をやった。

「けっこうです。もうアンケのところに行かないと」

「心配なのよ、ピーター、あなたに何か悪いことが起こるんじゃないかって」体を寄せながら暗闇のベッドの中でアンケが言った。

「おれにはしっかりした守護天使がついているんだから」体のほてりをさますように、布団の外に足をのばし、鼻をくすぐるアンケの髪の毛をそっとなでた。

「その守護天使だって、肝心なときに別の方を向いていることもあるんじゃない？」

「おれのことより自分の心配をしたらどうなんだい？　きみに何か悪いことが起きるなんてごめんだよ」アンケの体を引寄せながらピーターは真剣な声で言った。イタリア行きのことを話したかったが、今はまずいだろう。アンケがしあわせで、明るく振舞ってくれることが自分の一番の喜びだった。

翌日ピーターが枢機卿の居城に着いてみると、いつになく警備が厳重で、スペイン兵がそこかしこにいた。だが、持参した絵ともどもあっさり中に通されたのは、ここには自分のことを知らない者はいないということだろうかと彼は考えた。

ピーターが扉の所に気後れしながら立っていると、枢機卿はイライラした様子で手招きした。黒檀の小さな書物机を前にして、飾り気のない木の椅子に座り、乱雑に積上げられた書類をパラパラとめくり、拾い読みしている。召使がピーターの絵を運び込んで、包みを解き、特別に用意した画架の上に乗せた。

枢機卿が腰を上げ、手を背中の後ろで組みながら絵をよく見るために部屋の真中に立つと、召使は床に頭が届くかと思うほど深々とお辞儀をして出て行った。

枢機卿が身じろぎもせず、じっと絵を観察しているのを横から見ているうちに、ピーターは自信を失い始めた。自分の仕事が恐ろしく陳腐で、未熟なような気がしてきたのである。

「今度はだいぶ時間を要したな」

思いがけない言葉を聞いてピーターはギクリとした。「わたしは……ほかにもやらなければいけないことがあったものですから」

枢機卿はピーターの言ったことは耳に入らない様子だ。

「これと同じイカロスの絵をもう一枚、このサロンに飾るために描いてもらおうか。今度はもう少し大きくな、幅を三十センチ、高さは、そう十五センチぐらい延ばすとよかろう。ところで……」枢機卿はまた書物机に座ると、こう切り出した。「どういうわけで聖ロンバウト大聖堂との契約のことを、わたしの耳に入れなかったのだ？」

「わたしは……」ピーターは自分の顔から血の気が引くのが分かった。「そのことは、てっきりご承知だと思っていましたが。わたしには、直接どなたかが仕事を依頼してくださるほどの力はございませんので。ですからどの教会の仕事にしろ、契約は枢機卿さまを通してのものとばかり考えていました」こう心にもないことを言うのは少々気がとがめた。

「もちろん今度のことは知っておる。だがわたしが知りたいのはおまえの忠誠心だ」

「わたしの忠誠心にゆるぎはありません。わざわざ自分の損になるようなことをするほど、わたしも愚かではないつもりです」

「どうやらおまえは絵だけでなく、口の方もだいぶうまくなったようだな。口達者な連中と付き合いが深いとみえる」

「立派な親方になれるように精一杯努力しています」

「新しく生まれ変わったピーター・ブリューゲルか」枢機卿は考えこむように言った。「前のピーター・ブリューゲルの方がいいのかどうか、分からんが……」枢機卿は陰気な目つきでピーターの心の奥底をのぞくようにじっとみつめた。「世の中はどんどん変わって行く……さあ、もう下がってよいぞ」

だがピーターが部屋を出ようとすると、声が追いかけてきた。

「よく考えるのだ、ピーター・ブリューゲル、神から与えられたおまえの才能は大事だ、だが、まずおまえはスペイン国王の臣下であり、従ってお上にたいして絶対服従が義務づけられておる。そしてそのお上とはこの権力、わたしのことだぞ！」

　ドアの引き手に手をかけていたピーターは、身がすくんだ。枢機卿が今言った言葉の中身よりも、その声の調子が彼を不安に陥れたのである。こどもの時、絞首台にぶら下がっていた男の目を見たときと同じような気分に襲われた。

「はい、分かっています、枢機卿さま」ピーターは不安にかられながらこう答えると、早々に退散した。

「アンケはまだ戻っておらんよ。何か食べたいのなら、自分で作ってもらうより仕方ないな」ピーターが夜になって訪ねて行くと、オルテリウスはこう言ったが、言葉に張りがないのは、昼間何か身にこたえることがあったのだろうか。

「もうこんなに遅いのに。いったいどこにいるんでしょうね？」

「たぶん仕事をしているのだろう。このところいつも早くから働いているようだが、それでも足りんらしい。今日に限ったことじゃないが」最後の言葉は多少非難めいている。アンケを迎えに行きたかったが、ピーターはためらった。まだ暗くなっていなかったし、表でふたり一緒のところをそうたびたび人に見られるのも嫌だった。

「近いうちに画家組合に入れてもらえそうです」

「それがどうしたんだね？」オルテリウスは事のつながりがすぐには飲みこめないようだ。

「そうなればおれたち結婚できます」

「ほほう、結婚ね、それが？　娘はそんなことにはちっともこだわっておらんと、わしは踏んでいるがね」

「それにしてもアンケ、遅いですね……」

「わしにはどうして男どもが結婚したがるのかわからんよ。一日の半分はかみさんを待つのに使うのだからな。さてと、それじゃあ、暗くならないうちにアンケがどこにいるか探しに行くとするか」そう言って立ち上がったとたん、表の戸を叩く音がした。

「ああ、戻ってきたようだな」オルテリウスはほっとしたように腰を下ろし、ジョッキにビールを並々と注いだ。ドアを開けようと急ぎ足で戸口に向かったピーターは幸せな気分に包まれて、心配はすっかり吹き飛んだ。アンケがドアをノックすることはめったになく、それにこんなに乱暴に叩くことなどないのも頭になかった。おどけた挨拶でもして出迎えようかと考えながら、ドアを開けた。

彼女はドアに体を預けてやっと立っていたが、鈍い音を立てて廊下に倒れこんだ。血で汚れ、見分けがつかないほど石で殴られた若い女の死体。ピーターは足元の肉体に目がはりついた。突然降りかかってきた出来事にどうすれば良いのかわけもわからず、ただ呆然と、道を逃げて行く足音を聞いていた。

「さあさあ、おふたりさん、そんなところでいつまでも抱き合ってないで。風が入ってくるじゃないか！」

オルテリウスのふざけた言葉でピーターははっと我に帰った。と、次の瞬間アンケの体を飛び越え、薄暗闇の道に飛び出し、家々にこだまして逃げてゆく足音を追いかけて走った。

「豚野郎!!　人殺し!!」ピーターの声が家々の壁に鈍く反響する。「破廉恥野郎！　ならず者！　止まれ！　止まれ！」

だが人殺しはとっくに逃げ、このあたりの入り組んだ路地に消えてしまった。ピーターは立ち止まり、ゼーゼーと息をした。「神さま、何てことを!!　何てひどいことを!!」だが天も地獄もピーターの激しい怒りにびくともしない。「あいつらを殺してやる！　殺してやるぞ！」

ピーターが殺意を抱いた人間は、もうそのあたりにはいない。戻るよりほかなかった。

オルテリウスは死んだ愛娘の上に、肩を震わせながらかがみこんでいたが、ピーターが近づくと顔を上げた。ピーターは長いことオルテリウスの側に立っていたが、どうしたらよいのか、何を言ったらよいのか分からなかった。ふたりは別々に自分の苦しみと向き合っていた。あまりに混乱し怒りにかられ、悲しみさえ覚えなかった。

頭の中をぐるぐると同じ疑問が巡ってくる、「誰が、何のために……」強盗や強姦なら、わざわざ犠牲者の死体を家に運び込むようなやっかいなことをするとも思えないし、そんな危険を犯したりはしないだろう。たとえアンケが何者で、どこに住んでいたか知っていたとしてもだ。

「おお、なんてむごいこと、アンケ……」ピーターはオルテリウスの横にひざまずいて、遺体に触れようとおずおずと手を延ばした。と、オルテリウスがその手首をぐっとつかんだ。

「その手をどけろ！」声には憎しみがこもっており、その勢いに押されてピーターは黙ったまま手を引っ込めた。「おまえのせいだぞ。まったく、おまえは不幸しか持ってこないじゃないか！」

ピーターは脇へどいて立ちあがったが、自分に向けられた思ってもみない憎悪にショックを受けていた。

「神さま、あなたがいらっしゃるのなら、どうかこいつに雷があたりますように！　さあ、この家から消えうせるんだ、この疫病神！」

「でも……何か役に立ちたいんです……どうかお願いです！」ピーターは途方にくれてオルテリウスを見たが、この薄暗がりの中でも彼の憎しみに満ちた眼差しが分かった。

「さっさと出ていけ！　金輪際、顔を見せるな、金輪際な！　このわしに頭を叩き割られないだけでも幸せと思え！　アンケは、アンケはな……こんなにされて！」オルテリウスは低い声で泣き出し、血だらけのアンケの胸に顔を押し当てた。ピーターは放心状態のオルテリウスの脇をそっと通り抜け、暗闇に消えて行くよりほかなかった。

「ピーター、そんな顔していったいどうしたの？」

「アンケが、アンケが死んでしまったんです。殺されて……」ピーターは暗い工房によろよろと入ると、必死の形相でマリケにしがみついた。

「あいつらがアンケを殺したんです」涙があふれてきた。マリケは左手に持っていたランプを高く上げてピーターの後ろのドアを閉め、それから自由な方の手を泣きじゃくっているピーターの体にまわした。何も尋ねはしなかった。尋ねたところで何の答えも返ってはこないだろう。やさしく背中を押すようにして上の寝室に連れて行くと、ベッドに寝かせた。

翌朝、マリケが起きてみるとピーターは工房で、物の怪にとりつかれたようになって大きな紙に鉛筆で何かを描いていた。マリケが部屋に入って来たことにも気づかないのか、一心不乱に描き続けている。その手の動きの速さと勢いに彼女の目は追いつけないほどだ。火事と廃墟、沈んで行く船、鳴り響く弔いの鐘、グロテスクな死体の山、絞首台の罪人、刀を振りかぶった死刑執行人、どくろをいっぱい積んだ荷車、武器を振り回している骸骨の一群、蓋があいた棺おけの中にはたくさんの死体、前景には瀕死の皇帝と、枢機卿を抱きかかえている骸骨……ピーターの描いているものを見たマリケは、驚いて思わず口に手をあてた。「まあ、なんて絵なの、ピーター！」

それは自分が知っているピーターのスタイルとはまるで違っていて、あのヒエロニムス・ボスの絵に似ているが、もっと陰惨で、悲劇的で、そして……それはまるでピーターのすばやく動く手が、地獄を見た魂に導かれて、あるいはそれよりもっと恐ろしいものを見た魂に導かれているように思えた。

だが絵には陰惨さだけではなく、幻想的なものも混じり、眠っていた才能が突然花開き、創造の衝動が爆発して、ピーターの手に乗り移ったようにみえた。

マリケは息をとめ、紙の上を飛ぶように走って行くピーターの手が苦しみと悲劇を次々どう料理してゆくのか、目を皿のようにして見ていた。物の流れに尊厳も影響も与えず、人間を完全に無力な創造物へとおとしめてゆく。死神は時に迷い歩き、時ににんまりし、そして死の大鎌をふりまわす。

ピーターは描く手を止めた。鉛筆が手から滑り落ち、体はまるで背骨をなくしたようにヘナヘナとなった。テーブルの端に腰を掛けるとしばらく空ろな目で自分の描いた絵を見ていたが、やがて両手をさすりながら、ほとんど聞き取れないような声でつぶやいた。

『死の勝利』、いつも勝ち、犯した過ちで決して罰せられることがない奴……」そして絵から目を離し、マリケの方を向いた。「なんだか指がつってしまったみたいです」今度は視線を右手に移し、さすったり指を伸ばしてみたりしている。

「そうなったって不思議でも何でもないわ。もっと自分を大事にしなくちゃ！」

「この恐ろしいものに自分が食われてしまわないうちに、自分の頭から追い出したかったんです……」上体をしゃんとさせると、言葉を続けた。

「しばらくでかけます。田舎へ」

「でかけるですって？　それじゃ仕事の方はどうなるの？　やらなきゃならないことがあるでしょ？　バルテンス親方にはどう言っておけばいいの？」

「下絵はもうできています。仕上げに絶対おれがいなくては困るということはありませんから。家族の問題でどうしてもかたづけなければならないことができたとでも言っておいてください」

「それで、どのくらい留守にするつもり？　もし……もし枢機卿さまが会いたいって言ってきたらどうする？」

「怪物狩りに行ったとでも言っておいてください」

ピーターはマリケにくるりと背を向けると、挨拶もせずに出て行ってしまった。

第十四章　故郷

町を出たピーターは、北に向かってひたすら田舎道を歩き続けた。農夫のなりをしていたせいだろう、スペイン人の警備兵に特別目をつけられることもなかった。

ようやく自分が育ったあたりまでやって来た。ひょっとしたらまだ例の羊飼いや、さもなければあやしげな連中が住みついているかもしれないのだが、そんなことはかまわず我が家を目ざした。羊の、あの鼻が曲がりそうな悪臭はすっかり消えていて、家は落着いたたたずまいをみせている。ピーターはほっとしながら、あたりをゆったり見まわし、なつかしい場所、なつかしい物に出会うたびに立ち止まってみるが、良い思い出はいうまでもないが、あまりうれしくない出来事を思い出しても、しばらくぶりのせいか感傷的な気分になった。

「ちょっと、そこで何やってんのよ！」

ピーターが麦畑の端で物思いにふけっていると、背後から突然女の甲高い声がした。ギクッとして振り返ると、目の前にうさん臭そうにこちらを見ている若い農婦が立っている。美人とはお世辞にも言えない女で、両手で殻さおをしっかり握っている様子は、ピーターが何かしようものなら、それで打ちかかるつもりらしい。

ピーターは女をなだめるような仕草をしながら言った。「何も悪いことをしようってんじゃないんだ。ちょっとこのあたりを見てみたかっただけだよ。大分前になるけど、ここに住んでいたんでね……」

「ここに住んでいただって？」農婦は疑り深そうな声でこう言うと、相手を吟味しようというのか、顔を突き出すようにピーターを見た。「あらまあ、やだ、あんたピーターじゃないの！」

「なんだ、クレメンティーネか！」ピーターも思わず叫び声をあげた。「本当だ、義姉さんだ！」二年前より一段と肉付きがよくなり、動きがノロノロしていて、まるで年寄りのように見える。

「兄貴ははどこ？」

「仕事している、畑でね……」そう言いながらぞんざいな態度で西の方を指差した。彼女の目から不審そうな様子は消えたが、こんどは拒否するような、そっけない表情が顔に浮かんでいる。どうも自分は歓迎されざる客らしい。

「親父とお袋がどうなったか知っているかい？」

「それはあんたの兄さんに聞いたほうがいいんじゃない？」

「でもねえさんも知っているんだろう？」

「今呼びにやらせるから」そう言うと、くるりと背を向けて穀物納屋の方に歩き出したので、ピーターも後について行った。

「最後にここに来たとき、羊飼いがいたんだ。どうしてあいつらが突然ここに……」そこまで言ったところで、ピーターは納屋の中から出てきた大男を見て口をつぐんだ。うさんくさそうな目つきでこちらをじっと見ている。

「ディノスを呼んできて。弟のピーターが来てるって言うんだよ」

下男は一言もしゃべらず、のそのそと出て行った。

「今のところ下男はひとりだけ」クレメンティーネは尋ねてもいないことを説明し始めた。「これ以上手伝いの人間を雇うお金も今はないしね。でも町で売ってる肉や野菜の値段を見れば、じき事情は変わるかもしれないけど」

クレメンティーネは自分にひき比べ、おまえは役立たずだと言わんばかりに、ピーターを見下すようにしてしゃべっている。

「そうだね。町じゃ食料品が恐ろしく値上がりしているんで、皆不平タラタラだよ」

「勝手に文句言っていればいいさ。麦やベーコンは天から降ってくるとでも思っている人間には、一度田舎で働いてもらいたいもんだ」

ピーターは町の人間を弁護しようとしている自分に気がついて、我ながらびっくりしていた。

家の中に以前の面影はまるでなく、家具は見覚えのないものばかり、においもまるで違う。ここで暮らしているのはあの頃とは食べ物の好みも体臭も違う人間だ。何から何までなじみがなく、自分の家に戻ったという気がせず、甘酸っぱい郷愁を求めていたピーターはがっかりした。

「ここにしばらく住んでいたごろつきたちがみんな壊したり、汚したりしちゃったんでね。何もかも新しくしなきゃならなかったってわけ」ピーターが家の中を見まわしているのに気がついたクレメンティーネが説明した。

「どうやってあの羊飼いたちを追い出したんだい？」

「スペイン人たちがやってくれてね」

「ディノスに知り合いのスペイン人でもいたのかい？」

「うちの父さんがスペイン人にお金払って、助けてもらったのよ」

「へえ！」ピーターはクレメンティーネが大きな瓶から注いでくれたミルクの鉢を手に持った。「その間、ねえさんたちどこにいたの？」

「もちろんあたしの実家よ、ほかにどこがあるっていうの」

「どうしてディノスはおれを訪ねて来なかったのかな」

「じかにうちの人に聞いてみなさいよ。ところで、絵を描いているって風の便りに聞いたけど」

「その通りさ」

「少しは稼いでいるってこと？」

そんなことあんたたちには関係ないさ、とピーターが答えようとしたところに、さきほどの下男がぬっと大きな姿を見せ、謝るような仕草をしたと思うと、また出て行ってしまった。

「ディノスは時間がないんだって」クレメンティーネがピーターに説明した。

「仕事の手が離せないっていうのなら、おれの方から行くよ」ピーターは椅子を引くと立ち上がった。

「まさかディノスと喧嘩するつもりじゃないでしょうね？」戸口に向かいかけたピーターの背後からクレメンティーネが心配そうに声をかけたが、ピーターは無言のまま、外に出て先ほど下男が姿を消した方向に向かって歩き出した。

ディノスはタマネギ畑のはずれにあるブナの木の根元に座り、リンゴにかぶりついていた。その少し先にはタマネギを山のように積んだ荷車が黒馬につないである。馬は草を食んでいるわけではないのに頭を下げ、何とはなし悲しげな様子で体に止まろうとするうっとうしい虫をしっぽを振って追い払おうとしていた。そんな光景をしばらく眺めたあと、ピーターは声をかけた。「確かに手は離せないようだな」

ディノスは別に驚いた様子もなく、ピーターを大した感慨もなくちらっと見たと思うと、またリンゴをかじり出した。「きっと邪魔しにくると思ってたよ」

ピーターは真ん前に立つと、両手を腰に当て見下ろした。「どうしておれと話そうとしないんだい？」

「ごたごたはごめんだからさ」

「ごたごた？　兄さんがかみさんと一緒にこの農場をどうしようとおれには関係ないよ、好きにしてくれ。ところで父さんと母さんはどうしてる？　今どこにいるんだい？」

「死んだ」ディノスは口ごもりながらやっとこう答えた。

ピーターはしばらくぼんやりしていたが、短く聞いた。「スペイン兵か？」

「おやじはしばり首にされて……、お袋がどうなったかはわからない」

「だけど……どうして？」

「どうしてだ？　おまえが異端者だから、おまえが余計な絵なんか描いたから、おまえが卑怯者で逃げ出したからさ。何もかもおまえのせいじゃないか！　それもよりによっておれの結婚式の日にな！」まるでそうすることで言葉のひとつひとつをしっかり刻みつけようとするのか、ディノスは指でピーターの胸をたたきながら言った。

「ああ、神さま、なんてむごいことを！」ピーターはすっかり打ちのめされた。

「神さまの名前を口に出す前に、自分の舌を噛み切れ！」

「どうしてスペイン兵は、兄さんには手を出さなかったんだ？」

「おれは信心深かったし、何か聞かれたときにはどう答えたらいいか、ちゃんと心得ていたからさ」

「そういえば兄さんは、汚らわしい連中の前でペコペコすることを知っていたっけ」

「おい、今いった言葉を取り消せ！」ディノスはすごんだ。

「誰か助けを呼ぶかい、教会かそれともスペイン人を？」

「おまえを片づけるのに助けなんかいるもんか！」

「やるか？　そんな勇気はないくせに、臆病者！」

「おれの手を汚す価値なんか、おまえにはないさ」

「背中を向けたとたん、何かする気なんだろう」そう言ってピーターが回れ右をすると、大男の下男が目の前に立っていた。「だからこんな大男を雇っているのか！　ちょっとでも近づいてみろ、こいつをお見舞いするからな」一歩下がると、短刀を抜いた。下男は自分の主人の方をちらりと見てから、黙ったままピーターが通れるように道をあけた。

「忠告しとくぞ、ここには二度と顔をみせるな！」ディノスの声が背後から追いかけてきた。

ピーターは西に向かって道をとり、夕闇が迫るころ、ヨッベが住んでいた、スヘルデ河のほとりの小屋にたどり着いた。そこにはまだ焼き討ちにあって黒焦げになった小船の残骸があり、小屋の屋根は朽ちかけていた。

中に入ってみると、かまどのそばに新しい藁で作った寝床があった。かまどの灰はまだ温もりがあり、小屋の中にかすかに食べ物のにおいが漂っている。まるで廃墟のように変わり果てた住みかを、おずおずと眺め回した。土間には大きな石が数個転がっていたが、それから察すると、葺きの屋根は自然に壊れたのではなく、何者かの手で壊されたらしい。

ここで一晩明かしたいところだったが、それが果たして良い考えなのかどうか分からなかった。この小屋の住人が戻ってくることもあるだろうし、ここらをうろついている者がまともな人間とは考えにくい。雨になりそうな気配だが、ほかにそこそこの避難場所を見つけるには、また大分歩かなければならないだろう。どうしようかとピーターが考えているうちに、破れた屋根から大粒の雨が落ちてきた。

彼はあわててかまどと藁床がある小屋の隅に移動した。その上の屋根はまだ破れていなかったからだ。綿の様に体はくたくたに疲れていたが、眠るわけにはいかない。みるみるあたりは暗くなった。机の上に油が半分入ったランプがあったが、火を灯せば遠くからでも目につく危険があり、誰か押入ってこないともかぎらない。食べる物は何もないようだ。ピーターはひとつだけ残っている椅子にまたがって座ると、肘掛に腕を置き、頬杖をついた。

こんなかっこうでヨッベの冗談や話に耳を傾け、パチパチ燃える薪の上でとったばかりの鮭を焼きながら、よく食事をしたものだ。だがそれは自分の生活が素朴で危険もなく、父も母も元気だったころの話だ。神が永遠に善で公正ならば、こんなひどいことはこの世ではあってはならないこと。いつも強いものの味方をするような神など、どうして信じることができようか？

雨足が強くなってきた。雨が反対側の土間に絶間なく落ち、突風が小屋を揺らし、屋根からぶら下がった葦がガサガサと音をたてる。

そうこうしている間にあたりは右も左も分からないほど真っ暗闇になってしまった。ピーターは椅子から立ち上がると、手探りで藁床の所に行き、体を横にした。小屋の中を突風が吹きぬけるようなありさまなのに、たちまち眠り込んでしまった。

ふと目が覚めると、頭から水を垂らし、ランプのゆらめく炎に照らし出された化け物のように醜い顔が目に入ったが、それが誰だか分かるまで、恐ろしい時間が続いた。

「ピーター、ピーターじゃないか。わしに断りなく寝床で寝るなんてとんでもない奴だな！」

「ヨッベ！　本当にヨッベなのか？」ピーターは体を起こした。

「わしみたいなご面相の人間がほかにもいるっていうのかい？」

「もう死んだとばかり思ってたんだよ。いいや、そうじゃない」ピーターはあわてて言いなおした。「何を信じたら良いのか分からなかっただけだよ。また会えるなんて、ああ、うれしいよ！」ピーターはヨッベの肩に手をかけた。

「大分こたえているようだな」

ピーターの喜びもたちまちしぼんだ。「死だよ。おれの周りの人間は次々死んでしまう……」ヨッベの肩から手をおろして、体を離した。「本当になにもかもひどい。ときどき死にたくなる」

「若いのに、そんなこと考えるんじゃないぞ」

ヨッベはフッとため息をつくと、床の上に放りだしてあった野ウサギをつかんでテーブルに乗せた。「何もかも話してすっきりさせろ。わしがこのウサギの皮をはいでいる間にな。こいつはなかなか肥えてるじゃないか、ふたり分たっぷりあるぞ」ヨッベはかまどの前にひざまずいて、まだ温りの残っている灰の上にそだを置いた。

「ヨッベ、あんたが突然地面から湧き上がってきたように見えたよ」

「わしだっておまえのことをそう思ったさ」だいぶ苦労していたが、ようやく枝に火がつくと、しばらく赤い炎の様子を見てから、頃を見計らって薪をくべた。

「ステーン牢獄に入ったら、シャバには戻れないものなんだがな。運が良いというのか、奴らはわしを絞首刑にできなかったんだよ。そうでもなきゃ今ごろこんなことしていられないさ」そこでヨッベはニヤリと笑った。

「奴らはどうしたんだい？」

「わしを絞首刑にしたわけよ……さて、ようやく燃え出したな」ヨッベはパチパチと気持ちよさそうに音をたてているかまどの火に背中を向けた。「こうすると年寄りの背骨にいいあんばいなんだ……」

じれったそうにピーターが聞いた。「それで話の先は？」

ヨッベは椅子に腰を下ろすと、ナイフを握り、ウサギを膝の上に置いた。「奴らはわしを絞首刑にしようとしたんだが、ロープの結び方が悪かったんだろう、頭がするっと抜けて、トンネルの中にポッチャンさ。それから死人ふたりにはさまれて流されて行ったたってわけなんだが、まあ、あまり気持ちのいいもんじゃなかったな。水は恐ろしく冷たかったが、わしの体も頑丈にできてるものよ、ネズミ顔負けさ。罪深い生活をしてるせいで、きっとばちが当たって、この世に舞い戻りってことなんだろう。ここにとっくに地獄があるっていうのに、神さまはどうしてほかにも地獄をおつくりになるんだろうな」ヨッベは手早く慣れた手つきでウサギの皮をはいでいる。

「これからどうするんだい？」

ヨッベは肩をすくめた。「神さまがお召しになるまでここにいるさ」

「また町に出たっていいじゃないか。ちょっと変装すれば誰も気がつかないよ」

ヨッベはびっくりしたように顔を上げてピーターを見た。「この御面相でどうなるっていうんだ？」血で汚れた指で顔を指しながらこう言うと、先の尖った棒を肉に差しこんだ。「さあ、脚をつかんで火であぶるんだ。骨を焼いちゃだめだぞ、食べるとき歯の間にはさまってやっかいだからな」

ピーターは火のそばに座りこんで、燃えさかっている薪の温かさを満喫していた。小屋の中はまたたく間に肉の焼ける香ばしい匂いに充たされた。

「おれもヨッベみたいに、あるがままに人生を受け止めることができるだろうか……」

「流れに逆らって泳ぐのは楽じゃないよ。まずはじめに悟らなきゃいけないのはそれさ」

ヨッベは机に向かって、ピーターは隅の藁の上で、肉を食べ始めた。

「おれ、多分イタリアに行くことになる」

「ええ？　船でかね？」

「そうじゃない、フランスを通ってさ。近いうちにコック親方のところで働くようになると思うんだけど、親方は新しい風景画の作品を作ろうとしているんだ、とくにアルプスの景色をね。アルプスがどこにあるのか、おれまだ知らないんだけど。そうだ、ヨッベも一緒に来ないか？」ピーターは相手の顔を懇願するように見た。

「どっかで見つかりでもしたら、たちまちご用さ」

「一日無事に旅できれば、もう安心だよ。ヨッベのことなんか何も知らない連中ばかりがいる所に行ってしまうから」

「イタリアくんだりまで行かなきゃならないのかい？」ヨッベの顔はお断りという表情だ。「考えただけで、どっと疲れが出てくるよ」

「南へ行けばここよりずっと気候がいいんだから。太陽はいつだってさんさんと輝いているし」

「わしは灰色の空や、雨降りがお気に入りなのさ。ここの人間なんだ。毎日毎日単調な青い空を見ていたら病気になっちまう」

「ここで一生過ごしたって何の得にもならないだろう？」

「ああ、ピーター、わしの人生なんて……」ヨッベが骨を火に放りこむと、ジュッと音をたてて燃えた。

ピーターも食べかすを火にくべようと腰をあげ、それから小屋のただ一つの窓に寄ると、外をのぞいて見た。空はどんよりした灰色、ほかは真っ暗だ。スヘルデ河の土手に植わった木の梢が、雨に濡れて右に左にと揺れている。

「今晩はもう客は来ないだろう。こんな空模様じゃ、強盗だって自分のねぐらで寝ていることだろうからな。藁はふたり分はないな。客人のことは計算にいれてなかったよ」

「おれは、かまどのそばなら、床で十分さ。多分ヨッベほど大人になってないから、おれの骨はそれに耐えられないほど擦り減っていないはずだよ」

「それを聞いて安心した」ヨッベは立ち上がって薪を何本かくべると、小屋の隅に積んだ藁の上に身を横たえた。

「わしはすぐ眠ってしまいそうだ。眠っている間は生きる努力をしないですむよ」

ピーターはかまどの前の固く踏み固められた土間の上に体を伸ばすと、目が乾いてしまうほど火を見つめ、それからザワザワいう闇夜の音に聞き耳をたてた。この夜は、ピーターの思いと同じように暗く、寒かった。

田舎暮らしはもう無理だろう。手が届く範囲に、何千という人間がいる生活になじんでしまった。以前は彼らから逃れなければと思ったこともあったが、今は人がいないほうがずっと耐えがたい。孤独こそ憂鬱と悲しみの温床なのだ。

小屋の隅ではヨッベが静かに、規則正しい寝息を立てている。いつか自分も人生の無意味さを受け入れることを学べば、こんな落着きを手中にすることができるかもしれないと考えながら、かまどの火の光と温かさを背中に受けてピーターは眠りにおちた。

第十五章　親方

「親方になればいつでもおいしい肉が口に飛び込んでくるなんて甘い考えは、捨てなきゃいかんぞ」バルテンス親方がこう言った。「アントワープにゃ、一切れでもいい、おいしいケーキを食べてみたいと思っている絵描きの親方が、三六十人もいるんだからな」

　ふたりは祭壇の後ろの床に座りこんで、パンとチーズにかぶりついていた。聖ロンバウト大聖堂の仕事も終わりまぢかで、ピーターが先に立って考えた新しい祭壇扉は、メヘレンの製靴組合のお目がねにかない、画家組合へ加入が許されるのも時間の問題だった。

「ここの仕事が終わりしだい、コック親方の工房で働くつもりです」ピーターは五日もたった古いパンを苦労しながらかじっている。「親方になれれば、もうちょっと給金も払ってもらえるでしょう」

「金のことばかり考えていたんじゃ、立派な絵描きにはなれんぞ」

「こんなかじかんだ指に空っぽの胃袋じゃ、良い仕事をしろって言われても無理ですよ」

「まあ、それも一理あるな。わしも若い時分にそんなふうにさめた考え方をしなきゃいけなかったのだろうが、何しろ、どんなきつい仕事でもお粗末なパンの一つも稼げればありがたく思わんといけない時代だったからなあ」

「貧乏は自慢にはなりませんよ。貧しいことは名誉だなんて説教しているのは、信心深い信者から掠め取った富を、山のように積上げている教会のお方だけですよ」

「しっ、ピーター！」バルテンスは腰をぬかさんばかりだ。あわてて立ち上がると周りを不安そうにながめまわしている。「ここをどこだと思ってるんだ！」

「すみません、つい口がすべってしまって。こうしておけばいいでしょう？」ピーターはおざなりに十字を切った。

「まったく向こう見ずな奴だ。自分がどんな危険を犯しているのか、まるで分かってないようだな」

ピーターは肩をすくめた。「殺されるのはわたしでなくて、いつもほかの人間なんです」


夕方、ピーターが家に戻ると、意外なことにアンケの叔父アブラハム・オルテリウスが待っていた。

「わたしがどこに住んでいるのか忘れてしまったらしいな。思い出してもらおうと、こうしてでかけてきたよ」

ピーターは何となく居心地が悪い。「あなたのところに行く勇気がなかったものですから」

「アンケが死んだことは、わたしにもとてもショックだったが、兄貴のように、まわりの人間にやたらと当たり散らすようなことはしたくない。一度訪ねてやってくれないか、きみのためにも、兄貴のためにも、それがいいと思うがね」

「でも何もかもまだ生々しすぎて……」

「あまり間を置かない方がいいような気がするけどなあ」

「そうかもしれません。今日はそれを言うためにですか？」

「いやいや、それだけじゃない。実はきみに何枚か絵を描いてもらいたいんだよ」オルテリウスはにっこり笑った。「わたしがずっと前からきみの仕事に感心しているのは知っているだろう？　そのうちきみの絵はすごく値上がりすると踏んでいるんだよ」

「なかなかの商売人ですね。ところでテーマに特別なご希望でも？」うれしい話に声がはずんでいる。

「何か宗教的なものがいいのだが、たとえば聖書の中の一場面なんかどうだろう」

ピーターはけげんそうに相手を眺めた。「あなたがそんなに信心深い人間だったとは意外だなあ」

「信心深い人間には、きみの描く宗教画はお気に召さないよ」オルテリウスは笑いを浮かべながら、マリケの方を見た。「この契約を教会には内緒で結ぶことができますかね？　教会に仲立ちしてもらう必要はさらさらないし、望みもしないのに、そのために九割も払わされるなんて迷惑な話です」

「ピーターはもうわたしの所で仕事をしているわけじゃなくて、ただここに住んでいるというだけのことだから、それは……」

「三人の意見はとっくに一致してますね」ピーターがこう答えた。


帰りを急ぐオルテリウスを見送ると、ピーターは早速、彼のために構想を練り始めた。

それから三週間後、ピーターは画家の組合である聖ルカ組合に入会を許されたが、新しい地位の標識である自分の名前が彫ってある酒盃をベルトにつけ、印章つきの指輪を眺めていても予想していたほどの感激はなく、ただほっとした充足感と、ここでまた自分の人生に一区切りがついたことを感じるだけだった。

誰とも分かち合えない喜びなど何になるだろう？　バルテンス親方も言っていたように、自分はアントワープ画家組合の三六一番目の親方というだけのことで、画家の数が一年の日数と同じになるのも時間の問題なのだからと、ピーターは初めは冷めた気持ちだったが、しばらくたつと、自分の中に変化が生まれていることに気づいた。名前の後につけるこの「親方」という称号が、おそらく新しい自覚を贈ってくれたのだろう。称号は確かに名誉なことで、特にこのところ組合が市政の内部にまで入りこみ、影響力を持ち出しているから、なおさらである。ピーターには政治的野心はなかったが、自分が望みさえすれば何かできるのだと知って悪い気はしなかった。

親方には、飲みたければ工房でワイン樽から飲む権利もある。よく弟子たちはこっそりとそんなことをやっているが、これはもとはといえば親方にしか許されないことなのだ。もちろんワインはあちこちで飲めるのだが、工房に置いてあるワイン樽には立派な象徴的意味がある。自分の盃になみなみとワインを注ぐことが許される人間は、市民の上に立つ人間ということなのだ。もう一つの特権はビロードを身につけてよいことで、まだ服を作るほどの金はないが、とりあえずビロードで帽子を作らせるぐらいはピーターにもできた。

数週間前に聖ロンバウト大聖堂の祭壇画の仕事が終わり、いよいよヒエロニムス・コック親方のところに行く時期が近づいてきた。このところ、アブラハム・オルテリウスと約束した絵に取り組んでいたが、それは幅一・五メートルほどで、テーマは「三王礼拝」である。十二人の人間が描かれていたが、そのうちひとりは聖母マリアで、その姿はアンケを彷彿とさせた。

「もうブリューゲル『親方』と呼ばなきゃいかんかな、え？」コックはピーターのベルトにつけた酒盃を横目で見ている。「わたしの話を受けようと思う前から、親方になるのは分かっていたのかね？」

「とんでもない、成行きでこうなっただけです」ピーターは大きな工房とそれに続く店を興味深そうに眺めまわしていた。「四方の風」というのが店の名で、十人以上の人間が働いていたが、ほとんど自分より若く、コックを有名にした銅版画の制作に大忙しのようだ。壁にはデューラーの傑作「メランコリア」の大きな複製がかかっていて、ほかにも地図や風景画、それにヒエロニムス・ボスの作品の模写も見える。

「ところでブリューゲル親方、銅版画については何を知っているね？」コックは「親方」という言葉をやけに強調する。

「前のクック親方から、いろいろ習いましたけど」ピーターは工房で進められている仕事から目を離さずに答えた。

「それじゃ明暗の出し方もマスターしているな？」

「立体効果や陰影効果を出す彫りかたなら知っています」

「ふん、それじゃドライポイントの技法はどうかね？」

ピーターはわずかに微笑んだ。「針で彫らずに引っ掻いてビロードのように柔らかな効果を狙うのですよね。刷ったときにでるおだやかな線の流れは好きですけど、正直言わせてもらえばわたしには筆で描く方が向いていると思うのです」

「ほう。ところでいつここに移ってこられるかね？」

「必要ならば明日にでも。持ち物といったってたいしてありませんから」

「よし、そうしてもらおう」そう言うと壁に立てかけてあった杖をつかみ、それで天井を二度三度つついた。するとまもなく、ドアが開き、若い女が部屋に入ってきた。彼女はピーターを品定めするように上から下まで観察してから、コックの方に向かって尋ねた。「何でしょう、親方？」

「ビールを頼むよ」そう答えてからピーターの方を見た。「それともきみの酒盃を使ってワインがいいかな？」

「ビールでかまいません」ピーターは若い女を見ながら答え、それから彼女がお尻を振りながら部屋を出て行くのを目で追った。

「リサという名だ。家の下働きをしてもらっている。なかなか働き者なんだが、いけしゃあしゃあと嘘をつくという困ったところがあってな」

娘は瓶とコップを二つ手にして戻ってきて、コップをテーブルに置くと黒ビールをなみなみと注いだ。

「何かほかにご用は、親方？」

「リサ、こっちがピーター・ブリューゲル親方だ。ここで働いてもらうことになったから」

リサは挨拶をするようにちょっと膝を折った。「どうぞよろしくお願いします、ブリューゲル親方」

ピーターはそう言われてまんざらでもなく、ちょっと顔を赤らめた。しかし何か気の利いたことでも言おうと思うまもなく、リサはまた出ていってしまった。

「ふたりの仕事の成功を祝って！」コックはコップを高く上げた。ピーターは用心深くビールを一口飲んだが、アンケの父、オルテリウスのところのに比べ、味は今ひとつだ。コックは空になったコップをテーブルにドンと置くと、しばらく考え深げにピーターの顔を見ていたが、部屋の入口に足を運ぶとドアをしっかり閉め、それから椅子に腰をおろした。「おまえも座って。まだ話しておきたいことがあるんだ」

ピーターはいぶかしく思いながら言われた通りにした。コックはくちびるを尖らし、指でテーブルをコツコツと叩いている。何を言いたいのだろう？　どうも内密のことらしいが、なかなか話が始まらない。

「おまえのことをずっと観察していたんだが……」

ピーターは身を固くし、抗議するため口を開こうとしたが、相手はピーターを制した。

「聞いてくれ、ピーター。わたしたちが混乱した時代に生きているとはいいたくないのだが、フェリペ国王は狂信的な破廉恥漢で、グランヴェル枢機卿はもっとたちが悪い。そうはいってもカトリック教会に忠実な人間も少なくない。下級貴族もこの専制政治を罵っているし、暴動の火だねが国民の間にくすぶっている。そうなるまでにはまだ時間はあるだろうが、危険は迫っている。もしそういうことになったら、おまえには正しい側についていてもらいたいのだよ」

「というと、どちらかの側を選ばないといけないのですか？」

コックは顔をほころばせた。「ずっと前から決めているじゃないか、そうだろう？　おまけに、そのことを隠そうともしていない。それなのにおまえがまだ生きていられるということは、重要人物のおかげだろう。だがそれを当てにすることは利口じゃない、もっと確かな保護が必要だよ」

「いったい誰がその保護とやらをしてくれるのですか？」

「おまえを色々な理由から、やはり貴重な人間と思っている人たちだよ」

「それで、その人たちというのは？」ピーターは興味津々である。コックはチラッとドアの方に目をやってから、声を落とした。「おまえだけがこのアントワープで異端者というわけじゃないんだ、ピーター。教会を拒否したり、憎んでさえいる人間がここにはゴマンといるんだよ。わたしたちが束になってかかれば、異端審問や火刑に対抗できるのだ」

「わたしたち、ですか？」

「これからわたしが言うことを、口外しないと約束してくれるな？」

「ええ」ピーターはふっと息をついた。

「しばらく前に同業組合の仲間が秘密の組織を作った。スコラ・カリタティスという名だが、フラマン語でいうと『愛の家』とでもいうかな……この秘密規約の重要な項にこううたってある、我々は宗教の自由に力を尽くすこと。わたしたちは、カトリックだろうとプロテスタントだろうと、自分が選んだ宗教を、処罰されずに信じられるのを望んでいるのだ」

「とても高潔な目標ですね、でもそれはユートピアですよ」

「皆が腰をすえてかかれば、大丈夫だ」

「そうなんですか？　いずれにしてもわたしは絵を描きたいだけで、そのほかのことには関わりたくないんです」

「というと、自由はどうでもいいというのかね？」

「とんでもない、もちろん……」ピーターはため息をついた。「ええ、わかりました。それで何をすればいいのですか？」

「すぐにはこのスコラ・カリタティスのメンバーにはなれない。入会できるように努力してみるよ」

グランヴェル枢機卿やリシュー司教がこのことを知ったら、どういう反応を示すだろうか？　だが、

「お願いします」ピーターはそう答えた。

第十六章　リサ

ためつすがめつピーターは帽子屋の鏡をのぞきこんでいた。緑色のビロードのつばなし帽が、どうもしっくりしないのだ。帽子屋は、ピーターの短く刈りこんだとび色のひげと、とてもうつりが良いと太鼓判をおしてくれるのだが、何か人に笑われそうな気がする。

まあ、いいとするか。とにかく親方でなければ、ビロードの帽子をかぶることはできないのだから。これなら並の人間とは違うということがはっきり分かる。ほかに酒盃や指輪も親方のしるしなのだが、こちらの方は身につけていても、そうそう人は気がついてくれない。ピーターはそう考えて自分を納得させた。

「とてもお似合いでございますよ、親方」帽子屋は力をこめた。「言うことなし、完璧です」

「ぴったりのようだ」リサがどう思うかと考えていたので、ピーターは少し上の空で答えた。彼女のことだ、そう簡単に驚きはしないだろうが、まあ目は見張るだろう。

「同じ素材で服も作られるようでしたら、兄のエリアスを紹介いたしますが。兄はこのアントワープ一の仕立屋でございましてね。お得意様のなかには、有名なかたが大勢さんいらっしゃいます」

「考えておこう」口ではこう言ったものの、次の給金を手にするまでは無理だ。

今度は帽子をちょっとはすに被ってみると、さっそうとした雰囲気が生まれた。「それじゃ、これをもらおう。このまま被っていこうか」

「はいかしこまりました、親方。なかなかお目が高くていらっしゃいます」帽子屋は急いで言った。

新しい帽子を被って通りを歩けば、皆が自分を振り返って見てくれると期待していたのだが、あにはからんや、前と少しもかわらず、皆知らん顔である。

マルクト広場まで来てみると、何か騒がしい。広場の中央に人の輪が幾重にもできていて、その真ん中でインディアンの一団が踊っていた。姿は人の頭で見えないが、頭飾りのワシの羽根が目に入り、見物人のはやしたてる声に混じって、伴奏の太鼓の単調な音が聞こえてくる。

ピーターは吸い寄せられるように、もっとよく見ようと人垣をくぐって前に出た。インディアンたちは白、黒、赤で顔を化粧し、立派な羽飾りが、恍惚として踊っている体の動きに合わせて揺れている。

見物人の中には銃を構えたスペイン兵も何人か見え、インディアンの監視だけでなく、興奮した見物人が彼らに近づき過ぎないように見張っているらしい。近くには何ごとか書きつけた板きれを手にした僧が三人ばかりいて、何やら説教しているが、その声が切れ切れに聞こえてくる。「インディアンは精神というものを持ちあわせずに生まれた人間の見本みたいなものだ……、異教徒の最たるもの……」

「異教徒だ？　おれたち皆そうじゃないのか」ピーターは頭を振りながら言った。

「なんですって、親方」隣にいた女が聞きとがめた。

「いやいや、なんでもない。ちょっと独り言をいったまでさ」ピーターは慌てて言い訳した。

「しょうがないくせですね」背後から別の女の声だ。

「リサじゃないか！　どうしてこんなところにいるんだい？」ピーターはびっくりしてリサを見つめた。

「後をついてきたんです……」リサはピーターの新しい帽子をまじまじと見ている。「まあ、すてきな帽子！」

「ビロードだよ」ピーターはまた彼女の例の皮肉な眼差しに気がついて、馬鹿なことを言ってしまったと悔んだ。

「寒い日でも、これを被っていると暖かいからね」ピーターはちらっとインディアンたちに視線を走らせてから、リサの方を向いて言った。「ワインでも一杯どう？　のどが渇いてきちゃったよ」

彼女のひとみが一瞬輝いたように見えた。

「小間使いふぜいが親方と一緒に歩いていてもいいでしょうか？」

「何言ってるんだい」ピーターは強い口調でこう言い、ちょっと迷ってから彼女に腕を差し出した。「さあ、行こうか」

ピーターは居酒屋「荒海亭」にリサを誘った。そこは漁師のヨッペが店前でよく日向ぼっこをしていたところである。こんな早い時間では客の数はまばらだ。ふたりは窓際に席を取った。

「ところで、若い小間使いがひとりで外出とはどういうことなんだい？」

「買い物ですよ。ブリューゲル親方は食べる物は戸棚のなかで育っているとでも思っているのですか？」

「それにしちゃ、買い物篭がどこにも見えないじゃないか」

「買い物というのは、店で注文することですから。それとも、十七人分の食事の材料を、わたしひとりで担いで来いっていうのですか？」

リサはピーターに顔を近づけると、声を落として言った。「家の中じゃ帽子は取るものですよ」

「おお、これは……」ピーターはあわてて帽子を脱ぐと、横の椅子に置いた。「うっかりしていた……」

ピーターはふと思いついたようなふりをして、思いきって言ってみる。「きみと一緒だと気分転換ができるんだけど、おれたちふたりのときにはそんな他人行儀でなくて、もうちょっと気楽におしゃべりしないかい？」

「そうね、ピーター、でもふたりでいるときだけ？」

「コック親方がたぶんいい顔しないだろうからね」

店の主人が前掛けで手を拭きながらテーブルに寄ってきた。ピーターがワインを注文すると、戻って行ったが、すぐにまた近づいてきた。「あちらの方が、おふたりにおごりたいと言ってらっしゃいます。この味気ないワインではなくて、ビールを召し上がっていただきたいそうで」そう言いながら、亭主は反対側の薄暗い隅を顎でしゃくった。ピーターがじっと目をこらし、そのテーブルにひとり座り、背をまるめている男を見ると、相手は軽く手をあげ、挨拶した。すっかり陰になっているので、顔の表情までは読めなかった。

「でもワインを頼むよ」ピーターがそう言うと、亭主は肩をすくめ、足をひきずりながら奥に消えた。

リサは興味を引かれたようだ。「知っている人？」

「ああ、オルテリウスっていうんだ……」リサの肩越しにそちらを見ながら、声を落として言った。「父親なんだ、おれが一緒に……」

ピーターはリサが差し出した手を握ったが、亭主がワインを運んでくると、あわてて引っ込めた。

「ここを出た方がよさそうだな」ピーターは背中にオルテリウスの視線を感じていた。

「逃げ出すの？」リサは一口ワインを飲んだ。

「ここは居心地が悪いんだよ」

「あの人の方が出て行くみたい」

ピーターはこちらに寄ってきたオルテリウスを見上げたが、その顔色の悪さにびっくりした。酔っ払っているせいなのだろうか。

「ほほう、ブリューゲル親方、あんたとその新しい征服者にプレゼントしようというのに、受けられないっていうんだな」

「あなたと言い争いするつもりはありません」ピーターは静かにこう言った。店の亭主も客も成行きをじっとうかがっている。オルテリウスはしゃんと体を起こすと、ピーターを指差して大声でわめいた。「こいつはな、わしの娘を殺したんだ。こいつさえいなきゃ、わしのアンケはまだ生きておったのに！」

「止めてください」ピーターは押し殺した声で頼んだが、オルテリウスは無視を決め、大声で続けた。

「この男には用心しろよ。行く先々に黒い雲が現れる……」

「まあ、おふたりさん、落着いて、落着いてくださいよ！」亭主がカウンターの後ろから出てきて、手で押しとどめながら拝むように言った。

「わかった、わかった。もう帰る、ブリューゲル『親方』！」オルテリウスはピーターに背を向け、店を出て行った。

「おれは恨みを買っているんだ……」杯を手に持って、ワインをいっきに飲み干すと、ピーターは硬貨をジャラッとテーブルに置いた。「さあ、帰る、一緒に来るかい？」

リサは黙って立ちあがり、ピーターの後から表に出たが、居酒屋の亭主と客はそんなふたりを目で追っていた。

ふたりがスヘルデ河に沿い、町の北の城壁に向かって岸辺を歩いていると、そよ風が頬をくすぐり、太陽がときどき雲間から顔をのぞかせた。水かさの少ないスヘルデ河を小舟が一艘過ぎて行く。アントワープの港に入ろうとするのか、それとも出て行こうとするのか、大型の船が何艘か錨を下ろし、強い風が吹くのを待っている。

ピーターは無言だったが、その考え事をしている様子を察して、リサも黙ってついて行った。城壁まで来ると、ピーターがようやく口を開いた。「もうしばらく一緒に散歩してくれるかい？」

「もうとっくに家に戻ってないといけないんだけど……」

「何かうまい言い訳見つけられるだろう？　そういうこと、なかなかうまいって話じゃないか」

リサはちょっと顔をしかめた。「一緒に散歩しようって、しつこく言われたので、とかなんとか？　親方の命令に逆らうことなんかできないものね」

「そりゃ、いい考えだ」ピーターはどうともなれという気分でそう答え、堀割を渡って岸辺に沿って歩き続けた。石畳の道が人通りのない砂利道へと続き、道の片側は背の高い葦で、反対側は藪と高い木で縁どられている。

「どこへ行くの？」

「どこというあてなんかないよ。人生と同じさ……」

「あの年寄りのせい？　それともいつもそんな顔してるの？」

ピーターはそれには答えず、遥か向こうを指差しながら言った。

「あのあたりに友だちのヨッベが住んでいるんだよ、漁師でね」

「へえ、それが？」

「別に、ただ彼のことを考えていたもんだから」

この人には気晴らしがいるわ、そう考えたリサはピーターを物蔭にひっぱりこむと「好きにしていいのよ」とささやいた。

「今はそんな気分じゃないよ」

死んだ女とじゃ喧嘩にならない、リサはお腹の中で毒づいた。

町に戻ると、ピーターが尋ねた。「きみの両親はどこに住んでるんだい？」

「あたし、捨て子なの。教会の扉の前に捨てられていたんだって」

ピーターはびっくりしてリサの顔を見た。「じゃ、修道院で育ったわけ？」

リサはうなずいた。「十四のとき、そこを逃げ出したのよ、あの親切ごかしの、わざとらしいところが嫌で。それに尼さんたちの厳しさは半端じゃなかったし。でもね、あそこでいろいろなこと習ったから。読み書きはできるようになったし、計算もまあまあ。それにフランス語の言葉もいくつか知っているんだから……」

「それで、どうやって生活していたんだい？」

「物乞いでしょ、泥棒、それからちょっと人をだましたり、金持ちの旦那たちに体を売ったり、やれることは何でも。いい人がいて、コック親方のところで働かないかって、紹介してくれたの。それからはうまくいってるってわけ」

ピーターはリサの体に腕をまわし、ぐっと引寄せると口にキスをした。

「何もしてくれないよりましだわ」ピーターが体を離すと、リサは笑いながら言った。

「おれにはまだ時間が必要なんだよ」

「古い恋を忘れるには、新しい恋をするのが一番。古傷を忘れたいと思うならね」

町の城壁を通りすぎ、コック親方の店「四方の風」に向かいながら、ピーターはこれは新しい恋なのだろうかと考えていた。もう？　自分の人生は運命に引きずられ、思わぬ形で矢のように展開してゆく。この運命の気紛れも、悪いことばかりでもない。新しい希望が湧いてきた。


「捨て子？　修道院だ？」コック親方は膝を叩いて大声で笑い出した。「まったく、あの嘘つき娘が！　あいつの父親は彫刻家になり損ねて、女房と一緒に新天地を求めてアメリカに渡ったのだよ。親たちは、若い娘がそこで暮らすのは無理だろうって考えて、わたしのところに預けていったわけさ。少し暮らしのめどがついたら、あの娘も行くことになるはずだ。そういえば、渡ってから、かれこれ三年になるが、あれ以来音沙汰なしだなあ。何が修道院だ、まったく！」コックはまた大笑いした。

「でも……」ピーターは親方の顔をうろたえた表情でみつめた。「でも、どうしてリサはそんな嘘をつくのでしょう。嘘をついてどういう得があると思っているのでしょうか？」

「まあ、子供っていうのは想像力が豊かだからね」

「子供？　もう、はたちにもなろうっていうんですよ！」

「はたちだ？」コックはニヤニヤ笑っている。「来月でやっと十七だぞ」

「十七歳？　だけど彼女の話じゃ……なんてことだ！」

「女は皆悪い癖を持っているものさ」コックは哲学的なことを言う。

「おまえもそのつき合い方を学ばんとな。始めは、わたしもリサに嘘をつくのを止めさせようとしたのだが、早早とお手上げさ。笑って済ませるほうがいい。ワインか、それともビールか？」

「はあ？　えーと、ワインをお願いします」

ふたりはコックが書きものをしたり、仕事の書類をしまっておく部屋にいた。コックは弟子にアトリエの樽からワインを杯に注いでくるように目で合図した。

「ローマにいる何人かの知人に、先日おまえの面倒をみてくれるように書き送ったのだが、どっちにしてもジュリオ・クロヴィオのところは訪ねてみんとな。すばらしい細密画家だよ、いろいろと学べるはずだ。もう若くはないが、おまえのことを良く理解してくれるだろう」

「あの有名なクロヴィオですか？」そう言ったピーターの声には尊敬の念がこもっている。「誰だったか、ミケランジェロの作品と比較したほどでしたね」

コックはうなずいた。「それも根拠がないわけじゃない。わたしは今、彼からの返事を待っているところなんだが。手紙の往復に六週間以上かかることはあるまい」コックは弟子の手からワインの入った杯を受け取り、一つをピーターに渡した。「うまくゆけば、気候のよいときに出発して、アルプスを越えることができるよ」コックは杯の縁ごしにピーターを見ながら、目を輝かせている。「アルプスか……おまえも強烈な印象を受けるだろうな。残念なことに、わたしにはあの見事さと雄大さを描き切る力がない。おまえならそれができると見こんでいるんだ」コックはピーターの注意をそらすまいと、身を乗り出した。「いままでおまえの頭の中にだけあった景色が現実のものになるわけだ。日ごろから、おまえが風景を絵の中に洗練された形で描いているのに気づいていた。まあ、わたしもそれに感動したわけだが……二、三年内に『大風景画』とでも銘打って版画シリーズを出版したいと思っているのだよ。わたしの記念碑的作品にするつもりだ。それにはおまえの特別な才能が必要でね。おまえの風景画の構成を見ると、とくに風景の偉大さと人間の無力さの対比がみごとだ。アルプスの麓に立ち、自然の巨大な創造物を仰ぎ見ると、まさにこの感慨を深くするのだよ」

「期待に応えられるといいのですけれど」

コックは椅子の背にもたれると、ワインを飲み干した。「長い旅には危険がないとはいえん。そこでわたしは決めた、マルティン・デ・フォスとヤコブ・ヨンヘリンクを一緒に行かせようとね」

ピーターはふたりを知っていた。彫刻家のヨンヘリンクはがっちりした体格の元気一杯の若者で、たしかに危険な道中では心強い相棒だろう。反対に画家のデ・フォスはと言えば、ひょろっとした男で、調子がよいところを除けば、あまり期待はできない。

「あの、グランヴェル枢機卿には、わたしを旅行させるということは、もう伝わっているのでしょうか」

コックは肩をすくめた。「枢機卿は、わたしの計画をある程度は察しているだろうね。今のところ、だめとは言われていない」

「枢機卿の許しなしに国を離れたということで、フランスのどこかで捕まるなんてことになると困るんです」

第十七章　旅立ち

「馬車、馬、ロバ、それに歩き、何でもありさ。きつい旅だ」ピーターは牽制している。

「それでもいいから一緒に行ってみたい。やっと冒険ができるんだもの」リサは夢見るように言った。

ふたりはコック親方の店「四方の風」から目と鼻の先の居酒屋にいたが、買物帰りのリサと待ち合わせてはこの店でちょくちょく会っていた。仕事に支障さえなければ、コック親方は多少外出が長くなっても目をつぶっていてくれる。

「もちろんおれだってリサを連れて行きたいさ。男ばかりの旅っていうのもね」

「旅に出たら、あたしのことなんか忘れちゃうんじゃない？」

「誰のことだってそう簡単に忘れないよ」

「あら、そう？」

「おれのこと待っていてくれるかい？　イタリア娘を連れて来るなんてことは絶対ないからさ。イタリア語はしゃべれないんだしね」

「言葉なんかできなくたって、たいていのことはうまくいくんじゃない？」

「こいつったら！」

「さあ、もう戻らなくちゃ」

勘定を済ませようとピーターが亭主に目配せしたとたん、居酒屋の入口の扉がパッと開き、コック親方の弟子セレが息せき切って飛び込んできた。ピーターを見つけると、あわてた様子で寄ってきた。「すみません、ブリューゲル親方、すぐに工房に戻れるかどうかコック親方が聞いて来いというので」

「何かまずいことでも起きたのかい？」ピーターは驚いて尋ねた。

「リシュー司教が来たんです」

「なんだって！」ピーターの顔が青くなった。

「あら、どうしてそんなにビクビクするのよ？」リサは落着いている。

「『エジプトの七つの災難』の絵さ、オルテリウスのために描いている。それが工房においてあるんだ！」

「それがどうだっていうの？」

ピーターはしばらく言葉もなくリサを見つめていた。「おまえはまったく何も分かっていないんだなあ！」怒ったようにそう言うと、彼女には構わずセレと一緒に居酒屋を飛び出して行った。

ふたりがコックの店に戻ってみると、表では物見高い近所の連中が身振りを交えおしゃべりの真っ最中だ。

「ようやくご帰還か？　十二時五分過ぎだぞ！」ピーターが家に入ると、コックが開口一番こう言った。

ピーターはあわてて絵を立てかけておいた部屋の隅を見たが、画架はそのままで、絵だけが消えていた。

「司教は絵を自分でアブラハム・オルテリウスのところに持って行くそうだ。少なくともそう言っていたが、何だかおかしいんだよ、ピーター。司教はスペイン兵を護衛につけて、あの太鼓腹で満艦飾の船みたいにここに駆込んできたんだ」コックはそわそわしながらピーターを見ている。

「どんなことを言ってました？」

「枢機卿は喜ばないだろうってさ」

「あの絵はオルテリウスのために描いているって教えたんですね？」

「聞かれりゃそう答えるよりほかないだろう？　枢機卿の腰巾着ともいうべき御仁に向かって嘘をつくなど、できない相談だものな。枢機卿はどっちみち一切お見通しで、この店を灰にすることなんか朝飯前なのだから」

「ああ、絵を出しっぱなしになんかするんじゃなかった。前にオルテリウスに渡した二枚の絵のことも話しました？」

「いやいや、それは聞かれなかったよ」

「枢機卿は自分に内緒でこの契約がされたことが気にくわないんですよ。オルテリウスはやっかいなことに巻きこまれるかもしれない……急いで彼のところに行ってこなくちゃ！」オルテリウスが血を流して倒れ、グランヴェル枢機卿のおかかえスペイン兵が彼の家を粉々に叩き壊している図が瞼に浮かんだ。

「オルテリウスは自分の身は自分で守れる人間だよ」

「これまで枢機卿はわたしに分からないところで、別の人間につかみかかっていたのが、今度こそじかに一戦を交える時になったんですよ」

「一戦交えるだ？　おまえなんか一ひねりで片づけられてしまうさ！」

「神さま、どうか力をお与えください」こう言ってピーターは戸口に向かった。

「おい、待て、わたしも一緒に行こう。おまえをひとりで行かせるわけにはいかないし」急いで家を出ながらコックは迷惑そうな声でこう言った。

アブラハム・オルテリウスが住んでいるポッテンバッカー街に着いてみると、家々の戸口から人がのぞいている。通りをやじ馬根性で見ているのだが、いざとなればすぐ家の中に引っ込める態勢だ。

リシュー司教の馬車と護衛兵が道路の真ん中で待機している。司教はひとりでオルテリウスの家に入ったらしい。

「おい、こら！」ピーターがオルテリウスの家の前に立ち、扉を叩いていると、スペイン人の将校が大声を張り上げた。馬の向きを変え突然ピーターとコックの眼前に寄ってきたので、ふたりはあわてて横に飛び退いた。

「おまえらそこで何している？」

「友人のオルテリウスを訪ねて来たのですが、まずいでしょうか？」

「おまえたちは何だ？」

「コックとブリューゲルですが」コックが、親方であるしるしの腰の杯をいぶかしげに見ている将校にこう答えると、彼は首を横に振りながら、手袋をはめた手で道路の端を高圧的に指し、命じた。「戻れ、戻るんだ！」

そのとき家の扉が開いて戸口にリシュー司教が姿を現し、不機嫌そうな顔であたりを見まわすと、コックとピーターに目を止めた。

「おう、ブリューゲル親方はまた運命に挑戦することを天職と感じているようだな」司教の声には皮肉な調子がありありとみえる。

「不当なことを阻止することが自分の天職だと思っています！」ピーターはこう答えながら、冷静になろうと努めたが、すぐ後ろにいるコックが忠告するように自分の背中をつついているのは無視した。

司教は偉そうにそっくり返った。「なにかね、法に基づいて当然教会に与えられていることを無視するのは、不当でないとでもいうのか？　裏でこそこそ契約を結ぶなんて事は許されないと、警告されているはずだったね、ブリューゲル親方？」

「友人に尽くす権利がわたしにはないのでしょうか？」

「友人に尽くす？」そう言って司教は皮肉っぽく笑うと、ピーターとコックを家の中に招き入れた。

ふたりが司教に続いて居間に入ってみると、開け放ったドアの脇には兵隊がふたり、だらしなく銃に寄りかかり、オルテリウスは窓辺に立っていた。彼はピーターに気がつくと、不安そうな視線を送ってよこした。司教は自分の体重を支えきれるのかどうか心配だとでもいうように、そろそろと椅子に腰を下ろしてから、オルテリウスに催促するように顎をしゃくった。「自分で説明するんだ」

オルテリウスは目をそらした。「すまん、ピーター、このところ仕事がうまくいかなくて、どうしても金が入用だったのだよ……」

事情が飲み込めないピーターは、びっくりして眉毛をピクリとさせたコックから、挑戦的に自分を見つめている司教へと視線を移しながら尋ねた。「どういうことなのですか？」

司教はまたそっくり返った。どうもこの仕草はピーターのかんに触る。「絵を売ってしまったということだよ。おそらくおまえに注文したときから買手は決まっていたのだろう。どうやらそう白状する気はないらしいが」

「そうなのかい？」

「聞いただろう」オルテリウスは不承不承答えた。「本当に申し訳ない。今の苦境を抜け出すにはこれしか方法が見つからなかったものだから。状況が良くなったら絵は買い戻すつもりだったんだ」

「始めからそう言ってくれたら良かったのに」ピーターの声には非難する調子が混じる。

「きみを傷つけるつもりはなかったんだよ」

ピーターがコックを物問いたげに見ると、親方は口を開いた。「こっそり商売をしようとした者じゃなくて、おまえの方を間抜けと思うべきだろうな」

ピーターは司教に向かって尋ねた。「オルテリウスをどうするつもりですか？」

「そうだね……」リシュー司教は僧衣の袖のしわをのばすような仕草をしている。ピーターは司教の手入れの良く行き届いた長い爪を苦々しく思いながら眺めていた。「教会の財産を横領するような人間を、黙って見過ごすわけにはいかないね」

コックの警告する視線を無視してピーターは怒りの声をあげた。「教会の財産？　どんな財産ですか？」

「教会の仲介で持主が代わるまでは、おまえの作品は教会のものと考えざるをえないのだから」

「近々、大きな仕事がいくつかくることになっています」オルテリウスが落着いた声で言った。「その金が入り次第、絵を買い戻しますので、それまでお預けするということにしてください」

「当たり前の話だが、おまえには贖罪金を払ってもらうよ」リシュー司教は非難する目つきで、コックに言った。「おまえも自分の責任を自覚しているのだろうね？」この叱責に近い言葉にコックは目を細くしたが、何も答えなかった。司教は肉づきのよい体を重そうに椅子から持ち上げ、僧服を整えている。「取りあえず今日はこの位にしておくが、これで済むと思ったら大間違いだ」

「絵はどうなるのでしょうか？」ピーターが心配そうに尋ねると、司教は相手を見ずに答えた。

「『エジプトの七つの災難』のことかね？　人間の敬虔さについては大いに問題があるが、確かに聖書の場面はだんだんによくなってきている……枢機卿さまはこれを詳しくご覧になりたいだろう。お気に召せば、ご自分のコレクションに入れるはずだ」こう言うと戸口に向かい、護衛を伴って出て行った。

表で馬の蹄の音が響き、この招かれざる客が消えるのを待ちかねたようにピーターは口を開いた。「あの太っちょをナイフでグサリとやれたら、どんなにスッとすることか！」

「そんなことにでもなるんじゃないかとヒヤヒヤしたよ。それだけは勘弁してくれよ！」コックがいさめた。

オルテリウスはようやく窓辺を離れると、力なく椅子にへたりこみ、暗い声を出した。「坊主の許しがなけりゃ、屁をひることだってできないのだからなあ。ピーター、わたしのこと許してもらえるだろうか？」

「絵の一枚や二枚でくよくよなんかしませんよ。こっちが馬鹿だったんですから」

それを聞いてコックはニヤニヤしている。「馬鹿な人間は教会の受けがいいんだ、何も考えないからな」彼も椅子に座ると、オルテリウスに頼んだ。「何か飲む物はないかね。頭に血が昇って喉がカラカラだ」そしてオルテリウスがビールとジョッキをテーブルに用意し終わるのを待って尋ねた。「きみは本当に絵を買い戻せるのかい、それともそれはただ口先だけのことかね？」

ビールを注ぎながらオルテリウスは答えた。「絵の置き場所を変えただけのことなんです。知り合いが担保として持って行ってしまって」

　コックは自分のジョッキを高く上げた。「よき時代が来ることを！」「よき時代、ですか？」オルテリウスはそんなことはとうてい無理だという表情を浮かべている。「黙っていたらいつになっても来やしません。だから自分たちで何とかしないと」

　コックはその通りだというようにうなずいた。「抵抗運動が起こっている。カトリック信者だって、フェリペ国王が自分の手で司教たちを任命して、司教区を割り当てていることには納得しちゃいない。誰もが変革を望む自分なりの理由を持っているし、それが日に日に説得力のあるものになってきている」

「それでは、うまい出口発見を祈って、乾杯！」オルテリウスは静かな声で言った。

　空になったジョッキをテーブルに戻すとコックは立ちあがった。「ああ、そうだ、ちょうどここに来たのだから。償いのためにと言っては何だが、この若者のために南に旅行するのに必要な地図を用意してくれないかね」

「もちろんですとも。これ以上ないというものをお渡しします」

「こんな状況だから、できるだけ早く出発したほうがいいぞ、ピーター」コック親方が注意した。「たぶんおまえが戻ってくる頃には世の中も多少静かになっているだろうが」

「ええ。なんでも早ければ早いほどよいでしょうね」

　できる限りグランヴェル枢機卿から離れることが、たしかに一番だろう。彼の冷ややかな影から抜け出ることが、リサを含めたほかのどんなものから逃れるより肝心だ。


　それから二週間後の一五五二年春初、ピーターはマルティン・デ・フォスと一緒にイタリアに向けて出発した。ヤコブ・ヨンへリンクは頼まれている大事な仕事をまず片づけて、それからふたりの後を追うことになっている。　ピーターにはアントワープを逃げ出さなければというあせりのほうが、長旅の不安や心配より大きかった。

イタリアに出かけて行って、そこで修行を積むというのは多くのことを約束されている芸術家にとっては各段珍しいことではなかったが、旅行には危険がつきものだった。道がどこも同じようによいわけではなく、いたるところに追いはぎやら強盗やらが待ちうけており、アルプス越えは特にやっかいだった。

ピーターが辛いと思ったのは、亡くなったクック親方の未亡人マリケと娘のマイケンとの別れだけで、ふたりを抱いたときは胸があつくなったが、こうした気持ちはリサとの間では起こらなかった。ヨッベの所にも行きたかったのだが、もう時間がなかったし、それに自分がいつも誰かに見張られているように思え、ヨッベをやっかいなことに巻きこむことになってもまずいと思って断念した。信用できる弟子にヨッベのところに伝言を届けに行ってもらうことも考えないでもなかったのだが、それも同じ理由から諦めた。

何人かの友人に別れを告げたあと、ふたりはまずフランスに向かった。

「さあ、いよいよ出発だ」マルティンは町の南門を出て、御者が馬に鞭をあてるとうきうきした調子でこう言ったが、ピーターはうなずいただけで、馬車の汚れた窓から通りすぎる景色をぼんやりと眺めていた。実際に出発してみると、逃げ出したいというあせりは心の中から消え、自分の前にあるものがはっきりと分かってきたように思えた。マルティンの無邪気とも言える喜びとは違っていた。

第十八章　イタリアへ

マルティン・デ・フォスはなかなかフランス語がうまく、おかげで旅はずいぶんと楽だ。コック親方がふたりを一緒に旅させようとしたのも、これを考えてのことだったのかもしれない。ピーターも行く先々で必要なフランス語は覚えた。持ち金はすぐ底をついてしまったが、皆が言っていた通り、何枚か絵を描けば、懐はたちどころに暖かくなった。服の胸元を大きく開けた豊満な女性を見事に描くマルティンにピーターはとても太刀打ちできなかったが、夜を過ごす宿屋での、このちょっとした仕事でふたりはかなり稼いだ。特に女将や女中たちのスケッチはなかなかの評判で、マルティンはときどきこれをせりにかけるのだが、そうなると文字通り体を張っての奪い合いになる。ピーターはといえば、こちらは自分たちが通ってきた所の風景や道、建物を描く方が性に合っており、その絵をあちこちで開かれる市で売ってみた。ときには彼も女性の姿を描いてはみるのだが、意識しているわけではないのにどれもこれも風刺画のようであったり、不気味だったりで、宿屋の酔客の評判は今一つだった。

だがいつも順調に行くとは限らず、何回か泥棒の被害にも遭った。一度目は寝込みを襲われて財布を持っていかれ、それから一週間経つか経たないうちにまたやられてしまった。前のことにこりて、ふたりは夜も金を肌身離さずにいたのだが、部屋に呼び入れた若い商売女ふたりに盗まれてしまったのだ。翌朝、取られたと気がついたときには後の祭り、女たちはとっくに姿を消していた。ピーターとマルティンは一文なしで、しかたなく次の稼ぎができる村にたどりつくまで何キロもとぼとぼと歩かなければならなかった。

宿代がなかったり、町と町の間で日が暮れてしまったりして、一度ならず野宿も経験したが、南に行くにつれ気候はおだやかになったとはいえ、人家のない寂しい野外では追いはぎや人殺し、それに夜になると森をうろつきまわる動物たちが怖くて、おちおち眠ってはいられなかった。大きな動物をじかに見たわけではないのだが、そのなき声を聞いただけで震えがきた。マルティンはオオカミだと言い、ピーターは絞首刑になった人間の魂がオイオイと嘆き声を上げているのだと思った。しかし朝になれば、太陽と、ほがらかにさえずっている小鳥たちが夜の亡霊を再びもとの場所に追い払ってくれたし、時には山から流れ出る近くの小川の水で喉の渇きをうるおし、澄んだ冷たい水で体を洗うことができた。持ち金もなく、近くに農家もないとなると、困るのは食べることで、森の中でキイチゴを手に入れようにも、まだ季節が早すぎた。だがいったん村や、小さな町にたどりつけば問題は解決である。絵を描いてたっぷり金を稼ぐことができ、馬車で旅を続け、暖かい食事をして、宿屋でゆっくり体をのばすこともできた。

ローマに到着したのはとても温かな日だった。

泊めてもらおうと思っていた家の住所も、荷物や地図と一緒に道中で取られてしまったのだが、細密画家ジュリオ・クロヴィオの名前だけはおぼえていた。コック親方が褒めちぎっていた人物である。ピーターも細かい仕事をする才能に恵まれていたので、彼に是非会うようにと、親方からくどく念をおされていた。コック親方がクロヴィオに出した手紙に返事はこなかったが、親方も言うように手紙が途中で行方不明になるのも決して珍しい話ではない。

ローマまで乗った馬車の御者は、騒々しいローマの町にはまったく不案内だった。知っている宿屋は郊外にある一軒だけというのでピーターたちは御者に代金を払うと、その馬車が人や馬車でごったがえしている雑踏の中に消えてゆくのを見送ってから町中を歩き出した。

「そうだ、トレビの泉とか言ったな、そこに芸術家が集まっているっていう話だったじゃないか。とにかくそこへ行ってみようよ、誰か助けてくれるかもしれないぜ。なあ、服を買わないとまずいんじゃないか？　乞食と間違われちゃうよ」マルティンが嘆息した。フランスではずいぶんみすぼらしい恰好をしていても誰の目も引かなかったのだが、この太陽が輝く、活気のある町ではふたりのあちこちほころびの見える汚らしい服は目立って仕方がない。

「色だな」ピーターにはマルティンの言ったことが耳に入らなかったらしい。「何ていう色彩だろう！　この町が大勢の芸術家を引きつけるのも当然だ。こんな微妙な色の違いは故郷にいちゃ出せっこたって無理だな」

「日の光は強いし、空気も乾燥しているからね」そう言ったかと思うとマルティンがピーターをつついた。「おい、あそこを見ろよ！」指差す方に目をやると、長い黒髪の大柄のイタリア女性がふたり、笑っておしゃべりをしながら歩いている。「ローマは気に入った！」どうもマルティンは派手めの肉感的な女性が好みらしい。ピーターはクスクス笑った。「まったく物欲しそうな顔をして。用心、用心、この町はカトリックの総本山があるってこと忘れちゃ困るぞ」

「あまりそれらしいところがないね。何となく雰囲気が軽薄じゃないか？」マルティンは人ごみに消えるまで女たちを目で追っていた。「立派な胸元をじっくり拝ませてもらったよ。故郷じゃちょっとお目にかかれないもんな」

「それにここにはスペイン人もいないし」ピーターにとってはこの方が大事なことである。最後にスペイン兵を見たのは、フェリペ二世の権力が及ぶミラノだった。今ピーターはずっと自由な気分だ。故郷が突然まるで慰めのない暗い、非現実的な世界に思えてくるのだが、それでも懐かしい景色が目に浮かび、ふと故郷が恋しくなる。太陽がさんさんと輝いていると言うのに、こういう気持ちになるのもおかしなことだ。

「ここには世界一の売春宿があるって話だぞ、それも法王さまの住むヴァチカンの目と鼻の先だってさ。金持ちの坊さんたちのご希望なんだな。懐が暖かくなったら、一度お訪ねしなくちゃいけないよ」マルティンははりきっている。

「まったくおまえって奴は、どうしようもないな。ほかに何か考えられないのかい?」ピーターはあきれ顔だ。

「だめだな、この太陽を浴びているとますます血がたぎってくる。ローマは気に入ったぞ!」マルティンは悪びれたところがない。

思わずピーターも笑い出したが、だんだんこういうマルティンの性格もいいなと思い始めていた。その楽天的なところは、自分がときどき陥る憂鬱気分には良い薬になる。

トレビの泉のあたりは大賑わいだ。あちこちの国からやって来た商人だけでなく、法王のお説教を聞きにきた巡礼たちも、ついでに町を見物しようとここに集まってきていた。

様々な年恰好の画家たちも画架を立て、見物人の前で腕をふるっている。すぐ金になるからだろう、辛抱強くポーズをとっている客の肖像を描いているものがほとんどだ。

パントマイムを演じている者、歌をうたったり、楽器を演奏している者、箱を並べただけの即席の舞台の上で騒がしい観客を前に芝居をしている俳優たち。彼らが演じ終わって帽子を片手に見物人の間を回り始めると、皆気前よく財布の紐をゆるめている。

「ここは芸術家を大事にする町と見えるな」マルティンがこう感想を漏らした。

「でも競争は激しそうだぜ」

「一番なら問題ないだろう?」

「誰も彼も一番みたいだよ。親方も言っていたじゃないか、ローマには世界中の優れた芸術家が集まっているって」

「自分の力をそんなに見くびることはないさ。謙遜したってはじまらないぜ。そんなことより、さあ、友だちを作りに行こう、行こう!」マルティンは励ますようにピーターの肩をポンと叩いた。

見つけた友だちの何人かは、マルティンやピーターのように自分の腕を磨くためにこのイタリアにやって来た、同じネーデルランドの人間だった。

「この暖かで、太陽がいっぱいの国にいると、貧乏していることが苦でなくなるのさ」知り合いになったひとりが言った。名前はアロンシウス・ファン・ユトレヒト、彼が水彩で描く肖像画はなかなかのものだ。

「ジュリオ・クロヴィオ？　老クロヴィオを知らない奴はもぐりだよ。でも腰を据えて待たないと会えないぞ、今はスイスにいて、おいそれとは戻ってこないはずだから」

「となると、おれたちが唯一頼りにしていたところが駄目ということになるな」マルティンはがっかりしている。

「泊まるところを探しているのかい？　それなら問題なし。旅の芸術家をただ同然で泊めてくれる所があるから。行き方を教えてやるよ」

「おとぎばなしみたいな町だな、このローマってところは」マルティンはそう言ったが、アロンシウスは賛成しかねるようだ。

「一度ここの立派さに飽きると、きみの考えも変わるはずだよ。このローマには美しいものが山ほどあるのだが、何かが欠けている。美しいものは皆崩れていて、おまけに時代はばらばら。それと何となくうそ臭い感じでね。ローマにだって心臓があって、もちろんしっかり鼓動しているんだが、でもね、たとえばアントワープやアムステルダムみたいに心を持っていないのさ。しばらく経つと自分が、幕の上がっていない大きな劇場の中にいるような気がしてきてね。舞台装置は整っている、そして誰もが自分の役作りに忙しい、でもいつ幕が開くのか誰も知らないというわけだ」アロンシウスはそこで声をたてて笑った。

「きみの言いたいことは分かるような気がするよ」ピーターはあたりを見まわした。「ここには来たばかりで、何もかもすばらしいと思う、だけど……ここにずっといようとは思わないだろうな」

「さてと……」アロンシウスは道具をしまい始めた。「ワインを一杯おごってくれたら、ローマで一番安い宿屋に案内するよ。安いがきれいだ。蚊もいないしね。金のない芸術家にこれ以上望むものはないだろう?」彼はイタリア人と同じようなテンポで、立て板に水のごとくしゃべる。「さて、行くとするか」道具を脇に抱えると、居酒屋に向かった。

店の外に座ってワインを飲みながら、路行く人を眺め、ピーターとマルティンはアロンシウスの話に耳を傾けた。彼は新参者に、ローマで起こっていることをすっかり話して聞かせることを自分の義務と思っているらしい。

ピーターはだんだん瞼が重くなってきた。アントワープは遥か彼方となり、どうでもよい気分だ。人生はこんなものかなと思い始めていたが、すっきりしたわけではない。こうして愉快で気楽な時間を過ごしているときでさえ、グランヴェル枢機卿の影が何千マイルも越えてやってくるような息苦しい思いにとらわれる。そのときピーターは少し先のテーブルに座って、自分をじっと見つめている男に気がついた。イタリア人のように日焼けして、とび色の髪の何という特徴もない男。目が会うとしばらくピーターを無遠慮にじっと見て、それから視線をそらせた。ピーターはアロンシウスの方に向き直った。「きみ、きっとあそこにいる男を知っているだろう?」

だが男はもう消えていた。マルティンはピーターの視線を追った。「おまえ、もう酔っ払ったのかい?　誰を見たっていうんだい」

「おれのことを見張っていた男が座っていたんだよ。どこに行ってもスパイがいる。おれが重要人物だとでもいうのか……」

「まったく見当違いでもないかもしれないぞ。このローマだってほかと変わりはないさ。スペイン王の息のかかった連中が大勢そこらをうろついているよ。ローマにやってきたばかりの外国人を奴らが無遠慮にじろじろ観察していたからって、別に不思議でもなんでもない」

「そうかもしれないな」ピーターにはあたりが突然夕暮れにでもなったように光も色も明るさを失い、道行くひとたちの陽気さも、とってつけたもののように感じられ始めた。「アロンシウス、きみの言う通りだよ。この町はなにかしっくりこない。何か嘘っぽいような気がして……」ピーターはとりたてておいしいとも言えないワインを飲み干した。「ここに長くいようとは思わないな。もっと南の方に行ってみたくなってきた。コック親方の話だと南の景色はすごく美しいそうだから」

アロンシウスはちょっと考えていた。「南の方は安全じゃないからなあ。小耳にはさんだところだとトルコ軍に攻撃される危険があるらしいよ」

「それこそおれの望むところだ。いちど本当の海戦というのを描いてみたかったんだ」ピーターはがぜん張りきりだした。

「何日かまず体を休めたらどうなんだい？　それに、ここでヨンヘリンクを待つって約束になっているじゃないか。訪ねる予定の家の住所をあいつが持っているってことも考えられるし」マルティンが止めにかかる。

「別におまえに一緒に来て欲しいって言ってるんじゃないよ」

「おまえがひとり旅なんかできるもんか、自立できない奴なんだから」

「きみたちの問題に首を突っ込む気はないんだが、ぼくだったらまずここでいくらか金をかせぐがね。どこに行けば手ごろな値段の馬が手に入るか教えてやるよ。馬だと旅はいろいろ楽だし」

「まだ金はあるから、あした早速その馬商人のところに連れて行ってくれないか?」ピーターの気ははやった。

その三日後、ふたりは出発した。結局マルティンはひとりでローマに残るほどの気はなかったのである。ふたりはまず海の方に行き、海岸線に沿って南に向かった。地図を持っていなかったので、ルートとしてはそれが一番間違いなかったし、それに加えて一番涼しく旅ができるのだ。暑い日中は北西の方向から気持ちのよい海風が吹いてきたし、水際を行けば馬は疲れた脚を波で癒すことができる。ゆるやかな砂丘に具合のよい寝場所を見つけることも簡単だった。ピーターたちが安く手に入れた雌馬は、二頭ともかなりの歳で、頑強と言うには程遠かったが、無理をしなければ十分だ。それにピーターにしろマルティンにしろ馬には乗り慣れていなかったので、いずれにしてもゆっくりしか進めなかった。こどものときによく乗った荷車用の馬とは、同じ馬でも扱いはまったく別で、鞍がお粗末だったせいもあるのか、最初の日の夕方にはふたりともお尻に水ぶくれができてしまった。

ナポリに着くとマルティンは二、三日そこに滞在しようと提案したのだが、ピーターはうんと言わない。彼は常に何かに引っ張られるように、先へ先へと、それもできるだけ早く進むように気持ちが駆り立てられていた。

「ナポリは泥棒の町だよ。馬だの、残っている僅かな金だの、取られたくないんだ。もう何回もひどい目にあっているんだから」

「誰がナポリは泥棒の町だなんていったんだい？　ここでおれたちの財布を一杯にすることだってできるんだぞ。その方がいいじゃないか」

しかしピーターはどうしても首を縦に振らず、ふたりは旅を続けることになった。イタリアの風景は日に日に色彩豊かになり、青い海はあくまでも静かである。

気になるニュースを最初に耳にしたのは、右手にもうシシリー島が見えてきたころである。出会った避難民の話だと、トルコ海軍がメッシーナ海峡に面したレッジオ・カラブリアの町に大攻撃をかけたらしい。

「そうだとすると、この賢い避難民の言うことを聞いて、旅の方角を変えた方がいいな」マルティンが牽制をかけた。

ピーターは腰に下げた袋から干魚を出して噛みながら、異議を唱えた。「その海戦は神さまの贈物だよ。こんなチャンスは二度と来ないぞ。レッジオに行ってその様子をとくと見なくちゃ」ピーターは魚の最後の一切れを口に入れると、馬のわき腹を蹴った。馬は驚いて、のろのろ動き出した。

「なに馬鹿なこと言ってるんだい！」マルティンはピーターを追いかけながら叫んだ。「そんな！　命の保証なんかないぜ！」

「安全なのは地獄だけさ。それ以上深く落ちることのない唯一の場所だからな」ピーターはどこ吹く風で、馬が駆け出すまでゆっくり拍車を当て続けた。

　翌朝早く、晴れた空の南西の方向を見ると、海辺から陸に向かって黒い煙がたなびいている。

「よかった、トルコ軍はまだいるな」ピーターはそう言うと、藪からしなやかな若枝を切ってきて、それで馬を叩いてせき立てた。「何としてもこの目で見なくちゃ！」

「まったく、まるでこどもだなあ。このあわれな馬も命をおとすことになるぞ」マルティンは嘆いたが、ピーターの耳には入らないようだ。彼の頭にあるのは遠くに見える戦いのことだけらしい。

　それから一時間ほどすると陸から海から、攻撃と反撃の大砲の音が聞こえてきた。間もなく海岸沿いの少し小高い場所に出たが、かなたのメッシーナ海峡の細くなったあたりの海上に、攻撃をしかけているトルコの艦隊と、砲口の閃光が見え始めた。

「残念だな、あそこにいられないっていうのは」ピーターは馬を止めながら言った。「光の具合も申し分ないし……」

「まったく度しがたい奴だな、おまえは」マルティンはあきれ顔である。

　ふたりは、包囲されたこのイタリア最南端の地レッジオから逃げ出して来たいくつものグループと出会った。彼らは異口同音にこれ以上先に行くなと忠告してくれたが、ピーターは一向に耳を貸さず、せっかちに馬に拍車を当て、とうとう大砲の弾の飛んでくる音が聞こえるところまでやって来てしまった。ようやくピーターが馬を止めるのをみて、マルティンはほっと胸をなでおろした。馬も疲れきって荒い鼻息をたて、震えながら頭を垂れ、もう一歩も進まない。

「ここがいいな」ピーターはこう言って馬に乗ったままカバンから紙と鉛筆を取り出し、さっそくスケッチを始めている。だがマルティンは戦闘の大きさと、その残酷さにショックを受けていた。

ふたりがいる高台からはレッジオの町とトルコ艦隊が見下ろせ、海岸線では激しい戦闘が繰り広げられていた。船は効果的な砲撃場所を探しながら動いていたが、できる限り自分たちが攻撃されないように懸命だ。間もなく風が弱まったかと思うと、艦隊のスピードはみるみる落ちだし、操船に苦労しているのが手にとるようにわかる。だが、艦隊から発射された砲弾はすでに町に大きな被害を与え、あちらこちらに火の手が上がっている。黒煙が視界をさえぎるほどに空に立ち昇り、路上に人影は見えない。武器を持たない者は皆大砲の弾を避けようと、町の城壁の外に一団となって避難していたし、武装した住人は、派手な軍服姿の帝国軍と一緒になってトルコ軍を撃退するために西の防衛陣地に集結していた。

海側の城壁の中も砲弾でやられている。だが風が弱くなったせいで、トルコ軍の攻撃計画は思うようには進まないようだ。船は帆をあげたまま、のろのろと移動しはじめた。すると今度は城壁にいる防御側に大砲の照準を正確に合わせる時間の余裕が生まれたせいで、砲弾は次々と艦隊に命中しだした。船は炎をあげ、何隻かは沈没しかけている。命が助かった水兵たちは手漕ぎの小船に乗り移り、安全な場所へ逃げようと必死なのがはっきりわかる。

しばらくこうした光景に見とれてぐずぐずしていたマルティンも、スケッチ道具を取り出した。

「おまえは町を描けよ、おれは海を描くから」ピーターは手を休めずに言った。「そうすれば後で一つにまとめられるじゃないか」

そのとたん弾がふたりの頭すれすれに飛んできて、少し先にいた避難者の一団の真ん中に落ちた。弾の炸裂する音が耳をつんざき、苦痛と恐怖の悲鳴が上がる。マルティンは思わず馬の手綱をしっかりつかんだ。

一心不乱に描き続けているピーターを横目で見てから、マルティンも仕事を続けたものの、気もそぞろだった。この恐ろしい出来事が目に焼きつき、砲弾の犠牲となった者たちの叫び声が耳にこびりついて離れないのだ。

海上の船は次々と火に包まれ、残った船はようやく向きを変え、少しでも安全な所へと、南へ向かってゆっくり移動し始めた。防御側が退散を始めた艦隊にさらに二、三度砲撃を加えると、その一発が船尾に命中し、みるみる沈み始めた。陸からは歓声があがる。

ピーターがスケッチする手を休め、町の方に目をやると、城壁からはまるで蟻のように人々が道路に走り出て、あちこちの火事を消し始めた。

「終わったか……」ピーターは抑揚のない声で言った。

「まるで残念だと言わんばかりじゃないか」マルティンは憤慨して思わず声を荒げた。

「こんなに破壊されると、もう悲しいという気持ちも起こらない。もちろんとても気の毒だが、こんな意味のないことは……」

「おまえはこれを大して気にしていないんだと思っていたよ」マルティンは相手を理解できないというような表情で見つめた。

「暴力にも美しさがある。感情抜きにしてみれば純粋な美しさがあるよ。燃えているかまどの火を美しいとは思わないかい？」ピーターはぼんやりした表情を浮かべている。

「それがこれとどういう関係があるんだ？」

「ようやく育った木が炎に食いつぶされるのを考えたことがあるかい？」

「おい、ピーター、おまえはただの棒切れと人間とを一緒くたにするつもりか？」

「木、動物、人間、どこに違いがある？　命のあるものはすべて神の創造物だ。どんな生き物にも同じように重要な意味がある……」

「おまえのことを人間の価値を軽く考えているって言った人がいたよ」

「ほかの生き物より軽いということはないさ」

「おれは人の命が一番だと思うね」

「どうして？」

「だって……」マルティンは言葉を探していたが、見つからない。「そんなこと当たり前だろう？」

ピーターはマルティンの顔を見てニヤリと笑い、スケッチ道具を片づけ始めた。「もうすぐ太陽が沈むな。食事と寝床を提供してくれる宿屋がまだ町に残っているといいんだが。ぐっすり眠ることが何よりの薬だから」


宿屋は見つかったものの、町中が焦げ臭く、瓦礫の山ともうもうたる埃で快適というには程遠かった。

翌朝、ピーターはマルティンをひとり残して何も言わずに出かけ、昼近くになってようやく戻ってきた。

「さあ、今日中に出発できるぞ」ピーターの声は晴れ晴れとしている。

「え、出発？」マルティンは驚いてピーターを見た。「この水ぶくれのできたお尻じゃ馬に乗るのは無理だよ」

「心配ない、心配ない。馬は売ったよ。船で行くのさ」

「え、何だって？」

ピーターは、先ほどから退屈しきっていたマルティンの横に腰を下ろすと、宿の亭主に目配せし、ワインを注文した。「帆船を予約してきたんだよ。それに乗ってまずシシリー島のメッシーナに行き、次に岸に沿ってパレルモだ」

「冗談だろ？」

「本気さ。ここまで来たんだから、シシリー島を見ずに帰るのももったいない話じゃないか。一度でいいから船旅ってものをしてみたいんだよ」

「おお、神さま、こんなことは夢でありますように」

「グラーチェ」ピーターはワインを運んできた亭主にイタリア語で礼を言った。「船賃を払えるだけの金はなかったんだが、船長に船の絵を描くからって約束したら、それでかまわないってさ。出来たものが気に入らなければ、船から放り出されるだけのことだ。さあ、乾杯！」ピーターは杯を上げた。

「ピーター、もうこれで十分じゃないのか？」

「どうして？　旅は愉快だし、学ぶこともたくさんあるじゃないか」

「おれ、船は苦手なんだ」

「馬よりずっと楽だろう？　嫌だっていう理由を言ってみろよ」

「理由は少なくても三つ、トルコ人だろ、海賊だろ、それに船酔い！」

ピーターはワインをいっきに飲み干してから言った。「それはおれも考えてみたさ。で、トルコ人はもう闘うことにあきあきして当分は戻ってこないだろうし、海賊はこのあたりには最近出没していない。残る一つは、船酔いだけど、こんなおだやかな気候じゃ、それも余計な心配さ」

第十九章　シシリー島

「船長の話だと、あと百海里ぐらいらしい。明日の朝にはいよいよパレルモだ」

「もう一晩こんなひどい思いをしなきゃならないのかい？」マルティンはうらめしげな顔をした。

「しかたないだろ。波の揺りかごより何かもっといいことを想像してろよ」

「もうその話は止めてくれ！」マルティンは真っ青な顔をして、胃のあたりに手を当てている。

強い風が吹き始めて、ロープはギシギシいっている。この小型帆船は十度ほど傾いて、風浪に乗ってあちらへこちらへと休みなく揺れ、時おり波しぶきが甲板を洗っている。

こうして夕方までは船足も速かったのだが、そのあとはパッタリ風が止み、船はカタツムリが進むような速度になってしまった。しばらく船首ではしゃぎまわっていたイルカも、いつの間にやら姿を消した。

「中休みといったところでね」ピーターが説明を求めると船長の答えはこうだった。「漕ぎ手たちに仕事をさせたところで役にたたん。まもなく陸風が吹くころだ。ところで船の絵のほうはどうなったかね？」

「九分通り出来あがりましたよ」ピーターは午後ずっとこれにかかりきりで、とくに甲板から見える船の索具に力を入れて描いていた。

「船は順調に進んでいる」船長は山が連なる沿岸にそびえ立つ頂を指差した。「あれはトレフィナイテ山。ここを通り越したということは、ほぼ半分来たということだ」

ピーターが船長の指さした方向に目をやると、山や丘が切れ目なく続き、高い山々の頂の西面は夕日に赤く照らし出され、東の斜面は影となって黒く、そのコントラストがすばらしい。

間もなく船長の話の通り、島の方から風が吹いてきた。高い山々から吹き降ろす気紛れな風をまともにうけないように船長は船を岸から十分離し、乗組員たちは甲板で帆をあわただしく整えだした。夜になると何も仕事がない船員たちはデッキの上に寝転び、大した数でもない乗客は欄干によりかかって、会話をかわしている。風は陸地の方から吹いてくるので、海は静まりかえり、船は進んでいるというより、夜の中をゆっくり漂っているようだ。

ピーターは甲板から、青く、また白く光る航跡を見つめていたが、こうして海を見ていると時間の感覚が失われそうだった。月は見えなかったが、星の光で海は昼間のように明るく輝き、水際からそそり立つ鋭い岩壁は灰色と銀色の光に照らしだされていた。


船は昼近くになってパレルモ港に入った。

「約束の絵です」ピーターは船長に巻いた紙を渡すと、このずんぐりしたイタリア人は紙を広げ、絵にさっと目を走らせ、満足げにうなずいた。「これできみの借金は帳消しだ。じゃ、幸運を祈っているよ」ピーターとマルティンに手を差し出してそれだけ言うと、また手際よく絵を丸め、さっさと別の客の方に行ってしまった。

「おまえは才能を無駄使いしたなあ。あのスケッチなら間違いなく十回分船に乗れる価値があるぜ」タラップを降りながらマルティンが言った。

「満足してもらえる客に出会えたんだし、それに船旅も楽しめたんだからいいさ。船の中からすばらしい景色を見たよ。はやいとこ陸に上がって近くから山を見たいな。エトナ山っていう活火山もあるはずだ。この土地じゃモチーフには不自由しない、永遠に絵を描いていられると言っていたコック親方の言葉もまんざら嘘じゃないようだ。どっちにしても描いた絵をそろそろアントワープに送らなくちゃな」

桟橋に降りつくとマルティンはピーターの方を向いて言った。「まず二、三日休もうぜ」

「休むだって？　おれたちもう一昼夜、羽を伸ばしたじゃないか！」

「それはそうだが、別の問題があるだろう？　つまり文無しってことさ。どうやって生きていくんだよ」ピーターがすぐに返答できないでいると、マルティンはせかすように言った。「さあ、どうするんだ？」

「そうだな、おまえの言うことにも一理ある。金がないことにははじまらないものな」ピーターは不承不承認めながら、あたりを探るように見まわした。「いずれにしてもここはローマみたいに競争は激しくなさそうだし、商売仇もいないかもしれない」

「けっこう、けっこう。でも何はともあれ宿屋の心配をしたほうがよくないか？」

パレルモの町はヤシの木と華麗な屋敷、豪壮な宮殿、見事な教会、壮大な修道院、大きな広場、すばらしい庭園で埋め尽くされているようにみえたが、港に近いところだけはいくらかつつましい雰囲気があって、庶民向きの宿屋が何軒か軒を並べていた。手頃な部屋を見つけるには見つけたのだが、宿の亭主はこの町はベッド不足なので、日没前に前金を払わなければ、泊めさせられないという。

それではまずは宿代を稼ぎにと、ふたりは日の光がさんさんと輝く、賑やかな大きな広場に出かけて行った。そこにはたくさんの店や居酒屋、屋台があって、きれいに着飾った人々が三々五々散歩を楽しんでいた。

「このあたりがいいんじゃないか」マルティンは広場の真ん中で立ち止まると、大きな花壇のそばで道具を広げはじめた。まだ準備が整わないうちから、通り過ぎる人々が物珍しげにのぞきこんでゆく。仕事を始めると、マルティンは例によって慣れた手つきで肖像画をしあげ、ピーターは自分の気に入った風物をスケッチし、ふたりとも宿代におつりがくるほどしっかり稼いだ。ピーターは折しも近くで主人を待っている四頭立ての見事な馬車を、すばやいタッチで描いているところだったが、その手を止めて、突然目の前をふさいだスラリとした中年の黒髪の婦人を見上げた。その身につけている物は、まるでこれから王様の舞踏会にでも出かけようかというふうで、全体の雰囲気から身分の高い人らしい。二、三歩離れたところでは、同じように飾り立て、人目を引く若い男がうんざりしたような顔をしてこちらを見ていた。

婦人はイタリア語で話しかけてきたのだが、ピーターが物問いたげな表情で見返すと、ふたりに背を向けて座っているマルティンの方を指差しながら、今度は流暢なフランス語で話し始めた。

「そこのあなたのお友だちはあのスケッチと同じように、本式の絵もうまく描くのかしら？　あなたのお友だちにわたしの肖像画を描いてほしいの、等身大のものを。もちろんこの人目のあるところではなくて、わたしの屋敷の庭でお願いするのですけどね。引受けてくれるかしら？」

「もちろんですとも、マダム。信頼を裏切るようなことは絶対ないと保証します。でもどうしてじかに彼に尋ねないのですか？」

「今お客の肖像画を描いているようなので、邪魔になるでしょう？」

女性が連れの若い男に目配せすると、彼はふてくされたような様子でそばにやって来た。

「こちらの方にわたしの名刺を渡して、あしたの時間の約束をしてちょうだい」女性は若い男にこう命じてから、ピーターの方を向いてうなずくと、今しがたまでピーターが描いていた馬車に向かって歩き出した。

「男爵夫人エリザベッタ・デル・アルカーモ」マルティンは香水の匂いがする名刺を読んだ。「どんな女性だった？　どうしてすぐ呼んでくれなかったのさ。等身大の肖像画というと、何週間か、かかるよな」

「おれもそのことを考えていたんだけど、そんなに長くパレルモに滞在するつもりはなかったからなあ」

「ピーター、おまえはこの町が気に入らないのかい？　すばらしいところじゃないか。運がめぐってきたんだぞ、しばらくここに滞在したって何も悪いことないだろう？」

「おれは山を描きたいんだ。コック親方がその絵を首を長くして待っているし、それにクロヴィオに会いにローマに戻らなきゃならない。それよりなにより、まだアルプスを見ていないんだから。ああ、マルティン、やらなきゃならないことがまだ山ほどある。ひと所でぐずぐずしている時間はないんだよ」

「だけど二週間や三週間位いいじゃないか」

ピーターは首を振った。「明日、遅くてもあさってには山に登るつもりだ」

マルティンは手に持った名刺に目を落とした。「おれはこのチャンスを無駄にしたくないし……」

「じゃ、別々に行動しようじゃないか」

「ええ？　それ本気かい？」

「残念だけどね」ピーターはマルティンの目を避けながら言った。

「ローマでまた会えるよな？」


その二日後、ピーターはパレルモの町を後にし、まず東に向かってロバで山越えの道をとり、それから多少歩きやすい海岸線に沿って進み、また内陸に入って南東にあるエトナ山を目指した。

この火山は高さ三千メートルあまり、斜面は雪に覆われ、黒い煙を吐いていたが、ピーターはこの山にすっかり魅了され、それぞれ別方向から三枚ほどスケッチした。

山麓からさほど離れていない小さな村に宿をとり、この火山に登ろうとしたのだが、宿の主人はしきりと止めた。

「噴火口はまさに地獄の入口。そこに近づこうとした好奇心旺盛な人間はだいたいが戻ってこられないんですからね。悪魔が始末の悪い霧をたちこめさせ、それで皆、方向が分からなくなってあてどなく高い斜面や台地をさ迷い歩き、挙句の果ては、絶望して火を吹いて口を開けている割れ目に飛び込んでしまうそうですよ」

ピーターの計画を思いとどまらせようとする強い力が働いたのだろうか、夕方遅く、この村一帯は小さな地震に見舞われた。村人にとってはどうということもないらしく、皆平気な顔をしているのだが、こんな経験は何しろ生まれて初めてのピーターには一瞬まるでこの世の終わりが来たように思えた。足元の床が動き、棚の物がいっせいにカチャカチャと音を立て、同時に地の底で嵐でも起こったように地響きがした。せいぜい数秒間のことなのだろうが、収まったあともピーターの心臓は喉から飛び出そうにドキドキしていた。不安な一夜を過ごした後、翌朝早々にピーターは村を後にした。始めの計画ではいったんマルティンが残っているパレルモに戻り、そこからイタリア本土に渡るつもりだったのだが、勇壮なエトナ山を見た後ではこのシシリー島に彼を引き止める物は何もなく、結局近くのカタニアから船に乗ることに決めたのだった。ナポリに向かう船を見つけるとピーターはもうぐずぐずしてはいなかった。今度は長い船旅の同行者にするには少々お荷物のマルティンはおらず、ひとり旅というのもなかなかいいものだと感じていた。再びローマにもどってジュリオ・クロヴィオを訪ねるのがまずの仕事である。

第二十章　ローマ

使いの男は器用にバランスをとると、雪で滑って転げそうになった馬をうまくたて直した。ひらりと飛び下り、家の前の杭に手綱をつなぐと、大きな鞍袋から巻いた紙を取り出した。

「ピーターからだな」コックは窓越しに外の雪景色をながめていた。月末に、ピーターはスケッチを何枚か送る手筈になっており、三週間後にここアントワープに到着する。

「ローマからです」男は入って来ると言った。「受けとりますか、親方」

スケッチが欲しければ、コックがローマからの運賃を払うことになっている。彼はうなずくと財布をつかんだ。

「無駄金ってことはまずないからな」

今回は、ローマ近郊の町チボリを描いたスケッチとドックで建造中の三本マストの大型帆船を描いたものが入っていた。それと手紙が一通。ジュリオ・クロヴィオの几帳面な字が、ピーターと一緒に働くことがどんなにすばらしいかを伝えてきた。マエストロ（親方）・ピーター、偉大なマエストロは若い相棒をこう呼んでいた。ピーターが風景を描き、クロヴィオが人物を描き入れるというやり方をとっていたが、ピーターはクロヴィオの得意とする細密画の面でも一大進歩をとげたようであり、目下「バベルの塔」という題の新しい絵に取り組んでいるらしい。

「ピーターはイタリア様式を採り入れることを頑固に拒んでおり、それが唯一困ったところだ。自分にそんなセンスはないと言っているが、わたしには意地を張っているだけのように思える」

クロヴィオはこう書いてはきたが、自分流の描き方をローマの流行に合わせる気のない若い相棒をおもしろがっているようでもあった。最後の数行はピーターからの伝言だ。

「万事うまくいっています。たくさんのことを学びました。いずれにせよ、冬が終わったら、アルプスを越えて故郷への道をたどります。みなさんによろしく。マリケ・クックとリサにはとくによろしくお伝えください」

「ピーターがよろしくってよ。まだお前のことを忘れてないようだな」

リサは思わず顔を赤らめたが、忙しいふりをしてごまかした。


「ローマはどんな具合なの?」訪ねてきたコックからピーターの伝言を聞いたマリケが尋ねた。

「すばらしいようだよ。クロヴィオがほめちぎっているから、それがすべてを語っているってことだ」

マリケは、さもありなんという風にうなずいた。「南の国の太陽が、あの子の強情なところを少しは直してくれるといいのだけど。ところで枢機卿のことは何か聞いています?」

「リシュー司教がひんぱんにやってきて、ピーターが送ってきたものを見ていくよ。いつローマからの荷が届くか、どうもちゃんと知っているようだ」

「一体ピーターをどうしようというのかしら?」

「枢機卿がピーターを繰ろうとするのも当然だな。あいつに黄金の価値があるってことを先様はしっかりご承知なんだから」コックは本能的に窓の外をうかがった。

「それだけで済めばいいのだけど」マリケはそっとため息をついた。


ローマの冬はピーターが思っていたよりずっと寒かった。もちろん雪も降らないし、凍ることもないが、一年中緑が繁り、鳥が歌うと思っていた彼には意外だった。けれど寝泊まりしているクロヴィオの屋敷の中は、工房のほかにもいくつか暖房のきいた部屋があるので寒さもそれほど気にならなかった。

　クロヴィオは数年前に妻を亡くし、ふたりの娘はスイスで暮らしているため、家事は中年の住み込み女中が取り仕切っている。ときおりその方面の欲求におそわれることがあり、そんな時にはヴァチカンのそばに軒を並べる売春宿に足を運ぶ。

　ピーターも一度ついて行ったことがあるが、そこではただ不愉快な居心地の悪い思いをしただけで、二度と行く気にはならない。いくつにもカーテンで仕切っただけの大きな部屋には、客が順番待ちをしており、娼婦のベッドと順番待ちの客をへだてるのは一枚のカーテンだけ。はやりにはやって、そのカーテンすらひかずに、女に飛び込んでいく者もいる始末だ。

　マルティンならきっと気にいるだろうが、彼は今もって姿を現さない。ひょっとしたら男爵夫人のところに居ついてお抱え絵師になってしまったのかもしれない。それとも嫉妬に狂った亭主か、恋人を寝取られた男に刺し殺されでもしただろうか？　どちらもありそうなことだった。

　ヤコブ・ヨンヘリンクの方はローマに来ていたが、めったに会うこともない。彼は彫刻家グループに入って働いており、遊ぶときもその連中と一緒だからだ。

　この華やかで猥雑な大都会ローマで、ピーターはひとりを感じることが多く、寂しい思いをしていたが、それもある時散歩の途中、昔の仲間フランス・フロリスとばったり出会うまでのことだった。

「ここはまるで汚水だめみたいなところだ。ありとあらゆる汚いものが流れこんでくる」フロリスはいきなりそう言った。当時いつもとげをふくんだ皮肉をとばすフロリスには腹が立つことが多かったが、それでもピーターには嬉しい再会だった。それにフロリスが裏表のない人間であることは確かだ。

「画家組合に入ったたって？」

「うん、おれを断るわけにはいかないよ」

「パレットを持てる奴なら誰だって受け入れるのさ」フロリスはわけ知り顔でうなずいた。

「おまえも入ってるのか?」

「ああ。おれたちふたりともいい親方についてたよな。クック親方は意気地はなかったが、専門知識はしっかり持っていた」

「意気地なしだなんて、そんなことないよ」

「まあ、どうでもいいことだけどね。でも、あの家が、かかあ天下だったことは否定できないだろ? 女房がりっぱすぎると、とかく亭主はだめになる」

ピーターはすんでのところで抗議の声を飲みこんだ。フロリスと争うのは無意味だ。彼は物事を斜めから見ることが多いが、まるっきり的外れというわけでもない。

「ローマに来てどのくらいになる?」ピーターは話題を変えた。

「三週間。クロヴィオのところにいるそうだけど、そんな所にいたら、ふつうの連中と話すことなんかめったにないんじゃないか? ご老体はどんなだい?」

「すばらしい芸術家さ。小さいものにおいて大きな人間だな」

「その表現いいねえ。墓石に刻める」

「細密画はすばらしいの一言につきるよ。学ぼうとしてるんだけど、彼の域にまではとてもとても」

「ずいぶん弱気じゃないか。そんな風に思ったら、おれならとても始めることもできないよ」

「あの人の半分でもできたら、それでもう充分うまいといえる」

「ともかく、細密画なら絵の具はあんまり要らないな。何を使って描くんだい? 爪ようじ?」

「まあ、一度来てみろよ」ピーターはにんまりと笑った。

「やめとくよ。そんな辛気臭い仕事、見るだけでもイライラしそうだ。ところで、いつまでここにいるんだい?」

「冬が過ぎたら、アルプスを越えて故郷へ帰る」

「おれもその頃そっち方面へ行くつもりだ」

一緒に行こうなんて言わないでくれよ。長い道中、毒舌に悩まされつづけるなんてごめんだからな、ピーターは心の中でだけつぶやいた。

「ところで、スパイは相変わらずかい？」

ピーターはギクッとした。「なんでそんなこと聞くんだい？」

「え、だって、アントワープじゃいつも見張られていたみたいだったからさ」

「断言はできないけど……　このローマでも誰かに見られてるような気がしたことが二、三度はあったよ」

「それはどうってことないな。美青年に食指を動かす連中がイタリアにはたくさんいるから」

「じゃ、なんかの拍子に視線があったりすると、すぐ姿を隠すのはどうしてなんだろう？」

「ふむ、値段が高そうな気になるんじゃないか？」フロリスは、ピーターが冬用にあつらえた高価なビロードの服に目をやりながら言った。クロヴィオのところでの稼ぎはよいし、イタリア人の仕立屋の仕事はみごとだった。

「ぜいたくでこんなもの着ているわけじゃないよ。ここは常夏の国だと思ってたから、寒くてしかたないんだ」

「アントワープじゃ、雪が三十センチも積もってるそうだ」

「そうだってね。時々手紙が来るよ。正確に言うと、クロヴィオのところにだけど」ピーターはふっと遠くを見る顔つきになった。

「ホームシックかい？」

「うん、時々ね」ピーターは故郷のみんなが恋しかったし、家にいるという実感がほしいとも思ったが、そういうものから自分を遠ざける見えない力を感じてもいた。

「行かなきゃ」フロリスは、夕焼けを映して暖かく輝くテヴェレ川を見やった。「約束があるから」

「イタリア人の娼婦かい？」

フロリスはにんまりした。「そのうち、おまえも同じ穴のむじなになるよ」そう言うと、ピーターの腕を元気づけるように叩いて立ち去った。ピーターはじっとその場で見送り、粗野なフロリスにはべるたおやかな美人を思い描いてみた。アンケが生きていたら！　リサに会いたい！　しまったなあ、きちんと読み書きを習っておくんだった。自分できれいな文章が書ければ、自分の気持ちを正直に書き送れるのだが、人頼みでは、どうしたってまだるっこしい。そのうえクロヴィオはロマンを解さなかった。情緒的なものはすべて理性ではなく、男性器が支配するという考えの持ち主で「やっかいな欲求なんて、てきとうな娼婦がひとりいればすっ飛ぶさ。いちばん安上がりだ。家内と娘たちがいたときは、そうはいかなかったがね」という御仁である。

ピーターには娼婦では助けにならない。彼が必要とするものは金では買えなかった。

クリスマスが来て、町は法王ユリウス三世とともにイエスの誕生を祝おうとする巡礼者であふれかえった。ピーターもクロヴィオのご機嫌とりに、ピエトロ広場についていったが、法王のミサに集まった群衆のなかでひとり違和感を感じていた。周りを見れば、病人や手足の不自由な人ばかり。なぐさめてほしい、直してもらいたい一心で、はるばる遠くからやって来たおびただしい人の群れ。

だが、昨日までお互い見も知らぬどおしが、一心不乱に同じ祈りの言葉を唱え、神におのれの運命を委ねている姿を見ているうちに、ピーターの心の中に畏れにも似た感情が湧きあがり、気持ちが混乱してきた。ミサが終わり、あたり一面敬虔な静寂が支配すると、彼の困惑は頂点に達した。あまりの静かさに耳がどうにかなってしまいそうだ。まるでずっと騒音の壁によりかかっていたのに、その壁が突如くずれてしまったような、そんなおぼつかなさを感じた。

澄んだ鐘の音がひびき、ピーターはハッとわれに返った。ミサの間、ずっと目をつぶっていたとは！　自分の心の奥底にあるものを見つめようとでも思っていたのか！

と、その時、数歩離れたところにいる黒っぽい衣の僧侶の姿が目にはいった。帽子を目深にかぶっていて顔半分は見えないが、自分のほうを見つめている。おそらくミサの間ずっとそうしていたのだろう。ピーターはぞっとして、血が逆流する思いだった。不安で胸がキュッと痛くなる。首を吊られた異端者、絞首台、遠いむかしの記憶がよみがえり、いくら打ち消そうとしても不安を消すことができなかった。

むりやり僧侶から目を離すと、後ろにいるはずのクロヴィオをさがしたが、彼は群衆にまぎれてどこにいるかもわからなかった。もう一度僧侶のほうを振り返りたい気持ちをおさえて、素知らぬ顔で広場を離れると、わざとゆっくりと歩いてみた。誰もつけて来ない。耳にひびいてくるのは、自分の足音ばかり。どこからか、ヨッベのおだやかな声が聞こえるような気がした。

「誰からも何事からも逃れられるが、自分自身と死から逃れることは不可能だよ」

第二十一章　帰郷

年があけて、マルティンから始めての便りがあった。ピーターはなかば文盲、クロヴィオもフラマン語はからきしだめだから、フロリスに読んでもらった。

マルティンはまだパレルモにいて、もうしばらくそこにとどまると書いてきた。

「拝啓
　万事うまくいっている。この調子なら、そのうち金持ちになれるだろう。高貴なご婦人や紳士がたを、現実より見栄えよく描いてやれば、ますます成功するってことに気がついたからね。近々、別の貴族の家に肖像画を描きに行くことになっている。そっちもうまくやれよ。ローマでおれを待たないでくれ。マルティン」

「いつになったらおれにも運が向いてくるのかなあ」フロリスはおもしろくなさそうな顔をしている。

「運の問題じゃない。才能と腕の問題だよ」

「才能ねえ、男爵夫人とわらの中に飛び込む才能だな」

「絹だよ、それもサテンかもしれない。男爵夫人はわらには寝ないよ」

　ふたりは、ローマで始めて出会った川べりのベンチに腰掛けて話していた。冬のさ中というのに、まるでフランドルの春のように暖かな光がふり注いでいる。

「ここはもう充分って感じだな。北のほうの気候がよくなったら、そっとずらかるか。すばらしい灰色の世界へご帰還だ。ここは華やかすぎておれには合わない」

「旅費は充分有るから、道中ひとを当てにしなくていいし、まっすぐ家に帰らず、スイスとドイツを通って行くつもりだよ」ピーターがそう言うと、「おれが一緒に行くって言うんじゃないかと恐れているな？　ああ、返事はしなくていいよ。嘘をつかせたくないからね」と、フロリス。

ピーターは、フロリスが旅の道連れによいかどうか、はかりかねていた。長い道中まるでひとりというのも嬉しくないだろう。ひとりでいるのは好きだが、話相手が欲しいときだってある。「一緒に行こうか？」

「これは思いがけないお言葉だ！」

「条件がひとつ……」

「どんな？」黙りこんだピーターをフロリスがせっついた。

「お互いにじゃまだとわかったら、ただちに別れる」

「それはこっちも同じさ」

「じゃあ、北の方の峠が通れるようになったら出発しよう」

ピーターの計画を聞くと、クロヴィオは不満そうな顔をした。「二、三年のうちにはわたしもここを離れてスイスの娘のところへ行くつもりだ。それまでいたらどうなんだ？」

「あなたには本当にいろいろお世話になりました。でもここに根をおろすつもりはないもので」ピーターは筆を洗うと、先端をみどりと黄土色を混ぜた絵の具のなかに沈めた。

「給金ならもっと払ってもいいんだよ」クロヴィオは弟子の気をひいてみる。「きみにはそれだけの価値があるからね。わたしも同じだけきみから学んだことだし」親方は、弟子の絵が乗った画架に目をやった。「この水彩画のテクニックは知らなかったよ」

「このテクニックを教えてくれたのは女性だった、とお話ししたことはなかったでしょうか?」

「北の国では女がここととはまるで違うことは知ってるがね。さて、きみはわたしの提案にまだ答えてくれてないよ」

「もっと払ってくれるって話ですか? 金の問題ではないのです」

クロヴィオは絶望のあまり腕を大きく天にふりあげた。芝居がかった身振りは彼のくせで、すっかりそれに慣れたピーターは気にもしなかった。

「いったい何が気にいらないのかね?」

「コック親方に任されたように自分の仕事をしたいだけです。新しい刺激を求めてアルプスを越えるのもその課題のひとつです」

「イタリアは世界でいちばんすばらしい国だよ。そのイタリアに刺激がないとでも?」

「では、なぜスイスに移住なさるんですか?」ピーターはあきれたような顔をした。クロヴィオは一瞬言葉につまり、椅子のひとつに座り込むとピーターの方を見ないようにしてつぶやいた。「きみはまだ気がつかないかもしれんが、わたしは老いた……」

「そんなことありません! あなたの手ほど確実であれたらと、いつも願っています」

「近い将来ズボンがひとりではけなくなって、お天気屋の女中の顔色を伺うなんて、嫌なこった。上の娘なら、そういうわたしの世話をしてくれるだろう。足腰がしっかりしているうちに行かないと、旅もままならなくなってしまうからね」

「それは、仕事を止めるということではありませんよね?」

「絵筆が持てて、色を混ぜることができるうちはな。アイデアが尽きたわけではないから、新しい刺激が必要というわけではないがね」

ピーターは、このあてこすりは無視した。「もちろんですとも」

「もう少しここにいてくれたら、途中まで一緒に行ける。ハンガリーの馬車を頼んであるのだよ。まるで飛ぶように軽やかに走る。じつにすばらしい発明で、ショックが車輪に吸収されるから馬もあまり疲れない」

「わたしはむしろのんびり馬の背中に揺られて行くほうがいいです。そのほうが景色もよく見えますから」

クロヴィオはため息をついた。「どうしても考えを変えさせることはできないというわけか」

「もうしわけありません。ですが、もう決めたことですから」

「若者は聞く耳持たぬとはこのことだ」

「永遠に故郷から離れているわけにはいかないので。すみません、マエストロ」

「はてさて、永遠とはねえ！　若造が永遠の何を知ってるのかね。時間がたくさんある人間ほどせかせかしとる。人生の終わりを目の前にして、残り時間が少なくなると、あわてたって何にもならないことに気がつくものだ。さて、ご託を並べてのどが乾いた。ワインをいっぱいもらおうか」ピーターからグラスを受けとり、一息つくとクロヴィオはまた話しだした。「古人いわく。今日を見たものは、すべてを見たことになる。過去に起きたこと、未来に起きることすべてを。つまり、今日に生きよ、影や見果てぬ夢を追いかけるのはばか者どもに任せとけ、ということだ」

「わたしは影のあとなど追いかけていません。自分のすべきことを可能なかぎりうまくやろうとしているだけです」

クロヴィオはイタリア語で何やら悪態のごときものをつぶやいた。それからグラスを上げると、「実り豊かな共同作業の近づきつつある終了を祝して」と言って乾杯した。ピーターは描くのを止めてクロヴィオを見つめた。

「なんだかおどろおどろした言い方ですね。もう少し喜ばしい表現をしていただけませんか？」

「別れが喜ばしいことはめったにない。嫌な隣人と別れるのだってそれなりの寂しさをともなうものだよ」

ピーターは絵の道具をわきに置き、自分もグラスを満たした。「いっしょに過ごした、またこれから過ごすばらしい日々に乾杯!」


ローマの冬はいつの間にか早春へと変わっていった。木々が緑を増し、春の花があちらこちらで咲きはじめると、ピーターは目立って落ち着きがなくなった。クロヴィオは何も言わなかったが、ある日とうとう弟子のほうから言いだした。「北からやって来た旅人と話をしたのですが、スイスの峠が通れるようになったそうです」

「峠越えなんかやめとけ。帰りも南フランスを回って行ったほうがいい。安全だし快適だ。時間の節約にもなるしな。その分長くここにいることができるじゃないか」

「あす、支度をはじめます」

これ以上の議論は無駄だった。「きみの絵で、まだ買い手が決まってないものは、売らずにわたしの個人的コレクションにしようと思っている」クロヴィオはピーターの描いた数枚の水彩画のほうを見やった。

「さしあげます。感謝と記念のしるしに」

「とんでもない。クロヴィオはたかり屋だなどとアントワープへ帰って言ってほしくないからね。見合うだけのものは払わせてもらうよ。おせっかいでするなどと思わんでくれ。旅の道中には、いい馬といい宿屋が必要で、それには金がいる。危険に出会うたびに、きみのカボチャ頭につめこんでやった知識がどこかへ行ってしまったらつまらんからな。それと、これを持っていってもらおうか……」クロヴィオは、工房のすみの戸棚のひきだしを開け、みどり色のビロードにくるんだ平たい包みを取りだした。机のうえに置き、包みを開けると、現れたのは、ピストル、火薬、弾丸。

「これを肌身離さず持っているといい。あまり調子はよくないが、ごろつきや強盗を脅かすにはじゅうぶんだろう」

「どう扱うものやら見当もつきません」ピーターは、おそれと敬意の気持ちを抱いて武器をながめた。

「教えてやるよ。しごく簡単。むずかしいものなら、兵士が持つわけないだろう?」

「わたしは画家で、兵士じゃありませんので」

「強盗や人殺しに狙われたら、そんなこと言ってられないぞ」

「でも、暴力は暴力を呼びます」

「丸腰じゃあ、身ぐるみはがれてしまう。庭でためしてみようじゃないか。玉をこめたピストルを手にすると気分が高揚するぞ。一度それを味わったら、意見が変わるさ」

クロヴィオの言うとおり、玉をこめたピストルで的をねらうと興奮した。頭のなかで、グランヴェル枢機卿をねらう。実にわくわくする。

「まあともかく、たいした射撃手にはならんだろう」塀に描いた人型を十一回外し、一回だけ当てたピーターにクロヴィオが言った。「だが、前にも言ったように威嚇効果はある。さて、お隣さんから文句が出ないうちにやめるとしようか。一般人は銃を持ってはいけないことになっているから、服の下に隠しておいたほうがいい。玉をこめてな」


三週間後、ピーターとフロリスはローマを出発した。来たときほど貧乏でなかったし、経験を積んで賢くもなっていたので、脚の早い上等の馬を手配しておいた。地図もオルテリウスの作るものほど正確ではなく、おまけにイタリア語だが、手に入れてある。

アルプス地方マジョーレ湖までの一週間は一気に旅をつづけた。ここを通ると近道なのだが、古い街道はだんだん道が険しくなり、雪解けの今ごろは、道があちこちでぬかるみ、ちいさな雪崩のあとも残っている。おまけに道路そのものがかなりあわれな状態である。ふたりは時々休み、スケッチやデッサンを仕上げた。最初の休憩はサンゴダール南側のティチーノの谷。

チシマゲンゲの生い茂る草原が目の前にひろがっている。「コック親方の言うとおりだ。なんという美しさ！こんなすばらしい景色これまで見たことがないな」ピーターは、広葉樹の森が連なる遠くの山並みに目をやった。手前には、谷間の村の農夫たちが所有する小さな畑、また、ずっと向こうには大きなブナの森、その中には、モミ、栗、樫、菩提樹などもまじり、山の頂上には残雪がきらめいている。

「地図からすれば、サンゴダールはもうすぐだ。まっすぐそこまで行かないか。二千メートル以上の山は見たことがないんだ」フロリスが言った。

「もっと高いのがつぎつぎに現れるさ。倍以上も高いのが」ピーターはスケッチの道具をどけると、チシマゲンゲを観察しようと、草のうえに腹這いになる。「一本抜けば簡単なのに」フロリスの言葉を聞かなかったように、ピーターは言った。「ここは、大きいものにも小さいものにも美があるなあ」

「見ようと意識して目を大きくあけさえすれば、いたる所そうだよ」

ピーターはスケッチ道具を手にとった。「サンゴダールより、ここで泊まりたいなあ。向こうに見える小屋のどこかに泊まれると思う」

「あれはひつじ番の小屋だぜ。くさいぞ。それでもいいのか？」

「いなか育ちだぜ、おれは。慣れてるさ」

ピーターのスケッチが終わったところで、ふたりは小屋に向かった。わずかな金で泊めてくれる家がすぐ見つかったのはありがたい。小さな小屋はひつじの毛皮の束でいっぱいで、その間を小さな男の子がふたりころがりまわっているが、暖かく乾いていて、臭いもすぐ気にならなくなった。壁には、大きな粗削りの木の十字架が架かっており、その前でローソクが燃えている。

「馬、谷、狭い、よくない」羊飼いのこの家の主人は片言のフランス語を話した。やせて背が高く、戸外の労働のせいかなめしたような肌をしている。「石、落ちてくる。馬、驚く。飛びはねる。ロバずっといい。驚いても飛びはねない。安全」

「そうかあ、でもロバはとろいからなあ。先はまだ遠いし」フロリスは思案顔だ。

「なら、気をつける」男の本音は「そのうち分かるさ」と言っていた。

ふたりは小屋のすみに置いてある暖かいひつじの毛皮の上に横になった。

小さい窓から月と星の光が射しこんで来る。温度が急激に下がったせいか、小屋の柱がミシミシなった。

サンゴダールの風景は心にしみ入るようだった。ピーターもフロリスも精力的にさまざまな角度からその風景をスケッチした。このスケッチを元にあとで絵を完成させるつもりである。気の済むまで風景を堪能したふたりは、それからライン川上流のヴァルテンブルクへの道をたどり、そこで二日泊った後、東へ向かった。チロルへの山道を越えるつもりだがルートは決めず、地図を見て行きたいと思った所、地元の人間に勧められた場所を訪ねながら、峠へと脚を進めた。ときどき馬を下りて、高いところへよじ登るのは、もっとすばらしい景色に出会えるのではないかと期待してのことだ。いくつもの凍った湖を通りすぎ、変わった形の岩を見ると、その側で足を止めた。谷底の村で泊まり、氷河や山のいただきの草地をながめているうちに、スケッチの数はどんどん増えていった。ピストルはピーターが肌身離さず持っている。

フロリスは、妄想におそわれがちなピーターが玉をこめたピストルを持っていると考えると心配でならなかったが、やがてそれにも慣れ、おいはぎが出るかもしれないのだ、武器はあったほうがいい、そう思えるようになった。これまでのところ怖い目には会わずにきたが、ピーターは用心をおこたらなかった。イタリアへ向かう途中、何度か金を盗られた経験が骨身にしみている。その上、今度はあの時より金もたくさん持っているし、携えている貴重な作品を強奪されるはめにでもなったらとんだことだ。

馬で四千メートル級の山を登るのは不可能だから、それは断念せざるをえなかったが、やがてふたりはブレンナー峠に達した。ここで道を西よりにとり、ボーデン湖そばの山を越えて故郷へ帰ることに決めた。

季節はいつの間にか夏の盛りとなっていた。旅のはじめの頃は、人里離れた道をたどったせいか、ほとんど人に会うこともなかったが、気候のよい今は、一日の午後だけで五、六人の旅人に出会うこともある。正規の一般ルートを行くようになると、ピーターもフロリスもいくぶん旅に嫌気がさしてきた。危険ではあっても絵心をさそうような道がだんだんと少なくなり、スケッチをする回数も減っていった。秋には故郷に戻っていたい、ふたりはそれだけを考えて旅をつづけた。

事件が起きたのは、ボーデン湖まであと一日というところだった。その日は、フェルドキルヒの町に泊まる予定だったが、フロリスがその先六マイルのところに宿屋があることを聞き込んできた。「そこまで行こうぜ。そうすりゃ、明日まだ日のあるうちに湖まで行けるから、いい宿がさがせるぞ。そこで二、三日泊まろう」

ピーターもこの案に賛成した。オーストリアの山間に住む村人とはうまくやって行けたが、都会の人間はどうも苦手だった。騒がしいし、飲むとすぐ殴りあうし、酔って際限なく歌いまくり、よそものを仲間に引きこむくせに、そのよそものがあまり楽しんでいないと知ると、馬鹿にされたような気がするらしく、やたらと攻撃的になる。

そこでふたりはフェルドキルヒを後にした。宿屋「勇気亭」を、もみの林のそばに見つけたときには、もう日は沈みかけていた。馬二頭、ロバ一匹、それと大きな荷車が見え、カーテンがかかっていない窓から黄色いあかりがもれている。

ふたりは馬を杭につないだが、鞍をはずそうとするフロリスにピーターが声をかけた。

「ちょっと待って。部屋があるかわからないから」

「いいから待ってろって」ピーターは窓からなかをのぞこうとしたが、ガラスが汚れきっていてまるで何も見えなかった。

「なきゃ、納屋で寝るまでのことさ」

「気にいらないな」

「そんなに素敵ってわけじゃないけど、ぜいたくは言えないよ」

「まず入ってみるか」ピーターは上着のなかのピストルをにぎると、とびらを開けた。

もう若くはない亭主とぶよぶよ太った女房のほかに男が五人、丸テーブルに座り、サイコロで遊んでいる。ふたりが入っていくと全員がキッとにらみつけ、一瞬シーンとなった。それからまた何事もなかったように、サイコロを続けている。

「こんばんは、ご亭主。北へ向かう途中の旅の者だが、ひと部屋空いてないかな?」ピーターはゆっくりはっきりフラマン語にドイツ語をまぜて話した。これまでずっとこれで通じている。亭主はふたりを値踏みするように見つめた。「ふた部屋あいてるよ」

「ひと部屋でいいんだ。いっしょに寝るから」ピーターはげびた笑いを無視した。

「よそものは、金《きん》で払ってもらうことになってるんだがね」

「わかった」

「前払いだよ」

「もちろん。でもその前に部屋を見せてくれ」

亭主はめんどうくさそうにすみの階段をあごでしゃくった。「階段のすぐわきのふた部屋だ。どちらでも好きな方を」

「それと何か食べられるかな?」

「二種類あるがどっちにするかね。パンつきの豆スープとパンなしの豆スープだ」ふたたび馬鹿笑いが巻きおこる。

「じゃ、パンつきで」サイコロ賭博には目もくれず、ピーターは階段に向かい、フロリスも続いた。

手前の部屋に入り、天窓からのわずかな明かりでランプをつけたピーターは、そのあまりの汚さにギョッとなった。ねずみが一匹部屋を飛び出していった。

「のみを貰いたくなかったら、近よらないほうがいい」ピーターはフロリスに警告した。

ここに泊まるのは不可能だ。ふたりは、そう決めて下へおりた。

「気が変わって、もう少し先まで行くことにした」ピーターがそう言うと、亭主はテーブルの五人の男に目配せした。男たちはサイコロをやめて、身構えている。

「それじゃ、スープ代を払ってもらおうか。それと部屋の見学料。金をおいてけ！」

「ほざくな！」ピーターはそうどなると、亭主に背を向けた。五人の男が立ち上がり道をふさぐ。三人がナイフを引き抜くのを見てピーターは、一瞬恐怖に身がすくんだが、すぐに怒りが取って代わり、やにわにピストルを取りだすと、リーダー格らしい小男にねらいを定め、ゆっくりと撃鉄を起こした。

「一歩でも近づいたら、ただでは済まないからな」風邪をひいたようなかすれ声しかでなかった。男たちは、思いがけないものを見てひるんだが、小男だけは平然としている。

「玉は一発しかはいってない」男は、やにだらけの汚い歯をむきだしてニンマリした。「ひとりは倒せるかもしれないが、それで終わりだ」

「確かにおまえの言うとおりだ。だが、そのひとりはおまえだぞ。ギャンブル好きのようだから、当たるか当たらないかひとつ賭けてみるか？」ピーターは落ちつきはらっている。

「金をおいてけ。そうすりゃ、馬や他のものはかんべんしてやる」

「大口たたくな！　決めるのはこっちだ。子分たちを壁に向かって立たせろ。おまえもだ、それと女房もだ！」

最後の言葉は宿の亭主に向けたものだ。「さあ、どうした？　早くしろ」

「しかたねえな。命を賭ける値打ちはないからな」小男は身振りで仲間を壁ぎわに追いやり、亭主も女房もしたがった。

「フロリス、行くぜ」ピーターはピストルを小男につきつけたまま、フロリスが開けて待っているドアをすりぬけた。すると、鞍に置いた荷物をさぐっている怪しげな姿が暗闇を通して目に入った。「何してるんだ、やめろ！」男が匕首をひきぬき、フロリスに襲いかかろうとするのを見たピーターは夢中で引き金を引き、男は身をのけぞらしたかと思うと崩れるように倒れてもう動かなかった。家のなかの連中が飛び出てくる気配にふたりは馬の背に飛び乗ると、あとも見ずに走りだした。

ふたりが馬を止めたのは、だいぶ経ってからのことだった。追手がかかるのではないか？　じっと耳をすましても何も聞こえない。「もう追ってこないようだ。みんな、命が惜しいからな」

「ちょっと休まないか？　気分がよくない」ピーターの言葉にフロリスは心配そうな顔をした。

「恩にきるよ。おまえのおかげで助かった」

「死を怖がるのは、種の維持のために備わってる本能だってヨッベなら言うだろうな」

「おまえさんのヨッベに会ってみたいな」

「疲れたよ」緊張がとけて、どっと疲れがでたピーターは今はただひたすら眠りたかった。

ふたりは降り出した雨を避けることのできそうな岩穴を見つけると、馬を木につなぎ、横になった。

「あわれな馬どもめ、病気になんかなるなよ。あたらしいのを買う余裕はないんだから」フロリスの言葉にピーターは答えた。「金ならだいじょうぶだ。そうだ、念のため、半分預けておこう」

「いろいろあって、気が弱くなったかな？」

「いろいろあって、利口になったのさ」

雨足が強くなり、遠くで稲妻が光った。ピーターは稲妻に背を向けるようにした。外を見ていると、怪物やあやしげなすがたが見えるような気がしてならなかった。

「何考えてる?」フロリスが尋ねる。

「いろいろ」

「はじめ、おたがい長くはもちそうにないって考えなかったっけ?」

「思ってたほどばかなことをおまえが言わないからね」

「おまえも思ってたほどアホじゃなかったしな、ピーター。いずれにしろ、旅はあきあきだなあ。山はもうたくさんだ」

「安心しろ。それはこっちも同じさ。いちばん近い道を通って帰ろうぜ」

「こうやって、喧嘩しなくなるんだな」

「おまえの唯一の才能だろ」

フロリスは暗闇でニヤリとした。「ひと皮むけたな。おれに感化されたってわけだ」

フロリスの言うとおりだった。ピーターは前よりずっとおとなになっている。だがそれは、フロリスだけではなく、長い旅のおかげだった。おとなになっただけでなく、勇敢にもなっていたが、故郷に帰ってふたたび絞首台を見、火あぶりのたきぎのにおいをかぐ時がきたら、この勇敢さがどれだけ残っているだろう。

第二十二章　再会

「リサ！」

娘はドアから頭をだした。「はい、親方？」

「店におまえの客がいる」

「あたしに？」

「ひげだらけで、顔はよくわからんが若い男だ。」

リサは首をかしげた。彼女に好意をよせる男たちはたいがい店のなかにまでは入ってこない。

「早く行けよ。待たせるんじゃない。長旅をしてきたんだから」コックは、手に持っていた道具袋を机においた。ずいぶんとくたびれた袋だが、なにか壊れやすいものでも入っているのだろうか、ていねいに扱っている。リサはエプロンで手をふき、小窓から店のなかをのぞいて見ると、男がひとり、手を後ろにまわし、壁にかかった版画を見ている。すりきれたビロードの服を着て、たしかに顔じゅうひげぼうぼうだ。今すぐ、手入れが必要な風体で、身のこなし、背中の感じは見覚えがあるが、顔がはっきり見えないので誰とはわからない。男がこちらを向いた。灰色の目の、疲れたまなざし。

「ピーター！」

ピーターは黙って腕をひろげた。リサは駆けより、信頼をこめて抱きついた。旅立ちのまえには、こんな気持ちをピーターに持ってはいなかった。ピーターは若いピチピチした体を抱きしめ、かぐわしい香りを吸いこみ、ゆっくりと伝わってくる娘の体温を楽しんだ。しばらくして、リサを抱いたまま言った。「ああ、ほんとうに帰ってきた。暗くなぐさめのないフランドル、ここに住む陰気なひとびと、みーんないやな夢だったかと思いかけてたところだ」

「ほかのところはもっとずっときれいでよかった?」リサは、ピーターの目をのぞきこんだ。

「ホームシックってやつも、神の策略かなあ。ところで、ここはあまり変わってないようだね」ピーターはあたりを見回した。

「うん、でもピーターは変わったみたい」リサの口調は非難がましかった。

「ああ、髪もひげも切らなきゃ」

「それだけじゃない」リサは、ピーターから一歩離れて、ジロジロ見つめた。

「態度も、口のききかたも、目つきも、前とはちがうもの」

「たぶん、長いことおんな気なしでいたからだよ。男はときどきそうなる」

「あたしを裏切らなかったって言いたいわけ?」

「そう」

「ほんとう?」リサはうたがわしげな顔をしながらもほほえんだ。

「ほんとうだとも」フランスで娼婦ともった数すくない経験は、話さないことに決めている。「おまえは?」

「おいおい、そんなところにいつまでも突っ立ってると、ふたりとも根っこが生えちゃうぞ」そこへコックの邪魔がはいったおかげで、リサは返事をしないですんだ。三人が工房にもどると、弟子や助手がもうテーブルを囲んでおり、ピーターのスケッチが何枚かひろげてある。

「つぎに創る風景画シリーズの下絵にしよう。期待にこたえてくれたな、ピーター」コックは感激のあまり、つぎつぎとスケッチをとりだした。

「どれも、血と汗と涙の結晶です」スケッチを見ていると、ピーターの頭のなかに実際の色がいきいきと浮かんできた。線の一本一本、筆のひとはけひとはけ、影の部分、どれもこれも旅の思い出、今また、旅をしているような気持ちになってくる。

「あらいざらい話してくれ。聞きたくて、聞きたくてたまらないんだから。リサ！　ごちそうの支度をしてくれないか？　ブリューゲル親方は祝ってもらって当然だぞ」

「あまり大袈裟にしないでください。ブリュッセルで気がついたのですが、ほんとうに物が高くなりましたね」

ピーターは遠慮した。

「少しくらいの金、心配するな」コックはそう応じながら、ふいに外の気配に耳をすませた。ひずめの音がしている。すぐに呼び鈴がなって、コックが出ていくと、ピーターは不安な気持ちにおそわれ、故郷に帰ってきたという快い感情は急速にしぼんでいった。家に戻ったということは指一本で、自分の運命をねじまげることのできるあの連中の手の届くところに帰ってきてしまったということだ。

コックは手に一枚のカードをもって戻ってきた。ひたいにしわをよせてそれを読むと、ピーターに手渡した。

「ニコラス・ヨンヘリンクを知ってるのか？」

「わたしと一緒にローマへ行くはずだったヤコブ・ヨンヘリンクのお兄さんじゃありませんか？　なんでもすごい金持ちとか聞いてますが」

「アントワープで一、二を争う金持ちだろうな」

「その人が何を言ってきたんですか？」

「ご招待だ、あすの午後。弟から話を聞いて、それで、おまえの絵が欲しくなったんじゃないか？　まだ帰ったばかりというのに、もう依頼がくるとはなあ！　これからどんなことになるものやら。なんだかおもしろくなさそうな顔をしているぞ、ピーター。アルプス越えをしてきたのに、前よりもっと鬱っぽくなったなんてことないだろうね」

「わたしが戻ったことをどこから知ったんでしょう?」ピーターは浮かない顔でそう言った。

「有名税さ。うわさが千里先を行く」コックのほうは満足そうだ。

「あまり目立ちたくないんです」

「今日招待がきたのはたんなる偶然だよ、気にするな。旅をしてきても明るい性格にはなれなかったみたいだな」

「スペインの暴君も宗教界の当局もこの世から消えてなくなるような、そんな天災が起きればほがらかになれます」

「いつかそんな日もくるだろうよ。でも天災のせいでなくな」


ニコラス・ヨンヘリンクの家は巨大な迷路だった。どこをどう通ったか分からないうちに、主人の待つ居間に案内された。ヨンヘリンクは、何を着ていてもすぐそれと分かる金のある人間特有のふんいきを身につけている。背が低くふとっていて、明るい目がきょろきょろとよく動き、誰にもじゃまはさせせんと言っている。案内してきた召使をさがらせると、ピーターに椅子をすすめた。

「会うのは初めてだが、おたがいのことは分かっているのだから、初対面のあいさつは抜きにしようじゃないか」

「けっこうです」思っていたのと違う出会いになりそうで、ピーターはいっぺんに気が楽になり、壁の二枚の絵に目が行った。

ヨンヘリンクはピーターの視線をたどりにっこりした。「きみの絵だ。アブラハム・オルテリウスに金を払ってしばらく借りている。買い取りたいのだが、彼はなんとしても取り戻す気でいてな。そこでだ……」ヨンヘリンクはとつぜん元気よく立ち上がった。

「何か飲むかね? 家内はいまパリで、あれがいないと何にもできない。勘弁願うよ」

「どうぞおかまいなく。近頃は、必要なときしか飲み食いしないことにしています」

「ストイックな芸術家というわけだ」ヨンヘリンクはおもしろがった。

「そういうわけではありませんが、ミルクとはちみつに溢れたこの国にまた合わせていかなきゃならないのですから」

「皮肉ととっていいかな？」ヨンヘリンクはまた腰をおろした。「スペイン帝国の政治にたいする非難と？」

「そんな勇気はありません」

「心配するな。芸術家は多少なりとも反抗的なほうがよろしい。そのほうが、作品に深みがでる。それにどっちみち、きみの反逆精神は有名だしな」

「そうですか？」

ヨンヘリンクは目を細めてピーターを見た。「グランヴェル枢機卿とは懇意にしていてね」

「そんなことだろうと思っていました」ピーターはそっけなく答えた。「わたしが戻ったことを知るのが早すぎますから」

「金の力だよ。何でも金で買える。情報もな」

「アブラハムはこの絵を取り返す。だから、何か描けとおっしゃるのですね？」

「その通り」

「枢機卿とご親密な間柄なら、教会の仲介も不要ですね？」

「教会のほうは任せておいてくれ」

「アブラハムも以前似たようなことを考えて、困ったことになりました」

「彼はいっとき金がなくてな」

「権威も金で買えるのですね」

「権威こそだよ」ヨンヘリンクは訂正し、満面に笑みを浮かべてつづけた。「みんなはきみを農夫の息子で単純な男だと言ってるが、わたしは全くそんなふうに思ってないことを、知らせておくよ」

「単純で少しとろいと思われるほうがいい場合もあります」

ヨンヘリンクはこんどは大笑いした。「いいねえ。わたしと勝負する気がないのがいい」

「そんな大それたこと、とてもできません」ピーターは肩をすくめた。

「そうか」ヨンヘリンクは部屋の壁に注意をむけた。「ここは大きな家で、からっぽの壁がたくさんある」

「で？」ピーターは、相手が話をつづけるのを待った。ヨンヘリンクはまた飛び跳ねるように立ちあがると、手を後ろで組み、足をしっかと開いて、壁にかかったピーターの絵の前に立った。聖書から題材をとった「教会からの商人の追放」。

「この真に迫った描写、人間ドラマ、神秘的ポエジー。じつに見るものの期待と感情にアッピールする。こういう才能を目にすると、わたしの人間を信じる気持ちに間違いはないという気にさせてもらえる」

「それは誉めすぎというものです」相手の手放しの称賛は、ピーターを落ちつかない気持ちにさせた。

「そうかもしれない。自分の好みにひきずられているところもあるのだろう。どうだね、わたしのために数枚描いてくれたら、たいへん嬉しいのだが」

「数枚ですか？」

「一ダースほど」

「十二枚ですか？」ピーターは息をのんだ。

「できるかね？」

「コック親方が時間をくれればできると思いますが」

依頼主にとって、それは何でもない問題らしかった。「画家組合とのほうは、こっちで話をつける」

「それでテーマは?」

「それは任せるが、きみの風景画がいたく気に入っているので、季節画シリーズなんかどうだろう。大きさは、いずれ近いうちに連絡する。それでどうだ?」

「かなりの大仕事になります」

「報酬たっぷりの仕事だ。きみには、金はどうでもいいのかもしれんが」

「金がもたらすもののうちで自由には多少食指が動きます」

ピーターの返事はまたもや相手の笑いをさそった。「こんどは哲学者になったな。それでは、基本的にはこれで合意できたといえるね?」

「もちろんです。わたしはバカかもしれませんが、バカにも限度はあります」

ヨンへリンクは親しげにピーターの肩を叩いた。「家内が帰ってきたら、一度ゆっくり来てほしい。枢機卿も招待しようかな。きみの賛美者ふたりが同じテーブルに会すというわけだ」

とたんにピーターの心のなかに今まであった幸福感、気分の高まりがいっぺんに消えていってしまった。「すみません。枢機卿のそばですと、どうもいい気持ちでいられないのです」

「そうか。それでは彼は呼ばないことにしよう。じゃ、近いうちに」ヨンへリンクは召使を呼んで客を案内させた。ひとりになると窓辺にたたずみ、画家が馬に乗り、立ち去るまでずっとながめていた。「枢機卿のそばだと気分がよくない、か。ごくごく当然だな」彼の口調に皮肉っぽさは少しもなかった。

「だんな、こう言っちゃなんだが、もう、しらががありますぜ」

「知ってるよ」髪やひげに初めてしらがを見つけたとき、ピーターはむしろ嬉しかった。髪の色が濃く、しかもくせっ毛だから、もともとオランダ人離れした風貌なのに、ローマの強い日差しですっかり日焼けして、よけい外国人みたいに見えるのがいやだった。

「しらがを切る必要はないよ」

「好き好きですからね」そう言う床屋の頭はツルツルだ。

ピーターはヨッペのところへ行く途中なのだが、どういうわけか、この年老いた漁師に会うには、身ぎれいにしておかないと、という気持ちにいつもなる。町を出ると、なんどか回り道をし、油断なくあたりを見回した。だれも尾行していないことを確かめてから、ヨッペの小屋への道を進んだ。

小屋は最後に見たときと変わらず今にもくずれ落ちそうな姿で立っている。ピーターはやりきれない気持ちで、馬に乗ったまましばらくそれを見ていた。静かな秋の一日。太陽はうすい雲のかなたから弱い光をそそいでいる。暗いスヘルデ河の流れが岸をあらい、ヨシが過ぎ去った夏を悼むかのようにうなだれた姿で立っている。対岸には、イギリス商船が停泊中で、積み荷の火薬をおろし、この先アントワープまで上る支度をしている。

ヨッペはいなかったが、ここに人が住んでいるのは確かだった。外側は人目をひかないようにわざと朽ち果てたままにしているとしか思えないくらい、小屋のなかはきれいに整頓されている。穴はぜんぶふさいであるし、炉のそばにはたきぎの山。床もそうじがしてある。ピーターは外に出ると、河に沿った小道を北に向かった。水がヒタヒタと岸辺を洗っている。

ヨッペはヨシのなかに座っていた。ちょうどやなをはずしたところで、ニシン一匹、大きなカニ数匹が採れている。ピーターはそっと後ろから近づき、相手が気づいてこちらを向くのを待っていた。だが、老漁師は顔もあげず、振り向きもせずに言った。「頭蓋骨をたたき割ろうというのなら、ちゃんとうまくやってくれよ」

「耳はまだまだ達者なようだね」

「ピーターか！」ヨッペはやなから手を放すと、ピーターを抱きしめた。

「この世にしがみついていた甲斐があったというものだ」

「もうすぐ死にそうには見えないけどなあ」ヨッベはじっさい前に会ったときよりずっと元気そうだった。

「死に神がおどしに来ると、くそくらえ！　って言ってやるのさ。それで今も生きている」

「魚採りかい？」

「自分の食べる分だけなら船はいらん」やなからニシンとカニを取りだしバケツに放り込むと、網をヨシのなかに隠した。「たーんと話があるんじゃろう」

ふたりは小屋へもどり、カニをゆでる湯をわかした。

ヨッベにうながされ、ピーターは旅の話をしようとして、とつぜん何も語ることがないのに気がつき、愕然とした。語って聞かせる値打ちなどない長い夢からたった今醒めたような、まるでそんな感じだ。旅の途中、ずいぶんいろいろなことを経験をした。その場面場面は目に浮かぶのに、いざ言葉にしようとすると、うまい言葉が浮かんでこない。子どものころはけっこう話し上手だったのに！　怪談を自分で創って友だちに聞かせたくらいだったのに、その才能は消えうせてしまったようだ。

「話が下手だから、退屈するんじゃないかな」

「おまえさんの才能は舌にではなく、右手にあるのさ。いつか絵を見せてもらいたいものだ」

「一枚贈呈するよ」

ヨッベは首をふった。「ここは高価なものを置いとくところじゃない。盗まれるんじゃないか、破かれるんじゃないか、そんな心配まっぴらだ」

「あいつらまた来たのかい？」

「死んだことになってる人間を誰も探しはしないさ。盗賊やゴロツキは、わしのつらを見ると、たいがいもっと遠くへ獲物をさがしに行っちまう」

「持ってきたものがあるんだ」ピーターはピストルをとりだし、火薬袋と玉もいっしょにテーブルに置いた。「フロリスもおれも、このおかげで救かったんだ。でも、もういらないから」

「いいものだな」ヨッペは手にとり、ためつすがめつながめた。「イタリア製かい？」

「ジュリオ・クロヴィオにもらったんだよ。はじめは断ったんだけど、言い負かされてしまってね。そのおかげで命拾いしたってわけさ」

「わしを言い負かす必要はないぞ」ヨッペのみにくい顔がニンマリとした。撃鉄を起こすと、見えない敵に狙いを定める。

「使えるのかい？」

「こんなものアホにだってできる。このつぎまた襲われたら、こんどは少なくともひとりは道連れにできるってことだな。そう思うだけでも愉快だ。あの世へいっても、永遠に戦いつづける。することがないって状態にはならないな」

ピーターは武器に目をやった。このネーデルランドがスペインに立ち向かう日は来るのだろうか？

湯がわき、ヨッペはカニを放り込んだ。「カトリックの教会と貴族が権力と富を独り占めしているのに反対する声が大きくなっている。貴族はあいかわらずカトリックで、市民はルターの教えに心ひかれ、農民はカルヴァン派だ。そして貧乏人は、再洗礼派でなきゃ、平安は得られないと考えている。こんな混沌はいったいどこへたどり着くんだろうな？　いつか地獄が来るぞ。そんな日を、生きて見たいとは思わないね」ヨッペはカニのなべをかき回した。「コショウがなくて残念だ」

「今度持ってこよう」

「うれしいね。メシどきまでいるかね？」

「いや」ヨッペの分すらじゅうぶんないことにピーターは気がついていた。「アントワープに戻らないといけないんだ。することがいっぱいあって、どこから手をつけていいか分からないくらいだから」

「そうか。仕事はたくさん、時間はわずか」ヨッペはまたニタリと笑った。「わしは、そうでなくてよかった」

「働くのは好きだよ」

「わしだってきらいじゃない。でも、ほどほどに働くほうがいい。それと他人のためにはごめんだね」

「金がいるんだ。家を買って、家族を持ちたいから」

ヨッペは手をやすめ、じっと火を見つめた。「家族？　いつもいつも同じ女とベッドにはいるのか。結婚する気かい？」

「結婚？」それには、グランヴェル枢機卿の許可がいる。まだそこまでの決心はついていないが、いずれにしろ、枢機卿とは話をしないわけにはいかない。さもないと、リサも「不幸」に見舞われかねない。ピーターは苦い気持ちをかみしめた。

「帰るよ」ピーターはとうとつに言った。「こんどはコショウを持ってくる」

ヨッペはなべから顔をあげると、ピーターの肩に手をおいた。「帰ってきてくれて実にうれしいよ。おまえがいないと、世間から遠ざかってしまうからな。世間がわずらわしいと言ってるんじゃないぞ。どういうことかおまえなら分かると思うが」

「分かってると思うよ。ところで、コショウ以外に何か喜ばせてあげられるものはないかい？」

「本だな。以前は町でよく手に入れられたんだが、最近はとんと読むこともない。ときどき、持ってきてくれんか？」漁師はたいそうな願いごとでもするような顔をした。

「わかった、持ってこよう。また近いうちに来るよ」

　小屋を出たピーターはいつのまにか自分の生まれた家への道に馬を進めていた。生家の建物は相変わらずの姿で立っていたが、周囲の田畑は無残に焼き払われていた。「スペインのやつらめ！」

兄のディノスを訪ねるつもりはまるでなかったのに、惨状を目の当たりにしてうろたえたのか、気がつけば家の扉を叩いていた。三度目のノックでやっと顔を出したディノスは、だが、はき捨てるように言った。「何しに来た」

血の通った兄弟のものとも思えない冷たい眼差しがピーターをひるませる。

「帰れ！　ここに用はないはずだ」

「そんな言い方ってないだろう。スペイン兵にやられたんだね？」

「誰かのせいでな」

「おれのせいのわけないだろう！　おれはイタリアにいたんだぜ」

「おれたちに振りかかる災難はぜんぶお前のせいだ。トットと帰れ！」

ディノスは手荒くドアを閉めた。その音が耳にささり、ピーターは思わず目をつぶった。スペイン兵の焼きうちを受け、荒廃した田畑の風景だけが画家の脳裏にしっかりと刻みこまれた。

第二十三章　反乱のきざし

長く厳しい冬だった。寒さを生き延びることができなかった者たちの死体がぐれんの炎に包まれる。人びとは、週に一度、町の南部に立ちのぼるくさい煙をなるべく見ないようにしていた。けれど、きまぐれな風のいたずらで、モクモクとのぼる煙が時におそろしい怪物や悪魔の姿に見えることがある。そんな時人びとは、おお急ぎで十字を切り、一目散に家へ逃げこむのだった。中には、居酒屋へくりだして、みんなでワイワイ言いながら、アルコールになぐさめと勇気を求める者もいる。物価はあがっていたが、それでもビールとワインにはまだ手が届いたし、飲めば、寒さと憂さを忘れることができた。

スヘルデ河は凍結こそしてないが、岸辺は大部分が雪と氷に閉ざされている。船を出して漁をすることも、やなをかけることもできないから、ピーターはヨッペにパンと肉を運んだ。

「わしの教育がよかったな」ヨッペは喜んでくれた。「来る日も、来る日も、やせこけたウサギばっかり食べるんじゃ、やりきれんからな」

このあたりに、ウサギがもういないことをピーターは知っていた。「ときどき、河辺のいい空気を吸いたくなるんだ」

「そうかい？　借りがあるって、まだ思ってるんじゃないだろうね？」ヨッペはうかがうような顔をした。

「借り？　なんのことだい？　おれのせいで、こじき同然の貧乏暮らしになったからか？　体が不自由になったのも、牢屋に入ったのも、ほとんど死にかけたのもおれのせいだからか？　そんなことにおれがくよくよしてるとでも思ってたのかい？」

「ならいいんだ」ヨッペは立ち上がると、火に大きなたきぎをくべた。幸い、このあたりはまだたきぎに不自由することはない。

「おまえがいなければ、別の誰かがいたさ。それで結局は今と同じ運命だよ。あれがおまえで本当によかった」

「じゃ、それでいいじゃないか。おれは好きで来てるんだから、ゴチャゴチャ言わないでくれよ」

「彼女とはうまくいってるのかい？」

「リサ？」ピーターはパチパチはねる炎を見つめながら言った。「する事が多すぎて、恋愛ごっこなんかに時間がとれないよ」

「それはよくないぞ」ヨッペはコツコツと自分の頭をたたいた。「下の風通しが悪いと、上がつまる」

ピーターはニヤッとした。「ともかく、冬が過ぎたら、一緒に暮らすつもりだよ」

「その口ぶりじゃ、あまり嬉しくないようだな」

「あいつは時々はやさしくもなるし、おれを愛してくれてもいるんだけれど……」

「じゃ、一体なにを迷ってるのかね？」

「なにか足りないんだよ」

「情熱かい？　そんなものないほうがいいのさ。イライラの種だし、病気のもとだ」

「そういうことでもない。あいつは嘘が多いんだ。だから、いつも疑ってかからないとならないんだよ」

「たいした問題じゃないな。ぜったい信じなければいいのさ。そうすりゃ、何も起きないんだから。どうしたらいいか、わしが教えてやろう。木の棒を一本用意して、彼女が嘘をつくたびに、刻み目をひとつ入れるんだ。ぜんぶ刻み終わったら、その棒で叩きだすと言っておくんだよ。そうすりゃ、少しは用心するだろう」

「うん、いい考えだ。きっと、何かいい知恵を教えてもらえると思っていたんだ」

「棒は長いほうがいいぞ」
「刻み目をたくさんつけられるからかい？」
「うんにゃ。しっかり殴れるからだ」

急に暖かくなって雪が融け、冬の終わりが近づいてきた。寒気と氷に代わって、こんどはぬかるみと洪水が人びとを苦しめていた。郊外へつづく道路はたいがい何週間にも渡って通行不能となっている。町の城壁のなかでさえほとんど同じような状態で、道は泥沼と化し、歩くのも難儀だった。あちこちで、道路や建物が水に浸かり、どこもかしこもカビだらけ。何もかも腐っていった。まるで、それだけでは足りないとばかり、つづいてネズミによる被害が広がった。飢えきったネズミたちは、ありとあらゆる場所に出没し、わずかに残っている食料を食い荒らした。そして被害は食べ物にとどまらず、家のなかのゆりかごに寝かされていた赤ん坊が襲われる事件が頻発した。かじられて、ひどい怪我をおった赤ん坊は、たいがい伝染病にかかり、命が助かることはまずなかった。

だが、貴族と市民階級に属する人びとは、こういった災害とは無縁に暮らしていた。彼らは、がんじょうで暖かい石造りの家に住み、必要な買い物は御用聞きを通せばいいからである。証券取引所や港での取り引きも、わざわざ自分で足を運ばなくても、使い走りを仕事とする者に頼めば、水浸しの道路で足をぬらすこともなかった。

下層階級の人間は、こういったことをただうらやみ妬むだけである。毎日があまりにもみじめな生活で、文句を言うか、祈るか、ののしるかくらいしかできないのだ。時にはこぶしを振りあげる勇気のある者もいて、そういう連中はたいがいスペイン軍へ走り、パトロールの任につく。だが、軍が彼らのために何かをしてくれることはなかった。

ヨーロッパでいちばん豊かな町はこういう具合に安寧が保たれていたが、その一方で、名無しの権兵衛がおおぜいのたれ死んでいた。教会もただ富をかき集めるだけで貧しいものの味方ではない。くさい臭いを放つ者、重い病気の者、献金する金を持たない者は、教会のなかに入ることさえ許されなかった。彼らは少しでも暖まりたいと、ただ入口にたたずんでいるだけである。

ピーターは画家組合から、工房近くに家を一軒斡旋してもらった。そして四月の末にリサとそこへ移り住んだ。グランヴェル枢機卿は相変わらず何も言ってこず、ピーターはホッとする一方、落ち着かない気持ちでいた。枢機卿の館に手紙を二回おくり、会見を申し込んだというのに、返事がまだこない。もうパトロンとして画家を守る気持ちをなくしてしまったのだろうか？　いやいや、そんなわけはない。おそらく、他のもろもろのことで手一杯なのだろう、ピーターはそう考えることにした。

ピーターからリサといっしょに暮らしたいと打ち明けられたコック親方は、それはよかった、何にも問題はない、と喜んでくれ、修行はもう終わったから、私生活は好きにしてかまわないとも言ってくれた。それでピーターはすこしホッとできたが、できればグランヴェル枢機卿自身の口から聞きたいことがたくさんあった。

豪商ヨンヘリンクのところの晩餐会は、とても楽しかったというほどではなかった。ヨンヘリンクの知人が数人招かれており、天才画家と知り合えるとワクワクして待っていた。あんなすばらしい絵を描くのだから、きっとそれなりの魅力をもった人物だろう、彼らはおそらくそういう期待を持っていたのだろうが、当の画家は黙りこくっているばかりで、みんなすっかり当てが外れてがっかりした。

「みんな、縁日の見世物を見るみたいな目でわたしのことを見るんです」ピーターはマリケにそう報告した。彼女はあいかわらず、ピーターが心を開けるただひとりの女性だ。

「だから、まるっきり落ち着かなくて、ナイフやフォークの使い方まで忘れてしまったほどです」

「かわいいお嬢さんはいなかったの？」

「女の子はふたりいたけど、遠くからでも香水のにおいがプンプンで」

「それで、食事はどうだった？」

「サービスをみせびらかすためみたいでした。大きな皿にほんのちょっぴり。持ってる食器をぜんぶ使いたかったんですよ、きっと」

ヨンへリンクとの約束のほうはうまい具合にすすんでいた。三ヶ月に一枚絵を引き渡し、そのつど払ってもらった。

ピーターは、その気になったらすぐ絵が描けるように、引っ越すとすぐに工房をととのえた。人に見せたくない絵を描くにも工房は必要だ。

彼は、飢えをもたらしたきびしい冬にインスピレーションを得て、カーニバルの楽しさと断食期間のコントラストを示す大きな絵を描くことにした。何十人もの登場人物がそれぞれの形で絵のテーマを表すようにしようと構想を立てた。風景画を描くのは最近すこし飽きてきていたので、注文の風景画の合間に、気分転換にこの絵に向かった。

リサはこの絵にあまり感心しなかった。「醜い人物ばかりじゃない」というのが彼女の感想だ。

「ありのままに描いているんだよ」

「人間って、こんなに醜いかなあ？」リサはそう言いながら、ピーターとカンバスの間に割り込んだ。「あたしもこんなに醜い？」

リサの背中がカンバスに触れて絵の具がついたりしないように、ピーターは一歩さがった。「おまえは別さ」

少しイライラしながら答えた。

「じゃあ、あたしを描いてくれないのはどうして？」

「絵に描くと、あまりきれいじゃないからさ」

「あら、そう？　どうしてだろう？」

「それはね、おれがいつも、きれいな外見の下を見て、その人物の本性を描こうとするからさ」

「本性って、そんなに醜いわけ？」

「残念だけど、そうだ」

「じゃ、あたしの本性も醜いと思ってるんだ」

「そう、おまえの嘘が見えるし、それを描くからね。嘘は大体のところ醜いものだ。さっき、きょうは外出したのかって聞いたよね。そうしたら、雨が降ってたから、出かけなかったって、言ったよな」

「ええ、言ったわ。それで？」

「床の濡れた足跡はどういうことだい？　青い肩掛けもびっしょりだ」

「ふん！　なんであたしが嘘をつくか、あんたに分かる？　それはね、そういう質問が嫌いだからよ。いつも疑ってかかってるんだから！」

ピーターは戸棚から例の木の棒を取りだし、あたらしい刻み目をひとつ足した。そしてそれをまたしまうと、リサが逆らうのもかまわず抱きしめた。「それはともかく、おまえは本当にいい女だ」

逃げようとするリサの体をピーターの手が執拗に撫でまわし、リサの抵抗もほんの一時のことだった。半時間後、ふたりはベッドで語りあっていた。

「あんたがこんなにすてきな恋人でなければ、侮辱なんかさせないんだけど」

「おまえがこんなに醜い女でなければ、もうとっくに放りだしてるよ」

リサは一瞬キッとなったが、つぎの瞬間はじけるように笑いだした。「うまいこと言うじゃない」

「ねえ、やっぱりあたしを描いてよ」

「たぶん、そのうちね」ピーターはけだるく体をのばした。「聖書から題材をとった絵を考えてるんだけど、そのモデルにおまえを使えるかもしれないな」

「どんなテーマなの？」

「堕落した天使が空から墜落する話」ピーターの答えはなかば真面目であった。


「おまえは働きすぎだよ」

ピーターはびっくりした。ボーデン湖西部の絵を描くのに夢中になっていて、コック親方が近づいたのにまるで気がつかなかった。絵の原案には今もありありと浮かぶ思い出とその場で描いたスケッチを使っているのだが、イタリアへ行ってから、風景画はたいがいこうして描くようになっていた。

「親方の版画の下絵を描いているときには、働きすぎだなんて言わないじゃないですか」ピーターは一歩さがって絵筆とパレットを置いたが、目は絵から離さなかった。

「そりゃ、金持ちの依頼人のための絵を描いてるときほど熱心にやってないからだよ」

「依頼された絵を描くのは反対だという意味ですか？」ピーターは右手の指をマッサージしながらたずねた。

「やきもちを焼いているって言ってくれてもいいよ。ところで、その右手、どうかしたのかね？」

ピーターはマッサージをやめ、指を曲げたり伸ばしたりした。「あまり長いことひとつのことをやってると、指と手首の関節が痛むんです。たぶん、おっしゃる通り、働きすぎでしょう」

「ヨンへリンクの注文は幸運だったが、この先何年も注文がこないことも考えられるじゃないか。そうしたら、どうするね？」

「そうしたら、あなたのところへ帰りますよ。よく働くうまい画家なんですから、断るわけないですよね？」

「こっちにも、主義主張はあるぞ」コックはあくまで真面目に取っている。

「冗談ですよ」

「わかってる、だがな……」

ピーターは、話をするのが面倒になってきた。このところ、イライラして気持ちが不安定になっているのは自分でもわかっている。仕上げねばならない仕事は山ほどあるし、リサは、自分が女性に求めているものをあまり与えてくれない。おまけに、繰り人形みたいに動かされているような気がして、落ちつかないことこの上なかった。

「ピーター」コックは工房にいる他の人びとにチラッと目をやった。誰もこちらを注目していないとみると、彼は声をひそめてつづけた。「今晩、われわれの寄り合いがあるんだが、おまえを呼んでもいいことになった」

「寄り合い？　われわれと言うと？」

「スコラ・カリタティスだよ」

ピーターは、数年前コックからこの異端宗派のことを聞いたことがあったが、それ以来すっかり忘れていた。

「どうだ、行くかね？」

「わたしが行くとなにか役にたちますか？」

「われわれの力を強くする時機なんだ。ネーデルランドは政治的にも宗教的にも我慢できないほどになってきている。グランヴェルが大司教になって権力をふるうようにでもなったら、もっと悪くなるだろう」

グランヴェル枢機卿の名前を聞くと、ピーターはドキッとした。

「グランヴェルが大司教になるんですか？　枢機卿なのにその上にですか？」

「世の中の動きは速いんだよ。あの男は、自分で自分を任命もできるんだ」

「それに反対できるんですか？」

「おまえとふたりじゃ、何もできん。だが、数が集まれば、成功の可能性はある。反乱の機は熟しているが、先頭に立つ者がいなければだめだ」

「カリタティス派がそれをやる、ということですか？」

「すくなくとも計画を練ることはできる」

「でもそれは、ものすごく危険なことでしょう？」

「こわいか？　こわくて当たり前だ。こわさを知らない兵隊はたちまち死ぬはめになるからな」

「わたしは絵さえ描ければいいのです。政治と関わりを持とうとは思っていません」

「政治と無関係でいられる人間はいないんだよ。親を占領軍に殺された者ならもっときついこと言うと思ったんだがなあ」

「わたしはもともと臆病なんです」

コックはピーターの肩に手を置いた。「そんなことはない。おまえが勇敢なことは証明済みだ」

ピーターはため息をつくと、描きかけの絵に目をやった。「この永遠の風景も飽きてきたし……」

「そのようだな」

「もっと他に描きたいものがあるんです。人間やそのおろかな行為とか……」

「どうしてそうしないのかね？　風景はわたしの版画用だけにしといて、それ以外は自分のやりたいようにすればいいじゃないか」

「心の広い所を見せていただいて、感激です」

「おまえの言う人間のおろかな行為とやらがヨンヘリンクのお気にめさなかったら、どうやって食べていくんだね？」

「金なんかどうとでもなりますよ」

「パンパンの財布を持ってる人間はとかくそんなことを言う。ところで、うまいこと話をそらされてしまったが、

「今晩、行くかね？」
「一緒でかまわないんですか？」
「みんな、ひとりで違う道を通っていく。連れ立って行くと、目立つからな」
「どこへ行けばいいんでしょう？」

居酒屋「水平線」は見たところなんの変哲もないありふれた店だが、ドアのところに男がひとり立っていた。「何しに来た？」聞かれて、「アンナ・ヤコバの結婚式の話し合いに」とピーターは答えたが、内心こっけいだった。コックが迎えてくれるさ、と高をくくっていたのだが、やはり合言葉を言わなければ通してもらうこともかなわなかった。

中では、三十人ほどの男女が飲んだり食べたりしているが、新入りに目をくれる者はいない。社会の底辺にいる貧乏人の集まりとばかり思っていたが、何人かは、高価な服を着ており、知識階級の人間とみえる。

コックはまだのようだった。ピーターはカウンターに座ると、ビールを注文したが、知らない人ばかりのなかで、気持ちが落ちつかない。ふと、自分をじっと見つめる視線を感じて振り向くと、男がひとりあわてて目をそらした。どこかで、会ったことがあるような、いったい誰だったたか？

「やあ、失礼。もちろんすぐ払うよ」ビールのジョッキが早くも置かれ、亭主が勘定を催促している。ピーターはあわてて財布を取りだした。

ジョッキに口をつけようとした、ちょうどその時、誰かに肩をたたかれ、ピーターはびっくりした。あまりびっくりして、ビールがこぼれた。

「驚かせてしまったようだな」感じのいい声がそう言った。

ピーターはのろのろと振り向き、思わず大きな声をあげた。「フロリス！」

「しっ！」フロリスはあわてて指をくちびるに当てた。「ここでは、名前を言ってはだめだよ。まして大声で叫ぶなんてとんでもない」

「フロリス、おまえがここにいるなんて、……」

「おれだってそうさ。世界の半分をいっしょに旅した仲だって、おたがい知らないことはあるんだな。元気か？」

「去年は山と谷を何千回も描いてたよ。もう二度とアルプスは見たくないくらいだ」ピーターはそう言いながら、フロリスの後ろのテーブルに目をやった。

「誰か知ってるやつがいるのか？」フロリスは振り向かずに尋ねた。

「気をつけろよ。ここにいる連中は、お人好しにはほど遠いやつらだからな。自分の名前が外に漏れたら、火あぶりになるかもしれないことを知っている。何にも知らないふりをしろ。そのほうがいい」

ちょうどその時ドアが開き、コックが入ってきた。ピーターとフロリスのほうをチラッと見て、まっすぐ椅子がひとつあいているテーブルのほうに歩いていった。

「いったい全体、ここで何があるんだい？」ピーターは声をひそめた。

「教会や世俗のおえらいさんとつながりのあるいろいろな人が、情報交換しているのさ。かげで何がおこなわれているかを知るためにね。そのほか、何かを探り出す任務を負っている者もいるし、ねらった人物に影響をあたえるように言われている者もいる。簡単に言えばスパイ活動さ。きょうは、どうしたら仲間をふやせるかを話し合うんだよ」

それからしばらくは、ビールに酔った声高な与太話がつづくだけであったが、やがて、コックのテーブルの男が立ち上がり、人びとの注意をうながした。

「ヨハン・デ・ヴァハター。香辛料を商っている御仁だ」フロリスがピーターの耳元でささやいた。

デブの大男、デ・ヴァハターは、すり切れた革の上着を着て、型のくずれたほこりだらけのブーツをはいている。ベルトには、ピーターがイタリアで見たことのあるようなナイフをさしている。

「諸君」そう彼は始めた。「わたしは演説が得意というわけではないから、簡単に、大事なことだけを話す。きょうは、思いきって数人で連れだって来たが、こんなことは初めてのことだ。謀叛の企ては、目標は高尚でも、非常に危険だからだ。もちろん、ここにいる謀叛人はみんな立派な目標を持っていると、わたしは考えている」ここで彼はニヤリとした。

「われわれは権力を求めているわけではないし、カトリックの連中とことを構えようなどと考えているわけでもない。ただ、神の名のもとにおこなわれている殺人や拷問に終止符を打ちたいだけである。神がそのすべてを許しているなら、神は悪しき存在と言わねばならない」人びとの同意の声が静まるの待って、さらにつづける。「宗教と争うのは正しい道とは言えない。みじめな現世のあとにもっと良い人生が来ると期待している良い信徒の夢を奪ってはならないからだ」この意見には、みんながみんな賛成というわけではなかったが、ヴァハターはかまわずつづけた。「神がいるとして、人がそこそこきちんと生きて、隣人をあまりたくさん欺くようなことをしなければ、神はどう仕えてもらおうが、たいして気にもなさるまい」そこで彼はまたニヤリとした。「諸君、ここがわれわれの出発点となる。どの宗教に従うかは、めいめいが決めるべきことであるが、ほかの宗教を信ずるものに手出しをしてはならない。繰りかえす、宗教を異にするからといって、害をなしてはならない」

聴衆はこんどは全員賛意を示した。「そういうふうに考えない連中は、教会のおえら方であれ役人であれ、悪魔に連れていかれるがいい！」

数人が感激して、ジョッキでテーブルをドンドン叩いた。「しっ！」彼はあわてて手で制すと、不安気に窓のほうをみた。外は暗くてなにも見えない。「われわれと考えを同じくするものはたくさんいる。どうしたら、こういう人びとをひとつにまとめ、何かをなす力を作りだせるか。この点を長いこと真剣に考えてきた人に、この場で意見を述べてもらおうと思っている。自分は役に立てる、そう思う者は、どうか遠慮なく声をあげてくれ。

では、哲学者コールンヘルト氏に話してもらう」

デ・ヴァハターはすわり、ビールを頼んだ。コールンヘルトが立ちあがり、聴衆を黙って見渡した。耳のところに白い髪が残っているだけで、あとははげている男の頭に、ランプの影がゆれている。

「宗教は、金、権力、肉欲とならぶ最大の原動力のひとつである。この四つの原動力がひとりの人間のなかにあると、われわれは独裁者あるいは教会の……」

ドアのところで通りを見張っていた男が警告の合図をおくった。コールンヘルトはただちに座ると、さもずっとおしゃべりに興じていたように振る舞った。

とつぜんドアが開き、五、六人ほどのスペイン兵士がなだれこんできた。つづいて将校がひとり。演説にずっと聞き入っていたピーターは愕然とした。兵士は、誰も出られないように、剣をもってドアの両側に立っている。将校は手にしたピストルを天じょうに向け、ゆっくりと部屋のまん中に立つと、ひとりひとり、順々に、じっと伺うようににらみつけ、目をふせる者に出会うとニヤリとする。ピーターとフロリスは将校の斜め後ろにいたので、彼の視線を受けずにすんでいる。

確か、馬のひずめの音はしなかった、ピーターはパニック状態ながらもそう考えた。スペイン人は、気づかれないように歩いてきたのだ。ということは、きょうここで集会があることを密告した者がいるということである。さっき、どこかで見たことがあると思った男がいたが、あいつだろうか？　ピーターは男を探そうとしたが、将校がじゃまで見つからなかった。その時、将校の声がひびいた。

「そうか、アントワープの代表的異端どもの集まりだな？」わかりやすいフラマン語だ。

「失礼ですが」部屋の中ほどから声がした。「それはいったいどういうことでしょうか？」

「わたしのフラマン語はまずくないはずだが？」

「たいへんお上手です。ですが、おっしゃることの理由が分りません」

「ほう。それほどバカには見えないがな」

「りっぱな市民であるわれわれには、それなりの敬意をはらってくださるようお願いいたします」

「りっぱな市民だと！」将校はゆかにペッとつばをはいた。「教会と王の権威を失墜させようと図るゴロツキどもが、なにがりっぱな市民だ！」

「罪が証明されるまでは、なにびとも無罪です。ですから、重ねてお願いします。そういうものの言いようはおやめください」

「だまれ、うす汚い異端野郎！」カッとなった将校は、ピストルを相手に向けた。「もうひとことでも言ってみろ！　裁判を待つまでもないぞ！」

その時、事態は急展開した。居酒屋の亭主がカウンターの下からピストルをとりだすと、将校の背中めがけて発射した。とつぜんのことに驚いてただ右往左往するばかりの兵士に、男たちがとびかかっていく。テーブルが倒れ、椅子がひっくり返り、ナイフがきらめいた。数分のうちに、兵士は全員壁に押しつけられ、衆を頼む力にあぜんとするばかりだった。勇敢なのか、やけっぱちになったのか、中のひとりがすきをみて剣をつきだしてきたが、切っ先が誰かにとどくまえに、自分の手首を切り落とされてしまった。ぼうぜんと、血が噴き出す腕をみつめていた兵士はくずれるように倒れた。

それが合図のように、残りの兵士たち全員、武器を放り出し降伏した。

「さて、われわれはジレンマにおちいった」デ・ヴァハターがナイフの先を親指でこすりながら言った。「暴力には原則としていっさい反対のわれわれだが、ここにいる兵士ひとりでも生かしておいたら、あすの朝日が昇る前に、われわれ全員、まちがいなくベッドからたたき出され、ただちに縛り首だ。さて、どうする？」

「しかたないな」誰かの落ちついた声がした。兵士たちの目を見ないようにしながら、デ・ヴァハターが言った。

「ご亭主、ここの庭は、全員埋められるくらいの広さがあるかな？」

「それはだいじょうぶですが、探されたらことですよ」

「スヘルデ河に投げ込んだほうがよくないか?」別の声が提案した。

「気の毒に。あのアホどもには、何の話かまるでチンプンカンプンなんだから」ピーターはフロリスにささやいた。

「同情してるのか?」

「同情? とんでもない! こっちの話をあいつらが分からないのが、残念なんだよ。ビビッて、ちびるのをぜひとも拝見したいのに」

「そうだ、スヘルデ河がいい」同調する声があがった。

「じゃ、それで決まりだ」デ・ヴァハターが言った。「こつぜんと消えたパトロール隊はこいつらが最初で最後ってわけじゃあるまい。誰か、処刑を買って出る者はいるか?」

「おれがやる」やさしい目をした、ブロンドの小男が申し出た。「ブタどもに殺された女房とふたりの息子のために」

「ここを汚されちゃ困ります」亭主が注意した。「庭でやってください。台車がありますから、それで運んだらいい」

男たち数人が兵士を連れだし、将校の死体と手首を切り落とされて気を失っている兵士を運び出した。

「さて、次は密告者探しといこうか」デ・ヴァハターはニタリとした。「この場にいるものなら……」彼は密告者の顔を知っているかのように一同を見渡した。

「たぶん、わたしが知ってると思います」この言葉にフロリスは、おどろいてピーターの顔を見つめた。

「話してもらえますか?」デ・ヴァハターが促した。

「以前その男の裏切りでひどいめにあったことがあるが、その人物がこの中にいます」重要な役割を演じることができるという思いと、今こそあの時の決着がつけられるという思いで、ピーターはひどく興奮した。「お疑いの方がいるのなら、証人もいますから」そう言いつつ、フロリスを見た。

「ディトマー。ひげを生やしてすっかり見違えたが、皆さん、知ってのとおり、わたしは画家だから、ひとを見分けるのに、目ひとつ、耳ひとつ、しわ一本でじゅうぶん」

「なんだって！　あのうす汚い野郎がここにいるって？」フロリスはあわててあたりを見回した。その瞬間、ディトマーは脱兎のごとく裏口からとびだした。「逃がすな！」

口々に叫びながら後を追ったが、ディトマーは暗闇にまぎれ消えてしまった。ぼうぜんと突っ立って事態を見ているだけのピーターをフロリスが突ついた。「さあ、追いかけるんだ！」そう言うなりフロリスが飛び出し、ピーターも一瞬遅れてつづいた。居酒屋の道路ぎわのへいに沿ってふたりは走った。反対側のへいのそばでは、今しもスペインの兵士たちの処刑がおこなわれている。断末魔の叫びが闇をひき裂くように聞こえて来た。

「あそこだ！」フロリスの数歩さきで、ディトマーがへいをよじ登ろうとしている。処刑騒ぎを利用して逃げるつもりなのだろう。へいを乗り越えると道にころがり落ちた。フロリスが追いつき飛びついたが、相手はおもいがけぬ早さで起き上がると、渾身の力をこめてフロリスの両脚を踏んづけ、骨をくだこうとする。ピーターが後ろから襲いかかり、はがい締めにしたが、ナイフで刺すのは成功しなかった。死に物狂いになって、メチャメチャに暴れる男の肘鉄を腹にくらい、ピーターがうめき声をあげ手を放したすきに、ディトマーは走りだした。だが、彼はあまり遠くまでは行かれなかった。「これで終わりだな。観念しろよ」正面から出てきた男たちが三人先回りして逃げ道をふさいでいる。

「おれを殺そうとしやがって！　うす汚い異端野郎が！」ディトマーはピーターとフロリスにつばを吐きかけた。

ピーターは胃をおさえ、うめきながら立ち上がった。ナイフは足元にころがっているが、拾う気にならなかった。「ひとつだけ教えろ」ピーターは絞り出すように言った。「アンケをやったのはおまえか？」青ざめた相手の顔をヒタッと見据えて返事を待つ。周りの人間は眼中になかった。

「そうさ、おれだよ」ディトマーの目の隅に地面に落ちているピーターのナイフが見えた。

「この俺さまが、あのアマの頭をかちわってやったのさ。女や異端には、お似合いってもんだ」ディトマーは電光石火、ナイフをつかんで一回転、つぎの瞬間にはネコのように飛び上がった。ナイフをかまえ、「さて、こんどは貴様だ」そう叫びながら、ピーターに突進した。

周りの男たちが、彼に飛びかかり取り押さえようとしたが、地面に倒れたままのフロリスのほうが一瞬早かった。フロリスの必死の蹴りで、ナイフの切っ先は髪の毛一本、ピーターの首をそれた。わめきながら倒れたディトマーを数人が押さえこむ。ボコボコ殴る音と苦痛のうめき声だけが聞こえてくる。

「いっしょにスヘルデ河に投げ込め！」誰かが大声をあげる。

「静かに！」デ・ヴァハターらしき声。「死体を運ぶのはふたりだ、あとはすぐ消えろ！」

とつぜんコックがピーターの隣に立っていた。「どうだ、だいじょうぶか？」

そして、フロリスを助け起こしながら「きみは？　けがはないか？」と聞いた。

「きみのナイフだ」デ・ヴァハターはナイフをピーターに渡し、力をこめて肩をたたいた。

「感謝するよ」そう言うと、闇に消えていった。

フロリスはよろよろと、両脚の具合をたしかめた。「チクショウ、痛むぜ！　あの野郎！」

「ふたりとも、さっさと帰るんだ！」コックがせかした。「牢屋で朽ち果てたくないならな。話はあすだ」

台車が近づき、コックは一歩しりぞいた。顔をうつむけた男がふたり、台車を押して通っていった。この暗さなら、誰とはわからない。

「行け！」コックも足早に立ち去った。

「歩けるかい？」

「たぶんね。いくぶんよくなったみたいだ」フロリスはピーターの腕につかまりながら歩いた。ふたりは、建物の塀にピッタリと沿って行き、目と耳はしっかり開けておいた。武器のガチャガチャいう音や、馬のいななきが聞こえたら、すぐにも隠れられるように、一瞬も油断しなかった。だが、どこもかしこもひっそりと闇のなかに静まりかえっていて、町中がさきほどの事件に恐れをなして引きこもってしまったかのようだった。

とつぜん、フロリスが立ち止まった。「でも、いったいどこへ行くんだ?」

「おれのところさ。こんばん一晩くらい、そうしたほうがいいだろう」

「部屋をとってあるんだ。金も払ってある。帰らないと、疑われるかもしれない。他にどんなやつが泊まっているかわからないし」

「感謝の気持ちを示すチャンスを与えてくれないのかい?」

「きょうのところは罪の意識なんてもうたくさんだ。あの密告野郎がじゅうぶん見せてくれたからな」フロリスはニヤリとした。

「じゃ、ここで別れようか?」

「ああ、そうしよう。どっちにしろ、おまえは放っておいてはもらえないだろうな」

ピーターもニヤリとした。「ありがとう!」

「気をつけろよ、ピーター」フロリスは真剣な表情でそう言うと、足早に立ち去った。

家ではリサが疑心暗鬼でいた。「いったい、どこに行ってたのよ!」

「自分の幻影のひとつと戦ってきたんだよ」ディトマーの一撃をくらった胃はまだ痛んだ。「そう、それで勝ったの?」

「友だちが助けてくれた」ピーターは上の空でこう答えながら、リサにどこまで打ち明けようか考えていた。わかってくれるだろうか? いやいや、やっぱり止めておこう。リサが理解するとは思えなかった。

第二十四章　恐怖

「きみは風景を描くのに情熱を傾けていると思っていたが、その情熱はどこへ行ってしまったのかね」ヨンヘリンクは首をかしげ、部屋の真ん中の画架に広げられた巾が一メートル半はあろうかという絵をながめている。その絵は、ひとりひとりが態度でネーデルランドのことわざを表した人物であふれかえっていた。

「もし、お気にめさないなら……」ピーターはためらいがちに言った。

「もちろん、気に入っている」注文主はさえぎった。「気に入ってるなんてものじゃない。まったくもってすばらしい！　魔術だね、ドラマに満ちてる。何ヵ月も待ったかいがあったというものだ」

「だいぶお待たせしてしまいましたが、ごらんの通り手間のかかる絵ですから」

「すばらしい、実にすばらしい絵だ」ヨンヘリンクは手放しのほめようだ。「ずいぶん変わった絵であることはたしかだが、うん、いい絵だ。なんとなく哀しい感じがするが……」

「哀しい？　そう見えますか？」

「そう、誰も彼もみんな哀しげだ。このことわざは、人間の営みはすべて無益だということを表しているのだね」ここでヨンヘリンクは首をひねった。「ここに描いてあるのは、きみだけが現実に見ている世界なのかね？　なんの才能もないわたしらには見えない？　いやいや、そんなことはない。わたしらにだって目はある」ここで彼はひとりうなずいた。「わたしらも見ているのだ。ただ、この絵のような芸術作品が目を開かせてくれるまで、見ているという事実に気がつかないだけだ」

「おほめいただき、身に余る光栄です」

「きみは、わたしの質問にまだ答えてないぞ。なぜ、こうもとつぜんに違うテーマなのかね？」

「風景をスケッチしたり描いたりしなければならないことが多すぎました。コック親方のためには、今も相変わらず風景です。客はいつでも、風景、風景ですから」

「それが本当の理由かね？」ヨンヘリンクは疑わしそうな顔をした。

「いいえ」ピーターは白状した。「それが本当の理由ではありません。少なくとも、それだけではありません」唇をとがらし、自分の描いた絵を他人の目で見ようと試みた。いつもはたいがいうまくいくのに、今度ばかりは努力がいった。あまり長いことこの絵に関わっていたからだろうか。

「頭の中がどうもおかしいのです。周りに見えるものが、全部ごちゃまぜになって、絵に置き換えないと、狂いそうになるのです」じっさいピーターに起きていることは、もっとずっと激しく、これはずいぶん控えめな表現であった。

「こんなすばらしい絵ができるのだから、きみの頭の中に現れる妖怪を神に感謝するとしよう」ヨンヘリンクは絵に背を向けた。「お茶がいいかね？　それともビールかワインか」

「ご面倒でなければ、お茶を」

「居間に行こうか。きみに会いたいと待ってる人がいる。あまり長く待たせては悪い」


ピーターは嫌な予感がした。馬車が来ていただろうか、見張りはどうだったか、思いだそうとしても思い出せなかった。まるで注意をしなかったのはうかつだった。

黒っぽい服を着た男がひとり、ドアに背を向けて本を読んでいる。ヨンヘリンクはピーターを先に行かせた。

「さあ、入りなさい」やさしく促す声。「そう遠慮するでない。獅子の穴に入るわけでもないから、怖がるにはお獅子の穴だって？　とんでもない、もっと悪い。ピーターはピカピカの床をしぶしぶ部屋の中ほどまで進んだ。

「真の芸術家というのは遠慮深いものだな」本から目をあげずに、グランヴェル枢機卿は言った。「真の芸術家すなわち大芸術家というわけではないがね」

「わたしにとってブリューゲル親方は大芸術家です。もちろんわたしは、あなたさまほど造詣は深くありませんが」ヨンへリンクが静かに言った。

「才能のほうは問題ないのだが、行いが今ひとつだ。愚かな民衆からおのれを隔てるなにか大事なものが欠けている」グランヴェルは本を閉じてかたわらの長椅子に置くと、体を半分ひねってピーターを見た。「もう少しそばにこないかね。話がしにくい」

平服とはどういうことだ？　ピーターは命令に従いながら考えていた。こんな風に変装して、あらゆることを見たり聞いたりしているのだろうか？　それにしても、護衛なしで出歩くとは、なんとも大胆な！

「ごぶさたしております。ここでお目にかかれるとは、驚きました」

「あまりうれしい驚きではなさそうだな。それに、わたしの身なりに不信を抱いておる。だが、ときどき祭服を脱ぐのは快適なものだぞ。兵隊が軍服を脱ぐと、ホッとするのと同じことだ」

「分かる気がいたします、枢機卿さま」ピーターは用心深く答えた。

「お前は、なんといっても想像力は豊かだろうからな。ところでニコラス、申し訳ないが、ふたりだけにしてもらえるかな」

「もちろんです。お茶を用意してきましょう」ヨンへリンクは軽くお辞儀をすると、静かにドアを閉めて出て行った。

「まあ、座りなさい。ゆっくり話し合うのに、最上の環境じゃないか」枢機卿はかたわらの椅子を指さした。

痩せたな、ピーターは椅子に腰掛けながらそう思った。禁欲的な容貌、灰色のひふは前と同じだが、ほほ骨がずっととがり、目も以前より落ちくぼんでいる。だが、エネルギーにあふれ、断固たるところは変わらない。

「この何年か、お前のためにあまり時間がとれなかったが」

ピーターは、相手のまるで弁解するような口のききかたに驚いた。

「だからと言って、お前のしていることを知らないというわけではない」

「何度も手紙をさしあげました。会見をお願いしたのですが……」

「あの頃は国外にいた。あの娘のことで、話があったのだと思うが？　結婚するつもりかね？」

「リサはなんと言うか……」ピーターは口ごもった。

「ピッタリの相手というわけではない？　そうだな？　それなら、なるべく早くに別れるほうがいい」

「それはたんなる助言でしょうか？　それとも御指示ととるべきでしょうか？」しまった、こんな口のききかたをしてはいけなかった！　だが、枢機卿は気にしていないようで、立ち上がると手を後ろに、ピーターに背を向けた。

「ところで、話は変わるが……」

さて、ついに来たか。枢機卿がこのお馴染みのポーズをとるときは、災いにみちたことを言い出すときだ。

「『水平線』とかいう居酒屋にはよく行くのかね？」

「はい、一度行ったことがあります。友人のフロリスといっしょでした」ピーターは顔を見られていないことを喜んだ。何もかも承知の相手に、嘘はご法度である。

「そうか、行ったことがあるか」

相手の声に皮肉を聞き取り、ピーターは湧き上がってくる不安と必死になって戦った。

「四ヵ月ほど前になるが、将校の指揮の下で、スペイン兵のパトロール部隊がそこに乗り込んだ。異端者の集まりがあるという情報があったのでな。ところが、その夜を最後に、部隊は将校ともども消えてしまった。痕跡ひとつ残さずだ。居酒屋の亭主は拷問台で死んだが……」

グランヴェルは体をまわし、ピーターをじっと見つめた。「その異端者の集会のことを何か知らんかね?」

居酒屋の亭主はいっさいがっさい白状してしまったのだろうか?「あそこへ行ったのは、もうずいぶん前のことです」ピーターは答えにならない返事をした。

「そうか……　ところでコック親方もその居酒屋へ行くことがあるかね?」

「以前はときどき行ってたようです」声がかすれてきた。「評判の店ですから、みんな行きます。画家組合の連中も市民も」

「それと異端者どもだ」グランヴェルは吐き捨てるように言った。「プロテスタント!　再洗礼派!　無神論者!　反逆者!　どもだ」彼は窓から離れると、さっきまで掛けていたソファーに腰をおろした。「真の教会や王冠に反対する悪魔のくわだては必ず打ち砕いてやるぞ!　わたしはじきに全ネーデルランドの首座大司教になるが、そうなれば、一大粛清を始めることに何の問題もない。ネズミみたいにうろちょろして既存の秩序を乱す反逆者には絶対主義で答えるほかないのだ」

グランヴェルの怒りが自分にというより反逆者全般に向いていることに、ピーターはすこしホッとした。だが、どうして今、自分の前でこんなことを言うのだろう?

「政治むきのことはよくわかりません」ピーターは気弱くそう言ってみた。

「正しい側につくか、でなかったら一切関わらぬことだ」

「わたしはただ静かに安心して絵が描きたいだけです」

「静かに安心してかね!」まるでその言葉自体が非難にあたいするとでも言いたげな皮肉たっぷりな反応が返ってきた。

「枢機卿さま！　長いことお尋ねしたいと思っていたのですが……」ピーターははっきり口にする勇気がなかなか出てこなかった。

「聞きたいことがあるなら、さっさと聞くがいい。だが、返事を期待するでないぞ」枢機卿はそっけない態度でうながした。

「イタリアにいたときのことですが、いつも誰かに見張られているような気がしていました」

「ほう、それで？」

「あなたさまが、わたしの安全を守るためにしてくださったことかと……」

「わたしがお前を見張らせたかどうか聞きたいわけだな。自分がそんな重要人物だと思っているのかね？」

「とんでもございません。ただ、ローマでそういうことがあったものですから」

「アントワープやロッテルダムのような大都市にはよそものがおおぜいいるから、誰も気にしないが、小さな町だと、よそものすなわちスパイと疑ってかかる連中がいるものだ。だから、見られているような気がしたのだろう」

ピーターには、相手のさりげない言い方が気になった。

ノックする音がして、ヨンへリンクが小間使いを従えて入ってきた。枢機卿はそれを潮に立ちあがった。

「悪いが、時間がない。失礼するよ、ニコラス。ああ、見送るにはおよばん」

「裏に馬の用意はできています」ヨンへリンクは残念そうだ。

枢機卿はこんどはピーターに向かって言った。

「わたしが大司教になったら、描いてもらいたい。予定にいれておいてくれ」

「はい、お望みの通りにいたします」

「それから、ヨッベによろしく伝えてくれ、あの漁師の」グランヴェルはほんのついでといった感じで軽く言うと、ドアに向かった。ピーターはまるで化け物にでも出会ったように口をあんぐりと開け、枢機卿の消えたドアを見つめた。

「万事そつなく行ったかな？」ヨンヘリンクの問いにピーターは憤然と答えた。「枢機卿のそばだと落ちつけない、そう言ったはずですが？」

「うまく行ったように感じるがね」ヨンヘリンクは満足げにひとりうなずき、茶をひと口すると続けた。「きみと枢機卿がいっしょに座っているとき、気がついたんだがね、ふたりとも同じように陰気な目つきをする。他にどこといって似ているところはないのに、暗い目線だけが同じだ」

「枢機卿のことはよくご存じなのですか？」

「そうだな…… そんなによくと言うほどでもない。もっとよく知りたいところだが、なかなか腹の中は読めないお方だ。まあ、あの立場なら仕方ないだろう。芸術を愛するというのが、わたしらふたりの共通点だ。枢機卿は主義のひと、言ったことは必ず実行する人だ。ああ、そうそう、ブルゴーニュに母親がいる。あの人の口から母親の話を聞いたことはないが、よく訪ねているそうだ」

「彼も人の子ということですか」

ヨンヘリンクは驚いたような顔をした。「何を言いたいのかね？」

ピーターは黙って肩をすくめると、ヨンヘリンクがインドから取り寄せた茶をひとくち飲んだ。

「きみたちは一体どうなってるのかね？　どうもよく分からん。きみが、枢機卿を包んでいる権力に拒否反応をもつのは分かるのだが。腑に落ちないのは……」ヨンヘリンクは高価な茶碗をそっと置くと、しげしげと相手を見つめた。「枢機卿はきみを恐れている、ときどきそんな印象を受けるのが、どうも不思議でねえ」

「なんですって！」ピーターには思いもよらぬ言葉だった。

「何がきっかけであういう話になったかは、もう覚えていないが、ともかくもきみときみの作品のことを話していたときだった。とつぜん枢機卿が、ピーター・ブリューゲルはけっして描かれてはならないものを描くことができる、というような意味のことを言ったことがあった」

「どうとでもとれる言葉ですが」

「そうなんだが、あのときの言い方というか声の調子が、まるで何か、不安を抱いている、というふうだった。その後はずっと浮かない顔をしておられて、帰られたときにはホッとしたよ」

「枢機卿は、わたしが持ってもいない力を持っているかのように誤解されているのでしょう」

「利口な方だ、芸術家の力があなどれないことはご存知だよ」

「だからどうなんです？　あの方が指をひとならしすれば、わたしは最後の作品をもって縄につくだけですから」

「真の芸術愛好家は、きみのような天才をそう簡単にお縄にはできないのだよ。そこが枢機卿の弱みなんだろうな」

「枢機卿グランヴェルと弱点、まるで……」

「月とスッポン、水と油かね？」

「まあ、そんなところです」

「枢機卿とて人間だよ、ピーター」

とは言っても、まるで神のごとく人の生死を決める人間だ、ピーターは頭のなかだけでそう言うと、急いでいるのを気づかれないようにゆったりと「わたしも失礼します。たいして大事な用というわけではありませんが、片づけないといけないことがありますから」とヨンへリンクに告げた。ヨッペのことが気にかかった。

ピーターは町を出ると、スヘルデ河への道を急いだ。焼け落ちた小屋、吊るされたヨッペの死体が目先にちらついて、いつもの用心をおこたっていた。

小屋は以前のまま、漁師は道具の修理をしていた。

「ヨッベ、逃げるんだ！　それも今すぐ！」

ヨッベはあわてるふうもなかった。「どうしてそんなに急ぐんだい？」

「尾けられたと思うからさ。あいつら、あんたが生きてることを知ってるぞ」

「だとしたら、ずっと知ってたはずだろう。あわてることもないじゃないか」

「頼むよ、ヨッベ。いいから、逃げてくれ」

「ごめんだね。こんな体でどこへ行けっていうんだい？」

「おれのために頼む！」ピーターは窓にかけよると外をうかがった。明るい秋の太陽の下、あたり一面静まりかえり、動くものとてない。

「なんでだね？　おまえの足手まといになるだけだ」

「ちくしょう！　ひっかかえて行けっていうのか？」

ヨッベはニンマリした。「一度やってもらいたいものだ」

「笑ってる場合じゃないぞ！」

「おまえはユーモアのわからん奴だからな」

ピーターはため息とともにドサッと腰をおろした。「あんたが行かないなら、おれもいかない」

「バカもん！　わしのところにいるのを見られたら、縛り首だろうが」

「おれの首は安泰らしいよ。あんたのはそうはいかないけどね。ときどき、疑問に思うんだが、ヨッベ、あんた一体何をやらかしたんだい？　あいつらがあんなに必死にさがすほどの何をしたんだ？」

「必死だって？　もう長いことほっといてもらってるじゃないか」

そうさ、おれのことで手いっぱいだから。あの悪魔のグランヴェルはおれと関わっているから。おれの首に縄をつけて、ときどき引っ張っては、おれが道を踏み外さないようにしている。ピーターは思わずうなだれた。

「あんたの言うとおりだ。みんなおれのせいだ。おれだけのせいだ」

「またかい。やめとけ」

「とにかくそういうことだ。おれがまた何かやらかしたんだ。あの豚があんたの名前を口にしたのはそれが理由だ」

「どの豚だね？」

「グランヴェル」

「ああ、あいつか。それでおまえは何をしたんだね？」

ピーターは飛び上がると、また外をのぞきに窓辺に近よった。「異端者と無神論者の集会に行った」

「おまえが？」ヨッベはおどろいた。「政治に足をつっこむ気か？」

「ひどいことになってしまってね」ピーターはヨッベにことの顚末を語ってきかせた。

「その居酒屋の亭主は口を割らなかったのだ。でなければ、今ごろは一網打尽だよ。勇敢な男がまたひとりいなくなった」

「でもグランヴェルはぜんぶ知ってるみたいだった！」

「単なる憶測だよ。あいつだって人間だ」

「ヨンヘリンクも同じことを言ったよ」ピーターはしぶしぶ認めた。そしてハッとした。手を後ろに回し外を見ながら話している。まるでグランヴェルと同じではないか。あわてて体の向きをかえ、手をこすった。

「あいつは、毒蛇の毒をもったネズミみたいなやつだ！」

「いいから、家へ帰れ。リサのところへ戻るんだ。わしは死なんよ。お迎えが来ないうちはな」

「もうお迎えが来てしまったかもしれないじゃないか！」

「だとしたら、誰にもどうしようもないさ。わしはもうなんにもならないヨボヨボだよ。わざわざ追いかけて縛り首にしてくれるなんて、名誉なことさね」

「おれのせいだ……」

「ますますけっこうだ」

「がんこだな。お手上げだよ」ピーターはヨッベを抱きしめた。「またじきに会えるよね」

ヨッベは本を一冊とってくると、「これを持ち主に返してくれないか。最後のときに、ああ借りたままだったなんて、思いたくないからな」と言った。

「ほかに何かしてやれることはないか？」

「帰ってくれることだけだな」

それが一番したくないことさ、ピーターはそう思いながらも素直に戸口にむかった。「またじきに会えるよね」これが最後の別れではないことを、自分自身に確かめるようにもう一度同じ言葉をくりかえした。ヨッベは何も言わずに手をあげた。

ピーターはゆっくりと馬をすすめた。真っ赤な夕日が西の空に沈んでいく。黒い雲がひとひらふたひら。寒くもないのに体がふるえている。冷え冷えした心が肌をつらぬくかのようだった。いまや、どこもかしこも闇が支配して、残虐を企んでいる。遠くに黒々と見えてきた城壁がいつにもましてまがまがしいものに思えた。敵の侵入を防ぐためのものであるはずなのに、まるで中の人間を閉じ込めるために築かれたみたいではないか。だが、そこには、何はともあれ温かさがあり、いっしょにいられる人がいる。それにひきかえヨッベはひとりだ。誰も守ってはくれず、くずれかけた小屋は、虫いっぴきの侵入も阻止できない。

ピーターは馬をとめた。やはり、あそこにいたほうがよかったのではあるまいか？　いや、あそこにいても何もできはしない、自分の命を危険にさらすだけだ。それにヨッベの言うとおりかもしれないではないか。心配する必要などさらさらないのかもしれない。暗くなる前に家に帰ったほうがよさそうだ。

よく朝目覚めてピーターは、ぐっすりたっぷり眠ったことに一抹の後ろめたさを感じた。リサは口をあけ、よだれをたらして、まだ眠っている。こいつは決して美人ではないなと思いながら、ピーターは覚めた目で女をながめた。女は尻を振るのがうまく、そして男には慰めが必要だった。それで女の術中にはまってしまった。さっさと別れたほうがいいというグランヴェルがくれた忠告も悪くはないかもしれない、ピーターは苦々しい気持ちになった。

リサをそのままに起きあがり、「四方の風」亭に行くと、工房に入るやいなや、コック親方にそっと隅に連れていかれた。

「来週末、また集会がある」コックはささやくように言った。「こんどは『汚れたアヒル亭』だ」

「とんでもない、親方！」ピーターはゾッとした。「どんなに危険なことをしているか、ちっとも分かってないんですね」そしてグランヴェルと会ったときのことを報告した。ピーターが話し終えると、コックは吐き捨てるように言った。「それで分かった。あわれな亭主が跡形もなく消えてしまったわけがな」

「ディトマーはきっと何人かの名前を出してますよ。その人たちはぜったい監視されてます。グランヴェルは証拠があがるのを待っているんだと思います」

コックは首を横に振った。「名前が分かっていたら、証拠なんて拷問台で吐かせるさ」

「たぶん、簡単に捕まえるわけにはいかない重要人物がまじってるんですよ」

「グランヴェルがそんなこと気にするわけないさ。もちろん、前よりずっと用心しなけりゃならんが、あいつが名前を知っているとは思えん」

「彼は、ちかぢか大司教になりそうです」

「知ってる。それで事態が良くなるはずもない。早くに行動を起こしたほうがいい。だから来週の集会だ。おまえはこの前大働きだったから、みんな来てほしいと願っている。カリタティス派は感謝しているよ」

「わたしは心配なんです！」

「それじゃ、臆病なウサギみたいに穴にもぐりこんで、殺されるまで震えてるのか？　仲間に入らなきゃ、面目まるつぶれだぞ」

「面目より首のほうが大事ですよ」

「カリタティス派のおえら方は、若い芸術家の出世の役にたつんだがな」コックは何気ない調子でつぶやいた。

「グランヴェルより？」

「そういう話はご免だな。どうだい、来るかね？」

「英雄的行為を期待しないでもらえれば」ピーターはとつぜんヨッベの言葉を思いだしてニヤリとした。『英雄はつねに走りつづける。なぜなら脳の重さに妨げられることが少ないから』

「何がおかしい？」コックはけげんな顔をした。

「ちょっと思いだしたことがあって……」グランヴェルとの会見はコックに伝えたが、ヨッベのことは黙っていた。ヨッベが牢から逃げおおせたことは誰も知らないからだ。「おれの影だってそんなこと知らんよ」ヨッベ自身そうは言っていたが、秘密が秘密のままでいることはまずないだろう。

　昼、ピーターはヨッベの小屋へ出かけた。町をめぐる城壁にはいくつもの門があり、町と外とをむすぶ出入口となっている。門を守る門兵に止められることはまずなかったが、今回も笑って通してくれた。けれど、こうしばしば馬で北へ向かえば、おそらく門兵の注意をひいてしまっているだろうし、上司に報告されてしまっているかもしれない。毎回違う門を使えばよかったのだが、今となってはもう遅すぎる。

　幸いなことにヨッベは元気で、河辺のいつもの場所にいた。ヨシの茂みにしゃがみこんで、ボンヤリと鳥をながめている。「わしの首切り役人は休暇中のようだよ」があいさつ代わりだった。

「そういう冗談はよしてくれよ」ピーターは馬に乗ったまま、漁師を見下ろしている。このほうが、辺りを見張るにも好都合だ。

「長くはいられないんだよ。ちょっと見に来ただけだ。何か欲しいものはないかい？」

「必要なものはみんなそろってるさ。水、雲、空気、太陽、腹がへったら魚をとればいい。それから先は地獄に居場所があるよ。地獄じゃ、みんな親切だろうて。わしの将来も捨てたもんじゃないぞ」

「あいかわらず頑固で、けっこうなことだ。何を言っても無駄みたいだから、帰るよ」ピーターは憮然としてそう言うと、馬の向きを変えた。

「ああ、悪しき偉大なる世間によろしくな！」ヨッペの声が追いかけてきた。馬のひずめの音が聞こえなくなると、ヨッペの顔にそれまで浮かんでいた笑いも消えた。「悪しき偉大なる世間！」もう一度大声でどなると、こんどは、ゆっくりと流れる河に向かってささやくように言った。「その世間にわしはいったい何をしてきたんだ？」

　河はサラサラと何か答えをつぶやいて流れて行くが、それは人間には決して理解できない答えである。

第二十五章　ヨッペの死

「ブリューゲル親方のおかげで、われわれの推測が正しかったことがわかった。居酒屋の亭主は拷問台で死んだ。われわれがまだこうやっていられるということは、つまり彼は誰の名前も言わなかったということだ」デ・ヴァハターが切り出した。

ひとりの男が疑わしげな顔で言った。「グランヴェル枢機卿と親しい関係の男がここにいるのはどんなもんでしょうね？」

ピーターはピクッと眉をあげた。「汚れたアヒル亭」に着いたときには、おおぜいの見知らぬ人びとからつぎつぎと握手を求められ、連帯感といった感情がわきあがって、なんだか温かい気持ちになったのだが、それがいっぺんに吹き飛んで行った。

「親しい関係？」ピーターは思わず大声をだした。「あの怪物と？　あの男はおれの親と前の女房を殺させたんだぞ！」

あちらこちらで、そうだそうだ、という声があがり、それに勇気づけられたピーターは怒りを声ににじませてつづけた。「枢機卿がおれを保護するのは、おれで金もうけがしたいからだ。これだけは信じてくれ、いつか誰かがあいつの首を切りおとしたら、おれは歓声をあげる！」

こういう挑発的な言葉こそ、その場にいた一部の者が聞きたいと願っていたものだった。デ・ヴァハターは、たちまち上がった歓声をあわてて静めにかかった。居酒屋の中がまた静かになると、彼は言った。「ブリューゲル親方のことはここで議論するまでもない。彼と枢機卿との関係はわれわれの役にもたつ。今日ここでは、最新のネーデルランド状勢について話しあう。ダンケルトさん、どうぞ」

良い身なりの中年の男が立ちあがった。「目下ネーデルランドでは、われわれの力よりずっと大きな力による大きな変革が起こっている。そこでだ、われわれは真剣に、こういう状勢下で、われわれのグループを一大勢力に育て上げる意味があるかどうか、よくよく検討すべきだと思う。グループが大きくなれば、それだけ危険も大きくなる」

「ブラボー、じゃあもう家に帰ってもいいな!」誰かが叫び、笑いの渦がまきおこった。

この前とは、ずいぶん雰囲気がちがい、ずっとくだけた感じだ。ピーターはふしぎな気がした。たぶん、この居酒屋のせいだろう。女房といっときも離れられない若い亭主がとりしきる気楽な店だから、だからこんなにみんなあっけらかんとしているのだろう。若い亭主は女房のしりをやたらとなでまわし、女房のほうはそのたびに嬌声をあげたり、嬉しがったりしている。

フロリスは来ていない。その代わりというわけではないが、ピーターは見知った顔をひとつ見つけた。だが、彼がそのほうを見ると、相手はまるで無関心な目つきで、お前さんなんか知らないよというふりをする。

その人物を見かけて、ピーターの中でつぎつぎと色々なことが思いだされて、耳の方はすっかりお留守になっていた。

その夜の集会には印刷業者プランテンの姿も見える。ずっと以前読み書きを教えてやった年寄りの漁師のことを彼はまだ覚えているだろうか。だが、なんとなく気後れがして、ピーターは彼に話しかけることができないでいた。

ピーターはふたたび話しだしたダンケルトに意識を集中しようとした。「最近のことだが、ある貴族の屋敷で、正確に言えば、われらが友グランヴェルの部下である枢密顧問官の屋敷で、国王の側近会議派とエグモント伯を頭にいただくスペインからの独立派とのあいだではじめての衝突があった。伯爵は、すばらしい個性をもつ貴族なのだが、——それに傑出した軍人であることは確かだ、そうでなければこの間のグラフェリンゲンの戦いに勝つわけもないのだから——政治家としては凡庸だ。だが彼は、オラニエ公ウィレムを味方につけるのに成功した。公は天性の思索家で、わが国の希望の星とも言うべき方だ。この両巨頭は、スペインの歩兵連隊の撤退を強固に要求した。スペイン軍がいるかぎり、国土の荒廃、国民の反乱は避けられないからだ。おふたかたは、この要求を貫徹したらしい」

ダンケルトの話は、この事実を知らなかった者にはたいへんなショックで、くわしい説明を求める声がつぎつぎとあがった。

「スペイン軍が撤退したからといって、われわれがただちに解放されるということではない。ワロン人（ベルギー南東部のケルト系民族）の軍がこれに取って代わるからだが、彼らはスペイン人ほど残酷ではないし、いずれにせよフランス語をしゃべる」

「それで、それは一体いつのことだい？」誰もが知りたがった。

「それはわたしも知らない。決定そのものがまだ極秘なのだ。だから、みんなに注意をしておくが、このことは決して他にもらさないように。上から確認されるまではいっさい他言無用だ」

「じゃあ、まだ何年も先のことかもしれないんだな」

「大事なのは、よい方向へ変わっていく希望がついに見えてきたことだ。それともうひとつ。これまでのお粗末な政策のせいで、アントワープの銀行家が複数破産した。その結果、上流階級では不安と混乱が増している」

「そういう心配ならおれも一度味わってみたいよ！」カウンターの向こうから亭主が声をかけた。

「それはつまりスペイン王フェリペ二世に反対する声が、権力層からもあがっているということであり、その点が非常に重要なのだ。それから宗教的グループも蜂起を企てており、もう止めようにも止まらない流れが目につくようになってきた。ルター派は、おおやけには一切の行動を自制しているが、これは現在ではもっとも賢い態度である。それに対し、狂信的な再洗礼派は、権力を自分たちのものにしようともくろんでいるが、そんなことをすれば首が危なくなるだけだ。カルヴァン教徒は、国家の改革に熱中しており、それが成功したあかつきには国家を自分たちの教会に隷属させるだろう。腹を空かした港湾労働者、山師、浮浪者であふれ、うなるほどの財産をもったカトリック教会のあるこのアントワープの町でこうした何もかもが起きているのだ」ダンケルトはここで疑問を投げかけた。「弱小グループであるわれわれが、こういう今にも沸騰しそうな大混乱のなかで、いったい何ができるのだろう?」

「何にもしないほうがいいのだろうか?」デ・ヴァハターがたずねた。

「理性ある人間は、無知でおろかな人間のように声高にものを言わない。だからわたしは、おだやかな方法を提案したい。われわれの側には有名人もおおぜいいるのだから、まちがった流れを内部から弱め、正しいやり方を軌道に乗せるように努力してみるのがベストだろう。コネを使って影響を与えることもできようし、金の力も使えよう。支配階級の連中には、わいろで生活しているものもたくさんいるのだから、これを利用しない手はないだろう」

ダンケルトはさらに話しつづけて、具体的なやり方にまで踏みこんでいった。そうなるとピーターはそわそわと落ちつかず、話を聞いていられなくなった。枢機卿グランヴェルとつながりがあるのだから、彼に影響を与えてほしいなどと頼まれたらどうしよう。そんなことはもっともやりたくないことだし、そんなことができるはずもない。枢機卿に会うたびに身の毛がよだつなどと言ってみても誰にも分かってもらえないだろう。ピーターは不安でならなかった。それに、密告されたらどうしよう。この中に密告者がいるかもしれないではないか。この集会に来ている連中の真の目的はいったい何だ? 顔つきや表情から判断しようにも、それはほとんど不可能だった。すぐそれと分かるような密告者などいるものではない。ふだんは平然とふるまい、いざとなると、ネズミそのものに変身するのがやつらなのだから。

　それからコックが、来年に予定されている弁論大会の話をした。この一大イベントには、教会や政府をやり玉にあげることも辞さない血気盛んな芸術家が集まると彼は約束した。大会は数週間つづくらしい。最後の演者が集会を締めくくると、ピーターは心底ホッとした。バラバラに帰るように言われ、そのまま居残ってビールを飲んでいくものもいる。

　立ち上がったピーターは肩を叩かれ振り向いた。それはさきほど見かけた知人だった。「こんばんは、ピーター」

「オルテリウスさん」ピーターは相手の出した手をためらいがちに握り返した。「もうわたしのことなど忘れたのかと思っていました。ビールでもどうです？」

　グイード・オルテリウスはうなずいた。「君にはあやまらないと……」

「もう昔のことじゃないですか」ピーターが合図すると、亭主がビールを運んできた。

「たしかに昔のことさ。でも忘れちゃいない。君もあのひどい事件にひどく苦しんだにちがいないと気がついたのは、ずっと後になってからだった」アンケの父親はビールのジョッキをとると、いっきに飲み干した。だが、ジョッキを空にすると、不愉快そうに顔をしかめ、吐き出すように言った。「これでもビールか！」

「アンケをどんなに愛していたか、実のところずっとあとになってから気がつきました……」ピーターはつぶやくような声をだした。

「あれからまた女房をもらった。寂しさはそれでなんとかなるが、娘の代わりにはならない」

「わたしもです。一緒に暮らしている女性がいますが、アンケの代わりにはなりません、絶対に」

「弟がきみに迷惑をかけただろう？　あの変わり者が絵のことで？」

「絵の二枚や三枚、金貨数枚がなんだっていうんです？」ピーターは肩をすくめた。

「何も持ってない人間にとっちゃ、たいしたことなんだ」オルテリウスはそう言うと、ピーターの手をとった。

「帰らないと。女房が待っているんでな」

「さよなら」ピーターはオルテリウスが消えたドアをしばらくぼんやりと見ていたが、ビール代を払うと外へ出た。

居酒屋の明かりに慣れた目に、外の闇はいっそう深かった。

通りで黒い影にいくつも出会ったが、顔がただ白く浮かびあがるばかりだ。黒い影を見かけると、誰もがあわてて道の反対側に移動し、おたがい顔を合わせないようにする。夜のアントワープはこのところますます危険になってきていて、りこうな人間は、暗くなる前に家に帰るようにする。

ピーターは自宅の鍵穴に鍵を差し込みながら、一瞬凍りついた。道の反対側に何か動くものがいる。あわてて中にはいり、ドアを閉めると、しっかりとかんぬきをかけた。居間のドアの下から、黄色い明かりがもれているが、シーンと静まりかえっていて、リサは彼が帰ったことに気がついたようすはない。ピーターは暗いなかをこっそり二階へあがると寝室に入り、カーテンのかげからそっと外をのぞいてみた。歩道に黒い影がひとつ、ピーターがいるのを承知のようにこちらを見上げている。ギクッとしてピーターはあわてて後ずさり、ベッドの角にイヤッというほど足をぶつけた。痛む足をさすりながら、もう一度窓ぎわまで這っていく。通りからこの部屋はそんなふうにしなくても見えないのだが、とても立って行く気にはなれなかった。

歩道の黒い影は、現れたときと同じようにとつぜん消えうせていた。顔を小さいガラスに押しつけて、右、左としっかり見たが、道路に動くものはもういない。と、急に寝室のドアがあいた。

「こんな暗闇でいったい何してんの？　いつ帰って来たのよ」片手にランプ、片手にパン切りナイフを持ったリサが、あきれたようにピーターを見つめている。

「うるさい！」ピーターは腹立たしげにそう言うと、ベッドにドサッと身を投げ出した。

「びっくりするじゃないか！」心臓をおさえて、わめきたてた。

「物音がしたから、泥棒かと思ったのよ」リサはナイフをふりまわした。「これで追っ払ってやろうと思ったわけ」

なんとまあ勇敢な女なんだ、ひょっとしたらおれより勇気があるかもしれない。ドキドキした心臓がおさまるのを待ってピーターは立ち上がった。「この家を見張っている奴がいるような気がしたんだ。もしかしたら思いちがいかもしれないが」

リサはランプを戸棚に置くと、外をのぞきに行った。「犬いっぴき見えないじゃない」それから伺うようにピーターに言った。「飲んできたの？」

「酔っちゃいないよ」ピーターはふきげんそうに言うと、ランプを手にとった。「下へ行こうか？」

窓から見かけた黒い影がどうしても脳裏から離れなかったが、無理やり脅えを振り払うように、ピーターはリサの先にたって階段をおりた。

「いったいどうしたのよ？」

「おまえにゃ分からないよ」

「芸術家のたましいの問題だって言うの？」リサは小バカにしたように笑った。「そうなの？　それともどこか他に女でもいるの？」

「以前のおまえはこんなにいやみな女じゃなかったよ」

「そりゃそうよ。前はもっとあたしを構ってくれたもの」

いやな女だ、もうあまり長くはもたないだろう。急にピーターは調子を変えた。「まだ描いてほしいかい？」

とつぜん話が変わったことにリサはびっくりしたが、それでも「そうね……」とためらいがちに答えた。「昔のデッサンを下敷きに絵を描くつもりなんだが、その中の人物のモデルになってくれよ」

「どういう姿で？」リサは疑わしげな顔をしている。

「分かるだろう？」

「ヌードってこと？」

「だとしたらいやかい？」

ピーターはスケッチをとってくると、画架の上のカンバスの隣に置いた。

「なんて、きみの悪い！　ぞっとする」リサはそれを見ると身震いした。「このポーズをとれっていうの？」

「『死の勝利』っていうんだ。枢機卿のための絵だ。彼の館の壁で人目をひくなんて名誉だと思わないかい？」ピーターはもう二つ、三つランプに火をともした。

「でも、誰もあたしだなんて分からないんだから」

「これがおまえだってことは、おれたちふたりが知ってるよ」

「でもみんな死んでるじゃない。死体じゃない」

「お前がモデルになってくれれば、たましいを吹き込まれた死体になるのさ。これは矛盾じゃない。自分の想像だけで描いたら決して出せない特別な効果が生まれるんだ。死に対し人間は絶対的に無力だということを、ずっとはっきり表せるのさ」

「でも、そんなふうにあたしを描けるの？」

「インスピレーションを与えてくれればいいんだ。さっさと脱いでくれよ」

リサは服を脱ぎながら言った。「それって、死を冒涜してるんじゃない？　なんだか、罪深いなあ」

「あべこべだよ。死の永遠の勝利を描くんだから」ピーターはパレットで絵の具を混ぜた。

「罪深いことが急にいやになったのかい？　ずいぶん殊勝じゃないか」

「というわけではないけど」リサは身につけていた最後のものを床に落とした。「どうしたらいい？」

「できるだけ淫らに。いつものお前のままで」ピーターはいやみたっぷり、皮肉たっぷりに言った。

「こんな形はどう？」

「いいねえ、とてもいい」この絵の下絵をつくったときの感情があらたによみがえってきて、リサのしていることに注意が向かなくなり、返事が上の空となった。それに気がついたリサは、ポーズを止めると、ピーターのとなりに立った。「何よこれ！　干からびた棒っくいを描いてるじゃない！　バカにしないで！」

「もちろん、そんな気はないさ」ピーターはスケッチを見つめるふりをして、内心の動揺をおし隠そうとした。

「人物像に手をつけるのはまだずっと先だよ。時機がくれば、死体をどういうふうに描いたらいいか、分かるようになるのさ。そのためのポーズをとってもらってる」

「あら、そう」リサはピーターの首にだきついた。「ちっとも知らなかった。仕事のことなんか話してくれないんだもの」

「コック親方のところに何年いたんだい？　ほんとうに興味があれば、いまごろはお前だって画家になってるのにな」

「ふん、文句ばっかり！」カッとなったリサはピータを押しのけると、脱いだものをサッサと身につけた。ピーターは絵から目を離さずに言った。「おれを待つことないよ。もう寝たらいい」

「あんたなんか悪魔に食われちまえ！」そうどなるとリサは出ていった。ピーターは絵の具に筆を沈めたまま、女の出ていったドアを見つめていた。

　死者を悼む鐘の音、死者の群れ、燃え上がり沈みかけている船、堕落が勝利をおさめている不気味な風景、絞首刑、首切り、死の輪廻、死者を乗せた車、喉を掻き切られた巡礼者、死にかけている皇帝、愚者、賭博人、恋人たち、聖母、そして枢機卿。とくに、最後の力をふりしぼってよろよろと歩く枢機卿は、腐敗と崩落の期待にニタニタしながら近づいてくる逃れようのない死の骨だけの腕に抱きかかえられている。

ピーターは黙々とただひたすら描きつづけ、朝焼けに工房のなかの光の具合が変わるとはじめて筆をおいた。カンバスから二、三歩離れ、痛む右手をこすりながら、夜を徹した仕事の成果を目をランランとかがやかせながらみつめていたが、やがて窓辺に近よると、手を後ろに組み、汚れた窓から外をながめた。朝早いこの時間、通りにいるのはボロをまとった浮浪者ひとりだけ、スコップで前の日の馬糞をかき集めている。

ピーターは窓から離れ、机の上のスケッチをていねいに巻いてしまった。それから油差しをとると、画架の上の絵に、油が全体にしみわたるようにたっぷりとかけた。マッチをすって火をつけると、その夜の仕事が燃えていく様子をじっと見つめた。

「ちょっと、何してんの！」丈の長い白い寝巻を着たリサが工房のドアのところに立っている。

「うまくいかなかった」ピーターは疲れた声を出した。「死がいきいきと描けなかった」

「そのために一晩中冷たい足であたしを寝かせておいたわけ？」

「冷たい足なんかどうでもいいさ」ピーターはメラメラと燃える死者を無表情に見つめている。木枠が音を立ててくずれ、床に落ちた。それを足で踏みつけながら、彼はひとりごちた。「自分の描いたものを無に帰するのは、それなりの満足があるな。もっとしょっちゅうやったほうがいいかもしれない」

その朝は仕事をする気分になれなかったので、コック親方の店「四方の風」へは行かずに、マリケ・クックを訪ねた。

「あいかわらず、何か問題があるときしか来ないのね」マリケはとがめるようにピーターの顔を見た。

「自分で問題を起こすわけじゃないんです。いつも誰か別の人間のせいで問題が起きるんですよ」

「ひとりで生きてるわけじゃないから仕方ないわね。お茶でもどう？」

マリケは老けて見えた。おそらくずっと前からそうだったのに、気がつかなかっただけなのだろう。それともうひとつこれまで気がつかなかったことがあった。マイケンのなんと大きくなったこと！　もうひざに乗ってくることもないし、少女の色気さえ身につけている。マリケはピーターの視線を追いながら、「娘もずいぶん背がのびたでしょう？　しばらく会わないと余計びっくりするわね」と言った。マイケンはほほを赤らめ、困ったように笑っている。

「もうりっぱなご婦人だね」ピーターの言葉にマイケンはますます赤くなり、スカートをもじもじといじっている。

「この子も絵を習ってるのよ。なかなか筋がいいの」マリケはゆっくりした動作でカップをテーブルに置いた。

「ご両親のことを考えれば、とうぜんですよ」ピーターは少女からなかなか目が離せないでいる。「商売はうまく行ってますか？」

「なんとか食べていけてるわ。今のご時世ならいいとしなけりゃね。わたしの水彩画はなかなか人気があるのよ。それに、弟子もまだ何人かいるわ」マリケはテーブルにつくと、伺うようにピーターを見た。「こんどは何があったの？　万事うまくいってるように聞いてたけど」

「たぶん、不満をいう筋合いではないんでしょうけど」

「リサのこと？」

「ええ、それもあります。もうあまりうまく行ってないんです」

「リサがあなた向きじゃないことは分かってたはずよ」

「何年もベッドをともにすると、結婚しているような気になって、そう簡単に、はい終わりってわけにはいかないんでしょうね」

「終わりにしたいの？」

「自分でもよくわからなくて……」

「いっとき大変でも、だらだら苦しむよりはいいのよ。でも、男の人はねえ、次の人が出てこないうちは、なかなか今の人と別れられないのよね」

「別の人をさがそうと思っています」ピーターの視線を感じたマイケンは急いで目をふせた。

「それで、お友だちの漁師さんはどう？」

「グランヴェル枢機卿は、彼が生きていることを知っています。それもずっと前から」ピーターは吐き捨てるように言った。

「それであなた、また何かしでかしたの？」

「別に何も。あなたにご心配をかけるようなことは何もしていません。あいつはどうしておれの邪魔をするんだろう！」考えるほどに腹が立ってくる。「もうずっと、いつもいつも軽蔑したように、おれのすることを見ている！」

「被害妄想じゃないの？　そういうふうに感じる人、多いのよ」

「おれの場合は絶対ちがいます。あいつはずっとおれを見張らせてます。たぶんベッドの中まで」

「おそらくあなたの虚栄心をくすぐるつもりじゃないかしら？」

「虚栄心？　あいつはおれを……」これ以上は言わないほうがいい。

「彼が大司教になれば、変わるわよ。そんな遊びをしている暇はなくなるもの」

「遊びだって言うんですか？」

マリケはごめんなさいというように首を下げた。「そうよね、遊びなんかじゃないわ。すくなくとも被害者にとってはね」

ピーターはお茶を飲み干すと、「一日で一週間老けるような気がします」と立ち上がりながら言った。

「それだと、じきにわたしの歳においつくわ」マリケは冗談めかして言ったが、顔はごくまじめだった。

ピーターは困ったような顔でマイケンを見た。どういう「さようなら」がいいのだろう？　以前は、チュッと音をたててさよならのキスをしたが、もうそんなことできそうにない。そこで、彼女の手をとり、うやうやしく腰をかがめて唇を押しあて、難題をのがれることにした。「さよなら、お嬢さん」

「さよなら、ピーター」マイケンはまたほほを赤らめた。マリケはドアまで送ってきた。

「顔色が悪いわよ。すこし休んだほうがいいわ」

「一晩中、死と格闘してましたからね」

ピーターはいやな考えを追い払うように頭をふった。「さよなら、感謝しています」

「感謝？　何に感謝するっていうの？」

「あなたがいてくれることに……」

ピーターは「四方の風」にもどり、版画の下図づくりに取り組んだ。海から見たナポリの町の風景で、ローマでクロヴィオのために描いた絵を土台にしたものである。ぜんぶ記憶だけで仕上げるのだが、帆船のある風景は好きなテーマだから、はじめのうちはどうということもなかった。だが、そのうちだんだんと集中力がなくなり、細かい点を思いだせなくなった。ついには、道具も紙もぜんぶ放り出してしまった。

睡眠不足のせいでないことは分かっている。睡眠不足は、夕方になってはじめてこたえてくる。理由はあきらかだった。前の晩、寝室から見たあやしい姿がどうしても頭から離れないからで、思いだすたびますます恐ろしくなっていく。そんな自分がいまいましくて、ワインを一杯飲まずにいられなかった。立ったまま、一気にあおるように飲むと、徒弟たちの好奇のまなざしを無視して二杯目をついだ。

ヨッベのことが気になった。何を言おうと、引っ張ってでも連れてくるべきだった。自分のところなら、かくまってやれる。

家にもどるとピーターは馬に鞍をおいた。もう午後もだいぶ回っている。あまり人目をひかないように、ゆっくりと馬をすすめた。尾行されていないことは、毎度のことながら確認ずみである。背後を油断なく見るのが、習い性となってしまったようだ。

雨は降っていないが、空は雲におおわれ、冷たい北西風がふいている。自然もどことなく寂しくみじめで、アントワープの町をおおっているのと同じ気配が郊外にも広がってきている。馬は二度三度大きくくしゃみをし、立ち止まりこそしないが、頭を地面につくほど深くたれている。この馬も年老いてきた。いずれ近い将来屠殺され、そして飢えた人間の腹におさまることになるのだろう。ろくな戸締まりもしていない馬小屋なのに、これまで盗まれなかったのが不思議なくらいだ。

ヨッベの小屋が近くなると、ピーターはいつも通り用心深く行動した。高いところにのぼり、あたりを見回す。あいかわらず、人っ子ひとり見えないが、不安はつのるばかりであった。

小屋はからっぽだが、かまどにまだ木の燃えさしが残っていて、変わりがあるようには見えなかった。ただ、ピーターが置いていったピストルが見当たらない。いつもは小屋の隅のくぎに掛けてあるのだが、持って出たのだろうか？　肌身離さず持っていろと、いくらうるさくピーターが言っても、今までヨッベは聞く耳を持たなかった。

ヨッベはスヘルデ河の岸辺に、寒さ防ぎにボロの毛布をまとい、ヤナギの木のそばに座って、暗い水面をじっと見つめていた。

「あいかわらず、びっくりするくらい元気だね」

「うん、自分でもおどろくほどだ」ヨッベはじっと河を見ているだけで、振り返りもしなかった。「生きていたいと願う人間は死んでいき、死にたいと思っている人間は生きている。まったくもっていやになるな」

「そんなに死にたいなら、なんでピストルなんか持ってるんだい？」

「ひとりで死ぬ気はないからだよ、前に言っただろうが。あまりわしのそばに寄らんほうがいいぞ。死神が来たときわしのとなりにいる人間を撃ち殺すつもりだからな」

「ヨッペ、いっしょに来てほしいんだ」

「またその話かい？」年寄りはふきげんな顔で毛布をしっかり首にまきつけた。「わしはここにいるよ。お前が安心できようができまいが、わしの知ったこっちゃない」

「どうしたら、あんたを説得できるかな？」

「二十ほど若返らせて、かわいい女でも世話してくれたら、考えてもいいぞ」

「ふざけてる場合じゃないんだよ！」

「ゴチャゴチャと文句の多いやつだな。残り少ない日々を町のほこりっぽい部屋ですごす必要は見当たらんよ」

ピーターはため息をついた。「できるかぎりの手はつくしたと、神さまも認めてくれるだろうな」

「たっぷりほめてもらえるよ。神さまとはそういうものだ」

帰りかけるピーターにヨッペが声をかけた「ありがとうよ」視線はあいかわらず河に向いている。ピーターは黙ってうなずくと馬をつないだところへと戻って行った。

今度もまたヨッペを説得することができなかった。どう考えてみても気持ちは落ちこむばかりで、トボトボと馬を進めていった。馬は何かに脅えているのか、すこしも落ちつくようすがない。

しばらく行くと、急にまた不安が頭をもたげてきた。やっぱりヨッペをひとりで置いてきてはいけない。首に縄をつけて引っ張ってでも連れてこなくてはいけなかった。引き返そう、引き返してこんどこそ何がなんでも連れてこよう。そのとき、ヨッペの呼ぶ声が聞こえたような気がした。

ピーターは今来た道をおお急ぎでもどった。馬があえぎ苦しむのにかまってはいられなかった。小屋のある入江まで来ると、歩みをすこしゆるめ、スヘルデ河の岸へと向かった。

ヨッベは前と同じ場所にいた。ヤナギの木に寄りかかり、首をうなだれ居眠りをしている。ピーターは馬から下りると、ヨッベに近づいていった。どうせ文句を言われるだろうが、そんなこと構うものか。せめて明日くらいまではここにいることにしよう。だが、ピーターが近づいても、ヨッベは動かない。「ヨッベ!」背中に突き刺さった太く短い矢を目にして、ピーターは息をのんだ。

暗殺者がまだ近くにいるかもしれないということは、頭のすみをよぎりもしなかった。老人のそばにひざまずき、動かぬ温かい体を抱きかかえた。「ヨッベ! チクショウ、チクショウ! あれだけ警告したじゃないか!」怒りがなだれのように襲いかかってきた。悲しみは怒りで押しつぶされている。こんな老人を背中から狙うなんて、卑怯者め! こんなことを許す神など、くそくらえ! こっちの言うことに耳を貸さなかったヨッベにも腹がたってならなかった。

「悪態つくんじゃない、ピーター。神がおられるものなら、もう近くに来ておられる。わしの体はもう死んでるよ。ただ舌が動く……」ヨッベはかすれた声をのどからしぼり出すようにした。

「医者を呼んでくる!」ピーターはパニックにおそわれた。

老人は左手をかすかに動かした。「もう、手遅れだよ」

「痛むか? どこが痛い?」背中につき刺さったものから目をそむけながら、ピーターはヨッベの体を抱きおこした。

「はじめは浮浪者が背中を押したくらいにしか思わなかった……」ヨッベの口から血がタラタラとこぼれ、顔は土色だ。

とつぜんヨッベの声が驚くほどはっきりとした。「お前はできるかぎりのことをやったさ。地獄から何かしてやれることがあれば……」ヨッベはニヤリとしようとしたが、吹き出す血でそれもかなわなかった。目をつむり、また話しだしたが、もうかすれた低い声しか出てこない。

「お前に隠していたことがある。その秘密をかかえてこの世を出ていきたくない」息をふかく吸いこもうとして、痛みに顔をしかめ、目を閉じた。

「死ぬというのは……あまり……快適とはいえんな……」

「おお、神よ、ヨッベ！」

「神とヨッベ？　妙な取り合わせだな」ヨッベの声はもうほとんど聞き取れないほどになっている。「ピーターよ。ロザリー、おまえの母親。生きて……彼女は……」ヨッベの口からもれる言葉は意味をとるのがむずかしくなっていた。「なんて言ったんだい？」

「会った……出ていく……まえに」首がガクッとまえに落ちた。「ヨッベ、ヨッベ、頼むよ、ヨッベ」

ピーターはよろよろと立ち上がると、動かないヨッベをじっと見下ろした。ヤナギの木にもたれたままの老人は、たましいが抜けでて、前よりいっそう小さく見えた。穴を掘って、埋めてやらなければ。

老人がこよなく愛したスヘルデ河の岸辺、非業の最後をむかえた場所のほど近くに、穴を掘り埋葬した。それを済ませると、老人が毛布のしたに持っていたピストルを調べてみた。玉はこめてあり、撃鉄も起きていて、いつでも発射可能な状態になっている。老人は暗殺者が来るのを待っていたのだろうか？

ピーターはピストルをベルトにはさむと、馬のところへもどった。もうあとは振り返らずに、町をまわって、まっすぐ枢機卿の住む館に急いだ。

第二十六章　死の勝利

「フェリペ王は故国スペインへ戻られる。ここで権力をふるいつづけるのはもう難しいからだろう。正直なところ、これほど長くおられるとは思っていなかった」

枢機卿は館の大広間でリシュー司教とふたりだけで語りあっている。

「王は、そもそものはじめからネーデルランドがあまりお好きではありませんでした」リシューは応じた。

わたしもだ。だがわたしは、自分の責任から逃れはしない、グランヴェルは腹のなかでそう考えた。「もう二度と戻って来られることはないだろう。全権を腹違いの姉上であるパルマ公妃マルガレーテ殿に委ねられたことだし」女摂政など、財務長官、枢密顧問官、国務長官の三役がいなければ無力なものだ。この三人はこちらの意のままに動くだろう。わたしが大司教に任ぜられるのも間もないこと、そうなれば、いよいよこの地に秩序をもたらせるようになる。最後の障害物がこの心やさしい女摂政というわけだ。

「女とは！」リシューは軽蔑を隠そうともしなかった。

「公女には敬意を払わなければならない」枢機卿はとがめるような調子で言った。彼は司教が自分の考えていることを読んで、口にしたのが気にいらなかった。

「もちろんですとも、枢機卿さま。失礼いたしました。余計なことを言いまして」リシューはわきまえることを知っているから、すぐに頭をさげた。

グランヴェルが口に手をあて大あくびをすると、あごがガクガクと鳴った。「政治は骨がおれる。すまんが、大きいグラスにワインをいっぱいついでくれんか」彼は、どっしりした机から赤いビロード張りの椅子をひくと、どっかと腰をおろし、放心したようにじっと前を見つめている。机のうえには決裁を待っている書類が山のように積まれていた。

この居城にはもちろん書斎があるが、彼は景色がよく見える大広間で仕事をするほうを好んだ。書斎からはおもしろくもない中庭しか見えない。

とつぜん、廊下のほうからなにやら騒がしい物音が聞こえ、どっしりした扉が乱暴に開くと、男がひとり飛びこんできた。男は扉を後ろ手にしめると、ブロンズの大きなかんぬきをおろした。

グランヴェルは凍りついたように椅子にしがみついた。ワインをついだばかりのグラスがリシューの手から木の床にすべり落ち、割れもせず、コロコロところがり、どこかへ消えた。血の色をしたワインがあたり一面に飛び散り、床板のすきまに流れこむ。

「戸棚から離れろ！」ピーターは、司教がそっと引出しをあけようとしたのを見逃さなかった。おそらく武器がはいっているのだろう。「すわれ！」

ピーターの手ににぎられたピストルを見ると、リシューはあわてて命令にしたがった。外の廊下では叫び声が飛びかい、「開けろ、開けろ！」扉をドンドン叩く音がしている。

ピーターは、張りついたように動けないでいる枢機卿にピストルを狙いさだめたまま、ゆっくりと相手の前に立つと、怒りをこめて一本の矢を机のうえにほうりだした。矢は机を汚しながら、枢機卿のところまでころがっていった。

グランヴェルは一瞬矢をじっと見つめ、それからゆっくりとピーターに目を向けた。「なんのまねだ？」ひくい声だが、刺すような言い方だった。

「ひと殺し！」ピーターの手のピストルが震えている。「うす汚い、おくびょう者め！」「だまりなさい！」グランヴェルは机をはげしく叩いた。「黙らないと、お前の舌を引き抜かせてやる。恥知らずを直すにはそれしかないからな！」

「こんどばかりは脅かそうたって、そうはいかない！」ピーターはかすれた声でそう言うと、相手の目と目のあいだにピストルを向けた。震えはますますはげしくなっていて、撃鉄を起こすのに、もう一方の手で抑えなければならなかった。「ひとを殺すのは、もう終わりだ」甲高い声をはりあげたが、したたる汗が目にしみてほとんど何も見えない。

「気が違ったのか！」リシューはなすすべもなく、ただ叫ぶばかりだった。「お前は死ぬことになるんだぞ！」

扉を叩く音はますますはげしくなった。「開けてください！　どうしました？」叫び声が聞こえてくる。

「外の連中を静かにさせるんだ」グランヴェルはリシューに命令した。視線はじっとピーターに向けたままだ。そう言われてもリシューは動けず、大きく目を見開いてピーターのピストルを見つめるばかりだった。

ピーターは撃鉄に指をかけた。グレタ、両親、アンケそしてヨッぺの顔がつぎつぎと浮かんでは消えていった。仇をうってやる、それだけしか頭に思い浮かばなかった。彼を駆りたてた狂気にも似た思いは、だが、恐怖のひとかけらも見せていない暗い刺すようなグランヴェルの眼差しにたじろいでいた。

引き金を引こうとした瞬間、ピーターの腕にけいれんが走り、骨という骨がまるで針で刺されたような激痛におそわれた。手が棒っくいのように硬くこわばり、ピストルが机の上にすべり落ちた。ピーターはうめきながら体をよじり、痛む手を腹に押しあてた。激痛は長くはつづかず、痛みがおさまってくると、頭の中の熱いモヤモヤも消えていき、しだいに正気をとり戻してきた。ピストルは机の上にそのまま。グランヴェルは身動きひとつせず、ピーターをただじっと見つめるばかりだった。

動いたのはリシューのほうだった。ピストルをすばやくつかみ、ピーターに向けると、「観念しろ！」勝ち誇ったように叫んだ。「勝利はいつも神のものだ！」

「黙りなさい！　護衛をさがらせろと命じたはずだ。さっさと行って、この男がどうしてここまで入ってこられたのか、そのわけを調べて来なさい」

「ですが……」

「すぐ行くんだ！」

「はい」リシューは大いそぎで頭をさげると、ピストルを手にしたままあわてて出ていった。

「まあ、座りなさい」ふたりきりになると、グランヴェルは言った。視線に有無を言わせぬものがある。ピーターは腑抜けた顔で命令にしたがい、もうほとんど痛まなくなった手をさすりつづけていた。あれほどまでの怒りは無関心とあきらめに座をゆずっていた。

グランヴェルは不愉快そうに、いっぽんの指で矢をどけた。「わたしを殺すと脅したものは大勢いたが、誰ひとりとして生きのびたものはいない。もちろん分かっていると思うが、お前の場合だけ大目に見るわけにはいかない」

ピーターは無表情に座ったままだった。相手の言葉はただむなしく頭にひびくだけで、なんの感情もひき起こさなかった。枢機卿は血糊のべっとりついた矢にまた目を向けた。

「お前の身に起きたことは、すべてお前自身のせいだ。なぜ分かろうとしないのだ？」思いがけずおだやかな声だった。

「わたしは、自分の思うとおりに生きたいだけです」ピーターはやっとの思いでそれだけ言うと、相手をじっと見つめた。五感が麻痺して、心と体がバラバラになったような感覚だった。

「自由な意思などというものは幻想にすぎん」グランヴェルはゆっくりと立ち上がると、窓辺に近づき、ガラス越しに外を見た。ピーターは相手のピンとのびた背中を見つめながら、さっきまであった煮えたぎるような怒りがなんとかもういちど戻らないものかと念じていた。だが、あのがむしゃらな怒りは、ピストルの引き金を引こうとして引けなかったあの瞬間に消えうせてしまったようである。

「手はどうしたね?」思いがけぬ質問に、ピーターはハッとして指をさするのをやめた。あの時、いったいどんな力が働いてこの手を麻痺させたのだろう? グランヴェルは窓ぎわから動かず、体だけをまわした。「どうなんだね?」

「働きすぎると、ときどき痛みます」ピーターは指をのばしてみた。痛みはもうすっかりなくなっている。「イタリアへ向かう途中、フランスで野宿したとき起きたのが最初でした」

グランヴェルはうなずくとまた外を見た。「冷えと湿気のせいだな」

そのときドアが開き、司教が入ってきた。ピーターをうさんくさそうに見ながら、枢機卿に言った。「枢機卿さま、わたしは……」

「後にしなさい」枢機卿は相手をさえぎった。「図書室で待つように」

リシューはおもしろくなさそうな顔つきで退出していった。枢機卿の態度は解せないものであった。さっきはピーターに脅しをかけていたのに、いまは、ピーターのしでかしたことなど、すっかり忘れてしまったような顔をしている。

「薬草がいいかもしれんな。わたしの外科医を行かせよう。パリで学んだ男で、ここらで医者と称している山師連中よりはものを知っている」

夕暮れが近づき、部屋の中が暗くなってきた。黒いシルエットとなって見えるグランヴェルの姿を、ピーターはただ黙ってながめていた。いったい何を考えているのだろう、この人は? おれをどうするつもりなのだろう? ヨッベの仇を討とうと無我夢中だったが、みごとに失敗した。グランヴェルを殺しそこねたが、もしうまく行っていたらどうなったのだろう。失敗して、却ってよかったのだろうか？

グランヴェルはピーターに話しかけた。外の光を背に、顔の表情はうかがえないが、刺すような視線が感じられる。

「今日ここで起きたことは誰にもしゃべってはならない。前に約束したように、おまえには十四日以内に大司教のわたしを描いてもらおう。正確な日程は追って知らせる。さて、もう行ってよろしい」

数秒のあいだピーターは信じられない思いでいた。それからのろのろと立ち上がると、こわばった足をひきずるようにドアに向かった。もう一度振り返るだけの勇気はなかった。

廊下にはスペイン人の兵士がふたり立っていて、ピーターを憎憎しげににらんだが、何も言わずに黙って通した。リシューの姿はどこにも見えない。

こんなことってありえない！　グランヴェルのような地位の男をピストルで脅かしておいて、無罪放免されるなんて前代未聞だ。夢をみているに決まっている。目が覚めたら、牢屋につながれているとか、ひょっとしたら地獄に落ちているかもしれない。家にもどってからもピーターはほとんど信じられない気持ちでいた。枢機卿はおれなんかどうとでも操れるくらいに考えているのだろうか？

ピーターは自分を裏切った手をもういちど見てみた。どこにも異常はないようだ。あれは神のなせる業だったのだろうか？

家にもどったピーターにリサがガミガミと噛みついてきた。「コック親方が、いつ働きに来るか聞いてたわよ。いったいどこに行ってたのよ！」

「死にそうに疲れてるんだ。けんかしたい気分じゃない」

ピーターは、何十年もいっぺんに歳をとったような疲れ果てた気持ちで腰をおろした。

「ヨッベが死んだ。殺されたんだ」じっと空をにらんだまま言った。

「誰があんなおいぼれを殺したの？」

「バカヤロウ、なんてこと言うんだ！　すこしは死者を悼む気を持てないのか、お前って女は！」

「あらまあ、ずいぶんお行儀のいいこと！」

「チクショウメ！　ビールはあるか？」ピーターは立ち上がった。

「また飲んだくれて椅子から転げ落ちるつもり？」

ピーターはリサにするどい一瞥をくれた。「うるさい！」リサに暴力をふるったことはこれまで一度もなかったが、今はほとんど殴りたい気分になっていた。だが、そんなことをすれば、後になって、自分が嫌になるだけなのは分かっている。リサもそんなピーターに不安を感じたのだろう。「あやまるわよ。あの年寄りの漁師はあんたにとって大事な人だったのよね」

椅子から転げ落ちるほど酔っぱらう、か。それもいいかもしれない。そうすれば、数時間だけでも、この嫌な世の中を忘れられるだろう。

リサはいつのまにかいなくなっている。ピーターはビールを飲みつづけたが、いくら飲んでも酔いはまわってこなかった。立ち上がると工房へ行き、ランプをつけてから「死の勝利」のデッサンを机の上に広げた。かがみこみ、しばらくの間じっとながめてから、必要なものをとりそろえて描きだした。デッサンを作ったときと同じように、憑かれたように取り組んだ。死がついに生き生きとなってきた。


三日三晩、休まず描きつづけた。ときどき、パンをひとかけ、水をいっぱい飲むくらいのものしか口にせず、疲れや手の痛みがひどくなったときには、工房のすみに置いてあるソファに沈みこんで、一時間ばかり眠った。

四日目にすべての像が完成した。あと残るは背景の風景ばかりとなったが、これ以上描きつづけるのは無理なほど疲れはてて、目を開けているのもやっとという状態のうえ、手の震えはますます激しくなって、絵筆を握っているのもむずかしかった。

おのれの体力不足に腹がたち、絵の道具をゆかに投げつけると、よろめくように工房を出た。やっとの思いでベッドにたどり着くと、そのままつぎの日の昼まで眠った。

目が覚めると、外は気持ちよく晴れており、また身内に力があふれてくるのを感じた。体は飛べるほど軽く、頭の中は、すこしアルコールが入っているときのように快適にフワフワしている。そうだ、描かないと。

絵はきのう描きおえたときと同じ画架にのっていた。そばに寄ろうとすると、足の裏がべとべとした。床一面、絵の具がこびりついており、絵の道具はすべて前の日に投げつけたままになっている。パレットの絵の具は乾いて、絵筆はまるで子どもがいたずら描きでもしたようにボサボサになっていた。

だが、絵のなかの人物像は描きだしたときと同じだ。暗く深い謎だらけの感情の奥底から苦しみの叫び声をあげている。たましいの抜けた肉体がリサが見せたみだらなポーズをとっている。この像のすくなくとも半分は、描いたことすら覚えていないのに、彼らはしどけなく、みだらに、ぞっとするほど恐ろしい姿で厳然とそこにいた。

この絵は、グランヴェルの館の会議室に置くのがいちばんいい。机の正面の壁にかければ、いやでもそこに座った者の目につく。だが、グランヴェルは、現実の死を侮るごとく、侮りをもってこの絵に背を向けることだろう。自己の信念をつらぬくために、人を殺すことをなんとも思わない人間なら、それも当然のことだ。

ピーターはパンをひとかけハムを一枚かじり、ミルクをいっぱい飲んでから、また描きつづけた。この絵が最大限の効果を発揮するように、落ちついて集中して描くことに専念した。描きつづければつづけるほど、背景の風景はさむざむと空虚で荒れはてたものになっていく。この数日のあいだ、昼も夜もすさまじいほどの創造力が吹き荒れていたが、いまはその嵐もおさまり、想像力の泉はすっかり干上がっていた。そういう時には、すばらしい絵ができあがることを、ピーターは知っていた。描き終えたとき、自分のなかに空虚感が残らない作品は、月並みで意味のないものにしかならない。

午後おそく、コックの弟子がやってきた。「リサさんの具合はどうですか。親方が心配してます」若者は、絵の具だらけのピーターに尊敬のまなざしを向けた。

「リサがどうしたって？」

「きのう、気分が悪いって言ってて、きょう工房に来なかったので……」若者はピーターの表情から何かを読みとり、バツの悪そうな顔をした。「親方のほうは、お元気そうですね」

「コック親方に礼を言っておいてくれ。明日かあさってに、こっちから出向くよ。リサの具合はまだなんとも言えないと伝えてくれないか」ピーターは気をとり直してそう言った。若者は逃げるように帰っていき、ピーターは何事か思案しながら、また仕事にもどった。

リサはいつもの時間に帰ってきた。「あら、もう仕事してんの。まだ寝てると思ってたのに」

「期待にそむいてわるかったね」ピーターはリサの顔を見ないで聞いた。「今日はどうだった？」そして、背景に見える絞首台にたてかけてある梯子の横木をわざとらしく、ことさらていねいに描きつづけていた。手がまた震えだしている。

「どんな一日だったって言わせたいの？　いつもどおりよ」

「なにか変わりはなかったかい？」

「あたしが知るかぎりでは、なかったわね。店や工房のことは気にしてないもん」

「コック親方におれのこと、聞かれなかったかい？」

「なんで親方がそんなこと聞くの？　自分がいなくちゃ困るとでも思ってんの？」

「そんなやつは世の中にいないし、たいがいのものはなくてもいっこうに困らない」

「ずいぶんもって回った言い方じゃない。なにが言いたいの？」

「お昼はなに食べた？」

「馬の肉。そんな目でジロジロ見ないでよ。他にないんだから仕方ないでしょ」

「あるさ。町はずれまで行く気があれば」

「かんたんに言うわね。そうね、あんたは農家のせがれだもんね」

やれやれ、ああ言えばこう言う、こう言えばああ言う。描く気もなくなる。「さっき店のやつが来て、お前の具合はどうかって聞いていった」ピーターはどうでもいいことのように言いながらリサの顔を見た。

リサは無言でにらみ返してから答えた。「あたしが嘘をつくわけは知ってるはずよ。あんたのくだらない質問に答えたくないからよ」

「本当のことを言うのはそんなに大変かい？」

「自分はどうなの。どこへ行ってきたか、言ったことないじゃない！」

「おれは男だよ」

「ふん！」リサは鼻先でせせら笑った。

「一日中どこに行ってた？」

「あんたに、そんなこと聞く権利なんかないでしょ！」

「そうかもな。でも別の権利はあるよ」ピーターは静かにそう言うと、戸棚から例の棒をだしてきた。「もうあとふたつ刻み目を入れられる。今、ひとつ入れれば、残りはひとつだ」彼は棒をバランスをとるように手にのせると、リサを見た。「二、三日は仕事をさぼる口実に嘘をつかないように、お仕置きをしておこう」

「そんな勇気ないくせに！」リサは不安そうに後ずさりした。

「あるさ。叫べ、叫べ！　大声で叫べば叫ぶほどいいぞ。近所でのおれの評判があがるってもんだ」ピーターは棒をふりあげた。

「やめて！　ぶたないで！」

「どこへ行ってたか、本当のことを言えば考えなくもない」ピーターはリサの正面に立つと、自分の左手を棒でたたいて、力をためしてみせた。

「お医者さんのところ！　それとねえさんのところ！」

「もういちどだけチャンスをやる。今度また嘘をついたら、お前のお尻が青やらみどりやらになる」

「お願い、ピーター。自分がなにしてるか、分かってんの？　あたし、ほんとうにお医者さんに行ってきたんだってば」

「嘘つきの舌を調べてもらいに行ったのかい？」ピーターは棒をふりあげた。「さあて、前へかがめ、椅子につかまれ！」

「やめて、ピーター。あたし、赤ん坊ができたのよ」

ピーターの振りあげた棒が宙でとまった。「なんだって？」

「妊娠したの」ピーターの反応に勇気づけられたリサは勝ち誇ったようにつけ加えた。「そんなはずないって思ってるんでしょ？」

ピーターはふり上げた棒をおろすと、ナイフを取りだした。不安そうに見つめるリサのまえで、棒に刻み目をふたつ刻んだ。「さて、これでいっぱいだ」そして、棒を片隅に立てかけた。「もう、わざわざ手をよごすまでもない。こんばん一晩だけここにいていいが、明日のあさ早く出ていって、二度と帰ってくるな」

「なんでえ？　妊婦を放りだすつもり？」

「やめろよ、リサ。すこしは恥を知るんだ。一週間まえ月のものがあったろう？　ちゃんと知ってるよ」

リサはガックリと肩をおとすと、「あたしはあんたにとって必要な女だと思ってたんだけど」と、今にも泣き出しそうな顔をした。ふたりが別れるときには、ひと騒動あるにきまっている、どなりあい、わめきあい、つかみあいになるものと思っていたピーターには意外な女の反応だった。

「はじめから、いっしょに暮らすべきじゃなかったな」

「あんたが変わったのよ。はじめて会ったときのあんたは今みたいじゃなかった。あたし、そんなにひどいことした？　全部あたしのせいだって言うの？」ピーターを見つめるリサのひとみに涙はないが、心は泣いているようだった。

「人生の目標に向かって努力していくんだから、誰だって変わるさ。ふたりの目標がかけ離れているんだ、誰のせいでもない」

「ほんとうに、出ていってほしい？」おそらく引き止めるほうが簡単だろうが、ピーターは引かなかった。

「ふたりにとって、その方がいい」

「それじゃ、もうコック親方のところでも働けない」

「おれのせいでやめることはないよ。どっちみち、あそこにはもうそんなにしょっちゅう行くわけでもないし」

リサはゆっくりと首を振った。「別の仕事をみつけるわよ。油や絵の具のにおいは好きじゃなかったんだもん。でも、そのうちここが恋しくなりそう。この家で暮らすの好きだったから」

「ああ、いい家だ」リサはまだ自分の横にいる。だが、もうこの家はからっぽ、すでに見捨てられ打ち捨てられた気配がする。ありがたくない相手にじゃまされるのと、孤独に耐えるのと、いったいどちらがいいのだろう。

とつぜんピーターは腕をのばすとリサを抱きしめた。その一瞬、すべての怒りを忘れ、何もかもを水に流すことができた。リサは相手のなすままに身をまかせ、うっとりと抱かれていたが、やがてついと身を離した。「過ぎたことは過ぎたこと」手の甲ではげしく目をこすると、ピーターを食いいるように見つめた。「ひとつだけ教えて。嘘はつかないで。誰かべつのがいるの？」

ピーターはゆっくりと首をふった。

「そう。ライバルがいるなら、戦う気になるんだけど」リサはうなだれた。「荷づくりをしてくる」

「行くあてはあるのか？」

「ねえさんのところへ行こうと思ってる」

「きょう、行ったばかりだろう？」

「皮肉はやめて。あれはほんとうのことよ」

「どっちみち、ぜんぶ刻み終わったしな」

ピーターにはもうどうでもよかった。いま飲めば酔えるだろうか？　飲んで酔いたい、ただそれだけを願っていた。

第二十七章　弁論大会

アントワープのマルクト広場はめったにないほどにぎわっていた。たくさんの屋台がたち並び、商人たちが売らんかなとばかり勢いのよい大声をはりあげている。仮設の舞台ができていて、ここで劇が上演され、各組合から選ばれた者たちが弁を競いあう。いちばん優れたスピーチには賞が与えられることになっており、講演者はこの賞をねらって舞台の上で熱弁をふるう。広場がにぎわっているのは、そんなわけからで、おおぜいの人びとが劇を見に、講演を聞きに集まってきていた。

午後早い時刻には、町の住民のうちでもあまり学のない人びとや農民が多かった。彼らのいちばんの好みはコミック芝居で、たいがいは二年前に死んだヤン・ファン・デ・ベルへの筆になるものだ。芝居のなかで揶揄されるのは、誰にもすぐそれと分かるテーマや人物であったから、みな大喜びで爆笑の連続である。こういった観客の反応は演じる側にもすぐ伝わり、ますますこっけいできちがいじみた仕種をさそった。はでな衣装の道化役が舞台からとびおりて観客のなかにまじり、馬跳びをしてみせたりしては、とくに子どもたちを楽しませていた。

中流上流階級の人びとがやってくる午後おそくには、神秘劇や信仰心をさそう教訓的な物語りが演じられる。たとえ話によって表現するのはコミック芝居と同じだが、内容がまじめで教育的なものとなる。それでも、笑いの種もばらまかれていて、みんな劇を楽しんでいた。

あちらこちらにのぼりが立ち、旗が風になびいている。リュートやたいこの音がひびきわたり、揚げパンや茹でたかたつむりのおいしそうなにおいがただよっている。祭りの気分はいやが上にも盛り上がっていく。新しい市庁舎をつくるために、この日も何百という労働者がつるはしを振るいハンマーを使っていたが、彼らが立てる騒音でさえ人びとの気分を損ねることはなく、かえってふんいきを盛り上げるのに役立っていた。

画家組合は独立したスタンドを持って、雨よけのテントを張ったその下で組合員が描いた作品や複製を並べていた。若手の組合員数人は、多少とも金に余裕があって自分を描いてもらいたいという人の注文に応じてサラサラと肖像画を描いて売っている。だが、胸ぐりの深い服を着た女性でもそこに座っていないかぎり、この時刻こういったまともな仕事に注目するひとは多くはなかった。大衆は高価な複製を買う余裕もなく、ましてオリジナル作品などとんでもない話であった。

それにくらべ、えらい貴族やスペイン政府をテーマにした風刺画の積んである長テーブルには人が群がっていた。値段が安いせいもあって、飛ぶように売れているが、買った人はたいがい服の下に隠して持っていく。テーブルの隅には罪のないものを題材にしたスケッチの束が置いてあって、パトロールや役人のすがたに危険を感じたら、それですぐおおい隠せるようになっていたが、さいわい、そういう人物の姿はまだ見かけられない。

この風刺画は大部分ピーターが創ったものである。彼はコック親方といっしょに来ていた。スタンドのそばに立って、大衆が自分の描いた風刺画を買っていくさまを、いい気味とばかりににやにやしながらながめていた。実のところ彼には、高価な絵を売るより、この種のあそびのほうがずっとおもしろかった。この数週間というもの、この手のスケッチを何十枚と描いてきたが、描けば描くほどどんどん過激になっていった。紙代、絵の具代にもならなかったが、そんなことはどうでもよかった。教会や政府についての自分の考えを広く一般に知らせることができるなら、必要とあらば、タダでばらまいたってよかった。

お上をあざけり笑うのは、だがピーターだけではなかった。画家組合のスタンドのとなりに置かれた演台の上では、詩人のピエール・シュッテマーテが、スペインによる支配をつぎからつぎとあてこすっていた。この週になってからでも、彼がこれをするのは初めてではない。あまり練り上げてない雑な文句が大衆の好みにあっているのだろう、演台の前に押し寄せた人びとは、皮肉ぴったりのいいところに来ると、盛大な拍手をおくっている。

　ピーターはいつのまにか母親のことを考えていた。おふくろがこの場にいたらさぞ喜ぶことだろう。元気でにぎやかで、喜怒哀楽をすぐ表に出す人間だったから。「おまえのおふくろは生きている」ヨッベがそう言い残して死んでからもう一年以上経つが、あれ以来ずっと、ではいったいどこにいるのかと繰り返し考えていた。おそらくその答えはないのかもしれない。もし本当に生きているものなら、息子を捜しだそうとしなかったとは考えにくい。記憶にある母親は子どもを溺愛するタイプではなかったし、すくなくともそういう態度を見せたことはなかった。だが、有名になった息子の評判は彼女の耳にも届くはずである。親としての愛情はなくなっていても、好奇心くらいは持つだろう。好奇心でなければ金銭欲。というのも、ピーターが覚えているかぎり、母親は「儲ける」ことが好きだったからだ。父はそれを「農家のおかみさんに当たり前の健全な精神」と名づけていたものだったが。

　群衆の頭越しにコックの視線を感じて、ピーターは現実にひきもどされた。「すこし派手にやりすぎだな」コックは不安を感じだしたようである。「フラマン語がすこしでも分かるやつが来たら、とんでもないことになるぞ」

「スペイン人の役人なんかどうってことないでしょう」そう言いつつピーターも不安になってきた。さっきから画家組合のテントのなかに黒い服のやせた男が影のようにひっそりと立っている。ピーターの風刺画を手にとるでもなく、ただながめているのが不気味な感じだ。

「もうあと数時間のことですよ。そうすれば、また静かで退屈になります」

「自由にものが言えるなら、専制政治ももうすこし我慢できるんだが」

「そうしたら、誰もこんなに楽しめませんよ。禁止されていることをやるのがおもしろいんですから」

　そのとき、最前テントの中にいた男がまた目にはいり、ピーターは口をつぐんだ。男は、シュッテマーテの歌を聞いている観客からすこし離れたところで、歌を歌っている本人ではなく、聴衆のほうを見つめている。ピーターはコックをつついた。「妙なのがウロウロしてます」

「ああ、気がついている。だが、スパイにしては目立ちすぎると思わないか？」

「たまたま、彼に注意を向ければそうですけど」黒服の男はふたりの視線を感じたのか、きびすを返し人込みにまぎれこんだ。「あやしいですね」ピーターはテーブルの上の風刺画をそそくさと片づけた。

「わたしはすこし歳をとりすぎたようだ。こういう大騒ぎは重荷になってきた。セックスと同じで、そのときは楽しいが、後になにも残らない。このところよく思うよ、どうしてこんなに疲れるんだとな」

「それでも、こんなすごい弁論大会を組織したじゃありませんか」

「みっともなくならないうちに芸術の世界から手をひくつもりでいる。このつぎは、おまえが全責任をもってやってほしい」

ピーターはちょうどそのとき、群衆をかきわけて来る知った顔に気がつき、コックに返事はしなかった。「ブラームじゃないですか。あなたがこんな低俗なところに来るなんて思いもしませんでしたよ……」

アブラハム・オルテリウスは、ピーターの冗談を無視し、しんけんな顔つきで、不安そうに左右に視線を走らせている。「警告しに来たんだ」ふたりと握手しながら彼は言った。「たぶんなんでもないと思うが、このまわり一帯くさいんだ」

「くさい」というのは暗号で、スペイン人が近くにいるという意味である。

「わかっています」ピーターはうなずいた。オルテリウスは、まるで自分が危険にさらされているかのように神経をとがらせている。「もしやっかいの種になるようなものをここに持っているなら、消えたほうがいいぞ。姿を隠せという意味だ」彼は、台の上で歌っているシュッテマーテのほうに目をやった。

「あの弱虫も大口たたくのをやめたほうがいいのだが」

「こんなに神経質になっているあなたを見るのは初めてです」ピーターは驚いていた。

「兄が消えてしまった。捕まったんだと思っている。それでわたしもちょっと混乱しているんだ。娘のアンケが死んでからこっち、兄はすべてがどうでもよくなって、身の危険に注意なんかしなかったからな」

コックはオルテリウスの話を聞いていなかった。「むこうの舞台で劇が上演されますよ。スペイン人に扮した役者がしっぽをつけて出てきて、ただうなるだけ」コックには心配する理由がまるで見当たらないようである。

「あなた方芸術家というのは……　ともかく警告しておきますよ」

ピーターが礼を言うまもなく、相手は群衆にまぎれて消えていた。

「あの人はまたえらくなっているから、御身大切なのさ」コックの言い方にはとげがある。

ピーターは黙っていた。三十一歳の誕生日にオルテリウスは馬を一頭贈ってくれた。ピーターが絵の代金を受けとらないからその代わりというつもりだったのだろうが、それ以来彼が悪くいわれるのを聞きたくなかった。

「忠告にしたがったほうがよさそうですよ。燃してしまうのがいちばんいいと思います」

「せっかくの仕事が！」

「こんなのまたすぐできます」ピーターは無難なスケッチの下におしこんであった風刺画をひっぱりだした。

「ピーター、それは……」

コックが何を言おうとしたのか、ピーターが知ることはなかった。舞台とスタンドの間で押し合いへし合いしている群衆がとつじょ異様に騒がしくなった。人びとはあわてふためき悲鳴をあげて逃げまどい、子どもたちは泣き叫んでいる。騒ぎの真っただ中に、スペイン語で命令がとびかい、ガシャガシャと武器の音がひびいている。あちこちで殴り合いが起き、乱闘騒ぎのなかでテントがひとつ倒れ、それが混乱をさらに大きなものにした。スペイン人が空にむけて銃を撃つと、とつじょあたりはよろいをつけた兵隊であふれかえり、太陽の光のなかで槍や剣がキラキラときらめいた。兵隊は台の上に飛びあがると、必死に抵抗するシュッテマーテをひきずり倒した。

抗議の叫び声をあげた観客は遠慮会釈なくたたきのめされた。

「やめろ、そんなものしまうんだ！」ピーターの手にナイフを見つけたコックはすばやくささやいた。「あいつらに勝てると思ってるのか、ズタズタにされるぞ！　逃げることを考えたほうがいい」コックはテントのうしろに目配せした。

「でも、スケッチが……」ピーターはパニックにおそわれ、武器をふりまわして民衆を無慈悲に蹴散らすスペイン兵をぼうぜんと見つめるばかりだった。男がふたりスペイン兵にとびかかっていった。それを見た別の兵隊がふたりの背に剣をつきさす。ひとりは声もなく倒れ、もうひとりは断末魔の叫びをあげてくずれおちた。男の細君だろうか、倒れた男に駈けより、とりすがる女がいたが、スペイン兵に乱暴につきとばされ地面にころがり、動くこともできないでいる。その上を逃げまどう人びとが踏みつけていった。

「早く行け！　行け、と言ってるんだ！」

ピーターはそれでもまだグズグズしていた。乱闘のなかに兄ディノスを見かけたようで気になったからだ。「いそげ！」コックがまた急き立てた。

われに返ったピーターは、きびすを返しテントの後ろから外へはい出た。上着の下に隠していた画が地面に散らばり、あわててそれを拾い集めようとしたちょうどその時、ピストルの音が聞こえ、手のさきの土がはねあがった。凍りついたピーターの目に、勝ち誇ったようなうす笑いを浮かべた兵士の姿が写った。彼はピストルを腰のベルトにしまうと、剣をひきぬき近づいてきたが、なだれのように押し寄せてきた群衆に突き飛ばされてピーターの上に倒れこんだ。ピーターはめくら滅法に暴れまくり、うまく兵士から逃げると飛びおき、あとも見ずに駈け出した。取っ組み合ってる連中を突きとばし、羽交い締めにされ、それをまたふりほどき、地面に倒れたままの人間を飛びこえ、やっと広場のはずれにたどりついた。そこでしばし立ち止まり、どちらへ逃げるかを思案した。息は切れ、目に火花が飛んでいる。どこもかしこもスペイン兵だらけだ。歩兵もいれば騎兵もいる。用意された手押し車に押し込まれるのに抵抗している人、あきらめて素直に引っ立てられていく人、血をながしている人、死にかけている人。それでもスペイン兵の襲撃からうまく逃れることのできた者もいて、広場を囲む通りへと消えていった。だが、逃げ出すとちゅう背中を撃たれて死んだ者も多くいた。

市役所の建築現場にスペイン兵がひとりもいないのに気がついたピーターはそこをめがけて走りだしたが、後ろから馬のひづめの音がどんどん近づいてきた。見つかった、と思った彼は、右往左往したあげく、敵にも味方にもじゃまになっている女子供の一群のなかに飛びこんだ。馬は先へ進めなくなり、叫び声、ののしり声、悲鳴がいりまじっていた。

走ったり、ころんだり、飛び込んだりをくりかえしながら建築現場にたどり着くことができた。石と板が積んであるところを飛びこえたピーターは、がれきの山にドスンと落ちて、半分砂に埋まったが、すぐに飛び起き、迷路のような建築現場をソロソロと這うようにして進んでいった。荒っぽい風体の大男とあやうくぶつかりかけたときにはギクッとしたが、男はピーターをチラッと値踏みするように見ると、板を置いただけの床のほうをあごでしゃくった。

ピーターはためらうことなく、開いたところから床下へ飛びこんだ。足元はぬかるんでいて、湿った土のにおいがする。板と板のすきまからかすかに光がもれてきて、暗闇に目がなれてくるとだんだんあたりの様子がわかってきたが、盛土と支えの梁より他には何もなかった。地上の建物とおなじように地下室もまだ工事中なのだ。

頭のうえをドシドシ歩く音がして、横柄に何か聞いているフランス語が聞こえてきた。ピーターはぬかるみの中を光の届かない隅にいそいで移動し、できるかぎり小さくちぢこまった。ふるえる手にナイフをにぎり、たいまつを持ったスペインの兵士が飛び込んでくる瞬間を待っていた。だが、何もおこらなかった。頭のうえの複数の足音は遠ざかり、やがてすっかり消えてしまった。すると、危ういところを助けてくれた男が床下に顔をつっこんで言った。

「行ったぜ、あいつら。だけど、おれがお前さんなら、暗くなるまでここにいるね。まあ、先刻分かってることだろうけどね」そう言うと頭をひっこめ立ち去った。

当分ここに隠れていなければならないのかと思うとガックリきたが、とりあえずはうまく逃れられたと安心もした。ナイフをしまうと、もうすこし楽な姿勢をとった。暗くなるまでまだ何時間もある。その間ずっと、こんな汚い穴のなかでうずくまっていなければならないと考えるだけでもゾッとした。

スペイン兵はおれのことに気がついてしまっただろうか？　もちろん風刺画にサインなどないが、ピーター・ブリューゲルのスタイルを知ってるものはおおぜいいる。グランヴェルはとうぜん知っているし……

「チクショウ、せいぜい盛大にやってくれ！」ピーターは腹立ちまぎれに大声をだした。自分の声が、まるで耳に水でもはいっているように、こもって響いた。コック親方はぜったい無事に逃げたろう。あの人はしたたかだから、いつだってうまく切り抜ける。かわいそうなのは、スペイン兵の襲撃をかわせなかった人たちだ。残酷なシーンが断片的に浮かび、ピーターは唇をかみしめた。スペイン兵につかまった者の何人かは近いうちに火あぶりにされる。今までがそうだから、今度だって同じことだ。

あれは兄のディノスだったろうか？　見かけたような気もするが、ぜったいそうとも言い切れない。兄のことが気になっているのかいないのか、それも分からなかった。

だんだん暗闇に目がなれてきた。木切れや板を集めて台をつくり、しばらくはそこに座っていることにした。頭の上ではまた盛んに工事の音がひびきだしている。

休みなくつづいたハンマーの響きもくぎを打つ音も夕暮れが近づくにつれだんだんと少なくなり、やがてまったくの静寂がおとずれた。ピーターはこわばったひざをさすりさすり、穴の割れ目へと移動した。へりに手をかけ体を持ち上げあたりを見回した。すっかり暗くなっており、工事現場に動くものは何もない。何かにつまずいて音をたてたりしたらたいへんだ。ピーターはおそるおそる這うようにして出口をさがした。

広場はまだ騒然としており、そこここにたいまつの明かりがまたたき、けが人や死者を運びだす人影が黒いまぼろしのごとく動きまわっていた。兵士も大勢残っていて、そんな広場の騒ぎをじっと立って警戒している。その兵士たちの甲冑やヘルメットがたいまつの明かりにキラキラと輝いていた。だが、騒然としているのは広場だけでそれ以外は不気味なほど静まりかえっている。これは黄泉の世界だ！　あの世はきっとこんなゾッとするようなところなのだろう。悪寒のするような光景を目のまえに、ピーターは現実に悪寒を感じた。ビショビショに濡れた足、おまけにこんな寒い夜を過ごすつもりはまるでなかったからじゅうぶん暖かに着ていたわけでもなかった。

暗がりだけを歩くように注意しながら、そっと工事現場の裏側にまわった。そこからスヘルデ河の方角に逃れることができる。

この夜スペインの兵士たちは町じゅうを警戒しており、ピーターはコック親方の店「四方の風」のある通りに出るまで二度パトロールに出くわし、そのたびに身を隠した。だが、やっとの思いでたどりついた店の入口の前にもスペイン兵ががんばっているのが見えた。湧きあがる恐怖を必死でこらえ、姿を見られる恐れのないところまで後もどりして、どこへ行けば安全だろうかと考え、それから心を決めると、マリケ・クックの家への道を歩きだした。

「まあ、なんてひどいかっこう！」マリケは何年も会わなかったようにピーターを抱きしめた。「うまく逃げたらしいとは聞いていたけど。だいぶひどい疲れようね」

「市庁舎の地下に隠れてました」ピーターはあたりを見回した。「マイケンはどこです？」

「寝てるわ。すっかり神経が高ぶってしまって。なにか食べたい？」

「ありがたい。もうお腹ペコペコです」ピーターはそのとき急に空腹に気がついた。それまで食べることなどまるで頭になかった。

マリケはパンとミルクをテーブルに置いた。「シュッテマーテと役者が数人捕まったそうよ。それに弁論大会に出た人も。それがどういうことか、あなたには分かってるわね」マリケはピーターをじっと見つめた。

「また死人がふえるってことですね」ピーターはつぶやいた。

「コック親方は自分の家にいるけど、当分の間外出禁止。たぶん、あなたが見つかるまでではないかしら？」

「おれは捜索されてるということですか？」

「だとしても、驚くにはあたらないわね」マリケの声には非難のひびきがあった。

ピーターは恐怖にとらわれた。パンを食べてはみたが、味がしない。「自分の家へ帰るほうがよさそうです。ここにいるのを見つかったら、迷惑がかかるから……」

「ひとばんくらいは、だいじょうぶと思うけど」

「馬小屋でも寝るくらいのことはできますから」母娘を危険にさらすつもりはなかった。

「今晩はそれでいいとして、でもあしたは？」

「あしたはあしたの風が吹きますよ」

「わたしが大司教のところへ頼みにいったらどうかしら？」

「とんでもない！」ピーターはいそいで言った。「ぜったいよしてください」

大司教になったグランヴェルにピーターは作品「死の勝利」を渡したが、その後彼は何も言ってこない。「死の勝利」を見たグランヴェルが怒り狂うだろうとは思っていたが、この沈黙は怒りよりずっと不気味だった。「あのひとでなしは、怒りをこんどはあなたに向けますから！」

「それならアントワープを離れて、事態がおさまるまでどこかよその土地にいるのがいちばんよ。アムステルダムがいいわ。芸術家がおおぜい暮らしているから、あそこならりっぱな仕事ができますよ」

「そうかもしれませんが……」ピーターは浮かない顔をしている。「町を出られればの話です。いちばん人出の多い門を使えば、混雑にまぎれてうまく見つからずにすむかもしれませんが」

「うちの人の服をあげるから、それを着ていくといいわ」

「え？」ごく弱い明かりのなかでも、マリケの顔のしわが前よりいっそう深くなっているのが分かった。「どうしてそんなことまでしてくれるのです？」

「ほかに心配してあげられる人がいないからですよ。マイケンだってもうほとんど母親を必要としてないことだし」

「いつかかならずお返しをします」

マリケは目をそらし、チラチラ燃えるローソクをじっと見つめた。「わたしを幸せにできることがひとつだけあるけれど、それについて話すにはまだ時機が来てないのよ」

「言ってください。できることならなんでもやりますから」

「いつかね」マリケはピーターをさえぎった。「いずれ話すわ」それからまたしっかりした表情をとりもどした。「アムステルダムに着いたら、わたしの知り合いを頼っていって。彼が役に立ってくれるから。これがその人の住所」

「ほんとうにいつも世話になりっぱなしで、借りばかりです」ピーターは立ち上がると、音をたてないように用心深く椅子をひいた。「帰るまえにマイケンを見ていってもいいですか？」

「ローソクをあげましょう」

マイケンは眠っていた。左をしたに、口を半分開いたまま寝息ひとつたてていない。ブロンドの髪が枕いっぱいに広がっていた。

そんなマイケンを見てピーターのこころは優しい気持ちで満たされた。かがみこむと、ほほにそっとキスをひとつ。マイケンは一瞬息を止めたようだが、目を覚ましはしなかった。甘いかおりがする、子どもというより乙女のかおりだ。彼女のかおりはピーターに思いがけない感情を呼びおこし、そのことに彼はとまどいを覚え、そわそわと落ちつきをなくしていった。このままずっとここにいて眠っている少女を見ていたい。けれどそれが許される状勢でないことはピーター自身がいちばんよくわかっていた。自分の気持ちをむりやりおさえつけるとベッドから離れ、部屋を出てそっとドアを閉めた。

宿無しの浮浪者のように、馬小屋のわらのなかにもぐりこんだピーターだったが、マイケンのことを考えると救われたような気持ちになった。そのおかげで、この日の午後の事件をあれこれ思いわずらうこともなくまた悪夢にうなされることもなく、安らかにぐっすり眠ることができた。

朝の暗いうちに起きだすと馬に鞍をつけ出発した。金も荷物もほとんど持たない夜逃げどうぜんの旅立ちであった。心配していた城門は難なく通過し、北へ向かう旅人や商人たちの流れに混じってついていった。まるで、風のまにまにただよう秋の落ち葉の心境だった。自分の意思ではなく、ただ運命に流されていくだけ。もうすぐ冬がくる。アムステルダムの冬をどうやって過ごそう。だが今は、冷えきった足を暖めることのできるところへ、一刻もはやくたどり着きたかった。

第二十八章　アムステルダム

「ピーター・ブリューゲル。マリケ・クック未亡人ご推薦か」ネストール・ファン・マンデルは渡された手紙から目をあげると、ピーターをしげしげとながめた。「こんな推薦状はいらなかったな。きみの評判はきみより早く届いているからね」

相手がからかっているのかどうか定かでなかったピーターは用心深く答えた。「ご当地で名前が知られているか分からなかったものですから」

「アムステルダムは遅れているとはいえ、いろいろ話は伝わってくる。ところで、よければここに来た理由を聞かせてもらおうか」

「絞首刑が恐ろしかったのです」

「またずいぶんと正直な答えだが、何かしでかしたんだな。ところで、ジンはきらいかね？」

「いただきます」元気の素はいつだって大歓迎である。

ピーターはネストール・ファン・マンデルが気にいった。このすこし年配の画家は、マリケから水彩画を学び、しっかり稼いでいるようである。茶化すのが好きらしく、とくに自分のことをまともに言うことがない。石造りの住まいは窓が多いせいで、明るく風通しがよいが、どの部屋もガラクタでいっぱいだ。ファン・マンデルは、持ってくるのに重くないものなら価値があろうがなかろうがかまわず集めてしまう困ったコレクターだった。

マンデル夫人シャロッタはころころ太った小柄なひとで、あまり笑わないたちのようだ。パッとしない身なりで浮かない顔をしており、夫のガラクタ・コレクションのひとつといった感じである。

「子ども？　自分たちのことで手一杯だから、神さまもそれをご存じなのさ」ピーターに子どもはと聞かれた主人はそう答え、夫人の顔がかすかに曇った。この話題はどうも避けたほうがよさそうだ。

「ここに住んで働くといい。部屋はいくらもあるし、よそより高いことは言わない」

「ご親切にありがとうございます。しばらくお世話になります」

「なにをしたらいいか分かってるかな？」マンデルの口調は感じがよかった。「新世界のための絵を描くといい」そう言いながらしたり顔でうなずいている。「ここから定期的にアメリカ行きの船が出る。たいがいはニュー・アムステルダム（のちのニューヨーク）へ向かう。ニュー・アムステルダムのことは聞いたことあるかい？」

「はい、あります」

「あそこはご都合主義者の溜まり場だ。大きな声では言えないような商売で、あっというまに莫大な富を築いた連中が、大きな屋敷を建てて、その中に絵をたくさんつめこんでいる。どの船も、成金のための貨物を満載している よ」

「わたしはそれほど有名ではありませんよ」

「アメリカできみの名前が知られていようがいまいが、そんなことはいっこうかまわない。大事なのは、稼げるってことさ」

「では向こうへ渡って働いたほうがいいのではありませんか？」

「あんな無法者たちのところへか？　どんなやつらか知ってるのかい？　スペイン人、イギリス人、野蛮人、ごろつき連中だぞ」

「でも教会くらいあるでしょう？」

マンデルはピーターの顔をチラッと見た。「教会はどこにだってあるさ。だが、この手の発言は注意しろよ。アムステルダムの市長は代々こちこちのカトリックだからな」

「ということは、わたしはまたもや来る場所をまちがえたということですか？」

「かならずしもそうとも言えんさ。この町はきっときみの気にいるよ。信じられないほど居酒屋がたくさんあるんだが、ビールの取り引きで大きくなった町だからね。それと、ここの女はアントワープの女みたいに生意気じゃないぞ」

シャロッタは立ち上がると、まだすることがあるからと出ていった。マンデルはニヤリとした。「どうだ、わたしの言ったとおりだろう？」

ピーターはグラスをあげると、澄んだアルコール越しに明かりを見つめた。「わたしは女にはどうも運がないようです。女を不幸にするか、女に不幸にされるかで、うまく行ったためしがありません」

「どこかにピッタリのがいるよ」

「まあ女なしでもやっていけますが……」

マンデルはピーターの肩をやさしく叩いた。「ここでいい思いができるさ」

「前に予言されたことがあるんです。生涯に重要な関係を持つ女は三人だと。そのうちふたりはもう終わってしまいました」

「三というのはいい数だ」

「仕事をするには題材がいります。それを探す手伝いをお願いできますか？　今は、そっちのほうが大事です」

「きみの好きにするさ」

しばらくネストールの家でやっかいになることになり、ピーターはさっそく一枚の板絵とりくみはじめた。ローマでクロヴィオのために描いた細密画「バベルの塔」を別の形で描きなおしてみるつもりである。この作品の創作には時間と精力をたっぷりつぎ込むことになるだろうから、他のことに気をとられているひまはなさそうだ。

大小ふたつの部屋からガラクタを放りだし、大きい方で仕事をし、小さい部屋で寝ることにした。ネストールはひとりで仕事をしており、徒弟や弟子といったものもいないので、大きな家はいつもひっそりと静まりかえっている。彼はおおらかで気のいい男だが、酒好きで、毎週金曜日には必ず飲みに出かけ、夜遅くベロベロになって帰ってくる。「きみも気晴らしにどうだ？」と誘われても、ピーターに行く気はなかったが、夫の留守中、自分とあまり年の違わない夫人とひとつ屋根の下にいるのが、なんとも落ち着かない。シャロッタは、夫が留守のときには、ふだんよりよくしゃべり、おまけに身ぎれいにしている。伺うように見る目つきがまるで誘いをかけているようで、いくら気にしないようにと思っても、ピーターはどうにも気になってならなかった。

この家に寝泊りするようなって二ヶ月ほど立ったある金曜日の夜、その日もネストールは外出していた。仕事中のピーターの部屋がそっとノックされた。

「お邪魔かしら？」シャロッタが顔を出した。

「いえ、どうぞ」ピーターはアントワープではいつも弟子に囲まれて仕事をしていたから、傍に誰がいても別に邪魔にはならないが、夫の留守中、若い男の部屋を訪ねる夫人の気が知れなかった。一体何を話せばいいのだろう？

「初めての日、あなた、子どものことを聞いたでしょう？　私たち夫婦に子どもがいないわけを知らせておこうと思って。子どもがいないのは夫のせいなのよ。あの人、ベッドじゃダメなの」シャロッタは唐突に話しだした。

「……」一体どんな返事をすればいいものやら、ピーターは困りはてた。

「わたしはどうしても子どもが欲しいのよ。子どものいない人生なんて虚しいじゃない。この歳だもの、早く生まないと……　それで、あせっているの」

こんな話をおれにして、一体おれにどうしろって言うのだろう？

「あら、ごめんなさい。つまらないこと言っちゃったわ。どうぞ、お仕事つづけて」シャロッタは話しだしたときと同様、唐突に話を打ち切ると、思いつめたような表情を残して部屋を出ていった。

もう、ここにいるわけにはいかない。なるべく早く外に家を借りて出ていこう。それが、夫婦のためだけでなく、自分のためでもある。ピーターはシャロッタの消えたドアを呆然と見つめながらそう決心した。

「だいぶ長いことお世話になりましたが、そろそろひとりで暮らしてみようと思います」ピーターの突然の申し出にネストールは黙ってうなずいた。夫人の様子に何かを感じていたのだろう、引きとめることもなかった。

物を持たない者にとって、引越しはかんたんである。ネストールが見つけてくれた波止場近くの家は、工房の窓から、外海に乗り出していく船の帆を眺めることができる。船の好きなピーターは窓辺に立っていることが多かった。海はいくら見ても見飽きるということがなく、ますます魅力を増していく。アメリカか、どんな国なのだろう。行ってみたいものだ。何度も何度も考えをめぐらしたが、そのたびにあわててそんな気持ちをひっこめた。祖国を離れたら根無し草になるようでおそろしかったし、それにもう遅すぎる。大冒険をするには歳をとり過ぎている。十年も前だったらもっとちがう気持ちにもなったろうが。

「バベルの塔」の制作は着々と進んでいた。幅一メートル半を越えるこの絵は、人間の傲慢と没落を象徴している。神は、思いあがった気持ちから天にのぼろうとした卑しい人間どもに罰をあたえる。天に達する塔をつくろうと働いていた人間どもは、とつじょお互いに言葉が通じなくなり、建設半ばの塔はくずれ落ちてしまう。この罰は、全能の神がユーモアのセンスの持ち主であることを想像させ、とつぜん相手の言っていることが分からなくなってしまった人夫たちの表情に、人びとはきっとクスッとするだろう。

ひとり暮らしは快適だった。ピーターは「バベルの塔」の制作にうちこんではいても、急ぐということはなく、アントワープとはまるで違うアムステルダムの町をゆっくり散歩することも多かった。ここには火あぶりのためのたきぎの山も絞首台もないし、お上の威光もそれほど目立つほどではない。ここを支配している外国の国々からの商人や船乗りの出入りは多いが、人びとはオドオドもしていなければ引きこもってもいない。それに長いこと飢えることもなかったようである。おそらく、アムステルダムの五万の住民は、アントワープとちがって、宗教的な締めつけやそれへの反抗で疲弊することがなかったからだろう。それでも周りの人びとの振る舞いに注意をむけ、言っていることに耳を傾けているうちに、この町も、表面はおだやかだが、中でうごめいているものがあることがピーターには分かってきた。ネーデルランド南部で起きている不穏な空気は、アムステルダムにも確実に伝わってきていた。

この町の周囲には、広大な穀物畑が広がり、農場が転在している。ピーターは絵の道具を抱えて、たびたび出かけていった。いつか描くつもりの絵のためにスケッチをしておきたかった。本当のところ、自分は都会暮らしより、田舎のほうが好きなのだろうか？　いやいや、やっぱり田舎の暮らしが向いているとは思えない。農夫の営みに興味はあるが、ただ傍らで見ていたいだけで、自分がそこにどっぷりつかる気はない。いつだって傍観者、観察者で、世の中は自分をかすめて流れていき、自分がそこに参加することはない。おそらく、それが芸術家というものなのだろう。歴史の流れをつくるのは、いつもほかの連中で、自分はそれを記録するだけの役目。我が子がいて、自分の人生の隙間をうめてもらえる日が来れば、もっと違った考え方ができるようになるかもしれないが、今のままだと、死んだあとに残るものといったら絵だけで、それもいずれ忘れさられてしまうかもしれないのだ。

こういうふうに考えだすと、気持ちがどんどん落ち込んでいく。まだ三十三になったばかりというのに、年月はすでに彼の肉体にその痕を残していた。寒さがことさらきびしい冬の朝、目覚めると体がこわばっていることがこのところちょくちょくある。痛みをともなうこのこわばりは起きてからもなかなか消えず、時にはお昼ごろになってようやく直るといった状態だ。

ジンを飲むと、この症状ははやくに消えるが、その代わり、胃のどこかが燃えるような感じがする。ジンは元気の素、薬でもあるが、胃の不快感はうれしくなかった。おれはヨッべとはだいぶ違う。ヨッべはあんな死に方をしなければ、百までだって生きたろうが、自分はとてもとても。ピーターは苦い思いであった。

だが、春がめぐり暖かい日がつづくようになると、体の調子はだんだんとよくなっていった。まるで、木々が新たに芽吹くように、彼の肉体にもあたらしい力がよみがえってくるのが感じられた。さあ、体が元気になった、これからバリバリ働くぞ、そう思えるようになったころ、例の落ちつかない、うつろな気持ちにおそわれた。

マリケはときどき手紙をくれた。大文字でわかりやすい文が書いてあったので、ピーターにもなんとか読むことができる。その手紙が彼の情報源であった。コックはまた働きだしたらしい。詩人のピエール・シュッテマーテはたきぎの山で処刑され、哲学者コールンヘルトは牢につながれている。アブラハム・オルテリウスさえ一時はルター派のシンパだと疑われ異端者の烙印をおされたが、いまはまた自由の身になっている。アンケの父親グイードを見かけたものは誰もいない。印刷業者プランテンは、煽動の罪で弾劾され、国外に逃亡したということだ。

ピーターの捜索がおこなわれている形跡はどこにも見られないが、彼が逃亡した事実そのものが伏されているようで、それがいっそう不可解であった。マリケはだからもうすこしアムステルダムにいるようにと忠告していた。

ピーターはみじかい手紙のどこかにマイケンのことが書いてないかといつも心待ちにしていた。だが、マリケはまるでわざとのように娘のことは書いてこなかった。ピーターはいちど返事を書いてマイケンのことを聞こうとしてみたが、紙に向かうと言葉が出てこない。マイケンがどうしているか、ただやきもきするばかりだった。

「バベルの塔」はもうほとんど完成に近づいている。そんなある日。とつぜん手にひどい痛みを感じ、絵筆がすべり落ちた。激しくけいれんする自分の手を、彼はなすすべもなくただ呆然と見つめるばかりであった。

永遠にも感じる時がすぎ、けいれんがだんだんおさまるにつれ痛みもうすれていったが、この日は仕事をつづける気にはなれなかった。彼はジンをとってくると一気に流しこんだ。

誰かがドアをノックしている。郵便屋だろうか？　ピーターはいつも手紙を心待ちにしているので期待をこめて勇んでドアを開けたのだが、あてがはずれた。そこに立っていたのは、上品な身ごしらえの見知らぬ男だった。男は帽子をとると、「ブリューゲル親方ですね？」とていねいに尋ね、ピーターが手にしたジンのグラスにすばやい一瞥をくれた。通りの反対側に馬車が一台とまっている。

「そうですが、あなたは？」ピーターはうたがわしげに馬車のほうに視線を走らせた。

「アースコット公、フィリップ・ド・クロイです。用向きがあってきました」

ピーターはだまってわきによけると相手を中に通した。そしてドアを閉めるまえにもう一度、豪華な馬車に落ちつかない視線を投げかけた。

「いろいろな機会にあなたの作品を目にして……」公はそう切り出した。「正直言って、いつもたいへん感銘をうけました」そうつづけながら、勝手に椅子をひくと腰かけた。

「それは光栄です」ピーターは答えた。「何か飲み物でも？」

「ありがとう。だが、すぐ帰りますから」公は部屋のなかをザッと見渡した。

「ここは仮の住まいなもので」ピーターはあわてて言い訳をしたが、公は先刻承知のようだった。

「わたしのために絵を一枚描いてもらえませんか？」

「もちろんです。何かお望みのテーマがおありでしょうか？」

「あなたの風景画がとても気にいっているのです」

「風景画はもう長いこと描いておりません」

「ですが、もう二度と描かないということではありますまい」

「まあ、そうですが。問題は……」

「いかほどで引きうけていただけますか?」公はニッコリすると、皮の財布をテーブルに投げだした。「これで足りますかな?」

「音からすると、イエスです」ピーターは財布にさわらなかった。金は必要だし欲しかったが、金の亡者と思われたくはなかった。

「聖書から題材をとって、大きな風景を描いたものがいちばん好ましいのですが……」そう言いながら公はピーターのほうに鋭い一瞥をくれた。「たとえば、エジプトへの脱出などを考えています」

ピーターの手がまたピクピクけいれんをはじめた。その手をマッサージしながら、彼は先刻から心にひっかかっていたことを尋ねてみた。「わたしがここにいることをどうやってお知りになりました?」

相手はいたずらっぽく笑った。「こういってよければ、あなたのパトロン、グランヴェル大司教からです」ピーターの反応を待ちかまえているようすだ。

ピーターの手のけいれんが急にはげしくなり、痛みもでてきた。彼はびっくりしてしばらくは口もきけなかった。「大司教……　あの方がアムステルダムに?」

「ええ、一緒に来ました。大司教は、ここの賢人会と話し合うためにおいでになったのです」

「あの方はわたしをお訪ねになるでしょうか?」

「それはちょっと無理でしょう。予定がぎっしりでしてね。あなたがよろしく言っていたと伝えましょうか?」

「そうすれば、きっとお誉めいただけるでしょうね」この言葉がいやみたっぷりに聞こえてくれるとよかったのだが、残念ながらそうはいかなかった。急に不安になり、それを隠そうという気持ちが働いたからだ。テーブルに置いたジンのグラスに手を伸ばしたくてたまらなかった。だがそんな誘惑に負けてはいられない。今は相手のいうことに注意を向けないと。

「わたしの頼みを引受けてもらえますか、ブリューゲル親方?」

「もうお支払いいただいたことですし……」ピーターはテーブルの上に放りだされたままの財布に目をやった。公は嬉しそうな顔で立ち上がった。「だいたいいつごろ出来上がると思いますか?」

「完成したら連絡をさしあげましょうか?」

「ええ、大司教に連絡してください。そうすればこちらに伝わりますから」公はふたりの間の事情は知らないようだ。「ところで、手をどうかされましたか?」

「働きすぎると、けいれんすることがあって……」ピーターは指をさすっていた手をあわてて止めた。いつのまにか、そうせずにはいられない癖になっている。

「大事にしてくださいよ。黄金の手ですからね」

フィリップ・ド・クロイの豪華な馬車が走り去ったあと、ピーターは長いことボンヤリしていた。飲みたい気持ちはすっかりどこかへいってしまい、ジンに手を伸ばしもしなかった。それからだいぶ立ってから財布の中身をテーブルにあけた。当分は王公貴族の暮らしができるくらい入っている。ちょうどいい時期に注文がはいった、ピーターはそう思ったが、どこかうす気味悪いような感じは否めなかった。

第二十九章　絆

アムステルダムの町外れ。その居酒屋は、たばこのけむり、ランプのすす、気の抜けたビールと食べ物のいりまじったにおい、酔客の湿った体温、それら全部がごちゃまぜになってむっとする息づまるような空気が充満していた。

うすぐらい片隅に男がひとりすわっていた。手をダラッとたれ下げ、テーブルに上半身うつ伏せとなっている。もじゃもじゃの灰色の髪、顔一面の無精ひげ。テーブルの上には、ジンのグラスではなく、ジョッキ。

忙しく立ち働いている亭主が通りすがりにそのジョッキをゆすり、大きくため息をつくとカウンターに持っていった。

「一滴も残してないよ」もう若いとはいえないかみさんに向かって言った。

かみさんは、ひとりぼっちの酔っぱらいをチラッと見た。「どういう人なんだろう」

「誰も知らないようだよ。あんなに酔いつぶれちまわないうちは、言葉に南のほうのなまりがあったな」彼はジョッキを棚に置いた。「店を閉めるまえに、誰かに手伝ってもらって外へ追い出そう」

「なんか悩みでもあるんじゃないの。恋わずらいとか」

「へ！　恋わずらいなもんか！　ただの酔いどれだよ。ほらほらロザリー、手を休めるんじゃない。お客さんがお待ちかねだ」

その夜遅く、客の大半がにぎやかに引きあげ店がだいぶ静かになってくると、ロザリーは亭主に言った。「ねえ、あの人とちょっとしゃべっちゃいけないかい？」

「あの酔っぱらいとか？　かってにしろ。うまく起こしてくれりゃ、追い出す手間がはぶけるってもんだ」

男は目覚めていた。左ほほを腕にのせ、大きく見開いた目に光はなくボンヤリ前を見つめている。ロザリーはそんな男をしばらくながめていた。

この疲れた姿の男、どこかで見かけたような気がする。もじゃもじゃの髪とひげ、出ているところといったら目と鼻だけだけど、こうやってじっと見ていると、ますますそんな気がする。きっと、ここになんども来たことがあるのに、うちの人が気がつかなかっただけのこと。

ロザリーは好奇のまなざしを向けるほかの客を無視して、椅子をひくと腰をおろした。「目がさめたかい？」そっとやさしく声をかけた。男のガラスのような目がチラッと女を見たが、またすぐに空をにらんだ。

「よけいなお節介かもしれないけどね……」ロザリーは無防備でおぼつかない人間を見るとどうにも気になってほっておけない性格だった。「あんたが犬みたいに放りだされるのを見たくないんだよ。あんたは浮浪者じゃないからね」男のビロードの上着の袖にそっとふれた。男の着ているものは、男にいい時代があったことを物語っている。浮浪者はビロードなど着ないものだ。「ひとりで立てるかい？」

「立つ？　なんで立つんだ？　横になっているほうがずっと楽なのに」

男の声を聞いてロザリーの確信はますます強まった。この人、知っている！　男の肩をつかんでむりやり体を起こさせた。「あんた知ってるよ。ぜったい知ってる！」

「のどが乾いた」男のゆらゆら揺れる体は、今にも椅子から落ちそうだ。

「名前を教えてよ。教えてくれたら水をもってきてあげるから」ロザリーは男をじっと見つめている。

男の目がずっとしっかりしてきている。「水だって？　顔を洗いたいわけじゃない。飲みたいだけさ」男はとつぜんニヤリとした。「このせりふはヨッペの気にいるだろうな」

「ヨッベ？　ヨッベ？　漁師の？」

　男はあわてたように目をこすった。もっと意識をしっかりさせたい、そんな気になったようだった。ロザリーはハッと胸に手をやった。「ピーター？」口をあんぐりさせ、顔の筋肉がもう自分の思いのままにならないようだった。

「こんな北のほうまで顔を知られている。ネストールの言ったとおりだ……」ピーターは黙りこむと目をギュッとつむった。だが、すぐにまた大きく見開いた。「母さん？」

「ああ、ピーター！」ロザリーは息子を力いっぱい抱きしめた。この何年も持ったことのないほどの情熱と思いのたけをこめた抱擁だった。けれどつぎの瞬間には息子の体を押しやると、不安気にあたりを見まわした。「おいで」神経をピリピリさせているのが見た目にもわかる。「むこうに部屋があるから……」ピーターを立たせると、ひきずるように奥の小部屋に連れていった。そこはガラクタが積んであるだけの殺風景な部屋だった。ふたりだけになると、彼女は息子をもういちどしっかり抱きしめた。ピーターは急に頭がしゃんとしてきた。「幻覚が見えだしたかなあ？　そんなにたくさん飲んだおぼえはないんだがな」

　その時ドアがあいて、ロザリーの夫が顔をだした。「まだ長くかかるかい？　仕事が待ってるんだがね」「すぐ行くよ」ロザリーはピーターの顔をみつめたままで答えた。「なんてことだろう！　おまえ、すっかり変わったね」

　ピーターは母親をじっと見つめた。あなただって昔のあなたじゃありませんよ。記憶のなかの母さんは若くピチピチしている。

「おまえのことはしょっちゅう耳にしてたよ。おまえの絵のこと、自慢でならなかったけど、誰にも言うわけにはいかなかった」

「なんで訪ねてくれなかったんです？」ピーターは非難せずにはいられなかった。

「二度と会ってはいけなかったから。おまえの人生の邪魔になってはいけない、そう言われてね」

「グランヴェルですね？　またあいつだ！」ピーターは今やまったく酔いからさめていた。「うす汚い野郎だ！　なんにでもちょっかい出しやがって！」

「ピーター、お願いだから黙って！」ロザリーが嘆願する。「自分が何を言ってるか分かってないね！」

「でも母さん！　あいつに追い出されたんじゃないですか！」

「助けてもらった代わりさ。さもなきゃ、スペイン人に殺されてたんだから」

「助けてもらった？　でも、グランヴェルはなんで母さんを知ってたのかな？」口調から皮肉のおもむきは消えている。

「そんなことどうでもいいことだろ」

「おれは知りたいんです！」

「父さんとふたり、ブリュッセルの城で働いてたからね」

「小作をはじめる前の話か。ディノスが言ってたな」

ロザリーはうなずいた。「わたしは女中、とうさんは馬丁だった。この城にはえらい人がおおぜい来てね。その中にグランヴェル枢機卿がいたってわけ。あの人は馬にとっても興味があって、とうさんとも時々話をしたことがあるんだよ。だから、わたしも知ってたってわけさ」

「たったそれだけの理由で、あいつが母さんをスペイン人の手から逃してくれたんですか？」

「わたしの名前はつかまった者のリストに載っていた。それを見た枢機卿がリシュー司教をよこして、助け出してくれた。アムステルダムへ行って、息子と生涯連絡をとらないという条件でね。人生はそういう偶然で成り立ってるんだよ」

ピーターは頭をかきむしった。「なんで城に残らなかったんですか？」

「まるで尋問だね。城は売られてしまったから。だから、全員出ていかなければならなかったんだよ」

ピーターは顔をしかめた。「おれが腹にいたから出ていかなければならなかったってディノスは言いましたよ」

「ディノスがそんなこと言ったの？」

ロザリーは目をそらした。「あの子はいつだってお前のことが嫌いだった。お前を傷つけたい、だからそう言ったのさ。いつものことだよ……」

ドアがまたいきおいよく開いた。「ロザリー、まだかい？」ロザリーは「すぐ行くから」と亭主に答え、「仕事にもどらないと」と息子に向かって言った。

「こんな安酒場で夜おそくまで働きづめなんて生活。もっとほかになかったんですか？」

「わたしにはお前みたいな才能がないからね。それでお前はこんなところで何をしてたんだい？」

「インスピレーションがわかないものかと……」ピーターの答えは歯切れが悪い。

「何かを待っているの？」

「ははあ、お見通しですね」

「お金がいるのかい？　少しくらいならいつでも用立ててあげられるよ」

「喰うに困っちゃいませんよ」

ロザリーには息子の事情はのみこめない。「さあ、ほんとうに仕事にもどらないと。もっといろいろ聞きたいんだけどね。ピーター、子どもはいるの？」

ピーターはふきげんそうに首をふった。「子どもどころか、女房もいない……」

ふたりはいっしょに戸口に向かった。「もっとゆっくり話せたらいいんだけど。でも、また来てと頼む勇気はないよ」

「グランヴェルのせい？」

「あの人が怖いんだよ」

「おれには、怖いより憎しみのほうが大きい時がある」

「ピーター、あまり極端な判断はしないでおくれ。誰だって自分は正しいと思って動いてるんだから。自分のしていることが間違っているなんて考える人はいないよ」

「そういう言い方をされると、まるであの人殺しの弁護をしているみたいです！」

「彼がいなけりゃ、あたしは今ここにこうしていないんだよ」

「親父は死んだじゃないですか！」

「父さんは血の気が多かったから。そうでなきゃ、あの場でスペイン人に殺されることもなかった。いっしょに牢屋に入れれば、いっしょに自由になれたのに」

「母さんはあいつらの薄汚い要求をのんだから、だから牢屋から出られたわけですか？」

「ピーター、なんてこと言うんだい！」

その時またドアが開いた。だがピーターは亭主が口を開く前にどなりつけた。「トットと消えろ！　さもないと、その首をへし折ってやるぞ！」

ロザリーの亭主はがんじょうな体の大男だったが、ピーターの目を見ると、肩をすくめてひきさがった。「もう行ったほうがいいよ」ロザリーがそっとささやいた。「そして二度と来ないでおくれ……」

「母さんがほんとうにそう望むなら、もう二度と来ませんよ」

「そうするしかないんだよ。相手が誰であれ、戦うより理解しようとする方がいい場合も多いんだよ」

「ヨッペといい友だちだったことがよくわかるせりふですね」ピーターは母親をからかい、ふたりはいっしょに部屋をでた。カウンターの後ろからうさんくさげに見ている亭主のまえを知らん顔で通りすぎ、もうすっかりがらんとした酒場を戸口まで連れ立っていった。

「元気でね、ピーター。おまえは並の人よりたくさんのチャンスにめぐまれたんだから、それを無駄にするんじゃないよ」

ここしばらく、こんなに賢くて温かい忠告を受けたことはなかった、ピーターはそう思ったが、そのいっぽうで、見捨てられたような気持ちになり、黙ってうなずくと、くるりと向きをかえその場をたち去った。母親をもういちど抱きしめる気にはなれなかった。

「エジプトへの脱出」の絵に描かれた寂しい風景は、この世のものとは思えないほどの美しさで胸にせまるものがある。ピーターはその昔、のびやかに広がる風景のすばらしさにとても感動していたものだが、その感動が久しぶりによみがえってきた。身の引き締まるほど崇高な景色は、神のごとき完璧さを欲してやまない苦悩する魂だけが思い描くことのできるものである。

彼はほとんど完成しかけた作品を二、三週間ほっておき、それから前景の中央に、まるで付け足しのように、ロバに乗って逃げる乙女を描いた。この乙女は絵のじゃまになると感じたが、テーマに忠実であろうとすれば他に動かすわけにはいかなかった。はじめ、自分の母親の顔をこの乙女に描きこんだが、なぜか腹立たしくなって塗り消してしまい、数日首無し状態のままにしておいた。どんな顔にしようか幾度か頭をひねったが、けっきょく無表情で無機質な顔を描き入れた。それから彼は、金釘流の短い手紙をクロイ公におくり、どうぞいつでも取りにおいでくださいと伝えた。

二週間後、あまりパッとしない天気の土曜の午後、ピーターの家のドアを叩くものがいた。

「さてさて、クロイ公だな」ひとり住まいが長くなり、ひとりごとを言うのがすっかりくせとなっている。ちょうどパンとチーズを食べおえたところで、手の甲で口のあたりをぬぐいながらドアを開けた。

まったく思いもかけぬことだった。目の前の訪問客が口をきくまで、彼はひとことも言葉が出てこなかった。

「こんにちは、ピーター。おじゃまだった？」

「マイケン！」彼は、よろめくように一歩さがり、彼女を中に通した。それから少女の手をしっかりとにぎり、「マイケン！」と、もういちど大声をあげた。「とても信じられない！」

ピーターがおずおずと広げた腕のなかに、マイケンは小さいころと同じように飛び込んできて首にしがみついた。けれど、あの頃とはまるで違う感触。腕をピーターの首にまきつけたまま、マイケンはそっと耳元でささやいた。「ピーター、会いたかった！」

「おれもだよ」ピーターの言葉は心からのものだった。「毎日、マイケンのことを考えていたと思うよ」

ピーターから体をはなすと、マイケンはにっこりほほえんだ。「もちろんひとりで来たわけじゃないのよ」

戸口にフロリスがにんまりしながら現れた。マイケンの母親、マリケの腕を支えている。

「さっさと中に入れて欲しいね。それとも豚小屋同然のわが家がはずかしくてとてもお見せできないか？」フロリスはだがすぐに前言を訂正した。「こりゃ、はずかしくなんかないな。ときどき来てくれる女でもいるのかな？」

「ここじゃまるで僧侶みたいに暮らしているよ」ピーターの返事はたぶんにマイケンを意識している。

「そうねえ、たしかに豚小屋ではないわね」マリケもその点には異義がないようである。「でも、居心地がよさそうと言うわけにはいかないわね」

「ほんの仮住まいのつもりなので。アントワープに帰ることばかり考えていますよ」ピーターは肩をすくめた。

「そのことなのよ。それを話しあおうと思ってね。でもその前に、遠路はるばるやってきた客をもてなしてくれないかしら？　のどは乾いているし、お腹はペコペコ」

ピーターの途方にくれたような顔をみると、マイケンが口をはさんだ。「わたしがやるわ。ピーター、何がどこにあるかおしえてちょうだい」

「この娘、あなたに会いたくて会いたくて、とうとう我慢できなくなってね。フロリスがあなたに何か話があるって住所を聞きにきたとき、いっしょに出かけることにしたのよ」

「うれしいなあ」ピーターはマイケンからなかなか目が離せなかった。マイケンは最後に会ったときからまたいちだんと成長している。今はもう完全におとなの女性だった。

「ねえピーター、旅は疲れるわ。わたしはもうくたくただから、すこし横になりたいの。その間にマイケンとフロリスに町を見せてやってちょうだい」しばらくするとマリケがそう言い、三人は外出することにした。通りに出ると、フロリスが言った。「おれのことはほっといてくれていいぞ。何を見たらいいか教えてくれさえすればいいよ」

「西インド諸島へむかう船はどうだ?」ピーターが提案した。

「そんなに気をつかわないで。ふたりだけにしてくれなくていいのよ」

「それでもって、ずっと甘ったるいおふたりさんを見てろっていうのか?　ごめんこうむるよ」

「よせよ。この子が困ってるじゃないか」

フロリスはニヤリとした。「この子と言うかねえ。その、この子のことをしっかり見たのか?　もうすぐ十六になるんだろう。もう結婚しているのもたくさんいる歳だよ」ふたりに手をあげると、「じゃ、また後で」と軽く言うと立ち去った。

「おかしな奴だな。まあ、いいとしよう。さて、行こうか?」ピーターはマイケンに腕を差し出した。ここ数カ月ピーターはひとにどう見られようともいっこうに気にせず、身なりをかまうということもなかったが、マイケンと一緒の今はそのことが急に気になりだした。「このところ、やることが多くて忙しかったものだから……」つい言い訳がましい言葉が口を出た。

「それに、のどが乾くことも多かったんでしょ？」ジンの空ビンの山を、マイケンは見逃していなかった。

「寒いと、関節が痛むんでね。飲むと楽になるから」

「つまり、アムステルダムに来てからしょっちゅう具合が悪かったということ？」

「やれやれ、早速おれの世話をやくつもりかい？　女ってのはみんな同じだなあ」ピーターはため息をついた。

「あら、わたし急に女に昇格？」

ふたりは雑踏からすこし離れたベンチに腰をおろし、しばらくの間、大小さまざまな帆船をだまってながめていた。風はなく、船はほとんど動いていない。

「船ってのはすごいよ。遠い国とわれわれを結びつけてくれる。水に運ばれ、風にのって。そう考えると、船はつくづくすばらしい」

「あなたが船に興味があるのは絵を見ればすぐわかるわ」

「きみがおれの絵に興味があるなんて知らなかったなあ」

「あなたが知らないことはもっともっとあるのよ」

ピーターはそっとほほえんだ。「Rの音がちゃんと言えなかった鼻たれおちびさんが今は何になったのかな？」

「父さんのワインをそっと飲んでた不作法男は何になったんでしょうね？」

「エッ！　知ってたのか？」

「小さい子どもはなんでも見ているのよ。あたしが言いつけ屋でなくてよかったわね」それからまじめな顔になった。「ピーターのことが大好きだったから、告げ口なんかできなかった」

「どこがそんなに好かれてたのかなあ？」

「いつでも優しかったわ。大口たたいて乱暴なほかの人とまるで違ってた。あなたはいつもソフトで……　そうねえ、可愛かった」

「それで、そのピーターはその後変わったかい?」

マイケンは大急ぎでかぶりを振った。「もじゃもじゃ頭の下には前と同じピーターがいるわ」

「そのピーターはきみの父さんといってもおかしくない歳だよ」

「わたしはね、やっとひとりでズボンがあげられるようになったばかりなんて若いのはきらいなの。口ばかりうまいんだから。ねえピーター、いつ帰ってくるの?」

「もうすぐだと思うよ」自分の居場所はどっちみちグランヴェルに知られてしまっているから、ここにいなければならない理由はあまりないとも言える。

「なんだって?」ピーターはすっとんきょうな声をだした。マイケンがささやいたことを、聞きまちがえたのだとしか思えなかった彼はあわてて問いかえした。「なんて言ったんだい?」

「あなたと結婚したいの」マイケンはくりかえした。「わたしじゃだめかしら?」彼女の顔は無表情だが、目はキラキラしている。

「マイケン! おれは、おれは歳をとってる!」ピーターは自分がもう若くないことをこの時はっきりと自覚した。いや、それどころか実際の年令よりずっと歳取っているような気がした。

「きみの母さんに地獄に突き落とされそうだ」

「母さんは、わたしの願いがかなうようにって、心から望んでいるわ」

ピーターはまたもやびっくり。「それじゃもう話し合い済みってわけなのか?」

「もちろん。当然のことでしょ?」

「きみは、つまりそのためにここまではるばるやって来た?」

「それと、フロリスさんが何か仕事のことで提案したいことがあるから」

「マリケは了解したのかい?」

「母さんは、わたしに何が必要か誰よりもよく知っているし、あなたのことを誰よりもよく知っている。さあ、もうそんなにぶすっとしてないで。悪い気持ちはしないでしょ」マイケンはすこし興奮して叫ぶような声になっていた。

「きみはおれに不意打ちをくらわせたんだぞ!」

「ピーター。わたしはまだ十六だけど、目はしっかり見えるのよ。あなたがわたしのことを好きだということくらいわかってるの。それも前とはちがう形でね」

「アントワープの女はほんと小生意気だ!」

「自分からは何も言えなかったんだから感謝してほしいわ。わたしが欲しくて欲しくてベッドの上で転々としてたって、わたしに聞く勇気なんかなかったでしょ」

ピーターはおのれのひげに思わず感謝したい気持ちだった。おかげで赤くなった顔をさらさずに済んだ。「きみの言うとおりだ」そう白状した。「ずっと、きみのことばかり思っていた。でもね、きみの青春を奪いたくない!」

「わたしはあなたの円熟を奪いたいのよ。それでも、わたしがひざまずいてお願いするなんて思ったら大まちがい!　わたしが欲しくないなら、ただそう言えばいいだけ。そうしたら、もう二度と会うことはないから」

「とんでもない!」マイケンの言葉にピーターはギョッとなった。「きみに会えなくなったら、いったい何を目当てに生きていけるんだ?」

「よかった!」マイケンはにっこりと笑った。「これで話はついたわけね。母さんが喜ぶわ」それからまじめな顔でピーターを見つめた。「さあ、もうキスしてもいいわ」

その夜、マリケとフロリスが急ごしらえのベッドで眠りにつくと、マイケンはそっとピーターのベッドにしのんできた。約束をしてあったわけではないが、ピーターはびっくりもしなかった。ふたりにとって、もう当然のことに思えていたからである。

夜があけそめるころ、ピーターがふと目をさますといつ消えたのかマイケンはいなくなっていたが、つぎの夜も、それにつづく夜もマイケンは毎晩そっとやってきた。日中そのことについて誰も何も言わないのがピーターにはどうにも腑に落ちない。母親が気がついていないとは考えられない。マイケンが発散するかがやきは誰にも一目瞭然なのに、フロリスですら知らないふりをしている。

時はアッという間に過ぎ去り、つらい別れの日がやってきた。時間というものがこんなに早く過ぎゆくことをピーターはこれまで知らなかった。だが今回の別れはごく短いものになるはずだ。ブリュッセルでいっしょに工房を開こうというフロリスの提案にピーターはすこし考えた末、けっきょく話にのることにしたからだった。

誰もなにも言わなかったが、アントワープではなくブリュッセルに工房を持つという考えは実のところマリケが言いだしたことだった。いやな思い出の多いアントワープから遠くはなれた地で結婚生活をおくるほうがいいように思ったからで、それにアントワープにいたら、リサにばったり出会う恐れもあった。「ああいうたぐいの女は信用しちゃいけませんよ」ふたりだけの時、母親はむすめにそう忠告し、むすめは即座に母親の意見に同意したのだった。

ひとり残されたピーターはクロイ公フィリップからの使いを待っていた。やがて使いが現れ絵を引き取っていくと、彼は家賃を清算し、鞍袋につめこめないものは全部ネストールに贈呈し、それから、馬に鞍をおき、故郷へ旅立っていった。

第三十章　結婚

結婚式はひっそりとあげたい、ピーターはそう望んでいたのだが、マリケがそうさせなかった。ひとり娘を誰にも言わずに嫁にやってしまうわけにはいかないではないか。そこで婚礼の当日教会は、花婿、花嫁それにマリケの友人、知人であふれかえることになった。

白いレースのついたブルーの絹の衣装をまとったマイケンは言葉につくせないほど美しく、ピーターも、髪をきちんととととのえ、ひげもさっぱりと手入れして堂々たる花婿振りである。新調の黒いビロードの服に親方の印である銀の酒盃をつけ、つぎからつぎと押しよせる祝い客のあいさつを受けている。

ピーターはマイケンをひきよせ、「おれは、幸せなんだろうな」そっと、ささやいた。自分自身この幸せが信じられない、といった口ぶりだ。

マイケンはにっこりとした。「あのね、あなたをもっと幸せにできることがあるみたいよ」

式はまさに始まろうとしているところで、にぎやかに笑いさざめいていた人びともすっかり静まり、チャペルは心地よい緊張に包まれている。

「わたし妊娠しているの！」マイケンは耳元でささやき、ピーターの反応を待った。

「なんだって？」ピーターは思わず上げた大声をあわててひそめた。「おれをからかってるのか？」

「こんな時に？」

「おお、マイケン！」ピーターは花嫁を抱きしめ、キスの嵐をあびせた。するとこの時、両手を祈りのために組み合わせた司祭がふたりのほうを振り向いた。「しつれいですがブリューゲル親方」司祭はしずかに言った。「式の肝心なところを抜かされては困りますね」

列席している人びとのあいだに温かい笑い声があがった。やれやれひげがあって本当によかった。真っ赤に染まったほほを見られないですんだ。ピーターは花嫁のキラキラとかがやくひとみから無理やり目をはなすと、司祭のほうに注目した。結婚の儀式などどうでもよい、自分とマイケン、それに彼女の体のなかに芽生えた奇跡、それだけが彼の全世界であった。

式の途中、一度だけヒヤッとする瞬間があった。マイケンの指に指輪をはめようとしたときのことである。例のふるえを右手に感じた。これが始まると、たいてい次ぎにはけいれんが起きる。手ははげしくふるえだし、すんでのところで指輪を落とすところだった。だがこの大事な日、意思の力がかろうじて失態をくいとめ、指輪は無事花嫁の指におさまり、式はとどこおりなく終了した。

祝福がおわり、あたらしく誕生した夫婦が祭壇に背をむけ、外へでるために中廊を歩みだした時、リシュー司教が姿を見せた。

「大司教のおん名においておふたりにお祝いを言いに来ましたよ。大司教みずからお出でになりたかったのですが、残念ながらかないませんでした」

「それは光栄です」ピーターのあいさつは礼儀からというより、たぶんに人びとを意識してのものだった。「あなたにおいでいただき、今日という日がいちだんと輝きを増しました」言わずもがなのことをつけ加えた。嫌味たっぷりの言いようは、もちろん祝い客ではなく司教にあてつけたものである。

だが、この男がピーターの嫌味に気がついたかどうか疑わしいかぎりである。「愛にみちたすばらしい幸福な結婚生活をおくり、たくさんの子どもに恵まれるよう」教会じゅうにひびく大声で祝福した。

司教はまるで式次第をとりしきる典礼長よろしく花婿花嫁をよたよたと先導していく。そのでっぷりした腰をながめながらピーターはついニヤリとしたが、その背中にむけてこっけいな表情をしてみせる客がおおぜいいるのにはすっかり溜飲のさがる思いだった。

新居は、フロリスと一緒に整えた工房のすぐ隣で、大きな工房ではすでに、弟子がおおぜい働いている。

工房は親方の結婚を祝う飾りつけがしてあり、飲み物や食べ物がたくさん用意されていた。招待客のおおくは画家組合の会員とその奥方である。

「農民ふうの結婚式をしたかったんじゃない?」式が済んでからマイケンにそう尋ねられたピーターははっきりと否定した。「農家の倅だったのは昔のことさ」

「あなたの家族は誰も来なかったのね」

「おれには家族なんかいないよ」ピーターは即座に断言した。「きみときみの母さん、このふたりだけがおれの家族だ」

「それにあなたの息子!」マイケンはひそやかにささやくようにつけ足した。

「もう息子って決めてるのかい? じゃあ、名前ももう考えてあるんだね」

「もちろんよ」マイケンの返事ははっきりしている。「あなたの一番目の息子はピーターという名前にしなけりゃ。ほかに考えられる?」

「ピーター・ブリューゲル・ジュニアか」ピーターは考え深げな顔つきをした。

「はて何の話かな?」いつのまにかフロリスがわきに立っている。「アムステルダムみやげかい?」

「なんのことだい?」ピーターはしらばっくれた。

「あら、わたしはあんまり長く隠しておけないわ」マイケンは平気な顔をしている。「母さんはもう知っているんだし、あなたの結婚立会人にないしょにしておく理由があるかしら?」

「そりゃあ、ご愁傷さま!」フロリスは言った。「それで、きみが黒を着ているわけがわかったよ」

「このコンコンチキは子どもが嫌いなんだ」ピーターは花嫁に説明してやった。

「まあ、十六にもなってれば当然だけどね」フロリスはマイケンにウインクをすると、にぎやかに飲んだりしゃべったりしている客のなかに消えていった。

コック親方も来ている。彼はやせて、神経がピリピリしているようだ。「両手に花というところだな。若く美しい花嫁と前途洋々たる工房と……」彼はそう言いながら、おおぜいの客のせいで見えるわけもない仕事部屋のほうをのぞいた。「この実を収穫できることを心から願っている」

「どういうことでしょうか？」

「この国の不穏な空気はますます強まっていて、いつ反乱が起きても不思議はない。そしてその反乱がどういう形をとるか、誰にもわかっていない。あのグランヴェルは……」興奮するとコックは顔がピクピクして、右目が半開きになる。「ネーデルランドを支配しているのは、おもて向きはいちおうフェリペ王の姉マルガレーテということになっているが、実際はそうじゃない。大司教グランヴェルが王の大臣としていっさいを牛耳っている。あの男の支配の原則はいとも単純。従わなければ殺す、それだけだ」

「つまり何も変わっていないわけですね」ピーターの声がとがった。

「もっと悪くなることも考えられる。それでも変革のきざしは見えていて、それは確かなことだ」

「例のカリタティス会はどうなんです？」

「しっ！」コックはあわてて相手を黙らせた。「知らないのか、ピーター。そんな名前を人に聞こえるような声で言ったらすごく危険なんだぞ」

「そんなにまずいですか？」

「ああ、まえよりずっと危険だ。この血なまぐさい国に、いつかふつうの生活がおくれる日が来るのか、とても分からん。プランテンは国外逃亡したが、それがたぶんいちばん賢明な道だろう」

ここは、子どもを生んで育てるのにとてもいいとはいえない国だ。そう思うとピーターは気が滅入ってきた。

「今日はあなたに会わないことを願うべきでした。今日だけは会いたくなかった」

「すまない」コックは応じた。「おれも無粋な男だ。だがな、今の状勢を思うと、黙っていられなくなる。身内が煮えたぎるようになるんだ」

「時が解決してくれることを願いましょう」ピーターはとつぜん襲った暗い気分を追い払おうと無理に明るい声をだしたが、コックから心が重くなる話を聞いた今となっては、さっきまでのうきうきした気分は戻りようもなかった。

「あの男が暗殺されれば……」

「しっ！」コックがまた警告した。「沈黙！　どこでも、いつでも沈黙！　目下はなによりそれが一番だ」

「ご忠告肝に命じます」ピーターはうなずくと、人びとの間をすりぬけ外へ出ていくコックを見送った。すこし背をまるめ頭をたれた後ろ姿はおぼつかなく頼り無げで、影がうすかった。

一体全体どんな悪魔なんだ、おれたちの生きる力をこんなにも早く奪い取って骨抜きにしてしまうのは？　ほんの短い時間幸福を味わったからといって、おれたちに罰を与えるやつは一体どこのどいつだ？

「どうしたの、ピーター？　そんなこわい顔をして」ブルーの服を着たまるで天使のようなマイケンがそばにやってきた。ピーターは彼女の腰に腕をまわした。若い柔らかな体にふれると心がなごむような気がした。

「幸せな時間は短いものだ。この短い時間を逃すことのないようにするのが芸術の役目。幸せな時間は貴重なもので、逃すには惜しいからだよ」

それからしばらくして、ニコラス・ヨンヘリンクがお祝いを言いにかけつけた。「銀行に殺されてしまいそうだよ」教会での結婚式に来られなかったわけをそう説明した。

「破産した連中がうらやましいくらいだな」

「心にもないことおっしゃって」

「まあ、そうだがね。愚痴のひとつやふたつ言わしてもらわないと。このところの商売ときたら……　おっと、こんな話、おめでたい日にまずかったかな？」

「政治の話よりいいですよ」ピーターはうれしくもない表情をしている。

「もう数枚絵を描いてほしいんだがね。目下のところは現金より芸術作品のほうが信じられるからね」

「誰もがあなたのように賢明なら、わたしの工房もはんじょうするんですが。特別のご希望はありますか？」

「聖書から題材をとってもらいたい。それならたいがいの人が好きだからね。劇的な場面がいいな。たとえば、十字架を背負うキリストとか、そのたぐいのものはどうだろう。まあ、その点はそちらに任せるよ」

「これまでずっと喜んで仕事をさせてもらいましたが、こんども、画家組合や教会ともめないように案配していただけるんでしょうね？」

「もちろんだとも」ヨンヘリンクは満面に笑みをうかべた。「じゃ、くわしいことはいずれまたということにして。楽しみにしてるよ」そう言いながらあたりをちらっと見回した。何か言いたいことがあるような感じである。

「何か飲み物でも持ってきましょうか？」

「いやいや、すぐ帰らないとならないんでね」ヨンヘリンクの視線が、すこし離れたところで女性たちと会話をかわしている花嫁の姿をとらえた。

「美しいものにたいするきみの目は絵だけに限られたものではないようだな」

「マイケンは美しいという以上のものです」

「そうだろうね」ヨンヘリンクはまだ何か言いたげにためらっていたが、自分が言おうとしていることはさして重要なことではないと思いなおしたようで「もう失礼するよ」とだけ言った。彼はたいていの場合ひじょうに堅苦しい人間だが、この時はピーターの腕を勇気づけるかのようにそっと軽くたたくと、「じゃ、元気で」と言っていそいで立ち去った。ピーターはそんな彼を見えなくなるまで見送り、また震えだした右手を無意識にさすっていた。マリケにうるさく言われて結婚式の前に医者へは行ったのだが、処方されたケシの実からとった薬は手のふるえにはいっこうに効かなかった。頭がボンヤリしてきただけで、これならジンのほうがよっぽどいい。

宴は楽しく進行していた。盛んにしゃべり飲み食い、だれも大満足だったが、やがてぼちぼち別れをつげて帰る客があらわれた。フロリスがピーターのところにやってきた。「鐘でもならしてみんな追っ払おうか？　まだ残ってるのは酔っぱらいばかりだから、あとでやっかいなことになるぞ」

「そうだな」ピーターも疲れを感じはじめていた。それにマイケンと早くふたりだけになりたかった。

フロリスがやんわりと、だが精力的に、そして必要に応じて冗談をまじえながら、工房からすべての客を追っ払おうと奮闘しているとき、マイケンがピーターのところにやってきた。どこか心配そうな表情を見せている。

「客間に男のかたが待っていて、どうしてもあなたとふたりだけで話したいって言うんだけど」

客間は工房のとなりにあり、高貴な人たちを内々で迎えるためのものである。

「名前は言わなかったのかい？」

マイケンは首を横にふった。「それに、なんだか怖くて聞けなかったの」

「まずお客さん全員にあいさつをしてからだ」

「わたしならそっちを後にするけど」マイケンは客間のドアを不安そうに見やった。言われてピーターはしぶしぶ客間のドアを開けた。

目立たない黒い服を着た男が手を後ろに組んで壁にかかった絵を見ている。

ピーターはドアを閉めると、そのドアによりかかった。

グランヴェルは振り向くと、ピーターを見つめた。「おまえに祝福を与えに来たよ。ついにぴったりの花嫁を手に入れたね、おめでとう」

ピーターは意識して相手の視線をしっかりと受け止めた。「このうえない名誉です、大司教さま」

「教会のほうに行きたかったのだが、政府からおおやけの場に顔を出すことを禁じられてしまったんでね」

ピーターは思わず耳を疑った。

「パルマ公妃マルガレーテ殿は弟のフェリペ王からネーデルランドの統治を任されたが、本来弱腰のおかたでな。暴徒どもの圧力に屈してしまわれた。わたしはフェリペ王からフランスの家族のもとに帰って待機するように言われている」グランヴェルの顔にはなんの表情も表れていない。「ネーデルランドは宗教の面でもまた政治の面でも混沌をきわめている。わたしはこの混沌に終止符をうとうと、倦まずたゆまず努力をつづけたが、その努力のお返しが帰国命令だ」

彼がいなくなる！　そんなことって信じられるか！　このマムシのような男がおれの前から消えてなくなる！　おそらく、永遠に！

「わたしがいなくなることがそんなに嬉しいか？」グランヴェルは皮肉たっぷりに言った。

「倦まずたゆまず努力したと、あなたはおっしゃいますが、あなたの犠牲になった人びとはもっと違った言い方をすると思います。そして、言わせていただきますが、わたしはその犠牲者のひとりです」

「まるでわかっとらんな。わたしは精根かたむけて神の意思と王の命令を遂行したのだ。混沌と支離滅裂の状態のなかでは誰ひとり生きていけるものではない。なんとしてでも秩序というものが必要だ。そしてその秩序にいたる唯一の道が絶対主義だ。おまえなら分かっていると思っていたのだがな」

「わたしにはあなたのお考えを理解することはできません。それに、わたしが理解しようがしまいが、どうでもいいことではないでしょうか」

グランヴェルは壁の絵を眺めたまましばらく黙っていたが、やがて「理解が足りないうえに恩知らずときている。おまえのように神から天賦の才を与えられたものが真実の信仰にそむき背教者になれるわけもないのに、カリタティス会とはな！」と吐き捨てるように言った。「おろかな異端者どもが幼稚な反抗をしおって！　教会の権力に立ち向かえるとでも思っているのか！」

「いろいろな宗派に多少寛大であるのは間違ったことでしょうか？」

「芸術家とは無邪気なものよ。権力と権力のあいだに寛大などというものは存在しないのだ。だが、おまえに政治を教えようとは思わない。どっちみち時機すでに遅しだしな」

「わたしを吊るさなかったのはなぜです？　あんなにたくさんの人間を絞首刑にしたのに。わたしの才能といわれているものはそんなに価値があるのでしょうか？」

「あいかわらず生意気なことを言う。この国を離れるからといって、わたしがすべての権力を失うわけではないのを忘れるな」

「それは分かっております」

　窓辺により、手を後ろに組んで外をながめるグランヴェルおなじみのポーズ。さて、いよいよ来るぞ、ピーターは身がまえた。

「アムステルダムで母親に出会ったかな？」声にまぎれもなく好奇心が感じられる。

「はい」相手はどこまで知っているのだろう？　「偶然の出会いでした」

「それで？」

　それを聞いていったいどうしようというのだろう？　グランヴェルの意図はつかみようもなかった。

「早々に立ち去り自分のことは忘れるようにと言われました」

「それだけかな？」

「他にどうだったらよかったのでしょうか？　あなたならもっとひどい仕打ちができたんでしょうか？」

「わたしはおまえの母親を殺させることもできたんだぞ」

「父にしたようにですか？」

「そのことについては何も知らんな」

グランヴェルは窓から離れると、客間の反対側にある長椅子に腰をおろした。何がどう変わったのか定かではなかったが、彼の動作はどこか今までとは違っている。緊張を強いられる職務をとかれて、くつろいだ気分になったからだけでは断じてない。彼は全体にひとまわり小さくなったように見えた。

「水を持ってきてくれないか？」

ピーターからグラスの水を受けとると、「毒味をされてないものを食べたり飲んだりするのは命を危険にさらすことになるのだがな」とグランヴェルは苦笑いしながら、一気に飲み干した。

この男が間もなくこの国を出ていくのだから、もっと嬉しくてもいいはずなのに、飛び上がるほどでもない。この男が自分を無罪放免してくれることはないだろうし、彼が生きているかぎりその影から逃れられるとも思えなかった。

「これでお別れということでしょうか？」

「おそらくな」

「それでは、最後にひとつお願いですが……」

「言ってみなさい」

「わたしは自由でありたいのです」

「おまえはたいがいの人間よりずっと自由なはずだ」

「わたしが言いたいのはそういうことではなく……」

グランヴェルは手のなかでもてあそんでいたグラスをじっとみつめながら言った。「おまえを作ったのはわたしだ。そのわたしから離れられるなどと思うな」

「わたしの人生に二度と介入しないとだけ約束していただければ……」ピーターの声は小さかった。

「だめだ」

「なぜでしょうか？　神のみ名においてだめですか？」

グランヴェルは皮肉な顔をした。「異端者の口から神のみ名を聞くとはな！　おまえが神を畏怖せぬ人間になったのはわたしのせいでもあるのだろう。あまりにも多くの自由を与えすぎたのが悪かった」

「嫌がらせと脅し、ずっとそれだけでした……」

「ふたりの考えかたがどこかで交わることがあったら、もっと違ったふうであったかもしれないものを」グランヴェルはグラスを置くとたちあがった。「そろそろ退散したほうがよさそうだ」

外にはまだ人がいる。全員で襲いかかれば首を締めるくらい簡単だ。彼がここにいることを誰も知らないとしたら、追手がかかることもあるまい……

「わたしの暗殺を企んだ人間はおおぜいいる。だがわたしには神のご加護があることを知っているはずだ」

今度もまた、自分の頭の中を読まれている。いつもそうだったから、グランヴェルのこの言葉にピーターは驚くこともなかった。

「最後にもうひとつ答えてください」ピーターは一度開けたドアをまた閉めなおし、大司教は無表情に見返した。

「母がわたしに会ってはならない本当の理由はなんでしょうか？」

「おまえの芸術家としての成長のじゃまになるからだ。それと、農民暮らしの過去とは訣別してほしいと考えていたんでね」

ピーターはうなずくとドアを開けた。「それだけでは納得できませんが、あなたにも人間的感情があるはずだなどと思うほうがまちがいでした」

グランヴェルはうすく目を閉じた。「こんな服を着ているからといって、大司教であることに変わりはないんだぞ、ピーター」

「それは失礼しました。たいして深い意味はありませんので、聞き流してください」

グランヴェルは工房のほうに陰気な視線を走らせた。まだ残っている客の相手をしているマイケンがその視線を感じたようにこちらを振り向いた。

「若く美しい女を手にした男を傷つけるのはいともたやすい。わたしを怒らせたままで帰すのはりこうとは言えんな」

「ひざまずいて許しを請えとでもおっしゃるのですか?」ピーターの口はカラカラ、こめかみはドクドク音を立てた。

「それだけでは、とてもじゅうぶんとは言えん」グランヴェルの憮然とした表情は変わらなかった。

「もし彼女に何か……」ピーターの声がささやくように小さくなった。「誰かがマイケンに指一本でも触れたら……」

「だまりなさい！　無礼なやつだ」

ピーターは怒りのあまり、恐怖を忘れた。青ざめた顔で、相手の燃えるような眼差しをじっとにらみ返し、まばたきひとつしなかった。「生かすも殺すも自分しだい、とお考えのようですが……」声にドスをきかせた。「マイケンにもしも何かあったら、わたしは必ず復讐します。必要なら、悪魔に魂を売り渡してでもそうします」

「誰に何を売り渡すだと?」グランヴェルはあざけるように笑いとばした。「自分が何を言ってるのかも分かっていないおろかな異端者よ！」そう言い捨てると客間を出ようとしたが、ドアのところで立ち止まるとピーターの顔をしげしげとながめた。「自分が言っていることが全然分かってないぞ。とりわけ、誰に向かって言っているかを忘れているようだ。三十五にもなって、あいかわらず、スペイン人の手から逃してやらねばならなかった無法者のままだ。弁論大会のときはうまく逃げられて幸運だったたな」手のひらを返したように声の調子が変わっている。気分を自由自在に制御する能力が備わっているらしい。

これまでいつも抱いていた恐怖を思いだすと、ピーターの怒りは腰砕けとなっていった。何も言い返せないでいるうちに、グランヴェルは無言のまま出ていった。

ピーターはドアに寄りかかると目を閉じ、しばらくそうしていたが、マイケンの気配をとなりに感じて目を開けた。「ピーター、どうしたの？　気分でも悪いの？」

いとしい妻がいて彼は幸せを感じていたが、それと同時に、若く美しい女を手に入れた男は傷つけやすい、というグランヴェルの脅しが気になってならなかった。

「ありがとう！」マイケンはにっこり笑うとピーターにキスをひとつした。そして辺りを見回したがグランヴェルの姿はもうどこにもなかった。「あの不気味なひと、誰？」

「悪魔が神の保護の下にいられるなんて信じられるかい？」

マイケンは鳩が豆鉄砲を食らったような顔をした。

「天にわいろがきけば、そういうこともあるかもしれないけど……」

「わいろ？」ピーターは苦い笑いをうかべた。「うん、いい考えだ」

「あら、わたしはただそう言ってみただけよ」マイケンはあわてて言った。

「気軽に口走った言葉のなかに真実が隠れていることがよくあるんだよ」ピーターはマイケンをひきよせると痛いほど抱きしめた。「きみが必要なんだ」

「うれしいわ、ピーター」

ピーターはドアを閉めて他人の好奇の目をさえぎった。「楽しめるうちに今の幸せを楽しんでおかないとな」

第三十一章　暴動

スペイン占領のつづくネーデルランドで人びとは苛酷な毎日を送っていた。異端審問は酸鼻をきわめ、新しい宗教、再洗礼派やカルヴァン派にたいする迫害は目をおおうばかりである。アントワープだけでも何百という人間が吊るされ、同じ数ほどの人間が跡かたもなく消えていた。

何年にもわたり穀物はろくに取れず、冬の寒さはことさら厳しかった。人びとは飢えていた。スペインの圧政にたいする不満は飢えとともにいちだんと大きく広がり、暴動という形で表面化したところも多かった。

自分たちの特権を失うことを恐れている貴族は、スペインの圧政に対し集団で蜂起しても何もいいことはないと踏むと、切れ者ふたりを代表に立て、カトリックと新興宗派の共存に力を注ぐことにした。特権を守るために戦い異端審問と戦うことを誓う文書が作られ、極秘のうちに全州の貴族に提示された。数週間も経たないうちに賛同者が何百人も集まり貴族同盟が結成されたが、その大部分は下級貴族と軍隊出身の貴族である。

彼らはオラニエ公ウィレムの助言を受け、ネーデルランドを統治する摂政マルガレーテに請願書を手渡すことになった。一五六六年四月五日、カルヴァン派のブレーデローデ伯を先頭に、騎馬でマルガレーテの館に向かう一行二百人は、行く先々でブリュッセルっ子の熱烈な歓迎を受けた。

歓声をあげる群衆のなかに、一歳半の息子を抱いたピーターの姿も見られたが、彼はひとごみを避けていくぶん離れたところで見物していた。いっしょに歓声をあげる気分にはなれず、誇らしげに通りすぎていく貴族たちを暗い気持ちで見送っていた。石畳にこだまする馬のひづめの音、暴力の気配、それが彼を不安にさせていた。

おだやかで平和な世の中が早く来ればいい、腕に抱いた息子のために、次ぎの子をみごもっているマイケンのために、それが彼の願いだった。

ブリュッセルはアントワープほどひどいめにはあっていなかった。この数年はとくに平穏で、ピーターの工房もうまくいっており、マイケンとの生活は楽しく、温かい家庭がこんなにいいものだということもはじめて知った。このままずっとこういう状態がつづいてくれたらいいのだが、そううまくは行きそうもない嫌な予感がしてならなかった。もうすぐ何かが起こりそうな危険な空気がただよっている。ネーデルランドの支配者に請願書を突きつけに行く騎馬列を目にしたせいばかりではない。歴史は新たな血ぬられた一ページを準備しているかのようで、誰にも近づく災いが感じられた。

摂政マルガレーテも脅威を感じていた。スペイン王フェリペ二世の姉という立場からすれば、不穏な空気を恐れる気持ちが人一倍強いのも当然のことである。それにもう若くもなく、争いごとに立ち向かう気力はあまり残っていなかった。グランヴェルの残虐な行為がどういう結果をもたらすか、考えるだけでも恐ろしい。それが彼を遠ざけることにした理由のひとつでもあった。彼女の保守的な考え方は変わっていないが、飢えに苦しむ民衆をまえに平然としていられる性質でもなかった。

反抗する貴族の一団に会見など認めるのでなかったと、この日彼女は後悔していた。彼らの要求を認めれば、フェリペ二世の怒りをかうことになるし、彼らの要求をこばめば、暴動が起きる恐れがある。

彼女は書斎の窓から館に近づいてくる隊列を不安気にながめていた。このところ、辛い日々がずっとつづいていて泣きたいくらいなのに、歓声をあげてやって来るのは、彼女を楽しい気分にさせてくれるようなものではない。

側近のひとりベルレーモン伯はそんな彼女をわきから見ていた。「あんな乞食連中、おそれることはありません」

「乞食？　あの人たちを乞食と呼ぶのですか？」

「はい。物もらいとたいして違いませんので」ベルレーモン伯は肩をすくめてみせた。

「乞食ですか……」マルガレーテは相手をおとしめることで力を出そうとするように、乞食という言葉をくりかえした。

十分後、案内されてはいってきたブレーデローデ伯をまえに、マルガレーテはすっかり落ちついていた。相手の言い分に根気よく耳をかたむけ、請願書を受けとった。ていねいに書かれた書面をペラペラめくりながら彼女は言った。「こんなにおおぜいの名前、めんどうですね。あなたのお仲間にいい名前をつけてあげます。今日から、あなたがたを乞食と呼ぶことにします」

マルガレーテのうしろに控えている側近数人が笑いをかみ殺している。だがブレーデローデは平然と「よろしいように。それでは今後乞食同盟と名のることにしましょう」とむしろ晴々とした顔つきで言ってのけた。彼はくるりと向きを変えると開いている窓のそばに行き、手すりから身をのりだして、外で待っている貴族たちに向かって叫んだ。

「乞食ばんざい！」

ブレーデローデの叫び声は歓声をもって迎えられた。「乞食ばんざい、乞食ばんざい」

怒濤のように押しよせる叫び声に、マルガレーテはすっかり青ざめた。不穏な空気が充満してそれでなくとも統治がむずかしくなってきているのに、危険因子をもうひとつ加えてしまった。相手をおとしめて、得なことは何もない、マルガレーテはほぞをかむ思いだった。

ブレーデローデが窓を離れると、側近のひとりがいそいでその窓を閉めた。

「さて、お返事をお聞かせいただきましょうか」伯が促した。

「王陛下に使者を送ります。その間、異教徒にたいする弾圧をやわらげる手だてがないものか考えてみましょう」

マルガレーテはなんとかしっかり答えるのに成功した。

「われわれ乞食どもといたしましては、それは単なる時間稼ぎにしか思えませんが」ブレーデロ一デは「乞食」というところを皮肉たっぷりに強調した。

「わたくしにはそれ以上のことはできないのです。わたくしの権限などしれたものですから」

ブレーデローデはうなずいた。「われわれの権限も同じようなものです。目下のところは……」

ブレーデローデが立ち去ると、マルガレーテはベルレーモンに向かって言った。「これは没落の第一歩でしょうか?」

「いえいえ決してそんなことはありません。あんな大っつらな連中、わたくしならまともに相手にいたしません」

「大っつら? あなたが余計なことを言わなければよかったのです! 乞食と呼ばれて嬉しい人などいないのに……」

マルガレーテは窓に駆けよると、ひきあげて行く貴族たちを見つめた。来たときには整然としていた隊列が、いまはバラバラで、三々五々はげしく議論をたたかわせている。おそらくこれから何をすべきか話し合っているのだろう。にくにくしげに振り返る者。こぶしをつきあげてみせる者。やがて隊列は徐々に元にもどり、だんだんと遠ざかっていった。「乞食ばんざい」、貴族たちの叫び声に、大衆は歓呼で答えている。

グランヴェルを故国に送り帰したりしなければよかった。あの人なら、こんな時どう対処したらいいか、きっとうまい手を教えてくれただろう。わたしは歳もとったし、そんなに強いわけでもないから、とても手に負えそうにない……　マルガレーテの絶望は深かった。

「お気分がすぐれませんか?」側近のひとりが案じ顔でたずねた。

「ええ」マルガレーテは応じた。「不快です。永遠に気分の晴れる日は来ないような気がしますよ」

「もうすぐよ、ピーター」マイケンは自分の大きくなったお腹を叩いてみせた。

「もうかい？　まだほとんど目立たないのに」

「そうならいいなって思ったのよ」マイケンはにっこりとした。

「つまり、もう義母さんのところへ行かないといけないってことかい？　仕事をたくさん抱えているからなあ、フロリスがきっと文句を言うよ」だがピーターには議論はむだだと分かっている。ひとり目の時もそうだったが、マイケンは出産のときは何がなんでも母親のもとにいたがった。

「何もないといいがなあ」ピーターは不安だった。「あの乞食と称する連中はあちこちで騒ぎを起こしているが、アントワープはとくに危ない」

「あら、あのお乞食さんたちはたんなるおばかさんの集まりよ。民衆と連帯しているような気になって。着るものまで真似して、ドブネズミみたいな色の服でウロチョロ。おまけに、ほんものの乞食みたいにお碗でお酒を飲んでるわ。今までずうっと金のさかずきで飲んでたのにね」マイケンは興奮したときのくせでブロンドの髪を手荒くうしろになでつけた。「わたしは新教徒のほうがずっと危険だと思うわ。カルヴァン派や再洗礼派にどんどん人が集まっている。今に一大勢力になるわよ」

「一番の危険が何か知ってるかい、マイケン？　飢えさ。今年は雨が異常に多いから、また収穫はよくないんだろうな」ピーターはヤレヤレといったふうに首をふり、マイケンのお腹に手をあてた。「もう少しお腹のなかにいてくれたほうがいいのになあ」

「またいい時代が来ると思うわ。そうしたら、あなたとわたしで、娘の願いはぜんぶかなえてやりましょうね」

　こんどは女の子だと、マイケンはずっと前から言いつづけている。最初の子どものときは自分が言ったとおりだったから、夫もこんどは女の子だと思っているに決まっている、マイケンはそう信じこんでいるようだった。

「あと時間はどれくらいあるんだい？」ピーターは落ちついた口調で聞いた。

「あまりないわ」

「それでは、荷造りでもするか」

出発のまえ、ピーターはフロリスを片隅によぶと「いつものことだが、おれ宛のものは手紙だけでなく全部誰にも見せないでくれ。必ずおまえだけが見るようにしてほしい」と念を押した。

フロリスはまじめな顔でうなずいた。「幸運を祈るよ」


この町はながく離れていればいるほど嫌いになってくる。アントワープの町の門をくぐり、せまい路地をぬけながら、ピーターはそう思った。かってこの町の中心地は、色とりどりの服を着た商人や職人、芸術家や旅人が楽しげに、そしていそがしげに行き交いにぎわっていたのに、それが今ではすっかり様変わりして、暗い顔をした人びとがうろうろと、その日を生きていくのに必要な物を血まなこになって求めている。

スペインのマドリッド郊外に壮大なエスコリアル宮殿を建てたフェリペ二世は、かって繁栄した港町アントワープへかける圧力をやわらげる気はさらさらなかった。それどころか、人びとの不満が頂点に達するのを望んでいるかのようである。領主の課税に関してこれまで州議会が持っていた承認権を廃止し、ありとあらゆる不動産取り引きに十分の一税を導入した。そのとうぜんの結果として、ますます破産が増えていた。

そして天候は圧政者と同じように苛酷であった。ちょうど刈り入れの時期が始まったところだが、冷たく強い風が吹いて、空をおおう灰色の雲は十一月を思わせるように低くどんよりしている。

「ピーター、あまり元気そうじゃないわね」マイケンのいないときに、義母が言った最初の言葉がこれだった。

娘婿の顔を伺うように「マイケンと何かあったの?」とつづけた。

「こんな天候ですからね。寒くてジメジメしていると、関節が痛むんです。ときどきひどい時には、まっすぐ歩けないくらい」

「お医者さんはどう言っているの？」

「医者なんて！」

「手はどうなの？」

「働くことはできます。ときどき痛みますけど」

マリケは心配そうにピーターを見つめた。「あなたの歳で、そんなことあってはならないことよ。何とかできないかしら。薬草を飲むとか……」

「わたしの歳っていいますけど、もうじき四十ですよ」

「わたしは六十よ。自分じゃあまり深刻に思わないんでしょうけど、マイケンのことを考えてちょうだい。あの子があなたをどんなに愛しているか……」

「どうしたらいいでしょうね？　神に祈るとか？」

「そうしたら神さまはさぞびっくりなさるでしょうね」

ピーターは口をひんまげ皮肉な笑みをうかべた。「弱みを抱えたまま生きることを学ぶ必要がありそうですね」

ふたりは工房で話している。「グランヴェルからその後何か言ってきた？」マリケはそう尋ねるまえに、二階のドアをチラッと見あげた。

ピーターはため息をついた。「その名前は聞きたくなかったですね」机の角に腰をおろすと、右手をしげしげと見つめた。「関節が腫れている……」

「で？」

「なんと言ったらいいか……」ピーターはマリケの顔をじっと見ながら話しだした。「このまえの弁論大会、五年前のことを覚えてますか？　スペイン軍が暴れまくったときのことですが、わたしの描いた風刺画がぜんぶ消えてなくなってしまったんです」そう言いながら、同じように二階のドアに視線を走らせた。

「グランヴェルがブルゴーニュへ帰ってからというもの、ほぼ毎月一枚のわりでそれが戻ってくるんです」

「それはどういうことなの?」

「さあ」ピーターは机から下りると、腕組みをしたまま、水彩画が乗っている画架に近づいた。絵に目をやりながら話をつづける。「いろいろな方法で戻ってくるんです。たいがいは飛脚が持ってきますが、ただドアの下に押しこまれていることもあります。誰もどこから来たのか分からないんですよ」

「おかしな話ね」

「描いたときのままで、どこも傷んでいません。いったい誰のしわざですかね?」

「見当もつかないわ」

「誰かがあの絵でわたしを脅えさせようとしているんでしょうね」

「それで、あなたは脅えているの?」

「ええ、ときどき怖くなります。今、あの絵がとんでもない人物や当局の手に渡ろうものなら。そう考えるだけでも恐ろしい。こんな時代ですからね」

「それだと、グランヴェルが一枚かんでるわけではなさそうね」

「ええ、そうなんです。でも、じゃあいったいどこから来るんでしょう? 他の誰があの絵を手にした可能性があるか? それがわかりません」

「マイケンはこのこと知っているの?」

「いいえ、できるだけ心配かけたくないんで」ピーターは首をふった。

「そう、どっちがいいか分からないけど、何も知らないと、何かあったときの備えができないわね」

「でも何も起きなければ、そう願ってますが、要らぬ心配をすることになりますから」

「そうね、あなたの決めることだわ。あなたの奥さんだもの」

「その通りです。マイケンはじつにいい女房で、あれといっしょで幸せです」


出産はもう少し先のようだったが、ピーターはそわそわと落ちつかず、仕事が手につかなかった。そこで彼は馬を一頭借りて、郊外を見て回ることにした。田畑のでき具合はどんなだろう？

農民たちは浮かない顔をしている。というのも、たいがいの家で、収穫が思わしくなかったからで、雨が異常に多く、作物の大半が地面に生えたまま腐っていく。

ピーターはスヘルデ河の入江へと馬を進めた。かってヨッベが住んでいた小屋は、わずかにそこに小屋があったことが分かるほどにしか残っていなかった。前年の冬の厳しい寒さに、近くに住む農民が小屋をこわして、たきぎにして燃やしてしまったからだが、わずかに残っている部分もすっかり草でおおわれ、もうじき、以前ここに人が住んでいたことさえも分からなくなってしまうだろう。

ヨッベを埋めたのはどこだったろう？　だいたいこのあたりだったはずなのだが、正確な場所はついに最後まで見つけることができず、そのことがピーターを重い気分にさせた。

馬の背にゆられながらピーターは、ゆったりと流れるスヘルデ河の流れをしばらくの間ただぼんやりとながめていた。子どものころこのあたりで経験したことの思い出に浸って時を過ごしたいと願ったのだが、だがなぜか、思い出はひとつもよみがえって来なかった。まるでヨッベがその死とともにぜんぶあの世へ持っていってしまったかのようだ。

心が重かった。むかし、あんなに輝いてみえたのに、今は荒廃そのもの。知らず知らずのうちに、生まれ育った家へと馬を進めていた。二度と足を踏み入れるつもりはなかったのに、気分が滅入っていたせいでつい足が向いてしまった。それにその後どうなっているかも興味があった。

家はほとんど変わっていなかった。ただ納屋のとなりに当時はなかった建物がひとつできている。庭さきには豚が何匹か放し飼いにされている。

　兄ディノスがもうここには住んでいないことは、目下のこの家の住人が出てくるまえからピーターには分かっていた。ディノスならこんなにだらしなくしていない。

「あの人たちはもういませんぜ」ピーターに聞かれて農夫が答えた。「ブリュッセルあたりに行ったはずですよ。店でも開くつもりじゃないんですかい」

「店だって？」ピーターはびっくりした。「ディノスはスペイン軍に何もかも焼かれて、収穫をいっぺん全部失ったことがあったからなあ」そう言いながらピーターは我ながら不思議だった。いったいおれはどうしてあんな奴の肩なんかもってるんだ？

「だんなはこの辺りの出ですかい？」

「おれはディノスの弟で、ずっと昔、ここに住んでたんだよ」

「ほう、そうですかい。そう言っちゃなんだが、まるで似てないね。わしらは南部から来て、このあたりにゃひとりも知り合いがなくてね」

「その方がいいじゃないか」

　ピーターはスヘルデ河の河岸を上流に向けて馬を歩ませた。ここはもうおれの生まれ故郷なんかじゃない。そしてアントワープもうおれの町ではなくなった。おれの根っこは全部なくなってしまった。それとも根っこなんてもの、はじめからまるでなかったのかもしれない。

　ピーターには知るよしもないことだったが、彼が考えごとにふけりながら北側の門を通り町に帰ってきたちょうどその時、オラニエ公ウィレムが南の門をぬけて出ていった。アントワープの総督となったばかりのウィレムは名門貴族たちの集まりである金羊毛騎士団の会議に出席するためブリュッセルへ向かうところであった。

まるでその時を待ち構えていたように、収穫月八月の十九日、長いこと望まれ、そして恐れられてもいた反乱のひぶたが切っておとされた。夕刻をつげる鐘の音が町中に鳴りひびいていた。

民衆の蜂起を呼びかけ、煽動したのはカルヴァン派である。彼らは町なかを馬でかけめぐり檄をとばした。手に手に棒っきれや鎌、ナイフを持って、人びとは家からとびだし後につづいた。

主導したカルヴァン派がもともと望んだのは、カトリックの教会を占拠してミサができないようにすることと、自分たちが説教できるようにすることだけであったが、一度ゆるめた手綱はもう抑えようがなかった。彼らには、苦しみあえいできた民衆を止める手だてがなく、いくらもたたないうちに、民衆のエネルギーは憎悪の対象だったものに暴力的な攻撃を加えていた。

ピーターはマルクト広場のところで異常に気がついた。四方八方から、異様に興奮した叫び声がきこえてくるし、すぐそばの道を不気味なたいまつの明かりが近づいてくる。馬はすっかりおびえ、今にも暴走しそうだ。広場の反対側から馬のひづめの音がひびいてくる。猛りたつ群衆を押さえ込もうと軍隊が出動したのだった。しまった、挟まれた！　そう気がついた瞬間ひざがガクガクふるえだした。自分自身のことより、自分にもしものことがあれば、ひとり残されることになるマイケンが心配で全身の毛が逆立つ思いだった。

脅えて思うようにいうことをきかない馬をなんとかなだめすかし半回転させると、今来た方向へ引き返そうと考えた。馬は一刻もはやく騒ぎの現場から逃げだそうと走りだしたが、一本目の通りを曲がったところで早くも暴徒の群れと向きあうはめとなり、遠くまではいかれなかった。おそらく大聖堂へ向かうのだろう、叫びたて、目をギラギラさせ、手に手にたいまつや武器を持ち、行き会うものは手あたりしだいなぎ倒す勢いの暴徒の群れ。

ピーターは絶望しながらもなんとか逃れようとしてみたが、馬はいまやまったく言うことをきかない。前脚で空をけり、乗り手を振り落とそうと猛り狂うばかり。気がつけば、群衆の真っ只中にいる。屈強な男がひとり、馬の頭をおさえこみ、ねじ伏せなければけが人を作るところだった。馬は平衡を失って、ドウとばかり地面に沈みこんだ。ピーターはまだ馬の背に乗っていたが、それも寸時のことで、すぐに何本かの荒々しい手が伸びてきて引きずり下ろされてしまった。

憎しみでひきつった悪魔のような形相の顔、顔、顔。「こいつ、馬になんか乗りやがって、金持ちにきまってる！ やっちまえ！」殺される！ ピーターが思わず目をつぶったその時、「お待ちよ！ ピーター・ブリューゲルじゃないか！」そう叫ぶ声がして、女がピーターの服をつかんで引っ張りだしてくれた。「絵描きだよ」

とつぜん彼は暴徒にとってどうでもいい人間になったようで、手荒く放りだされた。けれどぞくぞくと押し寄せる群衆から逃れることはできず、いまや彼も暴徒といっしょになって走っていくよりほか仕方がなかった。

ショーン広場ではべつの一群が騎兵隊と戦っていた。兵士たちは果敢な攻撃を開始していたが、ウンカのごとく現れる数のうえで数段まさる敵に囲まれるのに長くはかからなかった。暴徒たちは兵士を馬から引きずりおろすと、思い思い手にした武器で襲いかかる。耳をつんざくような悲鳴が、野獣のようなほえ声が大聖堂の高い壁にぶつかって反響する。

ピーターは騒乱のなかを右往左往するばかりで、この悪夢のような現実から抜け出すすべがみつからなかった。どこをどうやって通りぬければマイケンのもとへ帰れるのだろう。一瞬立ち止まった彼は後ろから突きとばされ、大聖堂の正面入口目指して怒濤のごとく押し寄せる群衆にのみこまれた。無我夢中であばれまくり、入口の手前でかろうじて流れから抜け出せたが、イヤッというほど壁に打ちつけられ、息もつけないままへたりこんだ。そんな彼の前を、男も女も奇声を発しながら大聖堂の中へとなだれ込んでいく。

ピーターは荒い息をはきながら起きあがると、大聖堂の壁にもたれかかった。「マイケン！ 助けてくれ！」だが自分自身の声すら聞こえないほど、あたりの喧騒はすさまじかった。

大聖堂からはこの世のものとも思えない物音がひびいてくる。暴徒の群れは石膏の像を床にひきずりたおし、ハンマーやおので粉々にくだいている。何世紀にもわたり名工、名画家と呼ばれた芸術家たちが愛と才能のかぎりをつくして創りあげた傑作の数々が永遠にうしなわれた。そのうちの何点かは、大聖堂の外で、目の前にくりひろげられている出来事を信じかねる思いで見つめている男の手になるものであった。「かたっぱしからぶちこわせ！　ぶっ殺してしまえ！」暴徒と化した群衆をとどめるすべはもはやなかった。石畳の通りは血の海。たいまつのあかりのなかで、ドロドロと赤黒くひかっている。乱闘はいつ終わるともしれず、刺し殺された死体のうえに、もはや人間のすがたをとどめぬ肉のかたまりのうえに人がつぎつぎと倒れこむ。大聖堂の中から外へ放り出された、今やがれきと化した絵や彫刻の山。そのうえにも死体の山が築かれていく。

最後の兵士がなぐり殺され、新手の登場は考えられなかった。そうして戦いは止んだ。すると血まみれの男が戦利品のほこやりを手に、大声をはりあげた。「さあ、つぎは聖パウロ教会だ！」

男の呼びかけはあっというまに広まり、群衆はつぎの獲物めざして動きだした。大聖堂のなかで破壊のかぎりをつくした者たちが歓声をあげて出てきて合流する。だが、なかにはひとり、あるいは数人つれだって別の方向に歩きだすものもいる。略奪してきた高価な品を家へもって帰ろうという連中である。

あたりがだんだん静かになってきた。逃げだすのは今だ！　ピーターは建物のまわりを誰にも気づかれないようにそっと這うようにして進んだ。

マリケの家へ帰るとちゅう少人数の暴徒の群れとなんどか出くわしたが、つかまることはなかった。ピーターのほかにもひとり歩きの者がいたが、そういう連中のポケットはあちこちの教会から奪ってきた獲物でふくれあがっている。

大聖堂周辺が静かになったからといって、アントワープの町全体の騒ぎが一段落したわけではなく、まだ当分はおさまりそうにない騒動があちこちで繰り広げられていた。

後でわかったことだが、暴動の勃発はここだけのことではなく、ゼーランド、ホランド、フリースランド地方でもほぼ同じころ、長いことくすぶっていた住民の不満が爆発していた。

ピーターには、マリケの家へたどりつくまでが永遠にも感じられた。家のなかに入ると、玄関の扉によりかかり暗がりのなかで息が静まるのをじっと待った。やっと、帰れた！　思わず深いため息をもらした。

「ピーターなの？」マリケがランプを手に階段のうえに姿をみせた。

「ええ」ピーターは答えた。「なんとか無事に戻れました」

「よかった！」マリケは下りてくると、ランプのあかりを義理の息子に向けた。「心配で心配で、いてもたってもいられなかったわ」

「だいじょうぶです。ただひどく怖かっただけで。じっさいこの目で見ないかぎり信じられませんよ。まるでけだものと同じだ」ピーターは言いながら、ふと階段のうえを見上げた。「あれ！　何か聞こえますが？」

マリケはそっとうなずいた。「そうなの。まるで計ったみたいね。こんな晩に生まれてくるなんて。女の子よ、ピーター。おめでとう」

第三十二章　風刺画

暴動は激しかったが長くはつづかなかった。貴族や裕福な市民ははなから反乱などとんでもない、いっさい関係ないという態度をとっていたから、指導者を持たない暴徒たちはすぐにバラバラに分裂した。摂政マルガレーテはチャンスを逃さずすばやく行動した。新しく増強した軍隊が投入され、暴れまわる大衆をけちらした。教会や大聖堂はメチャメチャに壊され、金目のものはすっかり持っていかれてしまったが、町にはともかくも平安がもどった。

「さて、そろそろ家へ帰る時がきたようだ」ピーターが言った。生まれたばかりの赤ん坊マリアを腕に抱いている。まだ危ない、まだ危ないとなかなか決心がつかず、アントワープ滞在がはじめの予定より数週間も延びている。

「まだ帰ってほしくないわ」マリケが言った。「わたしが聞いた話だと、フェリペ王は例の乞食同盟が出した請願書に激怒したそうよ。自分の権力は永久に持っていたいのね。あの悪名高い残虐なアルバ公に軍隊をつけて送りこむってうわさだけど」

ピーターはうなずいた。「軍隊がここに来て何が起きたか知ったら、たいへんだ。一軒一軒しらみつぶしに調べて、教会から盗まれたものを捜しだすでしょうね」

「わたしは怖いのよ、ピーター」

「怖くない人なんかいませんよ」ピーターは人指し指でマリアのひたいをそっとなでた。おとなしい、おとなしい女の子。「こんなにやわらかくて、スベスベしてて……」

子どもを差別するなんて父親失格だが、この子のほうがずっとかわいい。きっとマイケンそっくりだからだろう。長男のほうはどちらかといえば自分似だ。

ピーターはマリケに向かって言った。「いっしょにブリュッセルに来ませんか?」

「工房を放り出すわけにはいかないわ」

「そうでしょうね」ピーターにはマリケの気持ちがよくわかる。外をながめながら彼はつづけた。「兄のディノスもブリュッセルに引っ越したようなんです」

「そうなの? それで元の家はどうなっているの?」

「知らない人が住んでいます」ピーターはため息をついた。「なにもかも変わってしまって、まるでよその国にいるみたいだ……」

「かわいい娘をさずかったばかりの人にしては、ずいぶん憂うつそうね」

「ええ、そうなんです」ピーターはマイケンが聞いていないか、そっと振り向いてたしかめた。「具合がよくなくて。肩もひじも、ひざも手首も、動くところがぜんぶ痛むんです」

「きっとお天気のせいでしょう、湿気がおおいから。マイケンにはまだ言ってないの?」

「時々こんなにひどく痛むってことは言ってません」

「そういう心配をいっしょにするのが女の役目なのよ、ピーター」

「わたしの妻にはそういう心配をさせたくありません」

「いいご主人ね」マリケの口調はまじめなものだった。「それにいい父親だわ」ピーターの腕のなかの赤ん坊をそっと見やった。

ブリュッセルはアントワープほど危険な様相を見せていない。

「ブリュッセルはハートの形にできてるんだ」ピーターは以前マイケンに言ったことがある。「だからここの人間はたぶんアントワープの連中よりハートフルなんだよ」

フロリスはピーターとふたりだけになる機会がくると、さっそくうれしくない知らせを伝えた。「また二枚きたよ」

「え！　本当か！」この数週間あまりにもいろいろなことがあったので、ピーターの頭から例の風刺画のことはすっかり消えてしまっていた。

「心配なんだよ。あれがどこかそれなりの人間の手にわたったら、たいへんなことになるぞ」

「どうしたらいいだろう？」

「あんなものそもそも描かなければよかったんだ」

「今さらそんなこと言ったってはじまるまい。でも署名はないのだから、おれが描いたってことは誰にも証明できないよ」

「あの絵が一枚でもここで見つかったら、署名の有る無しなんて関係ないのさ」

「おれをイライラさせる魂胆なんだろう。でなければ、とっくにあの絵をもって異端審問所に駆け込んでるだろうからな」

「おまえの敵の誰がこんな卑劣なことをやるのか調べださなきゃならないな」

「敵？」

「友だちのわけないだろう！　頭を使えよ！」

「頭はじゅうぶん使ったし、痛めもしたさ」

「ここ数週間はそうでもなかったんじゃないか？」

「ここ数週間？　女房はお産で、おれは暴動にまきこまれていたんだぞ！」

「そうだったな、悪かった。だがな、ホント心配なんだよ、落ちつかないんだ」

「こっちは家族持ちなんだから、おれが心配しないわけないじゃないか」ピーターは声をやわらげた。

「おまえには強力な保護者がいるけど、おれにはそんなものいないからな」

「強力な保護者？」ピーターはせせら笑った。「ブルゴーニュに送り帰されたあの人殺しみたいなやつかい？　ひょっとしたらあいつかもしれないぞ、おれたちを脅してるのは。ほかに何もできないから、遠くからちょっかい出してるってことも考えられる」

「グランヴェルのことは忘れろ！　おまえは人気のある画家になっているんだし、彼は自分の仕事をしたまでさ」

「忘れるなんてできないね」長い年月、あいつのせいで怒りと不安の日々を過ごしてきたのだ。あの男のいやらしい姿はピーターの心にしっかり焼きつき、記憶がうすれることなどありえない。

「今でも見張られてる気がするかい？」

「最近はなにも気がつかないな」ピーターの口調は、そう答えるのがしゃくにさわるというふうであった。

「そうか」

「たぶん、目立たないようにやってるんだろう」

フロリスはヤレヤレといった身振りを残して立ち去った。

「フーリスおじちゃん、どうちておこったの？」

いつのまにかピーター二世がそばにいて、父親のズボンをひっぱって関心をひこうとしている。そんな息子にピーターはやさしい眼差しを向け、高い高いをしてやった。「ママは昔パパにだっこされてたんだぞ。おまえ知ってたか？」

「ううん、ちらない！」小ピーターは元気よく叫び、父親がびっくりしてみせると、クックとうれしがった。

「フロリスおじさんは怒ってなんかいないよ」ピーターは言った。「ただ分かろうとしないだけさ」

カルヴァン派民衆による聖像破壊の暴動によってたくさんの芸術作品が破壊されてしまったせいだろうか、突如、宗教的テーマの絵の注文が激増した。

前の年に巻きこまれた暴動から受けたショックに触発されてピーターは「ベツレヘムの戸籍調査」を、それからつづけて「雪のなかの三王礼拝」を描いた。この夏の気候はおだやかで湿気が少なく、関節の痛みもそれほどひどくない。彼は無我夢中で働いた。やりたいことをすべてやるだけの時間が自分にはもうあまり残っていないとでも思うのか、まるで憑かれたようにカンバスに向かった。

聖書から題材をとった絵を描くのに疲れると、自分自身の楽しみのために「農民の婚礼」を描いた。自分のためとはいっても、描いているときは夢中で、昔の思い出を表現したことに気がついたときには、絵はほとんど完成していた。

この絵を描いているときは楽しかった。ウキウキとした気持ちで描いていたのに、完成間近になったら、どうしてこんなに気分が滅入るのだろう？　いい女房と、元気な子ども、それに多少の名声も手にしたというのに。なぜだ？　何が不満なんだ？

「この絵を仕上げてしまってくれ」ピーターは近くで働いている弟子に声をかけた。「もう気が乗らない」弟子のおどろく顔を無視して工房をあとにした。

数時間後、マイケンは夫が寝室の床に座りこんでいるのに気がついた。古い品々をしまってある木箱のふたが開いている。いらなくなったものにはあまり執着しないたちのピーターだから、箱のなかにあるものは多くはなく、たいがいは、いつかそのうち参考に使うこともあろうかと考えておいてあるスケッチや習作である。床一面そしてベッドのうえに、それらがいっぱいに広がっている。それと半分空になったジンの瓶。

「ピーター、約束したじゃないの！」マイケンは非難がましい口調で言った。

ピーターは手にしたスケッチから目をあげると、酒びんを見た。「ふつうならとっくに空なんだけど、まだ半分残ってるよ」

「そうね、わたしがうまい具合に帰ってきたから」

「そうガミガミ言いなさんな」

「いったいどうしたっていうの？」妻はベッドのふちに腰かけると、夫の肩に手をかけた。夫が手にしているのは、奇妙な風景の絵で、真ん中に絞首台、そしてそのうえにカササギがとまっている。クルクル巻かれた紙はすっかり黄ばんでいた。

「おれは長生きしないって、むかし占いのばあさんに言われたことがある」

「いつから占いなんて信じるようになったの？」

「子どもは三人とも言われた」

「じゃあ、まだ時間があるわね？」

「からかうのは簡単だよ、マイケン」

「そうよね。あなたもからかうのはまんざら不得手じゃないようね。けさ、玄関のドアのところに風刺画が一枚あったわ。あなたが描いたものだってすぐわかった。ただ、どこから来たのかが分からないの」

ピーターは妻に疲れた視線を向けた。「あれは、スペイン人が弁論大会をけちらしたときに消えてしまったうちの一枚なんだ。どこかの誰かが一枚ずつ返してよこす」

「じゃあ、ずっと前からなのね。どうして何も言ってくれなかったの？」

「きみが怖がるといけないから」

「不機嫌そうなあなたを、わけもわからず見ているほうがずっとこたえるのよ」

「気にかかっているのは、絵だけではないんだ……」

「ほかに何があるっていうの?」

「わからない……　たぶんおれは恩知らずのバカモンなんだよ」

「そうやって座り込んでいるあなたを見るのはつらいわ」

「もう二度としないよ」ピーターは、絞首台を描いたスケッチを箱にほうりこむと立ち上がり、妻をひき寄せキスをした。


おだやかな秋が長くつづいたが、ある日とつぜん嵐とともに終わりをつげた。雨、あられ、暴風。わら屋根が吹き飛ばされた。「冬将軍の到来だ」人びとはなげき、すき間だらけの家を吹き抜ける冷たい風をできるだけ防ごうとこころみる。


災厄は時期が来るのをじっと待っていたかのようにはじまった。このところわりと調子のよかったピーターの関節が天候の変化とともにこれまでよりずっと激しく痛みだした。ちょうど、「若い巣どろぼうを指さす農夫」を描いているときに、その痛みははじまったのだが、絵筆を持っていることすらできなくなって、弟子のひとりに後をまかせると、よろよろと工房を後にした。

「たいしたことないよ」ピーターはオロオロとあわてふためく妻にやさしい嘘をついた。

「以前からの関節痛さ。じきによくなる」

「お医者さんを呼んでくるわ。今すぐ」

「よしてくれ!　それよりジンをくれないか。ほかに薬はないんだよ」痛みに顔をゆがめながら夫は妻に懇願した。「頼むよ」

　マイケンはジンを取りに急いだ。マイケンがテーブルに置いたコップには見向きもせず、ピーターはビンをそのまま口にあてた。強いアルコールがのどを通り、食道を通過して胃に流れこむのがわかる。胃は燃えるようだったが、痛みに歯をくいしばりながら飲みつづけた。あびるほど飲めば、痛みが消えてくれるのは経験から知っている。

　マイケンは椅子をひきよせると、夫のそばにすわり顔をのぞきこんだ。だがピーターは顔をそむけて相手の視線をさけた。

「いつからこうなの？」

「かなり前からさ。だけどすぐおさまるから」

「ときどき痛むのは知っていたわ。でもこんなに激しい痛みはなかったでしょ」

「くそいまいましい天候のせいさ。太陽が出れば、すぐ直る」酒びんをまた口にもっていく。胃のなかの炎はおさまってきた。

「そうやって飲んだくれて冬をやりすごすつもりなの？」

「痛みをかかえているより、酔っぱらっているほうが快適だからね」

「けっこうなことですこと！」

「うるさい！　おれがおもしろがっているとでも思っているのか？」

「じゃあ、なんとか手をうったらどうなの！」

「どうにも手のうちようがないんだよ」

「どうしてそんなことが言えるの？　お医者さまにもかからず」

「自分の体だ。自分がいちばんよく知っている」

「強情っぱり！」

「たのむよ、マイケン……」ピーターは痛みがおさまってきたのを感じた。「ヒルに血を吸わせたり、浣腸したり、まずい薬草を飲んだりなんてことはまっぴらごめんだ。そんなことしたら、本物の病気になってしまう」右手を見ると、まだ震えてはいるが動かせるようになった。「さて仕事にもどるとしよう」

「もうすこし休んだほうが……」

ピーターは手をふってそれ以上言わせなかった。テーブルを支えに立ち上がると、もったいぶった声を出した。「親方たるもの、弟子や子どもたちの手本でないとな。ひるむな、弱音をはくな、がモットーさ」ジンのびんをつかむ。「下へ持っていくよ」

「ピーター……」マイケンも立ち上がり、夫の腕に手をかけた。「もう少しいてちょうだい。話があるの」

アルコールはまわっていたが、妻の声の調子、顔つきから、話の中身はすぐに想像がついた。「なんだい？」声に軽い狼狽がまじっている。マイケンは夫が察した様子ににっこりとうなずいた。

「もうひとり息子ができるの。あら、どうしたの？　喜んでくれないの？」夫が喜んでくれるとばかり思っていた妻の顔からほほえみが消えた。ピーターは無言のまま、心の中の葛藤と戦っていた。「三人目か……」ジンのびんをつかむと、ラッパ飲みをした。「三人目……」頭のなかに広がりはじめたもやを振り払おうとするかのように首をふり、唐突につけくわえた。「もちろん嬉しいさ」そしてひきつった笑いをうかべた。

「息子がふたり欲しいんじゃなかった？」

「そうだよ、ただ……」ピーターは後の言葉をのみこんだ。女占い師の予言を気にしていることを妻に知らせるつもりはなかった。

「ただ、なんなの？」

「なんでもない」ピーターは目をそらした。「ただ思いがけなかったからだよ。それだけさ」

「前のふたりのときはもっと感激してくれたわ」マイケンは落胆を隠さなかった。

「そりゃ、慣れっこになったからさ」まずい答えだ、いい直そう。「いや、そうじゃないな。ただ、踊りだすような気分にならないだけ」ピーターは妻をひきよせた。「ほんとうに男の子かい?」

「もちろんよ」

「そいつはいい。そうなりゃピーター二世のけんか相手ができる」夫は妻にキスしようとしたが、妻は首をふってそれを避けた。「お酒くさいわ!」

「愛があれば何だってがまんできると思ってたがね」

「そういう話し方きらいだわ。そういうこと言うあなたって、まるでなじめないもの」

「そのなじめない男がきみのことをどんなに愛しているか」

「ピーター……」マイケンは夫にしがみつくと肩に顔をうずめた。「今のままのあなたでいいの。何も変わってほしくない。変われば悪くなるだけですもの」

「自分じゃどうにもならない場合もあるんだよ」ピーターは静かに言うと、そっと体を離した。「さあ、もう仕事にもどらないと」部屋を出しなにたずねた。「いつなんだい?」

「夏のはじめよ。いい季節でよかったわ」

「そうだな」ピーターはうなずくと、ジンのびんをかかえて出ていった。マイケンはのろのろと腰をおろし、夫が使わなかったコップをじっと見つめていた。


それから数時間がたち、マイケンは夫をさがしに下におりた。外はもう暮れて、弟子たちも帰っている。

ピーターは工房のすみ、いつもの場所にひとりでいた。机にうつぶせになり、頭を抱え込んでまるで眠っているようだ。そばに小さな板絵がおいてあり、細かいところまで下描きがしてある。ぞっとするような五人の人間が描かれているのが一目でわかったが、あかりを近くにもってくると、その五人はいざりだった。つえを使って歩いていて、困窮のきわみといった姿に描かれている。

空っぽのジンのびんがころがっている。ピーターは眠ってはいなかった。マイケンがそっと肩にふれると、「疲れた……」とつぶやいた。マイケンは夫を抱えおこし、居間へ連れていった。いつもなら抗う夫が素直にされるがままになっている。

まあ、なんて軽いの！　これなら、運ぶことだってできるわ。そうよ、必要ならいつだってわたしが運んであげる。自分は足萎えだって思うのだったら、妻のわたしはそれなりにやるわ。若くて健康なんですもの、負けるものですか！

遠いスペインの地では、一万七千の血にうえた兵士をつれたアルバ公が北への進撃をはじめていた。ネーデルランド地方を黙らせるために手段を選ばぬフェリペ国王はアルバ公に、必要とあらば何でもせよと無制限の権限と自由を与えている。法王は彼を祝福し、幸運を祈った。

摂政マルガレーテはこの報告をブリュッセルで受けとると、ただちに事態を察した。今まで以上に弾圧が強まれば、これまでばらばらだった抵抗組織が手を組むようになる。残虐非道の軍隊と圧政にたまりかねて立ち上がった国民とのあいだで流血の惨事が起きるのは火をみるよりもあきらかで、国民の側はけっきょく自分たちの最後の権利が踏みにじられるのを見ることになる。マルガレーテはそんなことに巻き込まれたくなかった。

わたしはどうすればいいのだろう？　彼女は自分の部屋にこもって考えた。側近の連中はあれこれ言うだろうが、彼らの意見はこの際どうでもいい。どうせ御身かわいさから出る意見を押しつけてくるだけだ。でも、そんなに一生懸命考えるまでもないだろう。どっちにしろ、道はひとつしか残されていないのだから。

マルガレーテは重い気持ちでフェリペ王に手紙を書いた。「親愛なる陛下、どうかわたくしを永久にイタリアに戻してくださいますようお願いいたします」

彼女がここで、ネーデルランドの民衆のためにできることはもう何もなかったし、自分自身が統治している専制政治の残虐さにこれ以上かかわりたくなかった。

「わたくしは歳をとり疲れました……」手紙に封をしながら声に出して言った。「じゅうぶん戦ったから、もう引退を許されていいはずです」

それは確かにそうだったが、そう考えても慰めにはならなかった。

第三十三章　危機

誰かが家の扉を叩いている。ピーターは浅い眠りから覚めると、となりで眠っているマイケンを起こさないようにそっとベッドから下りようとした。だが、こわばった体の動きはにぶく、けっきょくマイケンも目を覚ましてしまった。「ピーター、どうしたの？」心配そうに夫の肩にふれた。

「誰か来たようだ」ピーターがランプのあかりをつけた時、また扉を叩く音が聞こえてきた。

「真夜中よ！」

「おちつけ！　おばけは戸なんか叩かないよ」ゆらゆら揺らめく炎がピーターの顔を照らしている。

「待って、わたしも行くわ」マイケンはベッドをすべり下りた。「いや、きみはここにいてくれ」夫は妻に命じた。その時、小さなマリアがぐずりだし、マイケンは急いでゆりかごに近づくと、娘をだきあげた。「気をつけてね！」上着をはおるのに苦労している夫にそう声をかける。

おそるおそる扉を開けると、目の前に、スペイン軍の将校と部下の兵士数人がたいまつをかかげ立っていた。

「なんの騒ぎです、こんな真夜中に？」思わずとがった声がでた。

「この家の大きさを調べにきた。任務だ」将校がフランス語で言った。

「どういうことですか？」

「アルバ総督の命令で、市民は兵士に宿舎を提供する。泊める兵士の数は家の大きさによって決まる」

「なんですって？」ピーターにはわけがわからなかった。「人違いじゃありませんか？」

「見たところそんなことはなさそうだ」将校はイライラしだした。「どけ、仕事にかかるぞ！」腕ずくでピーターをどかそうとした将校はふと床を見ると、かがみこんで何かを拾いあげた。たいまつのあかりで拾いあげたものをながめると叫んだ。「おッ！　謀叛人どもの巣にぶつかったかな！」そしてそのスケッチをピーターの目の前でひらひらさせた。「これはどういうことだ？」

　見なくとも分かっている。とつぜん湧きあがった恐怖を必死でこらえ、ピーターはできるだけさりげない声をだした。「さあなんでしょう。どこかの誰かがつっこんでいったんでしょうね」

　将校は唇をひんまげた。「さてどうかな。そうかもしれんし、そうでないかもしれん」兵士のひとりにスケッチをしまわせた。「さて、仕事にかかるぞ」

「お願いです！　ちいさな子がふたりと、身重の妻がいるんです」

「どこもそうだ。つべこべ言わずにそこをどけ！」

　ぼうぜんと立ちすくむピーターを押し退けて、将校は中に入ってきた。兵士ふたりがたいまつを持ってつづいた。「ほう、工房か。これはいい、じゅうぶんな広さだ」

「ピーター、どうしたの？」腕にマリアを抱いたマイケンが、居間に通じるドアのところに現れた。マリアはもう泣き止んでいる。八ヵ月の身重の体でも、マイケンの美しさは少しも損なわれていない。兵士たちがそんな彼女を卑猥な目つきでねめまわす。

「部屋に戻れ！」ピーターはあせった。

「ここに十二人は入るな」将校は書類に書きこんでいる。それからピーターのほうを向くと言った。「上はどうなっている？」

「二階は私たちが暮らしています」

「おそらくお前たち家族には広すぎる」将校は境のドアに向かった。

「よしてくれ！」ピーターは将校を止めようと手をだしたが、兵士のひとりにはがい締めにされ突き飛ばされた。それから兵士ふたりはたいまつをかかげて上官につづいて階段をのぼって行く。ピーターは起き上がると、怒りくるって後を追った。

「ここに三人」将校は書類に書きこむと、寝室に向かった。そこにはぜったい入れたくない！　将校に飛び掛かっていくピーターを見た兵士はものも言わずナイフをひきぬくと、喉元につきつけた。

「ちくしょう！　おれの子どもに何をする！」ピーターの叫びは無視され、将校と兵士のひとりが寝室のドアを乱暴にあけると中にはいった。ピーターは歯がみして悔しがり、怒りに体をふるわせた。

マイケンがマリアを腕に、小ピーターの手をひいて出てきた。息子は父親の喉元にナイフを突きつけている兵士を大きく目をみはって見つめている。兵士はピーターとマイケン両方を見張れる場所に陣取っている。

「だからこいつら真夜中にこそこそやって来るんだ」ピーターは兵士が理解できないフラマン語で言った。「寝室をのぞきこめるようにな、下品なやつらめ！」

「お願いよ、静かにしてて！」マイケンが訴えるように言い、小ピーターは母親の腰に抱きついた。

「覚えておけ！　このままじゃ済ませないからな！」ピーターは怒りと興奮で、喉元のナイフの存在も忘れている。

程なくして将校は部屋から出て来ると、「今後ここには誰も入ってはならん」とどこか気の毒そうな顔で言った。「全部で十五人だな」書類にすばやく書きこむと、ピーターに向かい、「週末に兵士が引っ越してくる。食料は軍が支給するが、食事の支度はきさまらの役目だ」と言いながら、書類をかばんにしまうと玄関にむかった。

「待たないか！」喉元のナイフがさやにおさまるとピーターは叫んだ。だが将校は振り向きもしなかった。「時間がない。一万七千の宿所を決めなければいけないんでね」

一瞬のうちにスペイン人はいなくなった。

「こんちくしょう!」ピーターはジンのびんとコップをひきよせた。「なんたる恥知らず!」「誰にもけががなくて、ほんとうによかった」マイケンの声は震えている。夫にナイフをつきつけた兵士の姿を頭から追い払いたい! 「こんなこと二度といやだわ!」

「うす汚いやつらめ!」ピーターは二杯目をあおった。その時になってはじめて風刺画に思い至り愕然となった。

マイケンは息子を寝室に連れていった。「もう一度寝なさい。でないと、あしたの朝眠いからね」

息子を寝かしつけて戻ってきた妻にピーターはうつろな眼差しを向けた。「スペイン人がこの家に住むだと? 火でもつけて燃やしたほうがましというものだ。あいつらもろとも燃やしてやれたら一番だ」

マイケンは夫の頭を自分の大きなお腹に押しつけるようにした。「まだ時間はあるわ」なだめるようにささやいた。「つてもいろいろあるし……」

「マイケン……」ピーターは言いよどんだが、決心して告げた。「あいつら例の風刺画を一枚見つけてしまった。ドアの下にはさまっていたんだ」

「まあ、どうしましょう!」

ピーターはまたジンをコップいっぱい注いだ。「つてがあるって言ったって、せいぜいおれの冥福を祈ってくれるくらいのものさ」

「まあ、待ってみましょう。事態が変わるかもしれないから。これまではいつも幸運に恵まれたでしょう?」

「おれの唯一の幸運はきみだよ」ピーターはささやいた。「きみは毎日あたらしい幸運をもたらしてくれる」ほほをそっと妻の腹にあてがい、新たな生命に耳を傾けた。

「もう一度寝たほうがよくないかしら?」

どうせもう眠れないのはわかっていたが、それでもピーターはうなずいた。

市当局と関わり合うのはピーターがもっとも嫌うことのひとつだったが、参事会員ローフトフーフトに丁重に迎えられてびっくりした。

「ちょうどよい時にお越しいただいた」ローフトフーフトは書記に案内されてきたピーターに言った。「まあ、どうぞどうぞ」過剰なほど熱心に椅子をすすめ、おまけに座り心地がよくなるようしてくれる。

「困った問題があってやって来ました」ピーターはそう切り出した。

「そうでしょうとも。ここには、みなさん、困った問題をかかえておいでになる」参事会員は若いとはいえない歳だが、流行に気をつかった身なりをしている。

「スペイン人がわたしの家に居座ろうとしています」ピーターは思っただけでもう腹がたってきた。

「スペインの兵士がお宅に宿泊するということですね？」

「違います！　あいつらは私たちを追い出そうというのです。それともなんですか、あんなうす汚いやつらとひとつ屋根の下で暮らせるとお考えでしたか？」

参事会員は顔をしかめた。「言葉に気をつけてくださいよ、ブリューゲル親方」

「はいはい」ピーターは不承不承うなずいた。「それで、どうしていただけますか？」

「うーん、むずかしい問題だ……」

「どなたか他に話のわかる人を呼んでください」ピーターは腰を浮かしかけた。

「まあまあ、そうせっつかずに！　落ち着いて」

「問題が解決するまではひきさがりません。あいつらはわたしの工房を占領するんですよ。働くなってことですか？」

「そうカッカしないで。きっとその将校はことを急ぎすぎたのでしょう。あなたのことを知らないわけですし。もちろん、あなたの工房は占領なんかされてはなりません」

「それとわたしの住まい」ピーターは当然という顔をした。

「それはちょっとむずかしい問題だ……　ちょっと、待ってください！」椅子から飛び上がるピーターを参事会員は押しとどめた。「そんなにイライラなさらず、落ちついてください。そちらもどうにかなるでしょうから。わたしが言いたいのは、住まいの方については、それなりの手を打たなければならないということなのです」

「どういう手です？」

「最前、ちょうどよい時にお越しいただいたと言いましたでしょう。市はあなたに大きな依頼をひとつする予定でおります」

「依頼？」ピーターは気難しい表情をくずさない。

参事会員はそっくりかえった。「近いうちに、ヴェレブレークへつづく運河と町の西部地区のドックの建設がはじまります」

「それで？」思わせぶりな相手の沈黙は腹立たしいかぎりだ。「穴堀りでも手伝いますか？」

「これはブリュッセル市にとって非常に重要な事業ですので、市当局は事業の進捗状況をあなたが絵にしてくださったらと考えております」

「これは、これは！」ピーターは思わぬことに狼狽した。「これは、なんとも大変な名誉……」

ローフトフーフトも然りとばかりうなずいた。「各同業者組合も、あなたが適任だと考えています」

「非常に名誉であるとともに大変な仕事でもあります」

「もちろんです。手続きに関してはのちほど説明いたしますが、とくに問題はないと思いますよ」

「ひとつだけ条件があります」ピーターが言うと、参事会員は万事承知というふうにうなずいた。

「あなたの家にはスペイン兵ひとりたりとも泊まらないよう手配します」

「絶対的条件です。さもなければ、仕事ができません」

「わかりました」参事会員はピーターに念を押されてうんざりした声で応じた。

「ありがとうございます……」風刺画のことを言いだそうか？　いやいや、この男に頼んでも無駄だろう。あの絵のことを釈明しろと言われたら、直接アルバ公のところに行くしかないだろう。そう考える自分にピーターは我ながら愕然とした。グランヴェルひとりだってじゅうぶん過ぎるほどなのに。

「ほかに何かお役にたてますかな？」

「いえ、けっこうです」ピーターは立ち上がった。「いろいろありがとうございました」

参事会員も立ち上がった。「いずれ、ご連絡します」

「わかりました」ピーターはやっと心が晴れるのを感じた。


マイケンはテーブルにぼんやりと座っていた。「おい、喜んでくれ、いい知らせだぞ」嬉しげに語る夫にうつろな眼差しを向けるばかりで、いつもとはまるで様子がちがっている。

「どうしたんだい？」ピーターは話を中断した。

「母さんが病気だって……」

「えっ！　病気？」ピーターは椅子をひきよせると、のろのろと腰をおろした。そんなことってあるか？「どこが悪いんだい？」彼女はいつだって健康そのものだったから、いつの日かこの世からいなくなるなんて考えたこともなかった。

「肺だと思うけど……」

「すぐアントワープに行かないと……」

「たぶん、もう生きてはいないわ。知らせをもってきた飛脚は一週間以上もスペイン兵に足止めされてたから」

「スペイン野郎め！」ピーターはどなりちらした。マイケンはこれまで見たこともないような目で夫を見つめた。

「ピーター……　アントワープに行くまえに、母さんのために祈りたいわ。教会へ行ってもいいでしょう？」

「教会？」ピーターはびっくりしたが、妻のようすを見れば反対はできなかった。

「ひとりでも行けるわ」

「だめだ、ぜったいだめ。体のことを考えろ」

ふたりは近所の聖マルティン教会へ出かけた。真っ昼間のこの時間、教会には祭壇のまえで祈っている司祭がひとりいるだけだった。

うす暗くひんやりした教会のなかには、聖人のなかでただひとり剣を持つ聖マルティンの等身大の像が置かれている。ここにも聖像破壊の嵐が吹き荒れていたら、こんな剣などなんの役にもたたなかったろう。聖マルティンの澄んだ水色のひとみに心を見通されるようで、ピーターは目をそらした。

あそこで司祭が祈り、ここでは妻がじっと身動きもせずにいる。マイケンの心はいま神を求め、信仰を求めているようだ。絶え間なくつづく戦争はすべて人びとの信仰のせいなのに、いったいどんな不思議な力が妻に信仰を求めさせているのだろう？

「幽霊も悪霊も悪魔もいるんだよ」ヨッベはいつもそう言っていた。「おまえさんの頭のなかに生きているだけだが、だからといって、彼らに力がないというわけではないぞ」

もう長いこと、あの老漁師のことを思いだすこともなかった。ヨッベのことはもうすっかり忘却のかなただと思っていたのに、教会のひんやりとした空気と香のにおいが特別の作用をしたようだ。ふだんは考えたこともないヨッベの言葉が頭に浮かんだかと思うと、次には十七年前のローマのクリスマスが思いだされてきた。何千ものキリスト教徒のあつき信仰心に感激したあの希有な瞬間。そしてあの時と同じように、今またこの魔法にかけられたような恍惚感を損なうとつぜんの邪魔が入る……

右手に例の震えが起きてきた。思い出なんかにふけるんじゃない、まるでそう警告するかのように右手の震えはとつぜんにやって来た。

「終わったわ」マイケンは目をあけ夫を見た。「帰りましょうか?」

身重の妻が立ち上がるのに手を貸そうとしてピーターは、急の激痛に思わず顔をゆがめ、指が白くなるほど強く手をにぎりしめた。

「ピーター!」マイケンが悲鳴をあげた。

「……」発作はいくぶんおさまりかけてきた。ピーターはひとつ深く息をつくと「天気がくずれるんじゃないか」とつぶやいた。

教会を出ると、夫は妻に言った。「きみがこんなに信心深いなんて知らなかったな」

「祈るのに信心深い必要なんてないのよ」

「だって教会でだぞ」

「工房よりふさわしいわ」

そうだな。ピーターは左右の手の指を組んだりほぐしたりしながら、妻に腕をさしのべた。「フロリスに頼んで馬車を用意しよう。スプリングのいいのを」

家のまえに馬車が一台とまっているのを見たピーターは思わず歩みをとめた。「どういうことだろう?」

「フロリスが手配してくれたのかしら?」

「それはないな。そんなに早く出発するなんて知らないんだから」ピーターはあたりに目を配った。通行人が数人いるだけであやしい人影は見当たらない。

「お客さまよ、きっと。馬車で来られるかた多いでしょ」

たぶんそうだ。マイケンの言うとおりだろう。いつも悪いほう悪いほうに物事を考えるのはそろそろ終わりにしよう。

家のなかに一歩はいったマイケンが素っ頓狂な声をあげた。「母さん！」

マリケがにこやかに娘を出迎え、娘は母親の首に抱きついていった。ピーターは手の痛みを忘れていた。

「これこそまごうかたなき奇跡だ！　心をこめて一生懸命祈れば、病はきっと癒えるっていうけど、まさか本当になるとは！」思いがけないマリケの出現はピーターをすっかり嬉しい気分にしてくれた。

「とても信じられませんよ。もう二度と会えないとすっかり思い込んでしまっていましたからね」

「わたしもそう思ったのよ」マリケが言った。「病気はとても重くてね。でも、あなたがたに使者を送ったその日に急によくなるのを感じたの」

「その便りは今日届いたんです。すぐにアントワープへ立つつもりだったのですが、マイケンがその前に……やっておかなければならないことがあって」マイケンの目に、よけいなことは言わないでという警告の色を見て、ピーターの返事はいくぶん尻つぼみに終わった。あなたの娘があなたのために祈った、しかも教会で。そんなこと聞いたらきっとあなたはまた病気になってしまうだろうな。

「あなたがたから何にも言ってこないから、じゃあ、こっちからブリュッセルへ行こうって思ったわけ」

「仕事のほうはどうするの？」とマイケン。

「病気になって考えるところがあったのよ。これからはもうすこしのんびりやっていこうってね」マリケは肩をすくめた。

「じゃ当分こっちにいられるのね？」

マリケは娘の膨れた腹部に目をやった。「三人目の孫の方がただ働いてばかりの毎日よりずっと大事じゃないかしら？」

おそらく自分ももっとのんびりやるほうがいいのだろう。痛みで参ってしまう前に楽をしないと。ピーターはふと思ったが、すぐにそんな考えは捨てた。絵筆がにぎれるかぎり、自分がのんびり暮らす気になどなるわけのないことは分かっている。彼は病気にせっつかれるように働いていた。

夜。ピーターが席をはずしたすきにマリケは娘に尋ねた。「彼の具合はどんな?」

それまで楽しげにしていたマイケンだが、聞かれてそれとわかるほどガックリ肩を落とした。「なんだか分からないけど苦しんでいるわ。どんどん悪くなってるの。どうしたらいいのかしら」

「仕事はどう?」

「できるときは、まるで取り憑かれたみたいに働いているの」

マリケはじっと前を見つめている。「何が男を駆り立てるのやら……　グランヴェルのことをまだ話題にすることがあるかしら?」

「時々ね。そういう時は彼の目のなかに憎しみが見えるわ」

「心に憎悪を抱いて生きるのはよくないのだけどねえ」

「彼に言ってあげて!」

「わかってるわ。わかってるのよ」

アルバ公は、摂政マルガレーテから受け継いだ城で押収した品々を見つめていた。側近数人がそばに控えている。

彼は浮かない顔をしていた。「絞殺天使」の異名をたてまつられるほどの人物ではあるが、フェリペ王の方針の苛酷さは、そんな男をも不安な気持ちにさせる。彼のネーデルランド入り以降、彼の「血の評議会」はすでに二千を越える判決をくだして処刑を執行した。処刑執行宣言は公の任務のひとつである。犠牲となったのは異端者や背教者だけではなく、マルガレーテに提出された請願書と関わりがあると疑われた貴族多数も殺された。

乞食同盟に入っているものの多くは田舎に逃亡し、森のなかに隠れ住んでいる。神も祈りもない無秩序な集団を作り、自由を声高に叫び、まごうかたなき略奪者となっていた。食べ物は盗むか取り上げるかして調達している。

スペインの軍隊に森から追い出された者もいるが、そういう人びとは北海に面する東フリースランドやイングランドの港町で新たなグループを作り上げた。彼らは英雄的行為を熱望し、武装して船を手に入れ、ネーデルランドの港町を開放しようとしていた。比較的短期間にオラニエ公ウィレムを頭にいただく「海乞食」集団ができあがった。

アルバ公は、ウィレムのいわゆる軍事集団の力をそれほど真剣に受け止めていたわけではないが、それでも危機は察しており、遠くない将来に見過ごせない災禍が起きると感じていた。危機を告げる知らせにたいするフェリペ王からの返事は、ただひたすら「弾圧を強めろ」というばかりである。牢という牢は溢れかえり、捕らわれた者にはみじめな最後が待っている。

この日、アルバ公はフェリペ王に一通の手紙を送った。

「死刑執行の多さに人びとはすっかりうろたえております。流血を伴わない支配など望むべくもない、と彼らは考えるようになっています。このような意見が大勢を占めていれば、陛下への愛が口にのぼることなどありえません」

だが彼にはわかっていた、聞く耳を持たない人には何を言っても無駄なことが。フェリペ王の辞書に「寛容」の文字は存在しない。

彼は心配でならなかった。つぎつぎと起こる事件に気分がすっかり沈みこんでいる。この種の戦いを指揮するのは慣れていないし、王ははじめの取決めに反して彼からつぎつぎと決定権を奪っていく。もともと明るい性格ではないうえ、多事多難、ふさぎの虫にとりつかれて当然であった。

彼はただわけもなく大きな鼻を無意識にこすっているうちに、兵士たちがブリュッセルの住民の家に押し入った際にかき集めてきたいわゆる「証拠品」に目がいった。これは裁判の資料となるものであるが、状況を完璧に把握していると思いたいために、いつもまっさきに自分が見ることにしている。

文書、装身具、教会から盗んだと思われる祭具、武器。

「これはなんだ?」アルバ公は、目の前のテーブルに証拠品を広げていた将校を制した。

「風刺画か?」ひたいをつるりとひと撫でし、クシャクシャのスケッチを手に取った。兜と胸甲をつけているが尻丸出しの半ダースほどのスペイン兵がみだらな笑みをうかべた僧侶のまわりで踊っている。僧侶はひざまずき、服を腹のあたりまでたくしあげている。

「どこで見つけた?」公は紙をひっくりかえし、将校が裏に書いた名前を読んだ。

「ピーター・ブリューゲル?　画家の?」

「絵描きであることは確かです。大きな工房でした」

「わしが聞いてるところでは、すばらしい画家だということだが……」アルバ公はもう一度スケッチをしげしげとながめた。「いずれにせよ、デッサンの腕は確かだ」

「あの男はたいへん反抗的でした」

「異端者はみんなそんなものだろう?」公はスケッチをできるだけきっちり丸めるとポケットにつっこんだ。

「この件はわしが自分で扱う」

アルバ公も芸術愛好者である点は他の多くの貴族と同じであった。それに天与の才を破壊するのは気が進まない。とは言っても例外をつくるわけにはいかないのが彼の立場であり、できることといえば、処刑を内々でおこなうことぐらい。人びとをこれ以上刺激しないためにもそうする必要があった。

第三十四章　嵐の海

光あふれる六月初めのある日。それは、スペインの圧政、宗教迫害に対する反乱を指導したエグモント、ホールネの両伯爵がマルクト広場で処刑される日であった。マイケンの陣痛は昼頃始まったが、産婆も医者も処刑見物に出かけてしまっていたので、ピーターの次男坊はマリケがとりあげた。

息子の誕生を喜ぶ気持ちは、処刑を悼む気持ちで半減していた。「生まれたことを恨まないでくれよな」マイケンの胸に抱かれた小さく無力な赤ん坊にピーターは真剣な眼差しを向けた。てっぺんに巻き毛がひとふさあるばかりの、ピンク色のつるっとした頭の赤ん坊。

「首切りを見せ物だと思いやがって！」今日首をはねられるのが自分だったところで不思議はない。

スペイン兵が持ち去った風刺画に関してはその後なんの音沙汰もないが、今度ばかりは無事に済みそうもなかった。外国へ逃げたらどうだろうかという考えも何度か頭をかすめたが、自分の体はボロボロ、おまけに生まれたばかりの赤子がいては脱出など考えるだけ無駄というものだ。

「この子があなたの言葉をわからなくて幸いね」マイケンは赤子の頭をいとおしそうに撫でながら咎めるように言った。

「もっといい知らせがあればなあって思っただけさ」ピーターはため息をついた。

義母とふたりになるとピーターは言った。「死は色々な形をとって自分を待ち伏せしている、そんな気がしてなりません」

「やめて、ピーター！　こんなおめでたい日に何を言うの！　あなたって人は子どもをひとり授かるたびに気難しくなるみたい！」

「多分近々わたしの身にも何かが起こります」

「エグモント伯爵とホールネ伯爵を知っていたの？」

「ええ。ふたりともわたしの作品を買ってくれたことがあります。……それが斬首……」

ピーターは右手の指を神経質に曲げたり伸ばしたりした。「次は誰の番です？　フェリペ王は全知全能の神より偉大なわけがないと、誰かひとりでも考えたやつがいますか？　そんなこと思っただけでも命を危険にさらすことになるんですから。しかもローマ法王のお墨付きと来ている！」

「落ち着きなさい、ピーター」マリケはそばのテーブルで絵を描いているピーター二世をチラっと見やった。子どもは父の才能を受け継いだようでなかなかうまく描いている。

「兵隊さん描いてるの。剣持ってるんだ」回らぬ舌で答えた。

「他のものは描けないかい？　家とか動物とか子どもなんか描いたらどうだい」

「好きにさせなさいよ。まだ何にも分かってないんだから」

「わたしの考えはちがいます」

まだ四つなのに、澄んだ瞳のなかに子どもの歳にふさわしくないものが時々見えることがある。こんな騒然とした世の中だと、子どもも早くから大人びてしまうのだろう。自分もそうだったように、あまりにも小さいうちに、子どもが見てはいけないものを見、聞いてはいけないことを聞いてしまっている。

夜、マイケンがお産の痛みと緊張からすっかり疲れて眠ってしまうと、ピーターは木箱をそっと開け、絞首台とカササギを描いた古いスケッチを取り出した。しばらく考えこんでいたが、やがて箱を閉め、スケッチを戸棚のうえに置いた。子どものころに見たこの光景を絵にする時がついにやって来たようだ。彼の感情がそう告げている。

その夜の夢はひどいものだった。沸き立つような海に小舟が数そう、空を覆う黒雲の下で、まるで神々にもてあそばれているかのように波に翻弄されている。息もつけないほど激しい風が吹きすさび、怒り狂ったようにデッキを洗う波がすべてを氷のような海底に引きずりこむ。真っ黒な空を恐怖に追われて飛びまわる白いカモメ。どこへ行くのか彼ら自身にもわかっていない。海の男の命はこのカモメの命ほども軽かった。

ピーター自身はこの夢の登場人物ではなく、ドラマをごく近い安全な場所から観察している傍観者で、彼自身が創りあげ力を持つ阿鼻叫喚の世界をじっと見つめている。彼は、その光景をクライマックスに引き上げるために、強調すべき点を変え、色を加え、そして構成をなんども何度も変更し、沈没の危機に瀕した舟からの救いを求める祈りは無視した。彼は、自分自身の満足のために自然を大暴れさせる神である。その神にとって、ちっぽけな感情の動物である人間は、舟の貨物室を走りまわるネズミやゴキブリと同じ価値しか持っていない。人物は絵を完全なものにするため、光景の緊張を弱める空間を生じさせないためだけにそこに描かれているにすぎなかった。

目がさめると、嵐の海の光景は細部までありありと思いうかべることができたが、心も体も綿のようにクタクタだった。夢のなかの制作に力すべてを使いつくしたように疲れていた。

朝まだ薄暗いうちに工房におりると、今見たばかりの夢をすばやく絵筆に託した。下準備もなく、スケッチもせず、こんなに急いで描くことはこれまで一度もないことだった。ときどき手を休めたり、欲しくもないものを食べたり、ジンを飲むために小休止を入れたが、実際に目にしたように網膜に焼きついている像をつぎつぎと描いていき、あとはニスを塗るばかりとなった。絞首台のスケッチは棚に置いたまますっかり忘れていた。

ここに描いたのはいっさいの生を拒絶し暴威をふるう自然だが、これは彼の心のなかで荒れ狂い、怒り、すべてを破壊せんばかりの嵐を描き出したものだ。つぎつぎと大波が押し寄せ、心は翻弄されるのに自分ができることといえば、内に沸き立つものを、ただ平板な絵に置き換えるだけのこと。激しさを死のような静かさに秘めたこの絵は彼自身、彼の心そのものだった。

マイケンの産後の回復は早かった。彼女は常々夫が静かに何事にも惑わされず制作に打ち込めるように心を注いでいる。夫が狂気のような創作意欲におそわれると、通常の工房作業が中断したが、それは当然のことと受け入れている。そういう時にすばらしい絵ができるからという理由ばかりではない。夫の発作的ともいえる感情のたかぶりは絵のなかに昇華させなければ、いつか、本物の狂気におちいるのではないかと彼女は恐れていた。――あの人の病気がもっとひどくなって絵が描けなくなったらどうしよう。きっと狂ってしまうだろう。あの人、前にひどく気分が滅入って、これ以上悪くなったら手を切り落とすなんて言ったことがある。ジンを浴びるほど飲んだあとならやりかねないもの――

マイケンは、作品を完成するために自分自身を駆り立て精力を使い果たす夫が心配でならなかった。まるで時間との競争に負けたくないとでも考えているのか、この頃のピーターの働きぶりは尋常ではなかった。

「『嵐の海』は完成したよ」そう告げた夫が、よろめくように寝室に入り、絵の具まみれの服のままベッドに倒れこむとすぐに眠りに落ちたとき、マイケンは心底ホッとした。

「激昂してそして無力感に襲われるのよ」マリケは不安そうな娘にそう説明した。「今見せてもらったところよ」

工房の画架に完成したばかりの「嵐の海」が無造作に置かれている。ピーターは仕上げたものにはいつも無関心で、売るか売らないか、すべてマイケンに任されている。

「おねがい、もう少しここにいてもらえない？」娘は憂かない顔で言った。

「これ以上工房を閉めておいたら、仕事が来なくなるわ。もうどうしても帰らないとならないのよ」

部屋のすみのゆりかごで、赤子がむずかりはじめた。「オッパイの時間だわ」そう言って母の顔にもどり子どもをあやしている娘を見ながらマリケは無理にも明るく振る舞おうとした。かわいそうに、なんだかいやな予感がするわ。わたしがここにいたからといって運命が変わるはずもないけれど、それでももうしばらくここにいてやれたらどんなにいいか。

次ぎの日、ピーターはフロリスと新運河の掘削作業の進み具合を見にいった。市当局からスケッチを数枚仕上げるように言われている。

人夫の群れが汗まみれになって土砂を運び出している。ふたりはそれを感心して眺めていた。

「町の姿をすっかり変えてしまうな。町の容貌に深い傷を刻んでいるみたいだ」

「容貌？」フロリスはあきれたように言った。「このアホな町のか？」

長年のつき合いでフロリスの口の悪さには慣れている。

「運河とドックが完成したあかつきに儲けるのは金持ち連中。要は金持ちにますます金が入るようにするのが一番の大事ってわけだ」

「まあそうだな。手を汚して汗みずくになってる側に何もいいことはおこらない」

「そうか？　仕事にありつけて恩の字って思ってるさ」

「天気がいいから今日は反論しないよ」ピーターはそう言うと、スケッチ道具をとりだした。ぎごちない動作で草のうえに腰をおろし、人夫のひとりをすばやくスケッチする。上半身はだかの男は黙々と堅い大地につるはしを振るい、やせた背中を汗が流れおちる。昔ピーターが紙に木版に描きだした農夫たちはじゅうぶん栄養が行き渡っていたが、それとは大違いである。

「腹いっぱいは食べられてないみたいだな」ピーターが言うと、「けっこうじゃないか。絵の具が少なくて済む」

フロリスが応じた。

「なんてこと言うんだ！　正しい世の中なら、おまえなんかもう何度も地獄へ落ちてるぞ！」

「正しい世の中なんて退屈なだけさ。どこかの誰かさんみたいにね」

「おれはそんなに退屈な男かい？」

「ああ、マイケンがよく我慢してるって、いつも感心してるよ」

「そうだな、おそらくその通りだよ。おれはマイケンに何もしてやれない……」

フロリスは相手の肩になだめるように手を置いた。「おいおい、そんなにまともに取るなよ。長いつき合いだろうが」

「おまえは口は悪いが、ときどきドキッとするような真実を言う」

「最近のおまえは酔っぱらっている時のほうがいい。少なくとも酔ってりゃ、なんとか我慢できる」

ピーターはスケッチをやめると、紙をくしゃくしゃと丸めた。「アルコールが入ってないと、体の節々が痛んでね。痛みがあると、明るい気分にはなれない」

「そんなに悪いのか？　そうなると、おれにも関係するな。工房のことも職人のこともあるし……」

「工房はおれがいなくてもやっていけるさ」

「よせよ！　もうじき死ぬみたいなこと言うな！　歳を考えろよ。まだ四十にもなってないんだぞ！」

「歳は関係ないさ。死に神はそんなこと考えてくれないよ」

「おれはいい散歩ができるって喜んできたんだぜ」

「そうだ、その通りだ。悪かった」ピーターは新しい紙をとりあげた。「それじゃまた仕事にかかるか」

けれど仕事は思うようにははかどらなかった。市から依頼された絵のことなどただ煩わしいだけで意欲がまるでわいてこない。自分にはまだどうしても先にやらなければならないことがある。ピーターはスケッチ道具を放り出すと、放心したようにあたりの様子をながめていた。

「大勢の人間を駆り出して、あちこちほじくりかえして！　どうして、そっとしておけないんだろう！　あるがままでいいじゃないか。ただ醜くしているだけだ！」

「おやおや、頭の硬いコンコンチキピーターさんがまたもやお出ましだ！」

「悪いことは変わらないのに、残しておきたい良いものが変わってしまう。子どもたちはおれたちに感謝なんかしないだろうな」

「ますますもって働く気をなくすようなことを言ってくれるね」フロリスも仕事道具をわきに置いた。堪忍袋の緒が切れた、そんな気持ちが声ににじんでいる。

「運河は逃げていかないよ。それに、いつまでに仕上げるって約束があるわけじゃない」

そう言うピーターをフロリスはそっと脇から盗み見た。なんて老けたんだ！　まるで一年に二つずつ歳をとっているようだ！　それにこの痩せよう！　体のなかから食い荒らされているんじゃなかろうか！

「じゃあ、どうでもいいっていうのか、市からの注文は？」

「そんなことは言ってないさ。そのうちもう一度来てみよう……」

汗して働くおおぜいの人がいる一方で、それをただ見ているだけの連中もたくさんいる。そして子どもたちは掘りあげ積まれた土の山の間を飛び回っている。ゆっくりとパトロールをするスペイン兵士の甲冑がキラキラと日にきらめく。油断なく左右に目を配る様子は、事が起きるのを待っているかのようである。と、あたりを見ていたピーターが急にビクッと体をふるわせた。

「どうしたんだい？」フロリスは心配そうな声をだし、ピーターの視線をたどった。特別なものは何も見えない。

ピーターはホッと息をつくと、目をこすった。「目はいいと思ってたんだがなあ」

「何が見えたと思ったんだい？」

ピーターはまた同じ方角に目をやった。あやしげな、黒っぽい姿は消えている。おそらく最初から何もいなかったのだろう。「悪魔の影を見たような気がしたんだ。あそこに立って、こっちを見つめていた。あいつの視線がおれの心臓をグサリ……　そんな気がした」

「異端者は誰だってそんな幻影におびえる運命なのさ、遅かれ早かれ」フロリスはそう言うと立ち上がった。「さて、帰ろうか？　ここにひざまずいて許しを乞うおまえさんなんか見たくないからな」

ピーターもノロノロと体を起こした。動きはにぶく、つらそうだ。スケッチ道具をかたづけながら言った。

「約束してほしいことがある」

「ん？」

「死んだら地獄へ来てくれよな。おまえの毒舌を聞けないと、長くは我慢できないんでね」

「合点、承知だ」当然というような顔で、フロリスは約束した。

その夜ピーターはまるで眠れなかった。妻と子どもたちの寝息を聞きながら、じっと暗闇を見つめていた。動けばマイケンを起こしてしまう。産後のいっとき、マイケンはいつも眠りが浅く、ちょっとした物音にもびっくりして目を覚ます。

真夜中すこし過ぎ、これ以上ベッドでじっとしているのに耐えられなくなり、そろそろと足を床におろした。マイケンが気がつかないように！　だが息づかいから妻が目を覚ましたことがわかった。だが妻は何も尋ねない。

暗闇のなかを台所へ行き、ジンのびんを手にとった。いくらも残っていない。もう一本どこかにあったかなあ？　あいつはいつもどこかに隠してしまうから。

がっかりしてびんを元にもどした。中途半端な飲み方をすれば、胸やけとげっぷになるだけだ。窓のほうに目をやる。ほの明るい灰色の長方形がチカチカしているような気がして、じっと見つめた。向かいの家々の輪郭が黒く浮かんでいる。と急に背筋がゾクッとした。そうか、眠れないわけがわかったぞ。不安がいっぺんにふくれあがった。ベッドにもどり、マイケンのぬくもりのなかに庇護を求めたかった。

そっと窓に近よる。胸がドキドキした。やめたほうがいい。外など見ないほうがいい。それでも足はひとりでに窓に近づいていった。何が見えるかもう分かっている。昼間、運河のところで自分をおどろかしたもの、あれは妄想なんかでは断じてない。窓にたどりつくと、外から見られないように壁に体をおしつけ、そっと下を見下ろした。何も見えなかった。通りには猫の子一匹いない。半月のうす明かりのもと、石畳みがぼんやりと浮かびあがるばかり。

彼は外を見つめつづけた。裸足の足元からのぼってくる寒さに我に返るまでひたすら見つめつづけた。ベッドへもどってからも困惑は消えなかった。おれはいったいどうなってしまったんだ。

マイケンが体をよせてきた。子どもたちを起こさないようにそっとささやく。「だいじょうぶ?」

ピーターはうなずき、それからそれがマイケンに見えないことに気がついた。「寝つけないだけさ……」

「何かしてあげられることはない?」マイケンの手がピーターの腹をそっとなでおろす。妻の好きにさせておいたが、体は反応してこない。

「何を考えているの?」

「別になんにも考えてないよ」妻がそれ以上のことをしてこないのにホッとする。

「痛むの?」

「いや、そうでもない」まずい返事をしてしまった。痛むと言えば、ジンの隠し場所を聞き出せたかもしれないではないか。

「手がすこし震えている」

「おさえてあげるわ」

マイケンの手に包まれてピーターはようやく眠りに入ることができた。やさしく撫でてもらったせいだろうか、いやな夢を見ることもなかった。

次の朝ピーターは遅くに目を覚ました。ひとりで朝食をとっていると、とっくに起きて下にいたマイケンが客の来訪を告げにやってきた。顔に不安がにじみでている。そうか、昨日の夜感じたあの恐れはほんものだったのだ。今は昼間だが、明るかろうが暗かろうが恐怖に変わりはなかった。彼は黙って立ち上がった。

工房の椅子のひとつに、悪夢の元凶の黒い姿が戸に背中を向けて座り、息子ピーターがその前に立っている。彼は息子に何事か話しかけ、右手を親しげに子どもの肩においている。この一見ほほえましい光景を目にしたとたん、ピーターは氷の手で心臓をギュッとつかまれたような感じがした。ぼうぜんと立ち尽くし、そして猛然と怒りがわいてきた。「おいで、ピーター。二階のママのところに行きなさい」子どもの腕をつかみ、敵から引き離した。血相を変えた父親に子どもはキョトンとした顔をみせた。

グランヴェルは様子がすっかり変わっている。怒りで頭に血がのぼっているピーターにもそれは見てとれた。すっかり太って、おまけに髭もすっかり剃り落とし、前よりいっそう奇怪な容貌になっている。無造作で不格好な服を見れば、商人にも職人にも見えるが、とても聖職者とは思えない。だが、ピーターを頭のてっぺんから爪先までジロジロ見渡す射るような視線だけは相変わらずだった。

「歓迎されるとは期待してなかったが、ずいぶんなご挨拶じゃないか」グランヴェルはブスッとそう言った。

ピーターは怒りのままにどなりつけたい気持ちと相手が今なお発散する権威を恐れる気持ちとの間で揺れうごいた。「失礼しました。ですが、息子と一緒のあなたを目にして、つい我を忘れました」

「なぜかね？」

「最初あなただとは知りませんでした。それに父親というのは妙なことをするものです」

グランヴェルはそれには何も答えず、ただ「具合が悪そうだな」と言った。声に非難がこめられている。「聞いたところによると、ジンが放せないとか？」

「お出でいただいた理由はなんでしょうか？」

「おまえの仕事と子どもたちについてはいい噂を耳にしているが、あまりかんばしくない生活だと聞いてね、自分の目で確かめようと思ったわけだ。おまえをずっとわたしの庇護のもとに置いておいたのは理由があってのことだからな」

「見たところ、お忍びの旅のようですね」

グランヴェルは否定も肯定もしなかった。「わたしの後継者とはうまく行っているかな？」そう言いながらピーターに鋭い眼差しを向けた。

ピーターは一瞬答えをためらった。「アルバ公にはまだ直接お目にかかっておりません」

「おまえの頭がまだ肩に乗っかっているのは奇跡としか言いようがないな」グランヴェルは皮肉な笑いを浮かべた。

グランヴェルはこの地を去ってはいたが、何も変わってはいなかったのだ。彼は相変わらずすべてを見そしてすべてを聞いている。

「彼らはここで風刺画を一枚見つけたのです。ずっと以前から、誰かがわたしを陥れようとしていました」

グランヴェルの表情からは何も読み取れない。「その誰かというのは誰だね？」

「知りません」

「想像くらいつかないかね？」

「いいえ」ピーターは嘘をついた。グランヴェルが目をそらしてくれたのにほっとした。

「わたしは何もしてやれない。この地方に足を踏み入れることすら許されてないのだからね。安宿にこそこそ泊まらにゃならん」絶大な権力をふるった男は自らを嘲笑った。

ということは、おれを苦しめるためだけに大きな危険を冒しているというわけだ。それとも、何かわけのわからない陰謀でも企んでいるのだろうか？　たぶん、今も王の言うがままに、陰でいろいろ画策してるのだろう。

「アルバはわたしほど温情主義ではないぞ。おまえが異端者であることを知ったら、それで最後だ」グランヴェルはしれっと言った。

以前にもこの男から異端者と言われたことがあるが、あらためて言われるとまた恐ろしくなり、相手のさぐるような視線を受け止めるには努力が必要だった。

「だがあの勇猛な男はばかではない。おまえを公衆の面前で殉教者にしたてあげるようなまねはしない」大司教は画家を鋭く見つめた。「おまえの処刑は暗闇でこっそりおこなわれる。辻強盗に襲われたような形でな。剣を使うような名誉はおまえには与えられまい。おそらくナイフのひと突き……」

「わたしの運命は決まっているということですか？」口はカラカラ、ひきつったような声がでた。

「簡単に予測できるということだ。おまえがわたしの庇護の元から離れたその時からいつあってもおかしくはなかった」

立っているとピーターは膝が痛んでくる。のろのろと椅子に腰をおろした。「どれだけわたしの鼻ずらを引き回したらご満足がいくのです？」

「どういうことかね？」

「あなたは、あいつには何度でも脅しをかける必要があると思っておいでだ。つまりわたしは死ぬまで恐れて生きなければならないのですか？　わたしを脅かして怯えさせて、それが楽しいのですか？」

ピーターが思わずハッとなったほど相手はいきり立った。「わたしは、おまえが愚かな目に会わないようにと守ってきたのだぞ！　心配してやっているのに、それを脅しととるなら、それはおまえにやましいところがあるからだ！」

「わたしは誰にも悪いことはしていません」失うものの少ない人間はときにめざましいほどの度胸がでる。ピーターは言ってのけた。「あなたとは違うのです！」

相手は眉をひそめている。しまった！　言いすぎた。自分が言ったことに後悔はないが、相手がゆっくりと立ち上がるのを見ると恐怖で体がコチコチになった。しかし大司教の反応はピーターが思っていたのとは違った。

「今回の久しぶりの再会はもっと違うものになると考えていたんだがな。おまえとわたしは、邪悪な怪物がうじゃうじゃしている汚染された広い流れの両岸から叫びあっているようなものだ。まあ、それならそれで仕方がないだろう。ただこれだけは言っておく。わたしの善意がなせる忠告だ。ひとりで外を歩かないほうがいいが、もしどうしてもというなら、右に左にじゅうぶん注意するのを忘れるな」

つぎの瞬間グランヴェルは消え、空っぽの椅子が残された。まるで空中に分散する煙のような消え方だった。いったい彼は何をしにここへ来たのだろう？

「ピーター、あの人もう帰ったのかしら？」マイケンがヤンを抱いて戸口に現れた。ピーター二世は怖いもの見たさで母親のスカートの陰から顔をのぞかせている。ピーターはもともともろいところがある男だが、家族の姿を見ると、自分の弱さがいっそう強く感じられた。

「あいつは帰らないよ」ピーターは力のない声をだした。「永久に消えうせないのさ」

と急に、閃光のようにひとつの考えが頭にうかんだ。「どうしたの、ピーター？　気分が悪いの？」とつぜん顔色を変えた夫にマイケンは不安そうに尋ねた。

「アントワープへ行ってこないと……」

「どうして？　とんでもないわ」

「たいしたことじゃない。ちょっと急いで片づけておきたいことがあるだけさ」

マイケンは部屋を出ていこうとする夫の腕をつかんだ。「何をする気か言ってくれないなら、行かせるわけにはいかないわ」

「知らないほうがいい」ヤンが泣きだし、ピーターはそれをチラッと見た。

「行かせてくれ。二、三、人と会って、今日のうちに帰ってくる」ピーターは逃れるように出ていった。


アントワープに着いたとき、馬はすっかり疲れきって口から泡をふいていた。

町へ入る門の衛兵は、そんなに急ぐ理由を知りたがったが、ピーターが名のり、至急組合に用があると言うと、それ以上の詮索はしなかった。

十五分後、彼はアブラハム・オルテリウスの家の門を叩いていた。戸が開くと、あたりに素早く目を配り、まるで泥棒のようにこっそり中に入り、一息いれる間もなくすぐ用件にとりかかった。「頼みがあるんだが……」あいさつもそこそこに言った。「ジンはないかな？」

オルテリウスはジンを持ってくると言った。「まるで悪魔に追われているみたいだな」

「悪魔はブリュッセルにいる」ピーターはジンをいっきに飲み干した。「グランヴェルが現れた。お忍びでどこかに泊まっている。たぶんクローバ亭だと思うが、調べてみる」

「きみはひょっとして……？」

「復讐するなら今をおいてない！　カリタティス会から人を集めて、あいつがブルゴーニュに帰ってしまわないうちにやるしかない」

「待て！」オルテリウスは制した。「女中を帰らせる。話はそれからだ」

彼は部屋を出ていった。台所から聞こえてくる話し声は内容までは聞き取れない。玄関の扉が閉まる音が聞こえオルテリウスが戻ってくるまで、ピーターはただウロウロ歩きまわっていた。

「わたしの聞き違いでなければ、きみはあの男を……」

「そうだ」ピーターは声の震えを隠そうとしなかった。オルテリウスの前でつくろって見せる必要はない。「おれはあの男が死ぬのを見たい。だから助けてほしい。護衛も連れていないようだし、本当はブリュッセルに来てもいけないらしい」

オルテリウスは椅子に座ると、ジンのグラスを引き寄せた。「おどろいたな。わたしが暴力を認めてないことは知ってるはずだ……　復讐したいって気持ちはわかるがね、意味があるのかなあ。グランヴェルはもうほとんど権力を持ってないんだろう？」

「だからって、あの男が負うべき責任に変わりはないはずだ。それに、本当に権力をなくしたかどうかも怪しいかぎりだ」

オルテリウスはグラスを置くとピーターを見つめた。「きみの言うとおりだ。わたしは歳をとって臆病になった。だが、カリタティス会には怨念を燃やしつづけている連中が何人か残っているから、きみの役には立てるだろう」いきおいよく立ち上がると「すぐにも連絡をとってみる。疑惑を招くといけないから、きみはここにいないほうがいい」と言った。

ピーターも立ち上がった。ここ何年と知らなかったようなエネルギーを感じていたが、オルテリウスに打ち明けて、心がすこし落ち着いた。「すぐ家へ帰るよ。命知らずの勇敢な男を数人送りこんでくれ」

「今日のうちにも」オルテリウスは約束すると、ピーターの手を取った。「気をつけろよ！」

「あいつがくたばるのを見られたら、生きていた甲斐があったというものだ」

帰りは往きよりいくぶん手綱をゆるめて馬を進めた。今度こそ運命を決めてやる、町の門を後にして、そう考えると身震いするような満足を感じた。

月のない夜は町をすっぽり闇に包みこみ、通りを行くのは急ぎの用事をもつ者だけ。色どり豊かな昼が、今は黒い裏を見せ、信心深い人びとは、暗い陰にひそみ無力な獲物を求めて徘徊する悪霊やあやしげな姿に恐れをなしている。

けれどこの夜はこの闇が目的に適っていた。復讐に燃え、固く決心した男たちが手に手にナイフを握りしめ、窓をぴったり閉めた家々を通りすぎクローバ亭へと足音を殺し用心深く歩を進めた。

ピーターはクローバ亭を監視できる一軒の家の門口にひそんで待っていた。そこから、机に座り本を読んでいるグランヴェルがいま見える。どんな陰謀を企んでブリュッセルに来たのかは知らないが、その秘密は墓場まで持っていってもらおうじゃないか。

グランヴェルと宿の亭主のほか、客はふたりだけ。薄暗いランプの明かりがチラチラまたたいている。それはピーターにとってもひたひたと近づきつつある男たちにとっても好都合だった。よそものの男たちの素性がすぐに割れることはないだろうが、リスクはそれがどんなに小さいものであれ命取りになる。

その日一日中ピーターにとりついていた狂気は今はもうおさまりつつあった。四人の刺客とともに最後の瞬間に備えて過した数時間の緊張から疲労困憊し、激しい頭痛がしている。世界は、今ここを目指して近づいてくる四人の男と自分、それに生涯の仇がいる通りの向こうの宿屋だけで成り立っているような感じがしていた。

急にマイケンのことが思いだされた。夫が何をしようとしているのか知らないが、おそろしい事態を想像して死ぬほど怯えて待っている！　だけど、マイケン、おまえのためでもあるんだよ。おまえといとしい子どもたちのため。今やらないと、あいつはおれが生きているかぎり、一家の疫病神だ。おれの愛するもの皆を脅しつづける。

黒い姿が急に目の前に浮かび、ピーターは思わずギョッとなった。目深にかぶった帽子、黒い覆面、目だけがギラギラしている。

「スペイン兵は見かけなかった」男はささやいた。「ここは万事うまくいってるか？」

ピーターは答えようとしたが、声がのどにひっかかったように出てこない。つばを飲み込み、声を絞り出す。

「危険は……ない……」

「死に神は約束を守るさ。失敗するわけがない」男は慣れたことでもするように、平然としている。「生まれてきてはならなかった怪物からやっと世間が解放される」

この言葉はピーターには大きななぐさめだった。確固たる信念にもとづく行動だが、それでももうひとつ誰かに正しさを確認してもらえたら、よりいっそう安心できるというものだ。

男はそれだけ言うとすぐに離れていった。それ以上待つ必要がどこにあろう。実行は早ければ早いほどいい。

他の三人も暗闇から姿をあらわし、クローバ亭めがけて進んでいく。音もなく扉が開き、そして閉じられた。

ピーターは外の暗闇のなかで無意識に胸をおさえ息をころした。目はかすみ、いくら目をこらして宿屋を見てももうほとんど何も見えなかった。

目をギュッとつぶりあらためて開けクローバ亭のなかを見ると、グランヴェルが立ち上がっているのが見えた。テーブルを前に、近づいてくる三人の男を凝視している。もうひとりは、亭主と客ふたりをピストルで脅している。

ピーターは深く息を吸い込んだ。空気が喉でなり、めまいを感じ、ほとんど気を失いかけてあわてて壁によりかかった。

ふたりがグランヴェルを取り押さえ、三人目がナイフを手にその前に立っている。いけ！　ピーターは思わず声にならない声をあげた。よろこべ、ついにその時がきた！　よろこんでいいはずだぞ！　だが、喜びはなかった。それどころかグランヴェルが感じているはずの恐怖が自分にのり移ってきたような気がしていた。ドラマは死のような静けさのなかで進行している。暗殺者は身構えそしてひと突き。グランヴェルは目をむきだし、体を前に泳がせたが、ふたりの男にひきもどされた。ナイフがまたきらめく。それが四度繰り返され、血だるまとなった犠牲者はやっと解放された。

グランヴェルは最後の演説をするかのように、テーブルに両手をついて体を支えている。視線が空をさまよい、ふと、その視線がピーターの姿をとらえたようにとまった。瀕死の男の目に、外の暗がりにたたずむ影が誰ともわかるはずもないのに、ピーターはショックのあまり後ずさり、ドアに倒れこむようにもたれた。

部屋のなかのドラマは終わりに近づいている。グランヴェルはテーブルの上に崩れ落ち、激しくけいれんする両手はむなしく空をつかんでいる。そして、テーブルとともに床に倒れ落ちた。ナイフを持った男は倒れたテーブルの角でジョッキを叩きわった。グランヴェルの顔を見わけがつかないようにメチャメチャにすることに決めてあり、それを実行にうつしたのである。

だがピーターはそれまでに逃げだしていた。力を振り絞り、家まで走りに走った。血まみれのグランヴェルを先頭に地獄の一団が自分を追いかけてくる、そんな気持ちをどうしてもぬぐい去ることができなかった。

悪夢は決して終わらないと、ピーターには分かっていた。

第三十五章　兄弟

翌日、ピーターの体調は最悪だった。悪寒に震え、それでいて滝のような汗がでる。無理やり食べれば吐いてしまう始末だった。

マイケンが呼んだ医者をピーターはまるで受け付けなかった。

「診察させてもらえないと、どこが悪いのか分かりませんね」医者はマイケンに向かって言った。「ですが、関節が腫れあがっているようです。前からそうでしたか？」

「ええ」マイケンは不安そうにうなずいた。「時々ひどく痛んで……」

「となると、骨の病が考えられます。それで死ぬこともある危険な病気です」

「すいませんでした、先生」

「現実を直視するのが賢いというものです。ご主人があまりわがままを言わないときに呼んでください」医者はピーターの態度に気分を害している。

医者が帰ると、マイケンはベッドの端に座り、長いことじっと黙って夫を見つめていた。「きのう何があったのか、いつになったら話してくれるの？」

ピーターは黙って顔をそむけた。

「わたしには何も秘密にしておかなくていいのよ」

「静かにしておいてくれないか。明日にはすこし良くなっているだろうから」彼はふとんを耳までひきあげた。

かっては漆黒だった髪がいまではほとんど白くなっている。

マイケンはそれ以上には言わず立ち上がると台所へ入った。そこでは、おとなの世界のいざこざをまだ知らない子どもたちが遊んでいる。マイケンはヤンをひざにのせて、窓から外をながめたが、心がうつろで何も目にはいらなかった。愛する夫は、向かうところ敵なしの相手にほとんど負けかけている。わたしにできるのは祈ることだけ。子どもたちに不安な思いをさせないように明るくふるまい、あの人に気づかれないようにそっと祈ろう。


次の日の朝、目をあけたピーターはベッドのそばに男の姿を見かけカッとなった。またあのヤブ医者だ！　だがそれがフロリスだとわかると、気だるそうに起き上がった。「何かあったのかい？」

「気分がよさそうじゃないか」

たしかに、フロリスの言うとおりだった。二、三時間眠れたせいだろう、汗もひき、震えも止まっていた。「起こさないでくれたら、もっと気分がよくなったんだがな」いったい今何時だ？　まだ朝かなり早い時刻のはずだ。

「工房に泥棒がはいった」

「なんてことだ！　たくさんやられたのか？」

「おれの見たところでは何にも。泥棒の野郎、それどころか土産を置いていった」

フロリスは半ダースほどのスケッチをベッドに放り出した。「さあ、見てくださいと言わんばかりに壁に掛けてあった。運よくおれが最初に見つけたからよかったけど」

ピーターはただ呆然と風刺画を見つめるばかりだった。

「今晩から夜警をつけるぞ。いくらかかったっていい、ぜったいこの野郎を捕まえてやる！」フロリスもカンカンになって怒っている。

「誰かがおれの首をねらっている。おれにそんな敵がいるとはな」

「だとしても、不思議はないね。やたら、むちゃなことをすればいても当然だ」

「言ってくれるじゃないか！」

フロリスはニンマリと笑った。「どうだい、気分がもっとよくなったろう？」

ピーターは右手の指を動かしてみた。痛みは我慢できるほどだった。「たぶん今日は働けると思うよ。やることがたくさんあるし……」

「マイケンを呼ぼうか？」

「だいじょうぶ、ひとりでやれる」

フロリスが部屋を出ていくと、ピーターは鏡をのぞきこんだ。うつろな眼差しで自分を見つめる鏡のなかの顔。また病気が悪くなりそうだ。おれはいったい何をどう感じているのだろうか？　あの目には見えない圧迫感は消えてはいない。グランヴェルはもうこの世にいないのに、それでいて厳然と存在している。ピーターは、片足を棺桶に突っ込んだ大司教の血まみれの姿をむりやり脳裏から追い払った。

「あいつは死んだ！」鏡の中の自分にそう叫んだ。「殺された！　あの世へ行っちまった！　ズタズタに切り刻まれて、死んだネズミみたいに土のなかに埋まっている！」だが鏡の中には、そんなことは信じられないという顔。

ピーターは風刺画をつかみ、台所の炉に放り込んで火をつけると、メラメラと燃える黄色い炎に向かって叫んだ。「おれをこれ以上苦しめないでくれ！　今しばらく静かにしておいてくれ」

それから棚の上の「絞首台の上のカササギ」のスケッチを取ってほこりを払うと工房へ下りていった。マイケンは窺うように夫を見たが、何も言わない。そんな妻の肩にそっと手を置いてから、画架に板を乗せ、それからスケッチをじっと見る。あの時の状況を思い出そうとしているうちに、すっかり追憶にのめり込んでいった。

あれは春のことだった。それまで見たこともないほど透明な、輝くばかりの日だった。あの時から世界が変わった。それとも変わったのはおれの目の方なのかもしれないが、あの日を境に、すべてのものが以前とは違ってしまった。

あの時もカササギがおれの目をひいた。おそらく近くに巣があって、狂ったようにうかれている人間どもを見物しに来たのだろう。こんな人間なんかより、自分たちのほうが数段上だよと思っていたにちがいない。人間はこの図々しい鳥と同じで、ペチャペチャしゃべりまくり、その口が災いして絞首台にかけられることになる。

あの時、吊るされた男のひとりが子どもだったおれを見た。あの目は死に際のグランヴェルと同じ目だった。

ピーターはあわててスケッチを置くとこぶしを固め、痛くなるほど胸に押しつけた。死人はもはや悪さをしないはずだ。

「ピーター?」マイケンがそばに来て、心配そうに声をかけた。「だいじょうぶ?」

ピーターは妻の腰を抱くと、幼い日に母親にしたように、頭を相手のお腹に押しつけた。

「だいじょうぶじゃないさ」ピーターはうめいた。「こんなはずではなかったのに……」

「ベッドへもどったほうが良くない?」

「やりだしたら、やりたいから」ピーターは妻の体を放した。工房のみんなの手前もあるではないか。

「そばにいてほしい?」

「いや、ほっておいてくれ……」ピーターは首をふった。

スケッチをまた手にしたが、マイケンが背中を向けると、なんとも言えない哀しげな眼差しで去っていく妻を見送った。決して分かちあえない秘密を抱えた今、妻の一部を無くしてしまったような、そんな気がしてならなかった。

「クローバ亭で二、三日前、誰かが殺されたってさ」フロリスが言った。

「誰が？」ちょうどオートミルを食べていたピーターはスプーンを口から離すと素知らぬ顔で聞いた。

フロリスはどうでもいいといった顔でガツガツ食べている。「どこかの旅人さ。宿の亭主の話だと、夜中に五、六人の覆面をした男が襲ってきて、産みの親だって見分けがつかないくらいメチャクチャに刺されたそうだよ」

ピーターは、同じように食べる手をとめたマイケンの窺うような視線を感じた。「その殺された旅の人、どんな服装だったのかしら？」マイケンは夫から目を離さなかった。

「知らないなあ」フロリスはとつぜんその場を支配した緊張感には気がついていない。「服のことなんか誰も何も言ってないからね。でも、なんでそんなこと聞くんだい？」

「事件の全体を知りたいのよ」

「どこかで旅人が殺されない夜なんて一晩たりともないよ。たぶんその男はふくらんだ財布を持ってたんじゃないか。そうすりゃ、狙われるさ」

妻の視線が自分から放れたのを感じピーターはホッと息をついた。

「家のなかで強盗に襲われるかしら？」

「貧乏がひどくなっているからね。それにつれて血なまぐさい事件も増えるのさ。今は、家のベッドにいたって安全じゃないよ」

ピーターはスプーンを置いた。食欲はどこかへ行ってしまった。「仕事にもどるよ」それ以上の説明はせずに出ていった。

ピーターがいなくなるとフロリスが尋ねた。「この数日あいつはどうしちゃったんだい？　もともと変わり者だったけど、このところ特にひどいぞ」

マイケンは皿をわきにどけると「あの人は口に出している以上にずっと病気が悪いのだと思うわ。頭もやられているような気がするときもあるのよ」と静かに言った。涙がひとつぶほほに落ちる。その涙が手に伝わると、スカートにこすりつけてぬぐった。

「おれにしてやれることはないかい？」

「誰にも何もできないわ。運命は妥協してくれないもの……」

「どんなことでも、いつでも力になりたいと思っていることを忘れないでくれ」

マイケンは力なくほほえんだ。「あなたみたいな友だちがいるのをありがたいと思ってくれたらいいのだけど。でもあの人は自分の幸運に気がついたことがないのよ」


あの時、絞首台のわきで人びとが踊っていた。歓声をあげ、大笑いしていた。風景までも死者に喜びの声をあげ、笑っていた。ピーターは素早いタッチで板に絞首台を描いた。人びとと一緒に踊っているような、死を喜んでいるような絞首台。

いったい死ぬことはほんとうに痛ましい出来事なのだろうか？　誰かが来るのを天が待っていてくれるのなら、歓声をあげて踊りまくる理由だってあるというものじゃないか？　ただ、たいていの人がこの天の存在に確信が持てないだけなのだ。

彼は描く手をとめ、黄色く変色したスケッチをながめた。遠景に農家が一軒とふたつの山が見えるだけで、人間の姿はない。このスケッチを作ったころは、人物より風景にずっと重きを置いていたからである。

ピーターの頭のなかにめまぐるしくいろいろな出来事が蘇ってきた。ふと彼は誰かに呼ばれたように顔をあげると、「わかった！」大きな声で叫んだ。「うす汚い野郎め！」

彼は絵の道具を放りだすと外へ駆けだした。弟子たちがそんな親方をびっくりして見送っている。

「親方、いったいどうしちまったんだ？　おかしいぜ」彼らは目と目を交わし、ひそひそとささやきあった。

市役所で住所を調べるのは簡単だった。その店は、ピーターが知らない地域にあったが、煮えくりかえるほどの怒りが特別な方向感覚をくれたように、めくらめっぽうに馬を走らせて行った。馬を走らせている間も、怒りはおさまらなかった。店先で馬から飛び下りるときも、まだ猛り狂っていた。すぐにかいば桶に首をつっこみ盛大に食べはじめた馬はそのままにしておいた。

それはまったく陰気くさい店で、野菜、果物、乾物を商っていた。ほこりをかぶった商品がカウンターに山積みとなっており、真ん中に残されたほんの僅かな空間で、客が来たときに応対するようになっている。だが、こんな店に客なんていったい来るのだろうか?

呼び鈴の音が家のなかにひびいているのが聞こえる。ピーターは、その家の主が出てくるまで待たなかった。カウンターの後ろへまわると、住まいへのドアを乱暴に開けた。中はうす暗く、めったに風通しをしないのか、かびくさい。

ディノスはひとりだった。テーブルに座っていたが、とつぜんドアが開いて、びっくりして飛び上がった。引出しつきのがたがたのたんすがひとつ。ピーターはそれに走りよると、引出しを引き抜き、中身を床にぶちまけた。

「おい、何するんだ!」

ピーターは相手に何をする間も与えなかった。ナイフを鼻先に突きつけ「動くな! それ以上一歩でも近づいてみろ、殺してやる!」とわめきちらした。「うす汚い犬めが!」

予期せぬ訪問者が誰か分かったディノスのあごがぶるぶる震えた。「ピーターか?」

「驚いたか?」ピーターは皮肉な笑みをうかべた。「きさま以外の誰でもありえないことにもっと早くに気づくべきだったよな」たんすの引出しをつぎつぎと引き抜いていく。

「畜生め! どこに隠してやがるんだ?」

「いったい何をさがしてるんだ?」ディノスは憤慨している振りをしようとしたが、あまりにもとつぜん弟が現れ、あまりにも激しく怒っているため、脅えた声しか出てこない。

「残りのスケッチさ。あの弁論大会のとき、きさまが盗んだやつだよ。どこだ?　どこにある?」ピーターは最後の引出しをひっくり返した。どこだ、他に隠し場所はないのか?

「おれには何のことだか分からない……」ディノスは、ピーターにナイフで脅され、おもわず一歩さがった。「スケッチを出すか、それともお前の命か?」

ナイフがさらに近づく。「そのどっちかひとつ、手に入れたら引きあげてやるよ」

ディノスはもう一度腹を立てているように見せようとした。「おい、わかってるのか?　誰に……」

「だまれ!」ピーターの怒りはますます激しくなっていく。「きさまがおれの兄貴だってことが、なおさら悪いんだよ!」

「おれに……」

「口をつぐんでろ!　何度言ったらわかるんだ!」空の引出しをつぎつぎと力いっぱい床に叩きつけた。その破片のひとつがディノスの頭を直撃し、彼は床に倒れたまま動かなくなった。ピーターはその上に引出しのきれっぱしを放りなげ、それからへやの隅の木箱へ移動した。箱には鍵がかかっていたが、重いものではないので、それを持ち上げると、テーブルの角に力をこめて打ちつけた。箱の中身がバラバラと飛び散る。

あちこちに散乱したたいがいはくだらない物のなかに風刺画が混じっていた。ピーターは一枚拾うと、不安と怒りで引きつった顔のディノスをにらみつけた。

「ひきょう者が!」推測が正しかったことが確認されて怒りが消えたのか、ピーターの声に激した調子はなくなっている。「きたない野郎だ」

テーブルのふちにつかまり、のろのろと立ち上がったディノスは椅子に倒れこむように座ると、確かめるように頭を振った。「女房は役所に届けようと言い張って、それを止めるのにえらい苦労したぜ」

「きさまは弟のおれを縛り首にしたかったんだ！」

「あんな絵を描くからさ。おれは神の手足となって動いただけのことだよ」

「自分の汚い仕業のいいわけに神の名を出すなんざ、なかなか結構」

「おまえのそういう神を冒涜する言葉は聞かなかったことにするよ」

「神はおれを許してくれるさ」ピーターは相手をにらみつけた。「だが、おれはきさまを絶対に許さない！」

あたりを見回すと、油ランプが目に入った。ふたを外し、中の油を床にころがっているガラクタの上にまき散らした。

「おい、何をする気だ？」

ピーターはランプを放り出すと、火口を取り出した。「火には清める力があるのさ」

「待ってくれ！」ディノスはピーターに飛びかかろうとし、椅子がひっくり返った。ピーターは一度しまったナイフを握りなおした。「ひっこんでろ！　さもないと、殺す！」動きを封じられたディノスが言った。「おれはお前の兄だぞ！」

「もっと早くそれに気がつくべきだったな」

「おれを殺すわけにはいかないぞ！」ディノスがわめきたてた。「そんなことしてみろ、主がおまえを呪うことになる！」

ピーターはせせら笑った。「けっこうだね。聖書じゃ、兄弟はもっと簡単なことで殺しあってるさ」

「罰あたりが！」

「さがれ！　さがらないと、きさまも一緒に燃えてあの世行きだぞ」ナイフを握る手が汗ばんでいる。おれには、こいつを刺せない。どんな仕打ちをされても、血を分けた兄を刺すなんてことはできない。

もともと臆病で小心者のディノスは、もはや手も足も出なかった。ナイフを持ったまま、火をつけた紙切れを油のしみた床に落とす弟をなすすべもなく見守るばかり。火はまたたくまに広まった。

「後悔するぞ！」上着が今にも燃えそうで、ディノスはあわてて炎から遠ざかった。

「後悔してるさ。もっと早くやっておけばよかったってな」ピーターは怒りを引き起こしていた力がだんだんと萎えてくるのを感じ、ディノスのわきを抜け外へ出た。「全部燃えてほしくなかったら、おれなら火を消すぜ」そう兄に忠告した。

「こんちくしょうめ！」ディノスは呪縛をとかれたように、ポンプ小屋へ駆けだしていった。

馬はまだせっせとかいばを食んでいる。ピーターは鞍によじ登ると、さんさんと光あふれる通りを後にした。彼はもう辺りを気にすることもなかった。犯人のディノスも彼のうす汚れた店も急にどうでもよくなった。自分があんなに凶暴になったのは一時の悪夢、それももう覚めていた。ただ重くよどんだような疲労だけが残っていて、それがしだいに強くなっていく。頭はからっぽ、身体じゅうから力が抜けて、帰り道は馬に任せるしかなかった。

「おれの兄貴だったよ」フロリスと弟子のひとりに助けられて馬からおりたピーターは言った。またはげしい痛みに襲われて、立っているのもままならない。

「兄さんがどうしたって？」とフロリス。

「風刺画さ。あいつは自分の苦労はぜんぶ弟のおれのせいだと思ってやがる。だから……」

「それで何をしてきた？」フロリスは不安そうに尋ねた。

「たっぷりってわけにはいかなかった。勇気が足りなかったから……」ため息ひとつついても痛みが増す。「すこし横になったほうがよさそうだ」

三日後、スペイン兵が現れた。ディノスの訴えを受け、ピーターを尋問のためひっぱろうとやってきたのだが、具合が悪く寝ているのをみた隊長はあきらめて引き上げていった。スペイン軍の隊長にとってはむしろそのほうが好都合だった。骨肉の争いなどに係わるよりもっと他にすることがある。

執念深いディノスはアルバ総督に弟を誹謗する手紙を送りつけ、その手紙はピーター・ブリューゲルに関する一連書類にファイルされた。総督は画家ブリューゲルの一件について表沙汰にしないで処理することをすでに決めていたが、もうしばらくその実行を待たねばならなかった。彼の死刑執行人は誰も手いっぱいだったからである。

第三十六章　絞首台の上のカササギ

「色が輝いているわ。今までで一番よ」マイケンはすっかり感心している。

階段の上り下りがむずかしくなった夫のために絵の道具はぜんぶ二階に運びあげてある。気分のよい日、というより、気分のよい時間には居間で仕事ができるようにしてあるのだが、関節の痛みがひどい時が多く、たいがいはベッドで寝ているか椅子に座っていた。

マイケンの言葉にピーターは初めて気がついたようなふりをした。「色が輝いてるって？」彼は光の具合を考え、座ったまま仕事をするために窓ぎわに腰掛けている。右手全体を支える台をマイケンが特別注文でこしらえさせてあった。

「澄んだ色であることは確かだが……」ピーターは椅子の背にもたれた。「若いころの色はまるで違っていたなあ。もっと光があったし、空を雲でおおうことも少なかった……」

右手は関節がふくれあがりすっかり変形し、親指は強ばって使いものにならず、絵筆は人差し指と中指にはさんで描いている。マイケンはそういう夫を見ているのがつらく、ついつい気持ちが顔に出てしまうので、夫の仕事中は後ろに立って顔を見られないようにしていた。

「この絞首台は踊っているみたい。あなたはいやなものにも喜びを感じるような陽気な若者だったの？」

「自然の風景は色鮮やかだけど、それに惑わされないでくれよ。自然にとって、人間の愚かさなんか関係ないのさ。馬鹿な人間どもが踊って、絞首台もいっしょになって踊っているが、これは悲惨なダンスなんだよ」

「そう言えば、ふたりで踊ったことなかったわねえ」マイケンは考え深げに言った。

「踊っている人を見たのは、兄貴の結婚式が最後だよ。グランヴェルの影に脅かされるようになる少し前のことさ」

「彼をずっと憎んできたのね」マイケンは静かに言った。

「確かにあの男を怨んで過ぎた人生だったが……」ピーターは肩をやさしくなでるマイケンの指にそっと左手を置いた。「でも、いいこともたくさんあった」関節のふくれあがった指が相手の手を握る。「笑って死ねないたった一つのわけが、マイケン、きみだよ」

話題を変えたいのだろう、絵筆の先で目の前の小さな絵に注意をうながした。「このカササギ……　この鳥が何を考えているかわかったらなあ……」

「あら、何にも考えてないんじゃないかしら？」

「それは踊ってる連中も同じさ。けれど、カササギは少なくとも上から見てるわけだから」腕をだらりと下げた。

「すこし疲れてきた……」

「横になったらどう？」

「いや、ここにこうして座っているよ。そのほうが、まだ少しは何かを見ていられるから」窓から外を見た。

「別に何が見えるってわけでもないけど……」

「暑すぎないかしら？」

「暑いのはいいんだ……　ジンをもらえないかい」

マイケンは棚からジンのびんを持ってくると、黙ってテーブルに置いた。

「ありがとう」

ジンをひとくち飲んだ夫が胃をおさえて苦しむのをとても見ていられないのか、マイケンはすぐに部屋を出ていった。

妻が出ていった音は聞こえなかったが、部屋が急にからっぽになったような気がした。ほとんど完成しかけた「絞首台の上のカササギ」に目が行く。この絵にあと一筆を加えるくらいの体力も気力もあったが、不思議な力がこの絵の完成を妨げている。新しい絵を描きだす勇気は恐らくもう持てないだろう。そうなれば、これが最後の一筆になる。それが怖かった。

グランヴェルはおそらくあの世でおれを待っている。だとすると、もう逃げようがない。永久にあいつから逃れられないことになる。あの世なんて信じていなかったが、ひょっとしたらあるのかもしれない。短い生命線をじっとみつめる。グランヴェルが地獄からおれを呼んでいる。おそらく、おれの最後の力を吸い取ろうとしているのだろう。ジンのびんをまた大急ぎで唇にもっていった。アルコールが胃に達するまでの焼け付くような感覚が、頭から考えたくないことを追い払ってくれる。彼はひたすら飲みつづけた。痛みを感じなくなるまで、この世の邪悪な醜さがすっかり消え失せるまで、ただただ飲みつづけ、それからやっと、びんを脇へどけた。ジンの味が好きなわけではなかったから、めったに必要以上には飲まないが、たまに飲みすぎると気分が悪くなり、血を吐いた。そんなことがここ最近何度かあった。

「胃がすっかりやられていますよ」医者が言ったことがある。「ジンをやめないと、命取りになりますよ」

あれが医者が来た最後だった。あれ以来、医者は一歩も近づけない。「天下のうそつき」を二度と我が家に入れるなと、マイケンは固く禁じられていた。

「何が見えるの?」いつのまにか長男が部屋にきていた。

「あれ、おまえ、ずいぶんしっかり舌が回るじゃないか!」ピーターはにっこりと息子の頭をなでた。

「この絵、あんまりきれいじゃないね」子どもは画架の上の絵をさして言った。「ぼく、下でもっときれいな絵を描いたんだよ」

「うん、おまえの言うとおりだ」ピーターはうなづいた。子どもが父親の才能を受け継いできたことは誰の目にも明らかで、なるべく早い時期に修行を始めさせたい。自分の一部が血を分けた息子のなかで生き続ける、そう思うと大きな慰めとなった。あの世で生き続けるのも悪くない。くだらないことにわずらわされないのがありがたい。

「ねえ、下へ来て見てよ」

「下へは行かれないんだよ。描いたものをここへ持ってきておくれ」

「フロリスおじさんは階段あがれるのに」

「あのおじさんは運命とけんかしなかったからさ」

「運命って、誰？」

「不幸おばさんと生まれ間違いおじさんの子どもさ」

「その運命と遊んでもいい？」

「なるべく出会わないようにお祈りでもしたほうがいいぞ」

「母さんはいつも祈ってるよ、父さんが元気になりますようにって。でも、これ内緒だって、母さん言ってたよ」

ピーターは目をそらし、窓の外を見るふりをした。それから静かに言った。「おまえの母さんはこの世で一番の母さんだ。父さんがいなくなったら、母さんのことを大事にするんだぞ」

「もちろんだよ！」ピーター二世は父親の袖をひっぱった。「ねえ、下に来て絵を見てよ」

「ああ、そうだね。牢屋にいるみたいに座ってたってしょうがないな」ピーターはそろそろと立ち上がると、背中をのばした。なんとかなりそうだ。「杖はどこだい？　杖がいる」

「あそこにあるよ」子どもは部屋のすみから、父親がいつも支えにしているステッキをもってきた。

「ありがとう。さて次は薬だ。そうしたら下へ行けるからね」ジンのびんを唇にあてると、子どもが尋ねた。「おいしい？」

「薬はおいしくないものだよ」袖口で唇をふきながら「さあ、行こうか」

杖とジンに助けられて、階段を後ろ向きに下りはじめる。三段目まではうまくいった。四段目にかかったとき、刺すような痛みが脊髄から脚へ走った。ピーターはひざを折り、空気を求めてあえぎ、見えない敵に立ち向かうかのように杖を振り回した。むなしく手すりを求め、前に倒れ込んだ。

次に気がついたのはベッドの中だった。心配そうな顔が取り囲んでいる。マイケンのほほが濡れている。彼女はロザリオをそっと服の下に隠した。

それに気がつくと、ピーターは心臓がキュッと締め付けられるような気がした。自分自身の苦しみより、妻の苦悩を思えば、そのほうがずっとつらかった。気分はふだんと比べて悪いということもなく、鼻とひたいがしびれているだけで、どこといって怪我をしたようすもない。

「おっこちただけさ！」できるだけさりげない声をだした。

「馬鹿ものが！」とフロリス。心配しているというより、怒っているような顔つきだ。

「あきれて物も言えん」

「おれはただ……」さて、いったい何をするつもりだったのか？　思いだそうとしても思いだせない。

「いいのよ、ピーター！」マイケンは夫の胸に顔をうずめると啜りあげた。ピーターはやさしく髪をなでながら、

「ごめんよ。おれはただ……」やはり思いだせない。

フロリスは目で合図してみんなを部屋から出すと、自分も心配そうにピーターに一瞥をくれると出ていった。

「こんなにびっくりしたことないわ」マイケンは自分の弱さを恥じるようにほほの涙を手荒くぬぐった。

「踏ん張りがきかないのには我ながらびっくりだな」自分の弱さと無力を隠したくて、ピーターはわざと元気な声をだした。「おれは……」と、その時思い出した。「ピーターが絵を見てくれって……」

「それで命を粗末にしたの？」

「そうだよ！」とつぜん腹がたってきた。「自分の子どもの相手もしてやれないなんて、悲しいじゃないか！」

起き上がろうとすると、背中に激しい痛みを感じた。「やっぱりどこか怪我をしたようだ」

「転げ落ちなかったことを感謝してね」マイケンは枕をととのえ、夫ができるだけ楽になるようにと試みた。「お医者さまを……」

「だめだ！」マイケンが顔を曇らせるのを見ると、やさしく言い直した。「心配してくれてるのはわかってるんだよ。でも医者はやめてほしい」

マイケンはうなずくと、ひたいに冷たいタオルを置いた。「眠るといいわ」

「ピーターはどこだい？」

「フロリスのところよ」

「フロリスがいてくれてありがたいよ。前に考えたことがあるんだが……」夫の真剣なまなざしはマイケンの心に不安を呼び起こした。「おれはもうそんなに長くないと思うが……」それ以上言うのはためらいがあった。

「やめて、そんな話」

マイケンは顔をそむけると、小走りに部屋を出ていった。バタンと音をたててドアが閉まった。

マイケンを傷つけてしまったと、苦い思いをかみしめながら、しばらく目を閉じていたピーターはそろそろとベッドから下りると、棚につかまり、立ち上がった。恐れていたほどの痛みはない。ゆっくりと、一歩一歩誰もいない居間へ移動すると、窓際の椅子に腰をおろし、「絞首台の上のカササギ」をじっとみつめた。絵の右手下方、背景の農家の一部がまだ未完成だ。水車のある農家の風景。まるで、きのうそこにいたように、何もかもはっきりと頭に浮かんでくる。

ピーターの視線は絵筆とパレットにくぎ付けとなった。今ならまだ描ける。今のうちに、完成させなければばいけないだろう。明日はどうなるか分からないことを、さっき思い知ったばかりではないか。この絵が未完成だから、だから首の骨が折れなかったのかもしれない。

外は太陽の光がさんさんと降り注いでいるが、通りを行くわずかな人々は黒っぽい服を着て帽子をかぶっている。彼らはたいがい、今にも誰かに、あるいは何かに襲われるのではないかと恐れてでもいるように、足早にほとんど駈けんばかりに歩いている。ちっぽけな通りを行く、ちっぽけな考えのちっぽけな人間ども、彼らの最大の関心事はただ生き延びるということなのだ。

もしも神が存在するとしても、神にとってわれわれ人間は実につまらない、どうでもいいものに過ぎないだろう。それなのに、誰も彼もどうしてそんなにいきり立つ？

テーブルの上のジンのびんにはまだかなりの量が残っている。ピーターはそれをひきよせると、ゆっくりと飲み干した。空っぽになったびんをしげしげとながめ、それから視線を絵のまだ何も描いてない部分に移した。そしてひざの上の右手をにらみつける。おれの創造の道具である右手、だんだんと力をなくしていく右手、こいつがおれを裏切りやがった。まだ人生の花の盛りであってもいい時なのに……

とつぜん隣に立った黒い人影にピーターはギクッとなった。フロリスは懸念を顔ににじませている。「どんな具合だい？」

「心臓がすこしドキドキするだけだ。みんなずいぶんひっそりと歩くんだなあ、どうしてなんだい？　それともおれの耳がおかしくなったのかな」

「心がここにないから気がつかないだけさ。外のことより内面ばかりに心が行ってる」

ピーターは相手の言った事を反芻するようにゆっくりとうなずいた。「思い出を見つめているのさ……」こぶしで頭を叩いてみせる。「この部屋から出られなきゃ、他に何にも見られないからね」

「おいおい、不平不満の徒になったのか？　前はそんなじゃなかったぜ」

「年寄りの特権だよ」ピーターはニヤリとした。

「年寄り？」

「人生の時計は、人によって進み具合が違うのさ。ヨッベがいたらなあ！　あの老人とだったらこの手の深遠な会話ができるのに」

「深遠ねえ。チャンチャラおかしいぜ。空っぽの頭で何を言い出すやら」

「おれの頭にはときどき賢者の思想がわくんだよ。書くのも話すのも苦手だから、ぴったりの言葉にならないけどね。まあ、どっちみちおまえには理解できないよ。若いからね」

「おれの方が年上だぜ」

「歳というのは時間じゃないのさ。精神の問題だよ」


「ピーター？」

マイケンの声がはるかかなたの深い淵からひびいているように聞こえてきた。

「ピーター？　お願いよ！」

夫の肩に置かれたマイケンの両手がふたりを隔てていた深淵をふさぐ役目をした。

「どうしたんだい？」「目を開けて、ピーターは妻の手首をしっかりとにぎった。長いブロンドの髪の間から心配そうな目がのぞいている。「ほとんど息をしてないんですもの、どうかしたんじゃないかと……」馬鹿な考えを振り払うように首を振った。

「疲れたんだよ。夢をみていた……」

「あの絵……」

「どの絵だい？」

「絞首台の上のカササギ。完成したのね。だから……」

完成したって？　いつ描いたんだろう？　思い出せない。そうか、だからこんなに疲れているのだ。白いままに残しておいたほんの小さな部分を描いたから疲れたわけではなく、絵筆を握りつづけた人生の最後の一筆を描いてしまったせいでこんなに疲れたのだ。

「母さんに来てもらえないか、アントワープに使いを送ったのよ。子どもたちの世話を頼もうと思って。あなたのそばにずっとついていたいから」

「そんなに心配かい？」

「一日に二度も死ぬほどびっくりさせられたのよ。もうじゅうぶん！」

「みんなおれに腹を立ててるんだな」

「あなたのことを愛しているからよ。そんなこともわからないの？」

それには返事をしない方がよさそうだ。「この絵を完成させた覚えがないんだがなあ。フロリスが描いたってことはないかい？」

「そんなことフロリスがするわけないわ。それにあなたの筆使いは知ってるもの。ほんの少しのところだって、あなたが描いたのでなければすぐ分かるわよ」立ち上がると、服を脱ぎはじめた。「すこし眠るわ。明日はすることがたくさんあるから」

ピーターは妻を見ようと頭をめぐらした。今だって、こいつが欲しい。気持ちは前と変わらないのに、体が反応してこない。「もう一度、もう一度きみを抱きたい……」せつなく手をのばした。そんな夫に妻はそっと近づいた。「なんてやわらかいんだ！　桃みたいだ……」

もう二度と妻のわたしを抱けない、かわいそうな人、こみ上げる思いをぐっとこらえて、マイケンは明かりを消した。暗闇にもぐりこんで、自分の気持ちを相手にさとられないほうがいい。そっとピーターのとなりにすべりこみ、指と指をからませると、思いがけない力強さで握り返された。

「母親にもう一度会いたいよ。」暗闇のなかでピーターはささやいた。

「会ってはいけないんじゃないの？」

「もういいんだよ」

「どうして？」

「いろいろ事態が変わったから……」

マイケンは一瞬黙りこんだ。それからそっと聞いた。

「ピーター、何かわたしに隠してないかしら？」

「聞いて得にならない事は聞かないほうがいい」

「でも疑心暗鬼でいたくないもの」

「何もかも知ったら人生おもしろくないだろう？」

それ以上問いただしても何にもならない。夫が一度決めたらてこでも動かないのは分かっているから、話を変えることにした。

「あなたがお母さんに出会ったアムステルダムへ使いを出してみようかしら」

「うん、そうしてもらえたら……　それからもうひとつ話がある」ピーターは体の位置をずらして、背中の痛みをこらえた。

「おれの箱のなかに風刺画がまだ残っている。あれを全部燃やしてしまってくれ。おれがいなくなった時、アルバ公の気に触るようなものは何ひとつ残っていないようにしておく必要がある」

「わかったわ」もうじき眠りに落ちるマイケンの呼吸がだんだんゆっくりとなっていった。

「マイケン？　寝たかい？」ささやくような声にだがマイケンはすぐ反応した。「なあに？」

「絞首台の上のカササギだけど、背景に何を描くべきだったと思う？」

「水車のある農家。あれでいいのよ」

暗闇のなかでピーターはうなずいた。あの絵を完成できたのはやはりおれしかいなかった。


翌日はいくぶん気分がよかった。マイケンに子どもたちのところへ連れていってもらい、マリケが到着するまでしばらく一緒に遊んでやった。

「また奇跡的に回復しましたよ」寝ているとばかり思ってやって来たマリケは驚いたような表情を浮かべた。「みんなが思っているよりずっと頑丈なんですよ、わたしは」

「わたしをアントワープに帰そうと、お芝居してるのかしら？」

「どうしてそういう考えになるかなあ。いつだってあなたは大歓迎だって知ってるでしょうに」

「男ってしょうがない生き物ね。助けが要るって、どうして正直に言えないのかしら」

「助けが要るのはマイケンで、わたしじゃありませんからね」

「本当にそう思っているの？」

「ええ。でも来てもらえて嬉しいですよ」


午後ピーターは口数が少なくなった。ここ数年よくあることだったが、自分の心の中をじっと見つめ、しきりに何かを考えている。

マリケと子どもたちが散歩に出かけ、マイケンとふたりになると言った。「あの絵、今ここで、おれの目の前で燃やしてくれ」

「そんなに急ぐことなの？」

「今だ」ピーターはかたくなに言い張った。朝のうちに自分でやりたかったのだが、戸棚まで行くのがやっとで、とても椅子にのぼって高いところにあるものを取ることはできなかった。

マイケンは箱をとってくると、中身をテーブルの上に空けた。絵の一枚を手にとり、しげしげとながめる。

「とてもよく描けてるわ」

「きみがそれを見るのもいやだ」妻の手をおさえた。「すぐ火にくべてくれ」

マイケンは言われたとおり絵を火のなかに投げ入れ、パッと燃え上がる炎を見つめた。炎の明かりがそばにおいてある画架の上の絵を照らし出すと、一瞬、絞首台がほんとうに踊っているように見える。

「思い出もこんなに簡単に消せたらいいのになあ」

「わたしの素敵な思い出のなかには、いつだってあなたがいるわ。それを消したいとは思わない」

「きみはまだ若い……」

「それって、なんだか非難しているみたいに聞こえるわ」

「非難？」ピーターはびっくりして相手の顔をながめた。「そんなふうに聞こえたかい？　おれはキラキラ輝いているものに文句なんか言わない性分だよ」

マイケンの顔がゆるむ。「わたしを金と比べようって言うの？」

「きみの価値はとても金なんかじゃ払えないくらいだよ」

マイケンは夫の首に抱きついた。甘い吐息が鼻をくすぐり、ピーターを切ない気持ちにさせる。

「死んでいく人間は目を開けている」しばらくしてからピーターは言った。「最後の瞬間に彼らは何を見るのだろう？　たいがいあまり幸福そうには見えないけれど……」

「ねえ、ピーター。今まであなたに聞けないでいたんだけど。あなたがこの事をどう考えているか知っているから。でもね……　こんなこと話すのほんとうに嫌なんだけど……」

「医者はごめんだよ！」ピーターは叫び声をあげた。

「そうじゃなくて……　あの、司祭さまを呼んでもいいか……」マイケンは恐る恐る切り出した。恐れていたピーターの癇癪玉が破裂した。「止めろ！　なんてこと言うんだ！　えせ坊主にへつらえっていうのか？　どっちみちおれは天国へは行かれないんだぞ！　教会にびた一文寄附したことがないんだから。金でなんとかしようなんて考えたこともないからな」

「そんなに興奮しないで！」マイケンは必死で夫をなだめた。「よかれと思って言ったのよ」そう言いつつ、病人のどす黒い顔にあらためて愕然とした。

「わかっている……」ピーターは力果てたのか、ボソッとつぶやいた。

「ごめんなさい。もう二度と言わないから許して……」

「おれのために祈ると安心できるなら、もちろん祈ってくれてかまわないさ」声の調子がやわらいだ。「なんだか重いものが乗っかっているみたいだ」息苦しいのか、シャツのえりをしきりに引っ張って空気を吸い込もうとする。横になってちょうだい、マイケンのすすめに素直に従いベッドに戻った。

「あなたがカッとなったのはわたしが悪かったのよ」

「カッとなったかい？」ピーターは困ったように笑った。「女房はそのためにいるんじゃないか。カッカとさせてくれる女が男には必要なのさ」深い息をひとつ吐き出し、目を閉じた。

「すこし静かにしておいてくれ。ちょっと休めばまた気分が良くなるから」

次の日の朝、ピーターは起き上がれないほど弱っていた。「今日は怠惰な一日を過ごすことにするよ」そう言われたマイケンは誰もいない部屋へ入ると、ひっそりと十五分ほども泣きつづけた。

気を取り直し、寝室に戻ったマイケンにピーターが頼んだ。「画架をベッドの足元に置いてくれないか。おしゃべりカササギが見えるようにしてくれ」

絞首台とカササギの小さな絵をボンヤリと眺め、「この水車、うん、思い出した。たしかに自分で完成させた……」とひとりうなずき、それからマイケンに向かって言った。「きっと酔っ払っていたんだな。もういいよ、片づけてくれ、わかったから」

マイケンがほんの数秒ベッドを離れ戻ってくると、ピーターは眠りに落ちていた。「満足そうな顔をしているわ」一緒についてきた母親にそう説明した。

「こんな顔のピーターはめったに見たことがないわ。満足することを知らない人だからね」とマリケ。

「お母さん！　彼が死んじゃう！」マイケンは母親にすがりついた。暗闇から現れる怪物を怖がる子どものように助けを求めてしがみついた。マリケは何も言わない。言葉がなんの役にも立たないことは分かっている。娘にしてやれることはただ黙って思いやってやることだけ。しっかり胸に抱いて、娘の気が静まるまでずっとそうしていた。

しばらくしてマリケは落ちついた声で言った。「子どもたちに何か食べさせないといけないんじゃない？」

マイケンは母親から身を離すと、服のみだれを直した。「そうね、その通りだわ。病人の心配も大事だけど、お腹を空かしている健康な者もいるんですもの」

ピーターはヨッベのことを考えていた。ヨッベは死神が自分のことを忘れていると、文句を言ってたっけ。死神の奴、おれのことは忘れていないようだ。時々おれをのぞきに来る連中のなかにあいつはまぎれこんでいる。いつもいつも同じ真っ白けの顔をしてやがる。目が表情が死神のそれだ。

「あの『嵐の海』の絵はウイーンの貴族に売ったよ」フロリスが病室にやってきた。「いい値で買ってくれたぞ」

「それはよかった」いくらになろうがどうでもよかったが、フロリスが喜んでいるのがうれしい。

「その金で一緒に乱痴気騒ぎができればなあ！」

「おれは酔っ払うとハチャメチャになるの知ってるくせに。まだこりないのかい、フロリス？」

「そういうおまえさんがいないと物足りないんだよ」フロリスはベッド脇のテーブルに目をやった。「何か欲しいものはないかい？」

「金で買えるものは何も……」


ピーターが再び目を開けると、フロリスはいなくなっており、代わりにマイケンがベッドの端に腰掛けていた。

「すこし眠れた？」

「さあ、どうかな……　もう、日は暮れたのかい？」ピーターはゆっくりゆっくり、途切れ途切れに口をきいた。

「もうじき暮れるわ」マイケンは夫の額に手を当てた。「気分はどう？」

気分は悪くはない。ただ、もう長いことアルコールを口にしていないのにフラフラするだけだ。「だんだんあの世に近づいていく気分だ……」

妻が顔を引きつらせたのに彼は気づかなかった。部屋のなかに霧がかかっているような、明かりに目がくらんだような、そんな感じで、マイケンの姿もかすんでいる。マイケンの隣りに誰かが立ったが、それがマリケとはなかなか分からない。

「お客さんよ」マリケはにこやかに微笑んでいる。ピーターがさぞびっくりすることだろう、そんな期待が顔に表れている。ドアの方を振り返り外で待っている人を招きいれた。

ベッドのそばにやって来た年老いた女は、下唇を震わせ、ピーターに触れようと手を伸ばしたが、目に見えない力に妨げられでもしたように動きを止めた。「ピーター……」女がそっとつぶやくと、部屋にかかっていた霧がうそのように晴れてきた。女はピーターの母親ロザリー。

ふたりを残して、マイケンとマリケは部屋を出ていった。母親はベッドのわきの椅子に腰をおろすと、息子の手をとった。言葉らしい言葉は口にしないが、息子を見つめる目が雄弁に語っている。もっと早くに会いたかった！　こんなになるまで知らせてくれないなんてひどい！　でも、それは自分のせいでもある。息子に近づかないようにしていたのは自分なのだから。

「もうあいつは母さんに何もできないよ」

「もしかして死んだ……？」母親の目が丸くなる。

「おれがやった……」

「何をしたって？」

「あいつをあの世へ送った……」

「なんてこと！」

「あいつがくたばるのをこの目でみたよ」あの時の記憶はまだ少しも薄れていなかった。

「そんな……　ひどい……」

ピーターには、母親の激しい反応が理解できなかった。「当然の報いさ。自業自得だよ」

「神さま！……」両手に顔をうずめたまま、しばらくそうしていたが、やがてフイッと立ち上がると部屋を出ていった。

どういうことなんだ？　どうしてあんな態度をとるのだろう？　腑に落ちなかった。

代わりに入ってきたマイケンは彼女が泣いていることは伝えず、もっと早くに知り合いたかったとだけ言った。

「おれもそう思うよ」ピーターは視線をそらした。抜けるように疲れたが、痛みは感じない。母親のことを考えようとしたが、何ひとつまとまったことは考えられない。ピーターの思いはあっちへ飛び、こっちへ飛びするばかりで、何もかも断片的にしか浮かんでこなかった。

「まったく妙だな。理解の外だ……」

「そんなこと言って！　あなたの母親でしょ」

「見ぬもの清しか……　来てくれなんて言うんじゃなかったな」

「母親の心を理解しようなんて、思わないほうがいいのよ」


「わたしは……　自分を……　許せない……」ピーターの母親はさめざめと泣き、絞り出すように切れ切れの言葉を口にした。「黙っていてはいけなかったのに……」つらい気持ちをひとに見られたくないのか、顔を両手でおおい、しゃくりあげている。「神さま……　どうか、お許しを！」

マリケは隣りに座り、じっと前を見つめている。グランヴェルがピーターの父親と聞いてもすこしも驚かなかった。そんなことは、はなからわかっていた。

「ピーターがやったとは思えませんよ。冷然とひとを殺せるような人間ではないですからね。たとえ、相手が誰であれ……」そうですとも。「病気のせいで、混乱して……」相手がまた新たな涙にくれるのを見て、マリケは言葉を飲み込んだ。「心を強くもちましょうね」ピーターはわたしにとっても息子なのよ。でも、泣くのは後にしよう。誰もいないところで、娘に見られないようにこっそり泣こう。

「あの子は実の父親を殺させた！」

「落ち着いて！　そんなに興奮しないで！」境のドアはちゃんと閉まっているでしょうね？「あなたと私だけの秘密にしておきましょう。そんなことピーターが知っても、誰にも何の得にもなりませんからね、いいこと、ロザリー？」

「また秘密を重ねるんですか？」ロザリーは生気のない目でマリケを見た。「秘密、秘密……　うんざりです」

「うんざりなのは秘密にすることではなく、その後ろにある真実のほうですよ。あなたの息子さんの思い出に重い荷物をしょわせることないでしょう?」

「息子の思い出?」ロザリーはけげんな顔をした。「重い荷物?」また両手で顔をおおうと、うめくように言った。「なんで神さまは、ご自分のしもべのひとりの軽はずみにこんな重い罰をお与えになるのでしょう……」

「神のしもべの枢機卿も罰せられたんですよ」とマリケ。

「枢機卿さまはそれは並外れたお方でした。わたしは逆らえませんでした。逆らえる女なんかおりません!」

「さあ、もう一度ピーターのところへ行きましょう」


「子どもたちはどこだい? 会いたいよ」

「連れてきてあげますよ」マリケが応えて、出ていった。

「今日は何日だい?」

「九月五日よ」とマイケン。

「うん、それはいい。死ぬのにいい日だ。冬が来ると……」

「そういうことは言わないで、ね?」

「だって、歌う気分じゃないよ」ピーターはまた急にふつうにしゃべれるようになっている。

マリケが戻って来た。ふたりの子どもを押し出すように前にやり、ひとりは腕にだいている。ピーター二世は小さな画板をもっていて、父親に見せようと、ベッドによじのぼった。

「もうりっぱな絵描きだぞ、たいしたもんだ」ピーターは子どもの頭をなでながら言った。

それからマリアを見た。「絵描きなんかと一緒になるなよ。銀行家を見つけろよ」

「そして、我らがヤンはいつものごとく、スヤスヤおやすみかい?」ピーターはマリケが差し出した赤ん坊のほほを指でつついた。

「何も知らずに眠る、か」そして目を閉じた。

ピーターが再び目をあけると、部屋にはマイケンだけがいたが、もやがかかっているように顔がよくわからない。暗くはない。むしろマイケンの後ろから光が射しているようで、その光がズンズン強くなっていく。

「きみを……　こういう風に……　描きた……　かった……」押しつぶされたような固い声がきれぎれに口を出た。

マイケンは誰かを呼びにいきたかったが、病人をひとりにするのも心配でベッドのそばを離れられなかった。お願い、そんな目で見ないで！　そんな切羽つまったような顔をしないで！　胸がドキドキして息がつまりそう。その時、ピーターはびっくりするほどはっきり言った。「天国が見える！」そして手を妻のほうに差し出した。マイケンは差し出された手をとり、絶望とともに握りしめた。ピーターはやわらかく微笑んだ。「美の持つ力……」

哀しみ嘆くマイケンの姿を焼き付けたまま、ピーターのひとみは永遠を見つめつづけていた。

闇が町をおおい、邪悪な夜がいつものようにその姿を現した。あたりを窺う怪しい目の輝き。匕首のヒラメキ。今夜もまた断末魔の叫び声が聞こえてくる。辻斬り、敵討ち、恋の逆恨み、殺し屋。夜道を行くうかつ者が罠にはまる。

この夜、黒装束に身を包み、ピーター・ブリューゲルの家にこっそりと忍び寄った男は稼ぎそこなうことになった。通りの反対側から、玄関のドアに白い紙が貼ってあるのが見えている。男はすばやく左右を窺うと、匕首を手に、悪鬼のごとく通りを横切り突進した。もう一度あたりを見まわし、ドアに貼られたものを見る。すこし豊かな家では、誰かが死ぬと、その旨を掲示する習慣があることは知っていた。だが、確かめる必要がある。死んだのは誰だ？

白い紙に書かれた文字は大きく、暗闇に慣れた目にはじゅうぶん読み取れる。

「ピーター・ブリューゲル！　チッ！」言葉にスペインなまりがあった。男は猫のようにすばやく飛びのき、家を見上げた。「死神め、一歩先んじたな！　遅れをとってしまった」落胆が声ににじんでいる。

男は十字を切ると、急いで立ち去った。黒い影は、現れたときと同じように音もなく闇に飲み込まれて消えた。

訳者あとがき

主人公ピーター・ブリューゲルが生きた十六世紀のネーデルランド（ほぼ現在のオランダ、ベルギー、ルクセンブルグにあたる）は、当時日の出の勢いであったスペインが支配し、港湾都市アントワープを中心として世界的な経済活動が展開されていた地域である。

一方、彼が生まれる少し前に、隣国ドイツではルターがローマ法王庁を頂点としたカトリック教会の腐敗堕落に対して批判の声をあげ、この宗教改革の波はすでにネーデルランドにおよんでいた。ルター派、再洗礼派、カルヴァン派など新教への改宗者が増えると、スペイン王は、カトリック教会の保護者として厳しい異端審問や新教徒弾圧を繰り返し、多くの無辜の人々を死に追いやったのである。

一五五六年、フェリペ二世は父王カルロス一世（神聖ローマ帝国皇帝カール五世）の後を継いだが、父親とは違って、まったくネーデルランドの伝統や民衆の心を知らず、人々に血と涙をもたらす結果になると、スペインの圧政に対して国民が怒りを燃え上がらせ、激しい反発を示したのは当然の流れと言えよう。

フェリペ二世がもっとも信頼し、代理人としてネーデルランドの政治をまかせたのが、本著の重要な登場人物グランヴェル枢機卿だった。彼は人々の憎悪の対象として、また、ブリューゲルの保護者、作品の収集家として歴史に名を残しているが、この物語で設定されているふたりの関係はあくまでも作者ヨーン・フェルメレンが創り出したものである。

ピーター・ブリューゲルの生涯については、古い時代のことであり、少し前に同じネーデルランドで活躍し、彼に大きな影響を与えたヒエロニムス・ボスと同様明らかでない部分も多い。生まれた年、場所については諸説あって、一五二五ー一五三〇年ごろ（ミケランジェロの全盛期、ラファエロの死の数年後である）、現在のオランダ・ベルギー国境あたりに生まれたようだが、はっきりした生地は分っていない。

この小説では読み書きは不得意な農家の倅ということになっているが、文中にもたびたび登場する当時の知識人、たとえば地図製作者オルテリウス、思想家コールンヘルト、詩人フランケルト、出版業者プランテンたちと盛んに行き来し、政治的宗教的に時代を揶揄し、批判する活発な精神の持ち主だったともいわれている。残っている記録が少ないため、ブリューゲルが描いた絵をもとに想像を膨らませる余地が生まれるわけで、作者は、ピーター・ブリューゲルという画家が存在した、グランヴェルがそのパトロンであったという事実を土台に自由に発想を広げ、ブリューゲルの生涯を興味深い物語に仕上げている。

人物に関しては創作小説のジャンルに入れたほうがよさそうだが、時代背景や風景は当時の様子を忠実に描写している。一見素朴にみえるブリューゲルの絵の背後にあるスペイン・ハプスブルグ家の圧政下に置かれた当時の人々の暮らし、女たちの生きざま、町々の様子が読む者に生き生きと伝わり、わたしたちになじみ深いブリューゲルの絵に描かれている風刺を含んだ農民の生活力旺盛な姿と、物語の登場人物たちが重なり格好の歴史読み物になっている。

一五六九年ピーターが四十歳代前半で亡くなったとき、まだ幼かった二人の子供はともに画才に恵まれ、長男のピーター・ブリューゲル二世は「地獄のブリューゲル」、次男のヤン・ブリューゲルは「花のブリューゲル」とよばれて活躍し、以後三代にわたり、優れた画家の子孫をだした。

なお、表題の作品「絞首台の上のカササギ」は遺言に従って妻マイケンの手に残されたといわれ、現在はドイツ、ダルムシュタット美術館に収められている。

年譜

年代	ピーター・ブリューゲルの生涯	社会情勢
一五一九		スペイン王カルロス一世、神聖ローマ皇帝の位につき、カール五世と称する
一五二〇		ルターによる宗教改革すすむ
一五二五—三〇	ピーター・ブリューゲル生まれる	この頃、再洗礼派、ネーデルランドに広がり始める
一五四〇ごろ	アントワープのピーター・クック・ファン・アールストの工房に入門	ネーデルランドにカルヴァン派広がる
一五四八		カール五世、子のフェリペがネーデルランドの支配者となることを告示
一五四九		フェリペ二世、ブリュッセルに入城
一五五〇	師クック死去。ピーター・バルテンスとシント・ロンバウト大聖堂の祭壇画を制作（現在紛失、ブリューゲル唯一の祭壇画）	
一五五一	アントワープの画家組合である聖ルカ組合に親方として登録される	
一五五二	イタリア旅行に出発	トルコ艦隊がレッジオなどイタリア各地を襲撃
一五五三	ローマに滞在、晩秋にアントワープに戻る	
一五五五	アントワープの国際的版画商「四方の風」店主ヒエロニムス・コックと契約を結び、版画シリーズ「大風景画」のための下絵制作	
一五五六		カール五世、スペイン王位をフェリペ二世に譲る
一五五八	この頃よりコックの店に出入りしていた人文主義者とのつながりを感じさせる作品が生れる	カール五世死去
一五五九		フェリペ二世、異母姉のマルガレーテをネーデルランドの執政に任命。アラスの司教で、間もなく枢機卿となったグランヴェルがネーデルランド国務顧問会議議長の地位につき、事実上ネーデルランドの支配者となる

一五六〇	コックの店の下絵仕事から徐々に離れ、「ネーデルランドのことわざ」、「謝肉祭と四旬節の喧嘩」、「子供の遊び」を描く	
一五六二	この年、アムステルダムに赴いたと考えられる。「狂女フリート」など	この頃より反スペイン感情が各地に広がり、スペインの利害を代表するグランヴェル枢機卿への敵意が強まる
一五六三	ブリュッセルに移る。師ピーター・クックの娘マイケンと結婚。「バベルの塔」など。グランヴェル枢機卿の庇護を受ける	
一五六四	長男ピーター二世生まれる。地図製作者オルテリウスのために「聖母の死」制作	グランヴェル解任される
一五六五	季節画シリーズを豪商ヨンへリンクのために制作	ネーデルランドをスペイン化するためフェリペ二世により異端審問が強化される。ブリュッセルで貴族同盟結成される。
一五六六	「ベツレヘムの戸籍調査」、「洗礼者ヨハネの説教」など「農民の結婚式」、「農民の踊り」など	下級貴族が異端審問の中止を執政マルガレーテに請願するが拒絶され、貴族指導者はゴイセン（乞食）と嘲笑される。カルヴァン派による聖画像破壊運動各地で起こる
一五六七	この頃、ブリュッセルの市参事会よりアントワープとブリュッセル間の運河完成記念の作品を依頼される	アルバ公に率いられたスペインの大軍ブリュッセルに到着
一五六八	次男ヤン誕生。「絞首台の上のカササギ」など	エグモント伯、ホールン伯等有力貴族処刑される
一五六九	ブリュッセルで病死	

【本書について】

少年は身の毛もよだつような恐ろしい光景を、もの陰からじっと見ていた。スペイン人の役人が異端者を絞首台にしばりつけたところだ。集まったやじうまはまわりを囲んで面白そうにはやしたてている。

このシーンを少年は急いでスケッチにつなぎとめ、後年、油絵に仕上げた。これが本書のサブタイトルであり、ピーター・ブリューゲルの有名な作品「絞首台の上のカササギ」である。

ネーデルランドの為政者は、早くから画家ピーター・ブリューゲルの腕に関心を示しながらも、疑いの目もむけていた。風刺画を描いたために牢獄に入れられる羽目になったが、その才能は誰もが認めるものだった。ピーターがクック親方のもとで本格的に絵の修行ができるよう取り計らってくれたのは、当時この国を治めていたスペイン王フェリペ2世の代理人グランヴェル枢機卿である。しかしこれ以後、ブリューゲルの人生はこの冷酷な、教会の大立者にあやつられることになる。

この小説はピーター・ブリューゲルの人生をていねいにたどり、その作品に深く分け入りながら、ネーデルランドの歴史上、もっとも混乱し残酷であった時代を描き出している。

【著者・訳者紹介】
John Vermeulen（ヨーン・フェレメレン）
1941年ベルギーのアントワープ近郊に生まれる。ジャーナリストとして活躍するかたわら早くから小説、青少年向け読み物、脚本など多数出版している。

鈴木久仁子　上智大学外国語学部ドイツ語学科卒
相沢　和子　上智大学文学部ドイツ文学科卒
ふたりによる訳書にブリューン・デ・オーサ著「エル・グレコの生涯」、レナーテ・クリューガー著「光の画家　レンブラント」、ウリ・ロートフス著「素顔のヘルマン・ヘッセ」（エディションｑ）がある。

エディションq

ピーター・ブリューゲル物語——絞首台の上のカササギ
2001年5月10日　発行
著　者……………………ヨーン・フェレメレン
訳　者……………………鈴木久仁子、相沢和子
発行者……………………佐々木一高
発行所……………………エディションｑ
発売所……………………クインテッセンス出版株式会社
東京都千代田区神田駿河台2-1
廣瀬お茶の水ビル4F 〒101-0062
電話　03-3292-3691
振替口座　00100-3-47751
印刷・製本………………シナノ印刷

ISBN4-87417-683-6

既刊

ミケランジェロの生涯 上
1500-1527 桎梏者
定価 本体二六八九円（税別）
ローズマリー・シューダー／著
鈴木久仁子・佐藤眞知子・相沢和子／訳

ミケランジェロの生涯 下
1527-1564 砕かれたマドンナ
定価 本体二六八九円（税別）
ローズマリー・シューダー／著
鈴木久仁子・佐藤眞知子・相沢和子／訳

エル・グレコの生涯
1528-1614 神秘の印
定価 本体三二〇四円（税別）
ヴェロニカ・デ・ブリューン＝デ・オーサ／著
鈴木久仁子・相沢和子／訳

天上の愛と地上の愛
ボッティチェリとセミラミーデ
定価 本体二七一八円（税別）
ローズマリー・シューダー／著
鈴木久仁子・佐藤眞知子／訳

光の画家 レンブラント
定価 本体二八〇〇円（税別）
レナーテ・クリューガー／著
相沢和子・鈴木久仁子／訳

運河沿いのフェルメールの家
定価 本体三二〇〇円（税別）
イングリット・メラー／著
鈴木芳子／訳

エディション*q*

❖表示価格に消費税は含まれておりません。❖別途消費税が加算されます。